KB170054

재혼
황후

재혼 황후

Remarried Empress

6

알파타르트 장편소설

해피북스
투유

차
례

Remarried Empress

내 아내와 결혼한 남자

하늘에서는 연신 비가 내렸다. 우산을 써도 어깨며 옷자락이 흠뻑 젖을 정도여서, 사람들은 다들 집이나 가게에 틀어박혀 나오려들지 않았다.

이런 날씨에 성문 밖에 나와 있는 귀족의 마차는 희한해 보였다. 귀족들 대부분이 이런 날씨엔 자기들만의 커다란 저택에 틀어박혀 벽난로 앞에서 몸을 데우며 따뜻한 수프를 마시지 않던가. 그러나 마차를 보며 이상하다고 할 사람들조차 없었으므로, 마차 안의 사람들은 비교적 안심하며 대화할 수 있었다.

"솔직히 말하자면, 공작이 왜 공주님을 돕는지 모르겠습니다."

"소비에슈 황제라면 이 아이가 수치스럽다고 죽일지도 모르지요."

마차 안에 있는 사람은 셋이었다. 한 명은 에르기 공작이었고,

다른 한 명은 베르디 자작 부인이었다. 자작 부인의 품 안에는 글로리엠이 포대기에 싸인 채 잠들어 있었다.

"폐하께서 그 정도로 독하시진 않을 겁니다."

"뭐, 죽인단 건 제 억측일 수도 있지요. 맞습니다. 하지만 죽이지 않더라도 부모가 모두 노예이니, 이 아이 역시 노예가 될 건데. 그것만으로도 가엾지 않습니까."

베르디 자작 부인은 심란한 눈으로 에르기 공작을 쳐다보았다. 적의 적은 아군이라고들 하지만, 라스타를 배반한 에르기 공작은 베르디 자작 부인의 아군은 아니었다.

베르디 자작 부인은 라스타에 대한 감정과 별개로 에르기 공작이 꺼림칙했다. 하지만 지금은 모두가 라스타와 라스타의 핏줄을 등한시했다. 글로리엠과 함께 도망칠 수 있게 해준다는 에르기 공작의 제안을 받아들일 수밖에 없었다. 그를 믿어서가 아니라, 다른 이들을 믿을 수가 없어서.

그게 며칠 전의 일이었고, 이미 수도에서 어느 정도 떨어졌다. 그러나 꺼림칙한 기분은 쉬이 사라지지 않았다. 에르기 공작이 왜? 왜 굳이 공주를 돕겠다고 나서는 건가.

그녀의 불신을 눈치챈 에르기 공작은 가볍게 웃었다.

"제가 부인과 공주를 돕는 건 이번이 처음이자 마지막일 겁니다. 이후로 우리는 엮일 일도 없습니다."

"저는 공작이 왜 우리를 돕는지 물었어요. 그건 질문에 대한 대답이 아니군요."

에르기 공작은 부드러운 목소리로, 하지만 냉정하게 말했다.

"전 도움받으라 강요하는 게 아닙니다. 제 도움을 원하지 않는다면 거절하고 가면 됩니다. 부인을 설득해서까지 도울 필요는 없으니까요."

불쾌하게 들리는 말이었으나 사실이었다. 베르디 자작 부인은 그의 도움을 받아 모험을 해볼지, 그의 도움을 받지 않고 소비에슈의 결정에 글로리엠을 떠맡길지 결정하면 될 뿐이었다.

그런데도 에르기 공작의 제안을 받아 여기까지 온 건 그녀의 선택이었다. 배 속에 있을 때부터 곁을 지켜온 이 작은 아기, 태어난 직후부터 내내 그녀가 지켜온 소중한 글로리엠을 지키기 위해서였다.

"결정한 모양이로군요."

"아무것도 하지 않는다 해서 나아질 상황이 아니니까요."

단호하게 말한 베르디 자작 부인이, 아이를 지키려는 것처럼 더욱 꽉 안았다.

에르기 공작은 밖에서 폭우가 퍼붓건 말건 색색 잘 자는 아이를 내려다보며 중얼거렸다.

"아이가 라스타 님을 너무 많이 닮아서 불안하군."

베르디 자작 부인이 얼른 아기용 망토를 꺼내어 글로리엠 위에 덮었다.

이건 그녀 역시 가장 걱정되는 일이었다. 아기는 지나칠 정도로 라스타를 쏙 빼닮았다. 라스타의 얼굴을 아는 사람이 본다면 곤란해질 정도로.

에르기 공작은 짧게 한숨을 내쉬고서 마차 밖으로 나갔다. 기다리고 있던 그의 종자가 얼른 우산을 펼쳐 받쳐주었다. 에르기 공작은 마지막으로 한 번 더 공주와 베르디 자작 부인을 살펴본 후 충고했다.

"혹시 소비에슈 황제가 쫓아올지도 모르니 서둘러 가는 게 나을 겁니다. 보나 마나 좋은 뜻은 아닐 테니까요."

소비에슈는 거리가 가까운 여러 나라에서 온 편지를 살피다가 한숨을 내쉬고 의자 등받이에 몸을 기댔다. 황후 자리가 빈 지 며칠이 지났다고, 그새 여기저기서 새 황후를 맞이해야 한단 의견이 나오고 있었다. 그래도 지금은 그의 눈치를 보느라 이 정도이지. 시일이 지나면 지날수록 의견은 더욱 거세질 터였다.

소비에슈는 다시 한숨을 내쉬었다. 당분간은 옆자리에 누군가를 두고 싶지 않았다. 연달아 이어진 이혼과 폐위 때문이기도 했지만, 라스타의 저주 때문이기도 했다.

법원에서 라스타는 소비에슈가 고자라고 고래고래 외쳐댔다. 이 악담을 완전히 믿는 사람은 드물었다. 사람들은 그게 라스타의 마지막 발악이라 여겼다. 설령 믿는 사람이 있더라도 혹시, 설마, 하는 정도로만 여겼다.

그러나 소비에슈가 세 번째 결혼을 한다면 이야기는 달라질 것이다. 라스타가 법원에서 악담을 퍼부은 거라 여기는 이들조차도, 소비에슈와 세 번째 황후 사이에 아이가 생길지를 주의 깊게 지켜

볼 터. 생각만으로도 피로해졌다.

그런 생각을 하면 할수록 배 한쪽이 꼬집히듯 아파와서, 결국 소비에슈는 궁의를 불렀다.

"괜찮으십니까, 폐하?"

"배 부근이 계속 뜨끔거리는구나."

"마음을 좀 더 평안히 하셔야 합니다, 폐하."

궁의가 약을 지어 바치고 나가자, 소비에슈는 단숨에 약을 들이켜고서 집무실 밖으로 나왔다. 그는 본궁 주위를 느리게 맴돌며 마음을 평안히 해보려 애썼다. 그러나 어디를 가든 자꾸만 옛일이 떠오르고 초조한 기분이 들어 견디기 힘들었다.

나비에가 자신의 눈앞에서 재혼하는 걸 본 후에도 몹시 힘들었으나, 그나마 글로리엠이 있어서 버틸 수 있었다. 언젠가 태어날 아이를 기다리면서, 모든 정신을 그 아이에게 집중했다. 하지만 그 아이까지 먼 곳으로 가버리자, 이젠 정말로 마음을 둘 곳이 없었다. 바람이 거세게 부는 지붕 한가운데에 홀로 서 있는 기분이었다.

'베르디 자작 부인은 무사히 달아나고 있겠지.'

대외적으로 글로리엠은 라스타와 다른 쪽 탑에 감금된 걸로 알려져 있었다. 소비에슈는 이젠 평생 만날 수 없는 아이를 떠올리며 잠시 멍하게 서 있다가, 고개를 젓고 회랑을 걸어갔다.

하는 일 없이 돌아다니니 마음이 평온해지기는커녕 더욱 번잡해져서, 다시 집무실에 돌아가 일이나 할 생각이었다. 그런데 집무실 앞에 도착해보니, 카를 후작이 몹시 난처한 얼굴로 서 있었다. 옆에는 처음 보는 새까만 머리카락의 남자가 함께였다.

"무슨 일이지?"

심상치 않은 분위기를 느낀 소비에슈가 다가가며 묻자, 카를 후작이 얼른 공손히 인사하고서 옆의 검은머리 남자를 가리켰다.

"폐하, 서대제국에서 급보를 가지고 온 사신입니다."

소비에슈는 미간을 찌푸렸다.

"사신?"

"크로우라고 합니다, 황제 폐하. 처음 인사 올립니다."

새까만 머리카락의 남자는 사절로 왔다기에는 너무 소박했다. 생김새가 아니라 행색이며 일행이. 그러나 가짜 사절이라면 카를 후작이 데리고 있을 리 없었다.

"무슨 일이지?"

소비에슈는 약간 불안해져서 물었다. 다른 나라에서도 연달아 사절과 편지를 보내오고 있으니, 서대제국에서 사절단이 왔다 한들 이상하진 않다. 그런데 왜 이렇게 찜찜할까. 단순한 위로 사절이라면 급보로 올 리도 없었다.

"황후 폐하, 그러니까 서대제국의 황후 폐하께서 피습되셨습니다."

쩽, 어딘가에서 물건이 세게 넘어지는 소리가 났다, 소비에슈는 잠시 아무 말도 하지 못했다.

피습……? 피습…… 피습.

"피습이라니?"

뒤늦게 단어가 머리에 들어왔다. 소비에슈가 기겁해서 묻자, 검은 머리 사절이 힘들게 대답했다.

"말씀드린 대로입니다. 황제 폐하께 원한을 가진 자가, 지붕 위에서 뛰어내렸는데 황후 폐하의 위로 떨어졌습니다."

카를 후작도 입을 다물지 못하고 사절을 쳐다보았다.

소비에슈는 반사적으로 고개를 저었다. 그럴 리가. 그럴 리가 있나. 이어 그의 머릿속에 에벨리가 떠올랐다. 에벨리는 몹시 드물고 귀한 치료 마법사였다. 혹시 에벨리라면…… 아니, 그런데 상태가 어느 정도인 거지? 설마…….

"죽었느냐?"

소비에슈의 목소리가 양처럼 떨렸다.

"아닙니다."

검은머리 사절이 황급히 대답했다.

"살아 계십니다. 하지만 계속 혼수상태셔서……."

"우리나라에 치료 마법을 사용할 수 있는 마법사가 있다. 그 아이는 나비에 황후가 이곳에 있을 적부터 후원해온 아이이니, 서대제국으로 가 나비에 황후를 도울 수 있을 거다."

사신이 '에벨리'라는 마법사를 보내달라 청하기도 전에 소비에슈가 먼저 에벨리를 떠올리고 말했다.

"카를 후작. 에벨리를 데려오고, 오는 길에 이 일을 얘기해주어라."

소비에슈는 카를 후작에게 다급히 지시한 후, 집무실 안에 있는 피르누 백작에게는 가장 빠른 말과 마차를 준비하라 지시했다.

세 시간이 지나지 않아 서대제국으로 갈 일행이 구해졌다. 치료를 맡은 에벨리와 혹시 모를 습격에 대비한 호위, 일의 전후를 파악할 관리, 이후 에벨리보다 먼저 동대제국으로 돌아와 돌아가는 상황을 알려줄 사람 등이었다.

속도를 최대한 빨리 내야 하기에 마차는 한 대였고, 짐 역시도 많이 보내지 못했지만, 에벨리를 비롯해 모든 이들이 나비에와 인연이 있는 이들이기에 순순히 급한 준비를 끝내고 마차에 올라탔다.

"나비에……."

소비에슈는 창문 너머로 멀어지는 마차를 쳐다보며 고통스럽게 그녀의 이름을 불렀다.

"나비에, 대체 무슨……."

너무 순식간에 일어난 일이라, 무슨 일이 벌어진 건지 아직도 머리가 받아들이지 못했다. 그러나 가슴이 먼저 먹먹한 통증을 호소해왔다.

소비에슈는 주먹을 쥐고 창틀에 머리를 기댔다.

좋지 못한 소식은 그것으로 끝나지 않았다.

며칠 후. 탑에 갇힌 라스타에게 음식을 가져다주는 간수가 찾아와 덜덜 떨며 보고하기를, 폐위된 황후가 며칠째 음식도 물도 먹지 않는 데다 너무 조용하기에, 음식 구멍을 열고 안을 들여다보았다고 했다. 음식 구멍이라고 한들 작은 접시 하나가 간신히 통과할 수준이지만, 그래도 돌아다니는 사람의 발 정도는 보일 터였다.

그러나 그가 발견한 건 피에 젖은 은발이었다. 머리로 추정되는 부분은 움직임이 아예 없었다. 게다가 좋지 못한 냄새가 났다. 하지만 탑 안쪽을 확인하려면 황제의 허락이 필요하기에, 직접 이리로 온 것이었다.

소비에슈는 직접 일어섰다.

"내가 가보지."

탑을 올라가면서 소비에슈는 마음이 심란해졌다. 정말로 죽었을까?

그가 마지막으로 보았던 라스타는 굳은 마음을 먹고 끝까지 살아남을 사람이었다. 오래 홀로 갇혀 있으면 결국 미치겠지만, 그래도 몇 년은 버티리라 여겼는데.

그러나 탑문을 열자마자 이미 부패가 진행된 시체가 보였다. 천사를 연상시켰던 아름다운 얼굴은 약간의 흔적만 남아 있었다. 유일하게 예전과 같은 것은 아름답고 풍성한 은발이었으나, 간수의 말처럼 그 은발에도 피가 달라붙어 있었다. 토한 피가 바닥에 고이고, 몸을 뒤틀면서 머리카락에까지 피가 묻은 듯했다.

간수가 입을 막고 계단을 내려가는 소리가 들려왔다. 함께 온 기사들도 인상을 찡그렸다.

소비에슈만이 움직이지 않은 채 그녀의 모습을 빤히 내려다보았다.

마지막에는 서로 죽자 살자 싸워댔고, 결국 그는 라스타가 폐위될 때 얼굴조차 보이지 않았다. 탑에 가둘 때도 마찬가지였다. 그러나 이렇게 비참히 죽어 있는 모습을 보자 통쾌하지만은 않았다.

그녀는 눈을 감지 못한 채 죽었다. 맑은 웃음소리가 들려오는 듯해서, 소비에슈는 인상을 찡그렸다.

— 폐하는 왜 제게 사랑한단 말씀을 안 해주세요?

라스타의 목소리가 웃음에 섞여 귓가를 맴돌았다. 그는 시체를 내려다보다가 몸을 돌려 가파른 계단을 내려갔다.

덫에 발목이 걸린 채, 세상이 무너진 것처럼 울고 있던 라스타가 떠올랐다. 이젠 쓸데없어진 질문이지만, 그는 문득 다시 궁금해졌다. 동대제국 역사상 가장 악한 황후로 기록된 그녀는, 원래 그런 사람이었을까? 애초에 그가 라스타의 천사 같은 모습에 홀려 사람을 잘못 본 걸까? 아니면 원래는 평범하게 선했던 그녀를, 궁전이, 권력이, 귀족들이, 그리고 자신이 변하게 만든 것일까.

"아무도 대답해줄 수 없겠지."

"예?"

소비에슈가 중얼거리는 소리에, 카를 후작이 입가를 손수건으로 닦으며 물었다.

"아니다."

소비에슈는 고개를 젓고서, 잠시 생각하다 지시했다.

"시신은…… 황후로서 묻지 말고, 화장해서 넓은 평원에 뿌려주어라."

소비에슈는 허망한 상태에 빠져 있었다. 머리를 굴리다가 평생을 함께할 아내가 떠나갔고, 그토록 바라던 딸은 자신의 딸이 아니었다. 그 딸조차 지금은 먼 곳으로 보냈고, 막판까지 싸워댔던 라스타는 홀로 죽었다.

소비에슈는 사는 게 참으로 덧없게 여겨졌다. 그의 꿈은 아내와 아이가 있는 가정에서 행복하게 사는 것이었다. 그의 아버지가 자신에게 주지 못했던 그 가정을, 자신의 아이에게는 주고 싶었다.

그런데 그게 이렇게 어려운 일이었을까? 수많은 평민들조차도 당연하게 가지는 그 단란한 가정을, 황제인 그가 가지지 못해 이렇게 발악하는 건 참으로 아이러니한 일 아닌가.

심지어 나비에……. 그와 달리 진짜 행복을 찾으리라 여겼던 나비에조차, 그곳에서 습격을 받아 위급한 상황에 처했다. 심장이 타들어가는 기분이 들면서 다시 위 부근이 뜯어지듯 아파왔다.

소비에슈는 배를 잡고 허리를 숙였다. 우울하고 괴로운 마음이 끊이질 않아서, 두 손으로 얼굴을 감싸고 눈두덩이를 손가락 끝으로 눌렀다. 나비에가 무사하단 소식을 받기 전에는 이 늪에 빠진 기분이 가시지 않을 것 같았다.

"폐하. 에르기 공작이 찾아왔습니다."

에르기 공작이 찾아왔을 때, 소비에슈는 나비에의 초상화를 바라보며 이런저런 말들을 중얼거리던 중이었다.

"그자가 왜?"

"떠나기 전에 잠시 인사를 드리고 싶답니다."

소비에슈는 원치 않는 이의 방문에 인상을 찡그렸다.

에르기 공작은 라스타의 추문에 일조를 했지만, 상대적으로 아무런 피해를 입지 않은 인물이어서 싫었다. 오히려 월대륙 연합의 결정에 따라, 에르기 공작은 동대제국에 있는 큰 항구를 차지하게 될지도 몰랐다.

물론 그럴 가능성은 낮았다. 소비에슈가 월대륙 연합을 신경 쓰듯, 월대륙 연합도 동대제국을 신경 썼으니까. 그와 에르기 공작이 정면으로 맞부딪치게 된다면, 월대륙 연합에서는 마지못해서라도 소비에슈의 손을 들어줄 확률이 높았다.

다만, 작은 가능성이라도 국토가 넘어갈 수 있다는 점과, 원하는 결과를 얻기 위해 연합 쪽에 좋게 보여야 하는 등, 일이 복잡해지는 게 싫을 뿐이었다.

소비에슈는 잠시 생각에 잠겼으나, 곧 그를 만나보겠다고 허락했다. 얼굴도 보기 싫은 놈이었으나, 궁금해서였다. 도대체 왜? 도대체 왜 그가 이런 짓을 한 건지.

그의 행적에는 이해 가지 않는 부분이 많았다. 그는 하인리의 친구로 유명하면서도 라스타와 친하게 지냈고, 그러면서도 나비에가 저택을 탈출하는 걸 도왔다. 라스타와 스캔들을 일으켰지만, 최후의 순간 라스타에게 두 가지나 죄를 보태 떠밀었다. 이런 일을 해서 그에게 이득이 있냐 하면 그것도 아니었다. 에르기 공작 역시 이 일로 바람둥이 이미지가 더욱 심해져서, 지금은 다들 그에 관해 나쁘게 수군거렸다.

그래서 궁금했다. 대체 왜? 대체 왜 그는 이런 짓을 한 건가.

방 안으로 들어온 에르기 공작은, 침착한 미소를 띤 채 소비에슈에게 인사를 올렸다.

"이제 떠나려 합니다. 그동안 여러모로 신경 써주셔서 감사했습니다, 폐하. 다음에는 연합 법정에서 뵐 수도 있겠군요."

소비에슈는 대답하지 않았다. 팔을 괴고 앉은 채 그를 뚫어져라 쳐다보기만 하다 물었다.

"라스타가 죽은 건 아나?"

에르기 공작이 잠시 움찔했다.

소비에슈는 그 태도에서 대답을 듣고서 다시 물었다.

"라스타가 이상하게 된 데는 그대의 탓도 있다고 보는데. 도대체 무슨 원한이 있어서 이런 짓을 한 거지?"

에르기 공작의 입술이 뒤틀렸다. 웃는 것도 우는 것도 같은 표정이었다. 그 상태로 눈을 내리깔고서, 그는 바람 빠지는 소리를 내며 가볍게 웃다가 되물었다.

"그러는 폐하께서는 무슨 원한이 있어서 그런 짓을 하셨습니까?"

"그런 짓이라니?"

"알레이시아 양 말입니다."

가는 눈으로 에르기 공작을 바라보던 소비에슈의 표정이 살얼음이 언 듯 빠르게 굳었다.

소비에슈는 순간, 에르기 공작이 알레이시아의 아들인가 생각했다. 그는 몇 번 눈을 느리게 깜빡이다가 "혹시……" 하고 입을 열었다.

"아닙니다."

에르기 공작은 그가 무슨 생각을 하는지 알겠다는 듯 희미하게 웃었다.

"제 어머니는 남의 가정을 차지하려 파고드는 바퀴벌레 같은 인간이 아니시거든요."

"!"

"안타깝게도 아버지는 그런 벌레와 딱 맞는 같은 벌레 한 쌍이었지만."

짧게 덧붙인 에르기 공작의 눈가에도 미소가 번졌다.

소비에슈는 더욱 혼란스러워졌다. 알레이시아에 대해서는 자살했단 소문과 함께 더욱 무서운 소문이 함께 돌았다. 자살한 게 아니라, 남들의 이목이 무서웠던 그녀의 부모가 자살로 위장해 딸을 바다에 버렸단 소문이었다. 그리고 알레이시아가, 다른 정부들과 달리 그런 끝을 맺게 된 건…….

— 저 여자예요.

소비에슈는 마른침을 삼켰다.

— 저 여자가 어머니에게 낙태약을 섞어 만든 쿠키를 선물했어요.

어린 시절, 그의 목소리가 생생하게 떠올랐다.

— 실수로 제가 그걸 먹었어요, 아버지.

소비에슈의 눈동자가 흔들렸다.

— 폐하의 품은 다정하네요.

속삭이는 목소리.

울고 있던 어머니.

— 어린아이는 빨리 죽는대요.

속삭이는 목소리.

울고 있던 어머니.

— 내가 네 동생을 만들어줄게.

다정한 목소리.

화를 내던 어머니.

화를 내던 아버지.

쿠키를 들고 달려가던 들뜬 발걸음.

쿠키를 먹던 나비에의 모습.

마주 보고 웃음을 터트리던 행복한 시간.

— 낙태약이 황후궁에 들어온 정황이 있소!

화를 내던 아버지…….

울면서 끌려 나간 그 여자.

단편적인 장면이 빠르게 머릿속을 획획 지나갔다. 소비에슈는 에르기 공작의 얼굴을 찬찬히 살폈다. 그 일의 '자세한' 정황에 대해 아는 건 그의 어머니와 자신, 그리고 알레이시아 본인뿐이었다. 그런데 저자가…….

에르기 공작은 다시 웃음을 터트렸다.

"정말 아니라니까 이상한 오해를 하시네."

이어서 그 웃음이 몹시 불쾌해하는 표정으로 변했다. 마치 그런

오해를 받는 것조차 싫다는 듯.

하지만 소비에슈는 더욱 이해할 수 없었다. 만약 죽었다고 알려진 알레이시아가 살아 있고 다른 사람과 결혼해서 에르기 공작을 낳았다면, 그가 저렇게 나오는 것도 약간이지만 이해가 갔다. 하지만 그가 본인의 말처럼 알레이시아의 아들이 아니라면, 왜 굳이 저렇게 나오나 이해할 수 없었다.

그러나 에르기 공작은 더 설명하는 대신, 작은 상자 두 개를 꺼내어 바닥에 조심스레 내려놓았다.

"선물입니다. 폐하를 위해 준비한."

에르기 공작은 예의를 갖추어 인사를 올린 후 물러났다.

소비에슈는 그가 내려놓고 간 파란 상자와 붉은 상자를 번갈아 살폈다. 상자의 크기는 아주 작아서, 들어가봐야 작은 장신구 정도가 다일 것 같았다.

소비에슈는 잠시 주먹을 쥐었다 펴길 반복하며 상자를 내려다보았다. 이유를 알 수는 없으나, 에르기 공작은 그에게 이상한 적의를 가지고 있는 듯했다. 라스타에게 적의가 없는 게 아니라, 오히려 그에게도 적의가 있는 듯했다. 절대로 좋은 뜻으로 주고 간 선물은 아닐 것이다.

하지만 안에 독이 들어 있진 않을 게 분명했다. 그가 주고 간 선물을 열다가 소비에슈가 중독된다면, 에르기 공작은 물론 그의 가문과 나라까지도 엄청난 책임을 물게 될 테니까.

그러니 독은 아닐 텐데…….

아니, 사실은 독이어도 상관없었다. 글로리엠은 떠났고, 나비에는 생사조차 알 수 없었다. 독을 맡고 죽는다고 한들 뭐가 그리 대수일까.

소비에슈는 의자에서 일어나 상자 쪽으로 다가갔다. 천천히 팔을 뻗어 상자 두 개를 들어 올렸다. 망설이다가 파란 상자를 먼저 열어보았다. 상자 안에는 파란 보석이 박힌 열쇠가 들어 있었다. 붉은 상자를 열자, 그 안에서도 마찬가지로 붉은 보석이 박힌 열쇠가 나왔다. 소비에슈는 손 안에 넣고 열쇠를 굴리다가, 카를 후작을 불러 지시했다.

"카를 후작. 에르기 공작이 사용하던 방이 어디지?"

"남궁에서 세 번째로 커다란 방입니다."

"방 안을 뒤져보아라."

카를 후작은 당황해서 대답했다.

"공작이 자리를 비우자마자 바로 깨끗하게 청소를 한 걸로 알고 있습니다."

"그때 나온 물건이 없느냐?"

곧 청소를 맡았던 하인이 불려와 대답했다.

"방 안엔 단단하게 잠긴 금고가 있었습니다. 금고에 둔 물품이면 귀중품일 듯해 에르기 공작이 지내고 있단 여관으로 보냈습니다."

소비에슈는 기사들을 보내 그 금고를 가져오라 지시했다. 금고가 오기를 기다리는 동안, 소비에슈는 초조하게 방 안을 돌아다녔다.

얼마 후. 기사가 금고를 가져왔다.

"이것뿐이더냐?"

그러나 금고는 하나였다. 열쇠는 두 개인데.

소비에슈의 질문에, 기사가 당황해 대답했다.

"예. 하나뿐이었습니다. 여관 주인이, 손님이 금고를 되찾으러 올 거라 생각해 보관해두고 있었다 했습니다."

에르기 공작이 실수로 하나만 놔두고 간 걸까? 아니면 여관 안에서 누군가 금고 하나를 훔쳐간 걸까?

금고는 무겁지 않아서, 성인 두 사람이면 충분히 들 만한 무게였다.

소비에슈는 우선 사람들을 다 밖으로 내보냈다. 어찌 되었건 에르기 공작이 주고 간 열쇠 중 하나는 여기에 맞을 것이다. 그는 망설이다가 파란 보석이 박힌 열쇠를 꺼내 금고 자물쇠에 넣었다. 열쇠는 매끄럽게 들어가 딸각 소리를 내며 풀렸다. 소비에슈의 심장이 쿵쿵쿵쿵 소리를 내며 거세게 뛰었다.

도대체 안에서 뭐가 나올까. 어떤 위험한 게 나올까.

"금고?"

그러나 금고 안에 들어 있는 건 또 다른 금고였다. 소비에슈는 황당해서 파란 보석 열쇠를 내려놓고 붉은 보석 열쇠를 집었다. 그러면 이중으로 잠금장치를 해둔 건가? 대체 안에 뭐가 들어 있기에?

그래도 일단 금고 안의 또 다른 금고를 꺼내자, 안쪽 금고 어딘가에 달라붙어 있던 작은 종이가 뚝 떨어졌다. 소비에슈는 종이를 집지 않은 채로 안에 쓰인 글자만 읽었다.

약.

"약?"

치료할 때 쓰이는 약을 말하는 건가, 아니면 약하다고 할 때 약을 말하는 건가? 두루뭉술한 단어였다. 소비에슈는 잠시 고민하다가, 붉은 보석 열쇠를 집어 상자 안에 천천히 밀어 넣고 돌렸다. 딸칵 소리와 함께 두 번째 금고가 열렸다.

안에 든 건 이번에도 종이였다. 이번에는 한 글자가 아니어서, 소비에슈는 종이를 들어 올렸다. 짧은 편지가 쓰여 있었다.

공주님은 폐하의 친딸이 맞습니다.

소비에슈는 아무 말도 하지 않았다. 그는 편지를 쥔 채 아무 생각도 하지 못했다. 이게 무슨 말인지, 이게 무슨 뜻인지. 그의 뇌에서 누군가 생각하는 기관을 싹 가져가버린 것처럼, 그야말로 아무 생각이 들지 않는 공황 상태가 찾아왔다.

충격은 멍한 정신을 한 번에 엎어버리며 몰아닥쳤다. 소비에슈는 종이를 떨어트렸다. 다리와 팔에 힘이 풀리면서 자세도 흐트러졌다. 서 있었더라면 분명 쓰러졌을 것이다.

그는 고개를 저었다. 이게 무슨……? 말도 안 되는 일이었다. 절대, 절대로 말이 안 되는 일이었다. 분명 그의 눈앞에서 검사를 했지 않던가. 신관이 그의 앞에서 공주의 손에 이상한 기구를 설치해서 피를 뽑았다. 한 번만 그런 게 아니었다. 두 번이나 그랬다. 신관은 두 번째에도 공주의 손에서 피를 뽑아…… 뽑았던가?

소비에슈는 미친 듯이 그날의 기억을 떠올려보았다. 아니다. 두 번째에는 공주의 손에서 뽑지 않았다. 이미 뽑아둔 피를 사용했다. 라스타가 피를 새로 뽑아서 검사해야 한다고 우기자, 신관이 여기서 더 피를 빼면 아기들이 놀란다고 반대했다.

소비에슈는 머리를 두 손으로 짚었다. 그러고 보니 그때에도 그는 에르기 공작에게 왜 그곳에 나타난 건지 물었다.

그리고…… 아니, 아니, 그래도 그럴 리가 없다. 에르기 공작이 왕족이라지만, 그렇게 쉽게 핏줄 검사를 조작할 수 있을 리가 없었다. 게다가 신관은 절대로 거짓말을 하지 않았다. 그들은 절대로 거짓말을…….

"카를! 카를!"

소비에슈가 미친 듯이 카를 후작을 불렀다. 문 앞에서 대기 중이던 카를 후작이 들어오자, 소비에슈는 덜덜 손을 떨면서 명령했다.

"베르디 자작 부인, 베르디 자작 부인을 데려와. 글로리엠을 데려와!"

"예?"

"확인할 게 있으니 데려와! 당장! 서둘러라!"

카를 후작은 당황했지만 얼른 밖으로 나가서 베르디 자작 부인을 찾아오라 명령했다. 어차피 뒤를 계속 쫓고 있었고 위치도 파악하고 있었기에, 찾는 게 어렵진 않을 것이었다.

소비에슈는 에르기 공작이 두고 간 종이를 꽉 쥐고서 손을 떨었다.

"그럴 리가 없다. 그럴 리가 없어. 분명 검사 결과가 아니었어. 이자가 일부러 거짓말을 한 거다."

그래, 거짓말이다.

그러면 에르기 공작이 뜬금없이 베르디 자작 부인을 돕는 이유도 맞았다. 에르기 공작은 소비에슈가 이 종이를 보고 다시 핏줄 검사를 하려 들까 봐, 공주를 빼돌린 게 분명했다. 이런 말을 꺼냈단 것만으로도, 그는 평생 의구심을 떨치지 못하고 살 테니까.

군이 열쇠를 이용해 금고를 열도록 하고, 그 금고를 성 밖에 가져다둔 이유도, 소비에슈의 분노를 피해 탈출할 시간을 벌기 위해서일 것이다. 금고를 찾아와 여는 데만도 벌써 몇 시간이 지나지 않았던가.

하지만…… 하지만 만약 에르기 공작이 죄책감 때문에 공주가 탈출하게 도운 거라면?

소비에슈는 텅 빈 눈동자로 침실에 걸린 공주의 초상화를 바라보았다.

"그럴 리가 없다. 그럴 리가 없어."

베르디 자작 부인은 칭얼거리지도 않고 곤히 잘 자는 아기를 애정 가득한 눈길로 바라보았다. 힘들긴 했지만, 그래도 생각보다 빠른 속도로 탈출하고 있었다. 검문은 약했고, 사람들은 친절했다. 이대로라면 몇 시간 뒤에는 국경을 빠져나갈 수 있을 것 같았다.

'코샤르 경이 상시천을 몰아내서 다행이지.'

베르디 자작 부인은 아이가 다리가 저릴까 봐 종아리를 주물러주며 생각했다. 원래 이 근방은 상시천의 습격이 잦았지만, 코샤르가 트로비 공작에게 벌을 받아 여기에 머무르는 동안 취미 삼아 그들을 막아냈고, 덕택에 요즘은 상시천의 코빼기도 보이지 않게 되었다. 듣기로 상시천은 서대제국 쪽으로 갔다 하니, 에르기 공작이 주선해준 곳으로 가는 내내 상시천을 만날 일은 없었다.

마침내 파르메 지방에 도착한 베르디 자작 부인은, 잠시 화장실에 들르기 위해 아이를 안고 마차 밖으로 나왔다. 잠과 식사는 마차 안에서 해결하면 되지만, 화장실은 어쩔 수 없이 꼭 나와서 들러야 했다.

그녀는 근처의 여관에서 음식을 산 후 그곳 화장실을 사용하고 나왔다. 그런데 음식이 완성되기를 기다리고 있자니, 사람들이 수군거리는 소리가 들려왔다.

"아기를 데리고 있는 여자를?"

"어. 기사들이 급하게 찾고 있나 봐."

"범죄자야?"

"그거야 모르지. 급하게 찾을 정도면 무슨 사고를 쳐도 쳤겠지 뭐."

먼 길을 달려온 듯한 여행객들이었다.

베르디 자작 부인은 음식을 받지 않고서 황급히 마차로 돌아왔다.

"빨리 가주게."

그녀는 에르기 공작이 주선해준 마부에게 서둘러 재촉했다. 저들이 말하는 '아기를 데리고 있는 여자'가 자신인지 아닌지는 알 수 없으나, 위험한 요소는 모조리 피하는 게 나았다.

마부는 에르기 공작에게 언질을 들은 게 있기에 군말 없이 마차를 출발시켰다. 마차는 검문이 강화되기 직전, 아슬아슬하게 파르메를 빠져나갔다.

베르디 자작 부인은 심장이 세차게 뛰어서 아기를 꼭 끌어안았다. 사실, 검문이 너무 약한 것 같아서 조금 기대를 하긴 했다. 소비에슈 황제가 일말의 애정이 남아 아이를 탈출시켜주는 게 아닐까 하고. 궁의를 보내준 것도 그렇고, 뻐꾸기 공주란 악명이 최악일 동안에 궁전 안에서 보호하고 있던 것도 그렇고, 아직은 애정이 남은 게 아닐까 하고. 그러나 이렇게 잡으려 드는 걸 보니 아닌 듯했다.

— 아이가 라스타 님을 너무 많이 닮아서 불안하군.

에르기 공작이 중얼거리던 목소리가 불안하게 그녀를 옥죄었다. 다행히 마차와 말이 모두 튼튼하고 마부 역시 말을 부리는 솜씨가 좋기에, 온 힘을 기울이자 마차는 빠른 속도로 동대제국에서 멀어져 갔다. 아기가 깨어나서 울긴 했으나, 베르디 자작 부인은 차라리 조금씩 더 안도할 수 있었다.

그러나 그 순간. 갑자기 말이 날뛰더니, 마차가 빙글빙글 옆으로 돌기 시작했다.

"아악!"

베르디 자작 부인은 아기를 꽉 끌어안았다. 돌던 마차는 커다란 바위에 부딪히면서 가까스로 멈추고 옆으로 쿵 넘어갔다. 그녀는 정신이 가물가물해진 와중에도 아기를 놓지 않았다. 아기가 자지러지게 우는 건 보였으나, 소리가 잘 들리지 않았다.

누군가 마차 문을 뜯어냈다. 소리가 끊일 듯 끊이지 않는데, 거친 손이 그녀와 아기를 끌어냈다.

"안 돼……."

베르디 자작 부인은 바닥을 구르면서 아기를 향해 손을 뻗었다.

키가 몹시 커다랗고 인상이 싸늘한 남자가 한 손으로 아기를 달랑달랑 들고 있었다.

"뭐야 이건?"

그가 툴툴거리자, 뒤에서 "버려요." 하는 소리가 들려왔다. 그 대화를 마지막으로 베르디 자작 부인은 정신을 놓았다.

그러나 베르디 자작 부인이 기절하기 전 마지막으로 본 남자는 누군가 기절하건 말건 눈 하나 깜짝하지 않았다. 그는 상시천의 수장인 켈드릭이었다. 그는 아기를 여전히 가방처럼 든 채 부하에게 지시하기만 했다.

"마차 안을 뒤져봐! 분명 돈이나 보석이 많이 나올 거다! 이렇게 급하게 달아나는 귀족 마차엔 든 게 많거든!"

그의 부하들이 낄낄 웃으면서 마차를 다시 뒤집고 안을 뒤져댔다. 마차 안에서는 그의 짐작대로 많은 보석과 돈이 나왔다. 켈드릭은 기분이 좋아 웃었다. 켈드릭이 이렇게 좋아 죽는 건 오랜만이기에, 부하들은 히죽히죽 웃으면서 켈드릭에게 아부를 떨어댔다.

"복귀한 첫날부터 이렇게 운이 좋으니, 앞으론 우리도 운이 트일 겁니다."

"코샤르 그놈이 서대제국에 자리를 잡았으니 동대제국엔 안 올 거란 천주님의 선견지명이 딱입죠!"

"하긴. 코샤르 그놈 성격에, 다른 나라는 몰라도 동대제국엔 이제 올 리 없죠."

"오면 등신이지."

켈드릭은 킬킬 웃고서 아기를 옆의 부하에게 건넸다.

"애는 어디 민가 아무 데나 버리고 와. 가자."

코샤르를 피해 서대제국으로 이주한 그들은, 서대제국에 가자마자 코샤르와 또 부딪쳤다. 게다가 코샤르의 누이가 서대제국에서도 황후라고 했다. 아니, 도대체 그 집 남매는 자신들에게 무슨 원한을 맺었기에 가는 곳마다 버티고 있고 가는 곳마다 황후로 있단 말인가? 상시천의 도적들은 툴툴거리면서 다시 이주할 곳을 골랐고, 켈드릭은 머리를 굴려 동대제국에 돌아가자고 했다. 그 결과가 지금 나타난 것이었다.

"난 천재야! 코샤르 그 빌어먹을 놈, 이젠 마주칠 일 없겠지!"

그런데 일행이 떠나기 전. 부천주가 돌연 턱턱턱 걸어오더니, 아기를 뺏어 들고서 중얼거렸다.

"뭐야 이…… 내 딸 같은 애새끼는?"

그 말에 켈드릭이 웩 치를 떨며 욕을 했다.

"이 양심 없는 새끼, 니 얼굴에 이런 애새끼가 나올 수가 없는데 무슨 막말이야? 애한테 실례되게!"

그러자 부천주가 얼른 말을 바꿨다.

"내 마누라랑 닮았잖습니까! 그니까 그러죠!"

"이…… 진짜 양심이 흔적이라곤 없구나?"

켈드릭은 여전히 치를 떨었으나, 부천주는 무시하고서 요구했다.

"수장, 애 버린다 했죠? 우리 집에 버려줘요."

"뭐? 니네 집에 왜?"

"10년을 기다려도 애가 없는 걸 보니 나나 마누라 둘 중 하나가 문젠데. 내 마누라 쪽 닮은 애가 나타난 걸 보니, 애가 내 딸인가 봐.”

“네놈…… 진짜 양심이 손톱만큼도 없는 거냐.”

“아 뭐요! 눈 두 개에 코 하나 입 하나면 똑 닮은 거지, 왜 그럽니까!”

켈드릭은 부천주의 얼굴을 보면서 다시 한번 양심 없는 새끼라고 욕을 퍼부었다.

“맘대로 해라. 애새끼를 주워서 기르든 업고 기르든!”

부천주는 신이 나서 아기를 안고는 둥개둥개 어르면서, ‘내 딸 내 딸’ 노래를 불러댔다.

“베르디 자작 부인은 찾았지만 아이는 없었습니다, 폐하.”

기사가 침통하게 보고했다.

소비에슈는 며칠째 잠조차 들지 못하고 있었다. 그 탓에 눈 밑이 퀭하고 어두워서, 조금만 세게 밀어도 곧장 쓰러져서 깨어나지 못할 만큼 상태가 나빠 보였다.

어린 시절부터 내내 훈련받아온 터라 습관적으로 일은 계속할 수 있었으나, 반쯤 정신이 빠진 채 한 것이라 기억도 잘 나지 않았다. 소비에슈는 가라앉은 눈으로 기사를 쳐다보았다.

차마 다 타버리고 남은 숯 같은 그 시선을 감당할 수 없어서, 기사는 눈을 내리깔았다.

“근처를 샅샅이 뒤졌지만 보이지 않았습니다. 게다가 자작 부인을 발견한 곳이⋯⋯."

"어디에 있었느냐."

"인근에 숲이 있고, 마을은 없는 국경 밖이었습니다. 마차는 뒤집어져 있었고, 자작 부인은 다친 상태였습니다."

소비에슈 옆의 카를 후작이 이마를 짚었다. 글로리엠은 아기였다. 그런데 혼자서 숲 근처에 있었다면⋯⋯.

소비에슈는 눈을 감았다. 머리가 아프고 속이 울렁거려서 견디기 힘들었다. 며칠 동안 실낱처럼 붙들고 있던 끈이 끊어져버린 것 같았다.

소비에슈가 몹시 지쳐 보였으므로, 카를 후작이 대신해 물었다.

"마차가 왜 뒤집힌 건가? 사고인가?"

"예. 마차가 뒤집히면서 마부가 죽고 베르디 자작 부인은 다친 듯했습니다."

기사는 자신이 발견했을 때의 베르디 자작 부인을 떠올렸다. 그녀는 기절한 상태였고, 마차 안의 보석 상자에는 돈과 보석이 단 하나도 남아 있지 않았다.

"강도가 마차를 턴 것 같았습니다."

"자작 부인에게는 물어보았고?"

"치료하면서 물어보니, 강도 중 한 명이 아이를 내다 버리라 했다고⋯⋯."

카를 후작은 힐긋 소비에슈를 보았다. 소비에슈의 얼굴은 무서울 정도로 창백했다. 색을 입히지 않은 밀랍인형 같았다.

"사람들을 풀어 근처 마을과 숲을 모두 뒤져라. 혹시 어린아이를 주운 사람이 없는지, 갑자기 아이가 생긴 집은 없는지, 아이를 데리고 지나간 여행자는 있는지 전부 다."

기사가 나가자 카를 후작이 소비에슈에게 물었다.

"베르디 자작 부인을 어찌하실 건지요, 폐하?"

그녀가 데리고 갔다 잃어버린 아이가 공주라면, 그녀는 엄청난 죄를 지은 것이었다. 그러나 글로리엠의 지위가 아직 회복되지 않았기에 공식적으로는 죄가 아니었다. 물론 공식적으로는 글로리엠 역시 탑에 유폐되어야 했기에, 죄인을 몰래 탈출시켜 데려간 것도 죄이긴 했다. 하지만 베르디 자작 부인의 탈출은 소비에슈가 눈감아주고 검문을 허술하게 해준 것이라, 원칙대로 처리하긴 애매한 구석이 있었다.

"그 사람에 대한 건 나중에."

소비에슈는 동굴 안에서 울리는 듯 낮고 무거운 목소리로 중얼거렸다. 지금 그의 머릿속은 에르기 공작이 남긴 말과 글로리엠에 대한 걸로 가득 차서, 그 외의 어떤 것은 생각조차 할 수 없었다.

기사가 나간 후. 소비에슈는 혼자 말없이 의자에 앉아 카펫만 내려다보았다. 그는 얼굴을 감싸고 고통에 차 숨을 몰아쉬었다.

아기는 어디로 간 걸까? 혼자서 기어갔나? 글로리엠이 길 줄 알았던가? 그가 데리고 있을 때에는 기지 못했다. 하지만 지금은……지금은 기억나는 게 없었다.

아니, 도적들이 보물을 털어 가면서 아이를 데려간 건 아닐까? 아이를 데려가서 어쩌려는 거지? 아이를 노예로 팔려는 건 아닌가?

법적으로는 죄인과 죄인의 후손만 노예가 되지만, 불법적으로 노예를 만드는 이들이 없진 않았다. 르베티 역시 그런 자들에게 팔릴 뻔한 걸 구출했던 거고.

혹시 도적들이 아기를 노예로 팔아버리려 하면…….

"글로리엠……. 글로리엠……."

머릿속에 온갖 끔찍한 생각이 펼쳐졌다 사라졌다. 아이가 짐승에게 물리진 않았을까, 커다란 새가 아이를 물고 가다 떨어트리면 어쩌지, 도적들이 아이를 데리고 가다 시끄럽다고 죽이면 어쩌나, 도적들이 아이를 팔아치우면 어쩌나, 두려워 견딜 수 없었다.

손을 덜덜 떨고 있자니, 다시 배가 아파왔다. 소비에슈는 종을 울리고서 술을 가져오라 명령했다. 맨 정신으로 버틸 수가 없었다. 하인이 술을 가져오자마자, 소비에슈는 병을 입에 댄 채 벌컥벌컥 마셔댔다.

카를 후작은 응접실에서 상황을 지켜보다가, 소비에슈가 다섯 번째 술을 가져오라 명령하자 결국 참지 못하고 들어가 그를 말렸다.

"폐하."

"누가 들어오라 했지?"

"용서하여주십시오. 하지만 폐하, 더 이상 마시는 건 몸에 해롭습니다."

"알아. 맨 정신으로…… 버틸 수가 없어 그런다."

소비에슈는 화를 내진 않았다. 화를 낼 여력도 없어 보였다. 카를 후작은 조심스럽게 다가가서 그의 손에서 술병을 가져가 쟁반 위에 놓았다. 쟁반 위에는 하인이 가져온 술잔이 손도 대지 않은 채 늘어져 있었다.

"폐하."

"더 마시지 않을 테니 나가보아라."

"폐하."

"더 마시지 않는다지 않느냐."

소비에슈가 손으로 이마를 짚으며 명령했으나, 카를 후작은 나가는 대신 말을 이었다.

"그 많은 사람들 앞에서 검사를 했는데, 결과가 바뀌었을 리가 없습니다. 우리 모두 공주님의 피를 뽑아 검사하는 걸 보았습니다."

"……."

"설령 에르기 공작이 신에게 버림받는 걸 각오하고서 신전의 검사 결과를 바꾸는 일을 했고, 바꾸는 데 성공했다 해도 마찬가지입니다. 검사를 하지 않았으니, 진짜 결과는 에르기 공작 본인도 모르는 일입니다. 그가 무슨 수로 검사 결과를 알겠습니까."

"……."

"게다가 글로리엠 님을 다시 찾아온다 한들, 라스타 님이 죽은 시점에서 다시 친자 검사는 할 수 없습니다."

소비에슈가 이마에서 천천히 손을 내렸다. 그 시선이 차갑고 서늘했으나, 카를 후작은 말을 멈추지 않았다.

"에르기 공작이 굳이 이런 말을 남기고 간 건, 글로리엠 님이 폐하의 따님이란 걸 확신해서가 아니라, 폐하를 혼란스럽게 만들기 위해서입니다. 자신도 알 수 없는 검사 결과를, 확정인 듯 편지로 쓰고 갔다는 것부터가 나쁜 의도가 보입니다. 게다가 그자는 폐하께 원한을 품고 있다 하니, 절대로 거기에 넘어가선 안 됩니다."

에르기 공작은 열쇠만 선물하고, 금고는 수도 밖의 여관에 맡겨 두는 방식으로 시간을 번 뒤, 수도를 빠져나가 근처의 항구로 가버렸다. 소비에슈는 에르기 공작도 잡아오라 지시했으나, 이미 그땐 공작은 승선한 후였다.

카를 후작의 말은 처음부터 끝까지 모두 옳았다. 에르기 공작은 수많은 준비를 했다. 신전에 모습을 드러낸 것도, 검사 결과를 바꾸기 위해서가 아니라, 검사 결과가 바뀌었을지도 모른단 지금의 거짓말을 사실처럼 만들기 위해서였을 가능성이 컸다.

소비에슈도 카를 후작의 말을 인정했다. 그러나 받아들일 수가 없었다.

"내 아이인지 아닌지 알 수 없단 건, 내 아이일 확률도 있다는 게 아니냐!"

"폐하……."

"그 아이가 내 딸이라면, 그러면 난 내 손으로 내 아이를 죽인 게 되는 건데 진정하라고?"

"죽지 않았습니다, 폐하. 꼭 찾아올 겁니다."

카를 후작이 연거푸 위로했으나, 소비에슈는 듣고 있지 않았다. 일부러 무시하는 게 아니라, 정말로 그의 귀엔 카를 후작의 말이 더 이상 들리지 않았다. 그토록 원하던 자식을 제 손으로 버렸을지도 모른단 가능성은, 그것만으로도 엄청난 공포였다.

카를 후작은 안타까워하며 소비에슈를 바라보았으나, 결국 술병만 챙겨 나갔다. 닫힌 문 너머로 우는 소리가 들려왔다.

'제발 그 아이를 찾아야 할 텐데.'

카를 후작은 에르기 공작이 거짓말을 하고 간 거라 믿었지만, 그래도 아이를 찾았으면 좋겠다고 생각했다. 아니면 소비에슈가 충격에서 벗어나기 힘들 듯했다.

그러나 소비에슈와 카를 후작의 간절한 소원에도 어김없이, 글로리엠은 발견되지 않았다. 근처의 마을과 숲을 샅샅이 뒤지고, 심지어 옆 나라에도 양해를 구한 후 국경 마을을 죄다 뒤졌지만 은발 어린아이는 발견되지 않았다. 아기가 숲에서 홀로 살아남을 가능성은 사실 없는 것이나 마찬가지라, 기사들은 글로리엠이 아마 죽었으리라 여기고 안타까워했다.

소비에슈는 다시 잠을 자기 시작했다. 잠을 자야만 꿈속에서라도 보고 싶은 이들을 볼 수 있어서였다. 낮의 업무와 알현은 완벽하게 해냈기에, 사람들은 소비에슈가 이전의 안 좋은 일들을 잊고 원래의 황제다운 모습으로 돌아왔다고 여겼다. 그러나 밤이 되면 그는 독한 술을 대여섯 병씩 마셔댔다. 문을 닫아도, 침실에서는 흐느끼는 소리가 들려왔다.

"더 술을 마셔선 안 됩니다. 위가 몹시 나빠졌습니다. 제발 좀 말려보세요."

보다 못한 궁의가 카를 후작에게 애원할 정도였다. 그러나 일국의 황제인 소비에슈를, 카를 후작이라 한들 말릴 수 있을 리가 없었다.

"나비에 님이 무사히 깨어나셨단 소식이라도 들려오면 좋을 텐데……."

소비에슈의 비서들은 머리를 맞대고 걱정스러워했다.

그러나 나비에에 대한 소식이 오기 전, 글로리엠에 대한 끔찍한 소식이 한 가지 더 들어왔다. 숲을 뒤지고 다니던 기사가 동굴에서 글로리엠의 피 묻은 옷을 발견한 것이다.

'애가 귀한 집 애 같다. 혹시 모르니 죽은 걸로 위장하라'는 상시천 수장의 명령에, 부하들이 일부러 아기의 옷을 이용해 만들어둔 흔적이었다. 하지만 상시천이 아기를 데려간 것조차 모르는 기사들은, 분명 아기가 죽은 거라고 확신했다.

소비에슈는 아기 옷을 받아 들고서 완전히 눈이 돌아가버렸다.

"글로리엠…… 내 딸."

그는 두 손으로 아기 옷을 든 채, 입을 닫지 못하고 눈을 부릅떴다. 아기 옷은 하필 그 역시 본 적이 있던 옷이었다.

"내 딸. 내 아이. 내 아이가."

소비에슈의 눈에서 눈물이 주르륵 흘러내렸다. 그는 목이 졸린 듯한 소리를 내면서 아기 옷을 보며 눈물을 뚝뚝 흘리다가, 무릎을 꿇고 옷을 가슴에 끌어안았다.

"글로리엠!"

소비에슈는 침실에 들어가 글로리엠의 초상화 앞으로 갔다. 피투성이가 된 아기 옷을 가슴에 안은 채, 건강하고 행복한 시절의 딸을 바라보며 끅끅거렸다. 가장 처음 아이가 "아바!" 하고 내뱉던 짧은 발음이 생각났다. 오물거리는 입술도, 활짝 웃던 미소도.

소비에슈는 괴로운 숨을 토해내며 몸을 비틀었다. 그 아기를, 자신의 딸을, 그렇게 사랑스럽던 아기를, 그의 손으로 쫓아냈다. 그가 죽인 것이나 다름없었다.

— 절 믿어주세요!

라스타의 악에 찬 외침이 귓가를 맴돌았다.

— 폐하의 딸이에요!

그의 품에 안긴 채 허우적대던 아기가 떠올랐다. 정말 작고 연약한 아기였다. 그가 지켜주지 않으면 안 될 아이였다. 소중하고 소중한, 세상에서 가장 사랑스러운 아이였다.

"아가, 아빠도 데려가라. 아가, 아빠를 데려가!"

소비에슈는 견디지 못하고 흐느끼면서 벽에 머리를 찍었다. 나비에도 죽고 딸도 죽었다. 모든 게 허망했다. 치밀어 오르는 상실감과 분노, 좌절감을 견딜 수가 없었다. 벽에 머리를 부딪칠 때마다 느껴지는 고통에, 잠시 마음의 고통이 눌렸다.

"폐하! 고정하십시오, 폐하!"

비서들이 몰려들어 그를 붙잡았으나, 소비에슈는 그들을 뿌리치고 계속 벽에 머리를 박아댔다. 이마가 까져 피가 흘러내릴 때까지 자해는 멈추지 않았다. 자신의 딸이, 자신의 손으로 버린 딸이, 죽어가면서 그를 찾았을 겁 많은 아기가 눈앞에 선해 심장이 뜯어지는 듯했다.

"글로리엠! 글로리엠! 내 아기! 내 아기를 데려와라! 내 아기를 찾아다오! 아기를 찾아와, 카를 후작!"

흐느끼는 소비에슈를 보다 못한 근위기사가 큰 벌을 받을 걸 각오하고서 그를 기절시켰다. 카를 후작은 기사에게 잘했다고 눈짓했다. 기사는 소비에슈를 침대에 눕히며 물었다.

"지금 폐하께서 좀…… 진정하실 때까지 묶어두는 게 낫지 않을까요?"

황제는 완전히 넋이 나간 것처럼 보였다. 사람들 앞에서 자해를 할 정도이니, 충동적으로 무슨 짓을 할지 몰랐다. 카를 후작은 잠시 생각해보다가 고개를 저었다.

"이성을 찾으면 괜찮으실 걸세."

그 역시도 소비에슈의 상태가 심각하다 여겨졌으나, 감히 황제를 묶어둘 수는 없었다.

"서대제국에 에벨리 양을 따라간 사신은? 아직 안 왔는가?"

"예."

"하긴. 아직 올 때가 아니긴 한데…… 빨리 와줬으면 좋겠군. 그러면 폐하께서도 좀 진정되실 것 같은데."

카를 후작은 아기 옷을 치워야 할지 말아야 할지 망설이다가, 조심스럽게 보이지 않는 곳에 놔두고 밖으로 나갔다.

그게 실책이었다.

깨어난 소비에슈는 방에 걸린 두 개의 액자를 보며 소리 죽여 울었다. 흐릿한 눈물 속에서 두 개의 액자 속 그림이 하나로 합쳐졌다. 나비에와 글로리엠. 사랑하는 아내와 딸. 그가 꿈꾸었던 완벽한 가정이, 흐릿해진 눈물 속에서 하나로 합쳐졌다. 그는 심장을 두드리며 울다가 두 사람의 이름을 번갈아 불렀다.

"나비에…… 도와줘 나비에. 괴로워. 나비에. 제발 날 좀 도와줘."

항상 그에게 손을 내밀어준 아내의 이름을 부르며, 그는 손을 허우적거렸다. 그러나 나비에가 죽어간단 이야기를 떠올리고는 어깨를 떨며 웃었다. 우스워서가 아니라, 슬픔이 극에 달하자 이상하게 웃음이 나왔다.

애초에 그 빌어먹을 나라로 나비에를 보내선 안 됐는데. 자신의 멍청하고 이기적이었던 선택이 고통스럽고 후회스러웠다. 초상화가 오늘 따라 창백해 보였다. 시체처럼.

소비에슈는 문득 나비에가 죽었을지도 모른단 생각을 했다.

그래. 죽었을 것 같았다.

그의 아기처럼.

아기. 내 아기. 소비에슈는 옆에 걸린 글로리엠의 초상화를 보며 얼굴을 구겼다.

"글로리엠. 어디 있어."

눈물이 끊이지 않고 흘러서, 앞이 흐릿하게 보였다.

"글로리엠. 아빠 여기 있는데, 아가. 아가 어디 있어?"

흐느껴 울고 있자니, 문득 겁이 났다. 아빠가 옆에 없으면 보채는 딸이, 혼자서 얼마나 무서울까. 생각하니 겁이 났다. 그가 옆에서 손을 꼭 잡아주지 않으면 딸은 한 발자국도 떼지 못할 터였다. 아이를 보살펴주던 베르디 자작 부인조차 지금은 떨어져 있지 않은가. 아이가 분명 겁이 날 것이다. 천사 같은 아이니 천국으로 가야 하는데. 그 길도 찾지 못한 채 울면서 아빠를 부를 것만 같았다.

그는 흐느끼다가 하인에게 술을 가져오라 지시한 후, 다시 술을 마셔댔다. 마시고 마시고 마셔댔다. 계속해서 마시고 있자니, 나비에의 환영이 다시 나타났다. 그녀는 술을 마실 때마다 나타났다. 소비에슈는 <u>흐으으</u> 울면서 나비에에게 말을 걸었다.

　내가 잘할 수 있을지 모르겠어.

"넌 잘할 거야. 잘못하는 건 나뿐이더라."

　술 좀 그만 마셔.

"나비에…… 나비에…… 살아줘. 살아 있단 소식을 전해줘. 너라도 행복하단 이야길 들려줘. 제발."

　그때, 나비에의 환영이 사라졌다. 현실의 이야기를 꺼낸 탓일까. 소비에슈는 벌떡 일어나 주위를 두리번거렸다.

　그 순간, 창문 너머로 나비에가 보였다. 그녀가 회랑을 걸어가고 있었다. 라스타에 대한 일로 싸우고 냉랭하게 돌아간 날. 그때와 꼭 같은 옷을 입고서, 차분하게 멀어지고 있었다.

　그날처럼 소비에슈는 창틀을 손에 꽉 쥐었다. 그날과 달리 울면서 고개를 저었다. 미안해, 미안해, 미안해. 속으로 몇 번이나 연거푸 사과하는데, 그 위쪽으로 누군가 서 있는 게 보였다. 라스타였다. 피에 젖은 은발을 나부낀 채, 그녀가 걸어가는 나비에를 내려다보고 있었다.

　소비에슈는 눈을 부릅떴다. 환상이야, 환상이야, 속으로 연거푸 생각하는 사이, 라스타가 그를 향해 고개를 돌렸다. 입 주변이 피에 젖은 채, 그녀가 히죽 웃으면서 손가락으로 아래를 가리켰다.

　소비에슈는 고개를 저었다. 그러지 마, 그러지 마라, 제발 그러지 마!

　그러나 라스타는 지붕 위에서 뛰어내렸다. 나비에 쪽으로.

"안 돼!"

소비에슈는 고함을 지르며 창밖으로 뛰어내렸다.

눈을 떴을 때, 그는 다시 침실 안이었다. 그러나 늘 따뜻하게 데워두는 이불이 오늘따라 몹시 차가웠다. 팔뚝에서 소름이 돋을 만큼.

"우리 딸. 아빠가 미안해. 아빠가 먼저 보내서 미안해. 우리 딸 못 믿어서 미안해."

소비에슈는 액자 앞으로 비틀비틀 다가갔다. 소중한 두 개의 액자를 꺼내 바닥에 나란히 두고 팔을 벌려 액자를 끌어안았다. 액자에서 온기가 느껴졌다. 그는 손을 뻗어 한 손에 나비에를, 다른 한 손으로 글로리엠을 끌어안았다. 그림 속의 두 사람도 손을 뻗어 그를 같이 안아주었다.

아직 어린 시절, 그와 나비에의 목소리가 들려왔다.

— 우리가 커서 부부가 되는 거야, 나비에.

— 우린 지금도 부부인데요?

— 난 우릴 닮은 아기가 있었으면 좋겠어. 아기가 생기면 가족 초상화를 그리자. 내 방 침실에 걸어두게.

소비에슈는 희미하게 웃었다.

"우리 가족……."

멀어지는 목소리 너머, 하얀 눈 위에 선 여자아이가 보였다. 아이는 울고 있다가, 왜 이제 왔냐면서 그에게 달려왔다.

"글로리엠."

소비에슈는 아이를 향해 걸음을 내디뎠다. 그러나 그쪽으로 가기 직전, 누군가 그를 붙잡았다. 나비에였다. 나비에가 고개를 저었다.

"가지마. 남아, 소비에슈."

그는 나비에와 글로리엠을 번갈아 보았다. 잠시 주춤하다가 그는 깨달았다. 이 길을 가면 죽는 거구나. 나비에와 아이가 이 길에 있는 걸 보니 확실했다.

나비에와 눈이 마주쳤다. 소비에슈는 계속해서 울었다. 밤중 담 벼락 아래에서 그녀를 기다리던 때가 떠올랐다. 마차 너머로 시선이 스쳐 지나가던 때가 떠올랐다. 그녀의 결혼식이, 두 사람의 결혼식이 떠올랐다.

"가지 마, 소비에슈."

아이가 빨리 오라고 재촉하는데, 뒤에서 나비에가 잡아당겼다.

두 사람 모두 너무나 소중한데. 둘은 서로 반대 방향에 서 있었다. 소비에슈는 아이와 나비에를 번갈아 보다가, 힘없이 웃고서 나비에 쪽의 손을 빼냈다.

"네가 남아. 넌 살아, 나비에. 행복하게."

아이는 죽었지만 나비에는 죽지 않았다.

나비에와 함께 있고 싶지만, 나비에와 함께 가고 싶지만, 이번에야말로 그녀를 놓치고 싶지 않지만, 이번에야말로 그녀를 놓아주어야 한단 걸 알 수 있었다.

"이쪽으로 빨리 오지 말고, 천천히 오랫동안 살다가 와. 우리는 같은 곳에서 만나지 못할지도 모르지만."

몸을 돌린 그는 겁에 질린 아이를 다독이며 끝이 보이지 않는 길로 걸음을 옮겼다.

영 불안했던 카를 후작은, 복도를 서성이면서 소비에슈의 방 곁을 떠나지 못하고 있었다.

그때, 멀지 않은 곳에서 퍽 하는 소리가 났다. 이어서 비명소리와 "폐하! 폐하!" 하는 외침이 들려왔다.

'왜 밖에서……?'

카를 후작이 놀라 밖으로 나가보니, 창문 아래에 소비에슈가 떨어져 있었다.

"궁의! 궁의!"

카를 후작은 기겁해서 궁의를 외쳤다.

"에벨리! 에벨리 양을 데려와!"

이어서 그는 귀한 회복 마법사인 에벨리를 찾았다. 그러다가 바로 깨달았다. 에벨리는 나비에를 고치기 위해 서대제국에 간 상태였다.

"나비에."

희미하게 소비에슈의 목소리가 들려왔다.

"폐하, 폐하! 궁의! 궁의를 데려오란 말이다!"

카를 후작이 미친 듯 고함을 질러댔다.

"깨어나셨습니다!"

기쁨에 찬 외침이 들려왔다. 나는 눈을 떴다. 코앞에 하인리의 우는 얼굴이 보였다.

"……하인리?"

목 안쪽이 너무 아팠지만 가까스로 입을 열어 하인리를 불렀다.

"퀸!"

하인리는 울면서 내 손을 찾아 쥐고, 그 손을 자기 이마에 댔다. 내 손이 차가운 건가 하인리에게서 열이 나는 걸까. 그의 이마가 유독 뜨겁게 느껴졌다. 정신이 없어 멍하니 있으려니, 하인리가 흐느꼈다.

"난 퀸이 정말 죽…… 정말로 멀리 가버릴까 봐……."

흐느끼는 그의 너머로 소비에슈의 그림자가 보인 듯했다. 머뭇거리던 그림자가, 그쪽을 보자마자 잠시 반짝이더니 벽 안으로 스며 들어갔다. 꿈이 생각났다. 그가 이상한 쪽으로 가려 하기에 붙잡았더니, 오지 말라며 나를 밀어내는 꿈이었다. 그가 나더러 살라고 말했다. 오랫동안 살다 오라고. 그러고는 머리부터 발끝까지 새빨간 여자애의 손을 잡고 어딘가로 가버렸다.

가슴이 이상하게 아렸다. 무언가가 툭 끊어져버린 것처럼, 이상한 상실감이 느껴졌다.

사건의 전말은 깨어나고 하루가 지나서야 들을 수 있었다. 하루 동안은 궁의가, 내가 사람들과 말하는 걸 아예 막으려고 해서…….

"황후 폐하께 은혜를 갚을 수 있어서 기뻐요."

"네가 날 구해주다니……."

날 구해준 사람은 카프멘 대공과 에벨리였다.

하인리 말로는 내가 쓰러지기 직전 얼음 마법을 사용한 덕도 있다는데, 그 부분은 잘 기억나지 않는다. 하지만 그 광경을 본 사람들은 많다니, 회복되고 나면 좀 시끄러워질지도 모르겠다.

어쨌든 카프멘 대공이 날 감싸고, 내가 얼음 마법을 사용한 덕에, 지붕 위에서 뛰어내린 사람에게 깔리고도 살 수 있었다. 그렇지만 계속 혼수상태에 빠져 있었는데, 동대제국에서 에벨리가 찾아와 날 치료해주었다고.

에벨리는 자기가 날 구한 이야기를 옆에서 들으며 귀까지 빨개져서 웃었다. 몸을 뒤틀다가 내 눈치를 보고는 다시 몸을 비비 꼬는 걸 보니, 자신이 무척 자랑스러운 듯했다.

"넌 이제 정말 대단한 사람이 되었구나, 에벨리."

"그럼요! 황후 폐하를 구했잖아요! 대공님도 구하고요!"

"날 구해서가 아니라, 정말로 대단한 사람이 되었어."

치료 능력이 있는 마법사는 아주 귀한 존재니까. 물론 마법사들마다 특기가 다르니, 어떤 능력이 귀하지 않겠냐마는. 그래도 치유 마법은 능력의 특성 때문에 유달리 칭송받는 능력이었다.

"이것도 황후 폐하 덕이에요."

"난 한 게 아무것도 없는걸?"

에벨리는 고개를 빠르게 도리도리 저으면서, 절대로 그렇지 않단 표시를 했다.

그 모습이 귀여워서 웃음이 나왔지만…… 한편으로는 걱정되었다. 무사히 깨어나고 배 속의 아이도 괜찮다는 확인을 받은 나와 달리, 카프멘 대공은 아직 깨어나지 못하고 있었다. 괜찮은 걸까?

궁의의 말로는 그 역시 이미 깨어날 수 있는 몸 상태가 되었고, 에벨리도 카프멘 대공에게는 몇 번이나 더 치유 마법을 걸었다던데…….

"저기, 황후 폐하."

"응? 왜 그러니?"

"황후 폐하는, 황제 폐하, 아, 그니까 소비에슈 폐요."

무슨 말을 하려는 건지, 에벨리가 유독 내 눈치를 살피며 쭈뼛거리다가 물었다. 괜찮다고 살짝 웃어주자, 그녀는 이런 말을 해도 될지 모르겠단 듯 말을 이었다.

"황후 폐하는 소비에슈 폐하와 사이가 나쁘죠?"

어색하게 웃었다. 대답하기 곤란한 질문이라서.

소비에슈와 나 사이는…… 복잡하지. 친구였고, 사랑이었고, 꼴 보기 싫어졌고, 잘 살지 말라 속으로 악담을 퍼부었는데, 못 사는 꼴을 보니 좀 찝찝해지는.

하지만 우리 둘 다 각기 동대제국과 서대제국을 대표하고 있기에, 이런 사적인 감정을 공적인 자리에서는 내보낼 수 없었다.

"글쎄."

결국 대답을 뭉뚱그려서 하고서 "그런데 그건 왜?" 하고 말을 돌려버렸다. 에벨리는 쭈뼛거리다가 쑥스럽게 웃으면서 볼을 긁었다.

"소비에슈 폐하는 아직 황후 폐하를 좋아하고 걱정하는 것 같아서요."

"……."

"죄송해요. 기분 나쁘게 해드릴 생각은 아니었어요. 하지만 절 보내실 때, 정말로 다급하고 창백해 보이셔서……."

"소비에슈가 널 보냈어?"

"네. 소식을 듣자마자 바로 절 불러서, 황후 폐하를 구하라 명령하셨어요."

라스타의 재판이 있던 날, 부모님 집 벽에 기댄 채 내내 울던 모습이 떠오른다. 고맙다고 편지라도 하는 게 나을까.

에벨리가 하루에 한 번 찾아와 회복 마법을 사용해주고, 궁의가 만들어준 약을 먹고, 침대에 누운 채 뒹굴뒹굴하다 보니 몸은 빠르게 회복되어갔다. 찰나의 순간엔 정말 죽는구나 싶었는데. 이젠 예전의 몸 상태와 거의 다름없이 여겨졌다.

"그건 그냥 퀸의 생각이고요."

하인리는 절대로 내 몸 상태가 옛날과 같지 않다며 자꾸 잔소리를 해댔지만.

"잔소리가 좀 느 것 같은데."

"안 늘게 생겼습니까? 퀸, 반대 상황이었더라면 퀸도 저처럼 불안해졌을 겁니다."

슬쩍 흘겨보았지만, 하인리는 단호한 표정이었다.

"그렇게 예쁘게 봐도 안 됩니다. 몸이 완전히 나을 때까지는 무조건 안정이에요."

"알았어요. 잔소리 그만해요."

시큰둥하게 고개를 돌리자, 하인리는 침대 옆에 와 앉더니, 음식용 수레에서 납작한 그릇을 꺼내 한 손에 들고, 다른 한 손으로는 은스푼을 쥐었다.

"또 먹여주려고요?"

"퀸은 아프잖아요."

"손은 괜찮아요."

"퀸, 반대 상황이었더라면 퀸도 저처럼 행동했을 겁니다."

"……."

"자. 아, 하세요. 퀸이 먹고 싶다던 소고기수프입니다."

뭐라고 한마디하고 싶은데. 하인리가 '반대 상황이었더라면'을 무기처럼 휘두르는 바람에 말을 못 하겠다.

어쨌든 사건이 터지자마자 기절한 나보다는, 뜬눈으로 내가 깨어나기까지의 시간을 감내한 하인리 쪽이 마음고생은 더 심했을 테니.

그리고 오빠와 시녀들, 급하게 서대제국으로 돌아온 부모님…….
다들 많이 걱정했다지. 심지어 맥켄나는 '일을 안 덜어가주셔도 좋으니 깨어나주세요.'라고 기도했다니까.

결국 입을 벌려서 하인리가 먹여주는 대로 받아먹었다.

"확실히 해두겠어요. 이건 내가 받아먹는 게 아니에요."

"그럼 전 누구에게 떠먹여주고 있는 겁니까?"

"배 속의 아기 새한테죠."

"그럼 아기 새, 다시 한번 아, 하세요."

수프를 순순히 받아먹다가 문득 즈멘시아 공작 일가에 대한 게 떠올랐다. 얼핏 듣기로, 범인인 즈멘시아 공작은 바로 사망했고, 대신 노공작이 끌려와서 하인리와 독대를 했다 들었다. 이후 즈멘시아 공작 가문 사람들이 모조리 체포되어서, 황후를 시해하려 한 죄를 묻고 교수형을 명령받거나 노예형을 명령받았다고……

하지만 자세한 내용에 대해선 듣지 못했다. 이게 전부일 리가 없으니 더 캐묻고 싶었으나, 주베르 백작 부인이 마지못해 이 정도만 이야기 해주었을 뿐, 다른 시녀들은 모두 입을 한결같이 다문 탓이었다. 부관과 기사들 역시 마찬가지. 사람들은 배 속 아기를 위해서라도, 그런 이야기는 듣지 않는 게 낫다고 했다. 이미 많은 충격을 겪었으니, 이제부턴 좋은 일만 봐야 한다고.

"퀸? 아아, 안 할 겁니까?"

"아."

일단 주니까 받아는 먹자.

그런데 하인리가 주는 먹이, 아니, 먹을거리를 하나하나 받아먹고 있자니, 문밖에서 다급한 로라의 목소리가 들려왔다.

"황제 폐하, 황후 폐하, 꼭 드려야 할 말씀이 있어요!"

그때 나는, 하인리가 주는 수프를 한 모금씩 마시면서도, 나도 하인리에게 잔소리할 구석을 찾아보는 중이었다. 그냥 노는 중이었단 뜻이다. 당연히 하인리에게 양해를 구하고 로라가 들어오도록 해주었다. 허락을 하자마자 로라는 침실 안으로 얼른 들어왔는데, 몹시 기쁜 얼굴이었다. 그녀는 하인리에게 꾸벅 인사를 하고는 내게 외쳤다.

"황후 폐하, 카프멘 대공이 깨어났대요!"

나는 놀라서 벌떡 일어나려다가 하인리에게 저지당했다. 그쪽을 슬쩍 째려보고서, 나는 얼른 로라에게 물었다.

"상태는? 괜찮나요?"

"모르겠어요. 깨어나서 계속 멍하니 앉아 있으시대요."

로라의 목소리에는 호의가 가득했다. 날 구한 일로 카프멘 대공과 에벨리는 지금, 영웅처럼 대접받고 있으니까. 나와 친한 로라는 당연히 더욱 기쁘겠지.

나는 하인리를 쳐다보고서 눈으로 '가보겠다'는 신호를 보냈다.

카프멘과 에벨리는 영웅인 동시에 내 은인이었다. 특히 카프멘은 날 구하기 위해서 그야말로 몸을 날렸고, 나보다 더욱 많이 다쳐서 내내 혼수상태였다. 그가 깨어나 무사한 모습을 꼭 보고 싶었다. 다행히 하인리도 이번에는 "같이 가요"라면서 내가 일어나도록 조심스럽게 부축해주었다.

우리는 곧장 카프멘 대공이 머무는 방으로 향했다. 원래 카프멘 대공의 방은 외국 귀빈들이 머무는 곳에 있었으나, 날 구하다 다친 후, 나와 대공 사이를 궁의가 빠르게 오가면서 치료하기 위해 맞은편 방으로 옮겼다고 들었다. 덕택에 나 역시 그를 찾아가기가 편했다.

로라가 앞장서 이동하면서 문을 열어주었다. 하인리의 부축을 받은 채, 나는 카프멘 대공이 머무는 방 안으로 들어갔다.

조명을 은은하게 해놓은 방의 침실 가운데, 카프멘 대공은 침대에 걸터앉아 두 손을 무릎 위에 얹고 있었다. 로라의 말처럼 어딘지 멍한 표정이었는데, 좀 혼란스러워 보이기도 했다. 하지만 그 역시 외상은 없었다. 회복 마법 덕분이었다. 물론 외상이 없다 해도, 이후 몸조리를 잘해야 하지만.

우리가 들어오는 소리를 들은 건지, 카프멘 대공이 고개를 약간 돌려 우리 쪽을 보았다. 그러나 우리 쪽을 보는 건 고개일 뿐, 여전히 그의 눈동자엔 초점이 없었다.

혹시…… 눈이 안 보이게 된 건 아니겠지. 덜컥 무서운 생각이 들었다. 나는 속으로 그에게 연거푸 '괜찮아요?' 하고 질문을 퍼부었다. 그러면 듣고 있을 테니까.

내가 속으로 묻는 질문이 귀찮아서인지, 아니면 그저 때가 되어서인지, 카프멘 대공의 눈동자에 서서히 초점이 잡히기 시작했다.

"아."

내 눈에만 보이는 변화가 아닌 듯, 로라가 옆에서 작게 탄식했다.

나는 얼른 카프멘 대공 쪽으로 다가갔다. 내가 근처로 와 서자, 카프멘 대공의 초점이 더욱 또렷해졌다.

"괜찮아요?"

속에서 내내 맴돌던 걱정스러운 목소리를, 속에서 입 밖으로 뱉어냈다. 카프멘 대공이 눈을 몇 번 깜빡였다. 더욱 염려가 되어서 바라보고 있자니, 카프멘 대공이 마침내 입을 열었다.

"괜찮습니다."

혼란스럽고 멍해 보이던 처음 모습과 달리, 목소리는 차분하고 또렷했다. 여기에 서늘하고 무뚝뚝한 기운만 더하면 딱 건강한 시절의 카프멘이다.

'다행이다…… 괜찮나 봐.'

안도해서 한숨을 내쉬다가, 그에게 감사 인사를 해야 한단 게 떠올랐다. 속으로는 벌써 연거푸 고맙단 말을 했겠지만, 그래도 제대로 입 밖으로 꺼내서 해야지.

"고마워요."

"……괜찮습니다."

"그대가 날 구해주었다고 들었습니다. 정말로 고맙습니다, 카프멘 대공."

"하고 싶던 일을 했을 뿐입니다."

카프멘 대공은 빙그레 웃으면서 나와 눈을 마주했다. 흔들림 없는 시선은 다정하고 따뜻했다. 그리고…… 세상에. 저절로 입이 반쯤 벌어졌다. 카프멘 대공을 향해 '혹시?' 하고 눈짓으로 묻자, 그가 알아듣고는 희미하게 고개를 끄덕였다. 나는 완전히 입을 벌렸다.

"황후 폐하?"

로라가 무슨 영문인지 몰라 나를 이상하게 쳐다보았다. 하인리 역시도 의아한 기색이었으나, 나는 제대로 설명해주지 못하고 그저 웃음만 터트렸다.

카프멘 대공이 드디어 약효에서 벗어나다니!

에벨리에게 동대제국에서 급보가 왔다. 소비에슈가 다쳤으니, 내 상태가 괜찮아졌다면 빨리 돌아와달란 이야기였다.

그 이야기를 듣자마자 꿈에서 본 소비에슈가 떠올랐다. 많이 다친 건가?

"심각한 부상이란 얘기는 없으니, 괜찮지 않을까요?"

에벨리는 비교적 태평하게 말했지만, 그건 모르는 일이었다. 황제의 몸 상태, 특히 아프다든가 하는 이야기는 외부에 제대로 알리지 않는 경우가 많으니까. 반대로 멀쩡한데도 함정을 파기 위해 아프다 말하는 경우도 많고.

"황후 폐하와 더 오래 있고 싶었는데……."

"또 기회가 있을 거예요. 가끔씩 놀러 와요."

"자주 오면 안 돼요?"

"자주 와도 좋고. 부담될까 봐."

"자주 보고 싶다 해주세요……."

"자주 와요."

에벨리는 두 손을 깍지 낀 채 괜히 발끝으로 바닥을 콕콕 찍어댔다. 그 모습을 보자, 소비에슈가 내 임신 선물로 보낸 경주용 마차가 떠올랐다. 나는 부관에게 부탁해서 그 마차를 에벨리가 타고 가도록 해주었고, 에벨리는 이후 짐을 챙겨 곧장 동대제국으로 떠났다.

'괜찮을까……'

하지만 에벨리가 떠난 후에도 괜히 소비에슈가 신경 쓰였다.

정말로 내 저주가 신통하게 들어맞았다거나 한 건 아니겠지? 알고 보면 내 마법 능력은 얼음이 아니라 저주라거나…….

'진짜 저주 아닐까?'

그렇게 시름에 잠긴 채 느린 속도로 정원을 돌아다니고 있을 때였다.

"황후 폐하."

멀지 않은 곳에서 부르는 목소리가 들려왔다. 돌아보자, 카프멘이 휠체어에 탄 채 내 쪽을 보고 있었다.

"카프멘 대공."

그를 부르며 반갑게 웃자, 카프멘 대공의 뒤에 선 수행인이 휠체어를 가까이 밀고 왔다.

"잠시 자리를."

"예."

카프멘 대공의 눈짓을 받은 수행원이 잠시 자리를 비키는 사이, 나도 곁에 선 랑드레 자작에게 잠깐만 자리를 비켜달란 부탁을 했다.

"죄송하지만 안 됩니다. 곁을 떠나기 불안한 마음을 양해해주십시오, 황후 폐하."

하지만 랑드레 자작이 절대로 안 된다고 해서, 나와 카프멘 대공은 근처의 방으로 들어갔다. 랑드레 자작은 그제야 방 안에 우리 두 사람만 놔두고 자리를 비켜주었다.

단둘만 조용한 방에 남아 문을 닫자, 사방이 조용한 가운데 시계 또각거리는 소리만 들려왔다. 이전이라면 카프멘 대공과 이런 분위기에 둘만 있는 게 어색하고 미안했을 것이다. 그의 약효를 알고 있으니까, 그가 원치 않게 내게 끌린단 걸 알고 있으니까.

하지만 오늘은 그런 기분이 덜했다. 물론 아직 구체적인 대답을 들은 건 아니지만, 나는 이미 카프멘 대공의 약효가 떨어졌다고 확신하고 있었다.

"우선, 날 구해주어서 정말 고마워요."

"서로가 서로를 구한 겁니다."

"아닐 텐데."

"황후 폐하께서 떨어지는 그자를 잠시나마 늦추지 않았다면, 저는 즉사했을지도 모르지 않습니까."

"……너무 끼워 맞춘 말 같지만, 그런 걸로 하겠어요."

'지금 이건 농담한 건데. 알아듣겠지?'

카프멘 대공은 웃으면서 한쪽만 벗은 장갑을 만지작거렸다. 하얀 가죽 장갑이 그의 손안에서 형태가 계속 바뀌는 걸 바라보다가, 나는 가장 묻고 싶던 질문을 했다.

"약효는……."

"없어졌습니다."

카프멘 대공은 내 질문이 끝나기도 전에 단호히 대답하고서, 만지작거리던 장갑을 내려놓았다.

"이제는 감출 수 있습니다."

"감추다니요?"

"몸은 좀 어떠십니까?"

'방금 말을 돌린 것 같은데.'

눈을 가늘게 뜨고 보았지만, 카프멘 대공은 내 속마음을 들을 수 있으면서도 모른 척 대답하지 않았다. 문득 뭔가를 놓친 듯한 기분이 들었다. 전에 카프멘 대공이 막 깨어났을 때에도…… 뭔가가…….

"보기엔 괜찮아 보이십니다. 에벨리 양은 재능이 대단하더군요."

움켜쥘 수 있을 것 같던 기억은 카프멘 대공의 목소리에 손에서 떠나버렸다. 아쉬웠지만, 결국 나는 기억을 되새기길 포기하고 순순히 대답했다.

"맞아요. 괜찮아요. 무리해서 움직이면 안 되지만, 그래도 이 정도가 어딘가 싶습니다."

카프멘은 희미하게 웃고서 벗어두었던 장갑을 다시 끼었다.

금방 나갈 것처럼 장갑을 꼈던 카프멘은, 나비에가 먼저 나간 후에도 계속 방에 남아 있었다. 그는 나비에가 앉았던 자리를, 여전히 나비에가 앉아 있는 것처럼 바라보며 중얼거렸다.

"딱 한 번 당신을 내 품에 안을 수 있었는데. 그게 당신을 구했던 일이라 행복했습니다."

누가 들을까 두려워 그 목소리는 몹시 작고 희미했다. 카프멘은 아무도 없는 빈자리를 바라보다가, 손을 들어 심장 부근에 올렸다.

아직 아프지만…… 그래도 이젠 감출 수 있었다. 그러면 된 거였다.

아마도.

저녁 날씨는 시원하고 촉촉했다.

나는 연한 금색의 이불 안에 파묻힌 채, 창밖에서 바람이 불 때마다 괜히 고개를 쭈욱 뺐다. 하인리와 꼭 끌어안고 자고 싶었지만, 궁의는 내 몸이 완전히 회복될 때까지는 침대를 따로 쓰라고 신신당부했다. 이 때문에 최근 내내 그랬듯 오늘도 혼자 내 방 침대에 누워 있는 거였고, 괜히 혼자 창밖이나 힐긋거리기만 했다.

하인리는…….

"아까부터 자꾸 뭘 하는 건가요?"

두 뼘 크기의 금색 단지를 안고서, 내 침대 주위와 창틀, 문틀 등에 뭔가를 뿌리고 있었고.

"하인리? ……하인리."

침대에 파묻힌 채 연달아 세 번을 부르자, 바쁘게 뭔가를 하던 하인리가 "네?" 하고 고개를 들었다.

나는 이불 밖으로 손을 내밀고서, 그가 창틀에 얹어놓은 하얀 결정들을 가리켰다.

"아까부터 뭘 자꾸 뿌리고 다니는 건가요?"

"아아."

하인리는 바로 대답하지 못하고서 괜히 항아리에 담긴 하얀 결정을 한 손으로 만지작거렸다.

"대답하지 않으면 다 얼려버릴 거예요."

"대답하려고 했어요. 그리고 왜 이렇게 난폭해진 겁니까? 설레게."

"……설레요?"

"내가 이런 거 좋아한다고 말했던가요?"

"……."

"아. 아직 말 안했구나. 잊어줘요, 퀸. 나중에 천천히 말할게요."

둘러댄 하인리는 내 곁으로 다가와서는 하얀 결정을 한 꼬집 집고서 내 손바닥 위에 얹어주었다. 손바닥을 얼굴 가까이 가져갔지만 뭔지 알기 힘들었다.

"소금입니다."

"소금이요?"

웬 소금?

의아해서 쳐다보자, 그가 내 손바닥에서 다시 소금을 가져가며 말했다.

"부정 탈까 봐 뿌리는 중이에요."

"부정이라니요?"

"제가 절대로 이런 걸 무서워하거나 그런 건 아닙니다. 그래도 혹시 모르니……."

"즈멘시아 공작 말인가요?"

죽으면서까지 날 공격하려던 그 사람이, 유령이 되어서 다시 나타날까 봐? 이런 거 무서워하나?

"아, 뭐. 그렇죠."

전에 케트런 후작이 일으킨 유령 소동 때, 하인리는 전혀 무서워하지 않았지. 내 앞에서는 겁먹은 척했지만, 그가 무서워하지 않았단 건 확신했다. 그런데 지금 사방팔방 소금을 뿌려대는 걸 보니, 확신이 사라졌다. 진짜로 유령을 무서워하는 건가?

빤히 보고 있자니, 하인리는 소금을 여기저기 다 뿌린 다음, 주머니에서 파란 보석을 꺼내어 소금 주위에 놓았다.

"그거, 혹시 해향석인가요?"

"네."

해향석은 부정한 것들이 가까이 오지 않는 효과가 있던 보석인데……

"이러면 안심입니다. 그렇죠, 퀸?"

"없어도 안심이었는데."

"난 아니었거든요. 말했잖아요, 겁 많다고."

딱 잘라 말한 하인리는 "무서워요." 하고 중얼거리면서 내게 다가오더니, "달래주세요." 하고 말하면서 뺨에 입을 가져다댔다.

아니, 대려고 했다.

하지만 그는 주춤하다가 다시 물러났다.

"하인리?"

왜 키스하지 않아?

의아해서 쳐다보자, 하인리는 어색하게 자기 입가를 만지더니, 갑자기 내려두었던 소금 단지를 도로 들어 올렸다.

"좀 더 뿌릴게요."

하인리?

"라스타 유령을 보신 게 아닐까?"

"이봐, 불길한 소리 하지 좀 마!"

"아니, 그렇잖아. 크게 다친 게 없으신데도 며칠째 깨어나지 못
하시고⋯⋯."

화려한 침실 안, 사람들은 소곤거리다가 한 번씩 고개를 돌려 휘
장을 쳐둔 침대를 힐긋거렸다.

소비에슈 황제가 창문에서 떨어진 지 사흘 째. 오른쪽 팔과 다리
를 다치긴 했지만 못 깨어날 정도의 부상은 아닌데, 소비에슈 황제
는 계속 잠들어 있었다. 처음엔 쥐 죽은 듯 조용히 소비에슈가 깨
어나기만을 기다렸던 궁정인들은, 이틀째가 되자 조금씩 소곤거리
기 시작했다. 라스타가 죽은 탑에서 슬픈 통곡 소리가 들린다거나,
라스타가 소비에슈 황제를 데려가려 하는 것 같다는 말을.

그때였다.

"라스타가 누구냐."

휘장 안에서 무뚝뚝한 목소리가 들려왔다.

소비에슈 황제의 목소리였다.

소곤거리던 사람들은 놀라서 입을 다물고 눈을 휘둥그렇게 뜬
채, 서로 눈치를 살폈다. 뒤늦게 그들이 "폐하?", "폐하!" 하고 놀라

부르는 사이.

휘장 사이로 커다란 손이 나오더니, 거칠게 휘장을 촥 걷었다.
휘장이 걷히자 침대에 불편한 자세로 앉은 채, 한 손으로 머리를
감싼 소비에슈가 보였다.

"젠장. 머리가 아프군."

그가 낮게 중얼거리는 소리에, 시종 한 명은 침실 밖으로 나가
고, 다른 시종들은 얼른 그의 곁으로 다가왔다.

"폐하, 괜찮으신지요?"

"괜찮으십니까, 폐하?"

"요란들 떨지 마라. 머리가 더 울리니."

소비에슈가 손을 내젓자, 시종들의 입이 동시에 다물어졌다. 소
비에슈는 그제야 좀 살겠다는 듯 표정을 펴고 머리에서 손을 내리
며 물었다.

"나비에는? 괜찮으냐?"

안 그래도 조용하던 시종들이 놀랍게도 더욱 조용해졌다. 시종
들은 입을 다문 채 서로를 살폈다. 머릿속에는 비슷한 의문이 떠올
랐다. 지금 폐하께서 무슨 말씀을 하시는 거지?

이윽고 그들은 알아서 납득했다. 아아, 서대제국으로 간 나비에
님도 크게 다쳤다고 했지. 소식이 왔는지 물어보시는구나.

"아직 연락이 오지 않았습니다."

시종 한 명이 대답하자, 소비에슈는 침대 밖으로 나와 몸을 일으
켰다.

"직접 가보지."

서대제국에? 아니, 그보다 저렇게 걸으시면 안 되는데! 시종들은 놀라서 손을 휘저었다. 궁의가 말하길, 큰 부상은 아니라지만 그래도 오른팔과 오른 다리의 뼈에 이상이 있다고 했다. 저렇게 턱 일어나면 절대로 안 됐다.

예상대로, 소비에슈는 윽 소리를 내며 바로 몸을 비틀했다. 시종두 명이 동시에 부축하고 있자니, 소비에슈가 깨어났단 소식을 들은 카를 후작과 궁의가 들어왔다.

"폐하!"

"아이고, 폐하!"

소비에슈는 시종의 어깨를 짚고 균형을 잡다가, 거의 울 것 같은 얼굴로 달려오는 두 사람을 몹시 이상하단 듯이 쳐다보았다. 그러고는 미간을 찡그리며 중얼거렸다.

"폐하?"

이어서 무어라 말을 더 하려다가, 갑자기 눈썹을 치켜올리더니 카를 후작을 쳐다보며 당황해 물었다.

"카를 후작? 수염이…… 하루 사이에 풍성해졌네?"

카를 후작은 울면서 소비에슈에게 괜찮은지 물으려다가, "예?" 하고 멈칫했다. 무슨 소리를 하시는 거지? 뭘 잘못 들었나 싶었으나, 소비에슈의 손가락은 정확히 그의 수염을 가리키고 있었다. 카를 후작은 자기 수염을 괜히 두 손으로 짚으며 말했다.

"폐하? 신은 5년 전부터 계속 이 수염이었습니다."

"뭐?"

소비에슈의 인상이 살짝 구겨졌다. 마치 말도 안 된단 이야기를 들은 것처럼.

"무슨 소리야, 자넨 수염 안 난다고 맨날 턱이랑 인중에 이상한 약물 바르고 다녔잖아. 하루 사이에 효과가 나타나기라도 했단 거야?"

시종들이 다시 서로를 쳐다보았다. 카를 후작은 눈이 밤톨만 해져서 껌뻑거렸다. 언제 소비에슈를 진찰해도 될지 대기 중이던 궁의 턱이 툭 떨어지듯 벌어졌다. 소비에슈는 그런 이들을 더욱 이상하단 듯이 쳐다보다가 물었다.

"그것도 그렇고. 왜 내 침실에 저 사람들이 이렇게 다들 모여 있지? 카를 후작, 왜 내 침실에 멋대로 뛰어들어와? 아니, 왜 나한테 폐하라고 부르는 거야?"

궁의가 두 손으로 자기 입을 막았다. 카를 후작은 의사가 아니었으나, 소비에슈의 상태가 좀 이상하단 걸 알아차릴 수 있었다.

그러나 사람들을 혼란에 빠뜨린 장본인 소비에슈는, 되레 다른 사람들을 미친 사람 보듯 훑어보다가 문으로 걸어가며 말했다.

"일단 나비에부터 봐야겠어. 떨어지기 전에 분명 복숭아가 개한테 떨어지는 걸 봤거든? 정통으로 맞을 위치였는데."

소비에슈가 비틀거리면서 방을 나갔으나, 아무도 붙잡지 못했다. 카를 후작이 가까스로 가장 먼저 정신을 차리고, 호위들을 챙겨서 소비에슈를 뒤따랐다. 근위기사단장이 소비에슈를 얼른 부축했다. 소비에슈는 기사단장의 부축을 받은 채 계단을 내려가 서궁으로 가는 복도로 가고, 이어서 회랑을 걸어갔다.

카를 후작은 '아닐 거다, 아닐 거다, 그럴 리가 없다' 생각하며 말없이 뒤를 따르다가, 결국 소비에슈를 불렀다.

"폐하. 나비에 님은…… 서대제국에 계시지 않습니까?"

젠장, 다리가 부러졌나, 낮게 이를 갈며 걸어가던 소비에슈는 멈춰 서지도 않은 채 "뭐?" 하고 물었다.

"나비에가 무슨 서대제국에 있어? 바로 어제 나랑 같이 몰래 복숭아 따 먹으러 나갔잖아."

"……."

카를 후작은 한 손으로 자신의 수염을 매만졌다. 당혹스러웠지만 확실했다. 소비에슈의 기억 일부가…… 사라져 있었다. 게다가 말하는 걸 들어보니, 그 기억은 황태자 시절에서 멈춰 있는 듯했다. 아주 어릴 때는 아니고, 열여덟 살이나 열아홉 살쯤에. 그가 수염을 기르기 전의 일을 얘기하는 것이나, 나무와 복숭아 이야기 등을 들어보니 분명했다.

소비에슈는 황태자인 시절, 나비에에게 주기 위해 커다란 나무에 올라간 적이 있었다. 바로 옆에 복숭아나무가 있고 거기에 탐스러운 복숭아가 열렸는데, 나비에에게 그걸 따주기 위해서였다.

황태자가 복숭아를 챙기기 위해 나무에 올라갔다면 우스운 일이지만, 황태자비 시절의 나비에는 축제를 앞둘 때마다 체중 조절을 하느라 철저히 음식을 제한받았다.

소비에슈는 그때마다 여기저기서 몰래 음식을 숨겨 오고 챙겨 오느라 바쁘게 돌아다녔는데, 나무에 올라간 건 그날이 처음이었다. 전날 둘이서 낭만 소설을 같이 읽은 걸로 추측컨대, 아무래도 그게 낭만적이라 생각하고서 시도해본 것 같았지만……. 어쨌든 소비에슈는 나무에 올라가는 데 성공했지만 뚝 떨어졌고, 나비에는 그가 떨어트린 복숭아에 머리를 맞고 혹이 났다.

아무래도 소비에슈는 지금이 딱 그 다음 날이라 여기는 듯했다.

"폐하."

카를 후작은 무거운 목소리로 입을 열었다.

"왜 다들 좀 이상하게 굴지?"

소비에슈는 그런 카를 후작을 꺼림칙하단 눈으로 쳐다보며, 욱신거리는 팔을 문질렀다.

"자네 수염부터 전부 다 이상해. 왜 내게 폐하라 부르…… 아니, 잠시만. 왜 내가 부황의 침실을 사용하고 있던 거지?"

"폐하."

"분명 나무에 올라가서 복숭아가…… 젠장, 복숭아! 나비에!"

"폐하."

"일단 나비에부터 확인하자."

"폐하."

서두르려던 소비에슈를, 카를 후작이 거듭해서 불렀다.

"일단 나비에부터 보자고, 카를 후작. 오늘 또 베개로 얻어맞게 생겼어. 나비에가 베개에 복숭아 넣어서 휘두를지도 모른다고."

"……폐하께선 나무가 아니라 2층 창문에서 떨어지셨습니다."

"무슨 소리야?"

"말씀드렸다시피, 나비에 님은 이곳에 없습니다."

소비에슈는 멈칫하더니, 걱정스럽게 물었다.

"화나서 여행이라도 간 거야? 복숭아가 혹시…… 여러 개 떨어졌어?"

카를 후작이 무거운 목소리로 대답했다.

"나비에 님은…… 다른 남자와 결혼하셨습니다."

소비에슈는 영 말도 안 되는, 희한하기 짝이 없어서 들을 가치도
없는 소리를 들었단 것처럼 인상을 찡그렸다.

"무슨 소린가? 나비에는 나와 결혼했잖아?"

"폐하와 이혼한 후 재혼하셨습니다."

"나와 이혼하다니?"

소비에슈의 목소리에는 긴장감이 없었다. 카를 후작의 말을 믿
지 않는 눈치였다.

카를 후작이 자신의 수염을 잡아당겨서 가짜가 아니란 걸 보여
주자, 소비에슈는 그제야 눈동자가 흔들리기 시작했다. 어쩌면 아
까부터 내내 이상하게 여겼지만, 말도 안 되는 상황이라 생각해 회
피하고 있었는지도 몰랐다.

"내가 나비에와 왜 이혼을 해? 나비에가…… 바람났어? 내가 싫
대? 복숭아에 맞아서?"

카를 후작은 울고 싶은 기분과 웃고 싶은 기분이 동시에 느껴졌
다. 지금 소비에슈의 말을 듣자, 과거에 나비에와 소비에슈가 얼마
나 사이가 좋았는지 새삼 떠올랐다. 그 시절의 소비에슈는, 자신이
나비에와 이혼할 거란 생각조차 하지 못했을 것이다. 두 사람이 싸

왔단 말을 듣고서 떠올리는 최악의 사건이 복숭아 정도였다. 이런 부부가 어쩌다가 이렇게 된 걸까.

"폐하께서 다른 여자를 정부로 들이셨습니다."

"!"

"그걸로도 모자라, 그 여자를 황후로 올리시고 나비에 님에게 이혼하자 하셨습니다."

"그런…… 말도 안 되는…… 무슨……?"

"그래서 벌어진 일입니다. 그래서 나비에 님은 서대제국으로 가셨고, 그곳에서 재혼하신 겁니다."

소비에슈는 눈을 커다랗게 뜨고 고개를 저었다.

"말도 안 된다. 내가 다른 여자에게 빠져서 나비에에게 이혼하자 했다고? 내가? 내가 그럴 리가 없잖아?"

"그러셨습니다."

고개를 빠르게 젓던 소비에슈가 갑자기 멈칫하더니 물었다.

"혹시 그 여자 이름이 라스타인가?"

"기억이 나십니까?"

"아니. 깨기 전에 사람들이 수군거리는 소릴 들었다. 그 이름을 계속 말하던데."

중얼거린 소비에슈가 좀 더 생각해보더니 물었다.

"혹시 그 여자가 빨강머리?"

"전혀 다릅니다."

카를 후작은 딱 잘라 말했고, 소비에슈도 딱 잘라 말했다.

"믿을 수 없다. 내가 나비에 외의 다른 여자와 결혼하다니. 먼저 이혼하자 하다니. 절대로 말도 안 돼."

"폐하……."

"이상한 장난들 치지 마라, 제발!"

소비에슈는 그렇게 외치고는 걸음을 바삐 해서 서궁으로 걸어갔다. 근위기사단장이 말없이 그를 부축했다. 입을 꽉 다문 채 서궁으로 걸어간 소비에슈는 나비에가 사용하던 방을 확인했으나, 그 방은 완전히 비어 있었다. 황후의 방까지 확인했으나, 그 방 역시 비어 있었다.

텅 빈 방을 보자마자 소비에슈는 다리에 힘이 풀려 쓰러질 뻔했다. 미리 그를 부축하고 있던 기사단장이 황급히 소비에슈가 쓰러지는 걸 막았다. 소비에슈는 굳은 눈길로 카를 후작을 쳐다보았다. 카를 후작은 마음이 아파서 고개를 숙였다. 소비에슈의 기억이 정말로 황태자인 시절로 돌아갔다면, 그의 입장에선 갑자기 어머니와 아내가 모두 사라진 것일 터. 그 절망감은 어마어마할 것이었다.

소비에슈는 조용히 바닥을 바라보다가 말했다.

"돌아가자."

동궁 침실로 돌아온 소비에슈는 궁의의 진찰을 받으며, 옆에 시립한 카를 후작에게 물었다.

"카를 후작. 나비에가…… 많이 아파했어? 나 때문에?"

"많이, 아주 많이 아파하셨습니다."

"……."

"정말로 많이 힘들어하셨습니다."

카를 후작은 소비에슈가, 라스타에 대해 물어보리라 여겼다. 대체 어떤 여자이기에 자신이 그녀에게 빠져 나비에를 내친 거냐고 물을 거라 여겼다. 그러고서 예상 답안을 고르는데, 소비에슈는 다른 질문을 했다.

"나비에를 되찾아 올 수 있을까?"

카를 후작은 깜짝 놀라 그를 쳐다보았다. 청진기를 움직이던 궁의도 눈이 커다래져서 소비에슈를 쳐다보았다. 그러나 소비에슈는 농담하는 얼굴이 아니었다. 진지한 표정이었다. 소비에슈는 조금의 흔들림도 없는 눈으로 카를 후작을 쳐다보다가, 다시 물었다.

"알았어. 내가 황제라 했지? 직접 알아보도록 하지."

"폐하!"

"다시. 다른 질문. 카를 후작, 나비에는 누구와 재혼했지?"

카를 후작은 소비에슈의 기억 시점에 따라 대답했다.

"서왕국의 하인리 왕자님과 결혼하셨습니다."

소비에슈가 소리 없이 비명을 지르고는 뒤로 물러났다.

"젠장, 거짓말이라고 해줘! 제발! 맨날 가출하다가 잡혀 들어간단 그 어린애랑 결혼했단 말이야? 나비에가?"

소비에슈는 손을 들어 올려 자기 머리를 감쌌다.

"이건 말도 안 돼. 나비에가…… 아무리 충격을 받아도 그렇지, 어떻게 그런 어린애랑……."

카를 후작은 상황도 잊고 웃을 뻔했다. 아주 슬픈 상황인데, 소비에슈가 왜 저런 반응을 보이는지 짐작이 갔기 때문이다.

"그분도 지금은 어린아이가 아닙니다, 폐하."

보다 못한 궁의가 대신 알려주자, 소비에슈는 그제야 "아아." 하고 인상을 찡그렸다.

"하긴. 그 왕자도 크긴 컸겠군."

카를 후작이 말을 좀 더 보탰다.

"이젠 왕자도 아닙니다."

"그래?"

"서대제국의 황제로 즉위하셨습니다."

"서대제국? 즉위한 거야 그렇다 쳐도, 서대제국이라니? 서왕국이 아니라?"

"서왕국이 칭제하였습니다."

"가진 건 보석밖에 없는 졸부 나라가, 칭제를 했다고?"

카를 후작은 속으로 '이를 어쩌나……' 하고 한탄했다.

이 시기의 소비에슈는 이미 부황을 따라다니며 실무를 익혔고, 자신이 직접 몇 가지 일을 주도하기도 했으니, 잘 도우면 몇 년 내로 옛 실력을 바로 찾긴 할 것이다. 하지만 당장 해야 할 일들이 산더미였다. 항구 문제, 글로리엠에 대한 문제, 에르기 공작에 대한 문제, 그리고 매일매일 생겨나는 온갖 일거리들…….

'어떻게든 되겠지.'

비서진들이 몇 년은 죽어나가겠구나. 괴로워하면서도, 카를 후작은 내색하지 않고 궁의에게 물었다.

"몸은 어떠신가?"

"타박상과 염좌가 있고, 뼈에도 약간 문제가 생겼지만 심한 정도는 아닙니다. 몸은 잘 치료하면 회복하실 수 있습니다."

카를 후작이 소비에슈의 눈치를 살피며 작게 "머리는?" 하고 물었다. 다 들리는 목소리였기에 소비에슈는 눈을 가늘게 떴으나, 자신도 자신의 상태가 이상하단 건 들어서 알기에 같이 대답을 기다렸다.

궁의는 자신 없이 고개를 저었다.

"머리엔 별다른 외상이 없어서…… 제 생각엔……."

'정신적인 문제인 것 같다'는 말을 해도 될지 몰라 궁의가 망설이는 사이, 소비에슈가 먼저 "미쳤다?" 하고 물었다. 궁의가 서둘러 고개를 젓자, 소비에슈는 한숨을 내쉬고서 몸을 침대에 완전히 누였다.

"일단 한숨 좀 자고 일어나겠다. 팔다리가 많이 아프군. 게다가 잠이…… 잠이 왜 이렇게 오는지 모르겠어."

"붕대를 갈아드리겠습니다."

"그래."

궁의가 다친 부위에 약을 바르고 붕대를 새로 감았을 땐 소비에슈는 이미 기절하듯 잠들어 있었다.

궁의를 따라 카를 후작도 침실 밖으로 나갔다. 카를 후작은 방 안에 모아두었던 시종들도 모두 나가게 했다. 하지만 소비에슈가 또 술을 마시고 추락할지도 모르기에, 기사 한 명은 방 안에 남겨두었다.

어두침침한 장소에 혼자 있게 되면 괜히 이상한 생각이 마구 드는 법이다. 기사도 그랬다. 물론 정확히 따지자면 그가 혼자 있는 건 아니었다. 저 앞의 침대에 소비에슈 황제가 잠들어 있었으니. 하지만 낮에 황제가 보인 행동을 떠올리면, 같이 있다고 해서 그리 안심이 되진 않았다.

바람이 창문을 두드리는 소리에 기사는 시선을 창가로 돌렸다. 까맸다. 달조차 없는 밤이었다. 문이 덜 닫혔나? 괜히 팔뚝을 문지르다가, 창문이 잘 닫혔나 확인해보기 위해서 기사가 그쪽으로 세 걸음 걸어갔을 즈음.

갑자기 기절하듯 잠들어 있던 소비에슈가 벌떡 몸을 일으켰다. 기사는 심장이 떨어질 뻔했으나, 가까스로 표정을 침착하게 유지하고서 황제에게 다가갔다.

"폐하. 괜찮으시옵니까?"

소비에슈는 질문에 대답하지 않았다. 고개를 두리번거리더니, 갑자기 창문으로 달려갔다. 이번엔 술도 안 마셨는데 왜 저러시나. 기사는 기겁해서 소비에슈를 따라가 팔을 뻗었다. 그러나 소비에슈는 뛰어내리는 게 아니라, 창틀을 잡고 회랑 방향을 쳐다보았다. 그러다가 기사 쪽으로 고개를 돌리며 다급하게 물었다.

"나비에는? 나비에는 괜찮으냐?"

"예?"

기사는 당황해서 눈을 껌뻑이다가, 낮에 있던 일을 떠올렸다. 그때도 일어나자마자 나비에 님이 괜찮냐고 물었지. 설마, 그사이에 기억이 또 사라지신 건가? 불안해져서 대답을 바로 하지 못하자, 소비에슈가 놀란 표정을 누르며 무뚝뚝하게 물었다.

"나비에가 괜찮냐 물었다."

기사는 낮의 일을 떠올리며, 소비에슈에게 카를 후작이 했듯 말해주었다.

"나비에 님은 서대제국에 있지 않으십니까, 폐하."

그 순간. 갑자기 소비에슈의 눈꺼풀이 파르르 떨렸다. 회색 눈동자 속에서 동공이 유달리 커다랗게 변했다. 그 시선이 액자를 다 떼어버린 벽으로 향했다.

벽은 텅 비어 있었다. 소비에슈가 창문에서 떨어진 후. 카를 후작이 그의 분노를 받을 걸 감수하고서 일부러 나비에와 글로리엠의 초상화를 떼어내 다른 곳에 걸게 한 탓이었다.

기사는 이상하단 생각에 마른침을 삼켰다. 낮의 황제는, 벽에 뭐가 사라졌는지도 눈치채지 못했다. 그런데 지금 황제는 벽을 뚫어져라 쳐다보고 있었다. 정확히 초상화가 사라진 그 자리를.

"폐하? 왜 그러십니까?"

기사가 조심스럽게 묻자, 소비에슈가 눈동자만 돌려 기사를 보았다.

"그림은?"

기사는 소스라치게 놀라 마른침을 삼켰다.

"예?"

"초상화는 어디로 갔지?"

기억이…… 돌아오신 건가? 기사는 혼란스러워하면서도 반사적으로 대답했다.

"카를 후작님께서 폐하의 심기를 어지럽힌다고 잠시 다른 곳에 걸어두라 하셨습니다."

"쓸데없는 짓을 했군."

소비에슈의 입에서 차가운 목소리가 나왔다. 기사는 다시 침을 꿀꺽 삼켰다.

소비에슈는 손으로 머리카락을 쓸어 뒤로 넘기다가, 붕대 감긴 손을 발견하고는 "그래. 나비에가 여기 있을 리가." 하고 중얼거렸다. 이윽고 그는 두 손으로 자기 머리를 감싸고 눈을 감았다. 질끈 감은 눈 사이로 눈물이 고였다.

기사는 황급히 시선을 내렸다.

다음 날. 소비에슈가 기억을 찾았단 보고를 받은 카를 후작은 싱숭생숭해졌다. 소비에슈가 기억을 바로 찾은 건 다행한 일이지만, 다시 고통스러워할 생각을 하니 안타깝기도 했다.

하지만 나라를 위해선 잘된 일이었다. 당장 해야 할 일이 한가득 하지 않던가. 카를 후작은 거울을 보며 수염을 다듬은 후, 얼른 소비에슈의 침실 앞으로 가 "폐하, 카를입니다." 하고 목소리를 냈다.

"들어와."

얼마 있지 않아 바로 잠에 잠긴 목소리가 들려왔다. 카를 후작은 문을 열고 들어가 그에게 인사를 올리며 안색을 살폈다. 기억을 찾았다기에 몹시 걱정했는데. 예상외로 그리 나빠 보이지 않았다. 다행이다, 생각하고 있자니, 소비에슈가 침대에서 일어나며 지시했다.

"카를 후작. 어제는 못 물어봤는데, 자네가 내 비서인 거지? 내 집무실은 어디야? 부황이 쓰시던 거기, 그대로? 그쪽으로 가자. 자네가 날 많이 도와줘야 해."

"예?"

이게 무슨……? 카를 후작은 멍하니 눈을 깜빡였다.

소비에슈는 잠옷을 벗어 침대에 내려놓고서, 테이블 위에 놓인 종을 흔들었다. 종소리를 들은 시종들이 얼른 들어와서 그의 옷을 갈아입혀주고, 환부를 피해 조심스럽게 씻겨주었다.

소비에슈는 준비가 끝나자, 황제의 복장이 신기한 듯 이리저리 살피며 카를 후작에게 다시 지시했다.

"가지. 미래의 나에게 확인해볼 것도 따져볼 것도 아주 많거든."

카를 후작은 경악해 입을 벌렸다.

'폐하의 인격이…… 두 개가 된 건가?'

너무 느리지 않은 속도로 산책할 수 있을 만큼 몸이 회복되었을 즈음. 미루어두었던 일을 해결할 시기가 다가왔다. 얼결에 공개되어버린 내 마법에 대한 문제였다.

문제? 문제라고 표현하니 좀 이상한 표현이긴 하지만. '얼음 마법을 쓰는 습격자'에 대한 일은 예전에 위험한 일로 화제가 된 적이 있어서……. 소문은 빠르게 도니 다들 그게 나란 걸 알게 되었겠지만, 그래도 공개적으로 그 일을 한번 짚고 넘어가는 게 나았다.

이런 이유로, 나는 건강한 모습도 보일 겸, 내 마법에 관한 일도 이야기할 겸, 간만에 회의에 참석했다. 다른 사람들보다 일부러 좀 늦게 들어가자, 이미 모여서 토의 중이던 관리들이 동시에 나를 쳐 다보았다.

"황후 폐하. 건강하게 회복하신 모습을 보니 너무나 기쁩니다."

"즈멘시아 공작가는 이제 완전히 몰락했으니, 더는 걱정하지 않 으셔도 됩니다."

"앞으론 절대 그런 일이 없도록 궁전 안 방비를 더욱 철저히 시 키겠습니다."

높은 관리들이 하나둘 건네 오는 덕담을 웃으면서 받아준 후에 는, 내가 얼음 마법을 사용한 게 맞다고 공식적으로 인정했다.

"황후 폐하께서 마법사이신 겁니까?"

솔직히 아직 제대로 마법을 통제하지 못하는지라, 그렇다 대답 하기 좀 쑥스럽긴 하지만. 그래도 황후는 뻔뻔할 때도 있어야 하는 법이라, 나는 태연히 대답했다.

"맞습니다."

그러고서 그동안은 일부러 힘을 숨기고 있었던 척 턱을 약간 들 고 차분한 표정을 지어냈다. 거기에 속아 넘어간 귀족들은, 정말 잘 어울리는 능력이다, 대단한 능력이다, 좋은 속성이라며 과도할 정 도로 칭송해주었다.

"평소의 차가운 분위기는 마법 성향 때문에 그러셨던 거군요!"

전혀 엉뚱한 이야기가 가끔 나오기도 했지만, 전체적으로는 좋은 분위기였다. 처음 서대제국에 왔을 때와는 비교도 되지 않을 만큼.

이후 몇 가지 안건을 토론하는 동안 의자에 앉아 회의를 듣다가, 점차 피곤해지기에 먼저 회의실을 빠져나와 내 방으로 걸어갔다.

'아직 불편한 자세로 내내 가만히 있기에는 체력이 부족한가 봐.'

나중에 궁의에게 물어본 다음, 무리가 되지 않는 선에서 할 수 있는 운동을 알려달라 해야겠다. 어차피 들통이 났으니 마법에 대한 것도 좀 더 본격적으로 익히고 싶…… 세상에. 저게 뭐야.

"황후 폐하?"

내가 갑자기 멈춰 서자, 랑드레 자작이 걱정스럽게 날 부르다가, 내가 쳐다보는 방향으로 고개를 돌리더니 덩달아 굳었다.

멀지 않은 곳에 한 쌍의 연인이 서로를 꼭 끌어안고 입을 맞추고 있었다. 공개적으로 입맞춤을 할 생각까진 아니었던지 꽃나무 사이에 몸을 숨기고 있었지만, 안타깝게도 다 보였다. 본인들은 모르는 듯하지만.

"다른 길로 가죠."

나는 헛기침을 하고서 몸을 돌렸고, 랑드레 자작은 심각한 얼굴로 따라왔다. 시녀들은 자기들끼리 소곤거리다 웃음을 터트렸다.

처음엔 나도 웃었다. 황당해서. 하지만 잔디 밟는 소리를 들으며 걸어가고 있자니, 점차 어젯밤의 하인리가 생각나면서 괜히 신경 쓰이기 시작했다.

어제 하인리는 왜 내게 키스를 하려다가 갑자기 뒤로 물러났을까? 겁이 많은 거야 그렇다 쳐도, 왜 내게 키스하지 않은 거지? 내가 아직 환자라서? 하지만 진한 키스를 하려던 것도 아니고, 그냥 볼에 입을 맞추려다 만 기잖아.

게다가 난 치유 마법 덕에 외상이 없었다. 물론 치유 마법으로 몸을 회복시킨 후에도, 제대로 휴식을 취하지 않으면 마법 효과가 사라지거나 떨어지게 되니 조심해야 한다.

그 조심해야 할 것 중에 볼키스를 받는 게 들어갈까? 아니. 절대 아니지. 그런데 하인리는 왜 내게 키스하려다 멈춘 걸까?

고민하고 있자니, 장본인이 멀지 않은 곳에 나타났다. 회의가 끝난 듯, 오른쪽엔 서기를, 왼쪽엔 맥켄나를 옆에 두고서 짧은 계단을 내려오고 있었다.

"하인리."

그러다 내가 부르자, 부드럽게 웃으면서 바로 내 곁으로 다가온다. 이렇게 보아서는 어제 키스를 하려다가 멈춘 사람 같지 않았다.

"잠시 시간 괜찮아요?"

잘됐다 싶어서, 나는 얼른 그에게 제안했다.

"잠깐 그대에게 확인해보고 싶은 게 있어서 그런데. 잠시 둘이 있을까요?"

하인리가 키스를 피한 건지, 어쩌다 보니 피한 것처럼 보인 건지는 이제부터 시험해보면 되겠지. 그게 가장 정확하니까.

서기가 기록용 노트를 끌어안고서 입을 벌린 채 나와 하인리를 번갈아 살폈다. 내가 고개로 뒤쪽을 가리키자, 하인리는 눈이 가느

다래졌다. 입가에도 미소가 떠오르더니, 그는 미끄러지듯 내 옆으로 다가왔다.

"어디부터 어디까지 확인해줄 겁니까, 퀸?"

"우뇌부터 좌뇌까지."

"예?"

"일단 와요."

그를 근처 궁전의 빈방으로 데려오자마자, 나는 문을 걸어 잠그고서 하인리에게 다가갔다. 눈가가 붉어진 채 서 있는 그의 가슴을 밀어서 소파에 앉게 만든 후, 그의 얼굴을 좌우로 살폈다. 하인리는 소파 손잡이를 힘주어 잡으면서 내게 눈웃음을 지었다.

"머리를 확인하고 싶은 게 아닌 것 같은데요?"

그는 질문을 던지면서 눈을 반쯤 감더니, 숨을 들이마시면서 다시 눈을 느리게 떴다. 그 별기 아닌 행동이 사람을 미치게 했다. 대답 대신 그의 턱을 검지로 슬쩍 들어 올리고서, 천천히 끌어당겼다. 그는 순순히 내게로 끌려왔다. 서로의 숨결이 느껴질 만큼 얼굴이 가까워졌다.

역시 어제 일은 착각이었나, 생각하는 순간.

"아."

하인리가 갑자기 뭔가 기억난 것처럼 탄식했다.

"아?"

왜 이러나 싶어 바라보자, 하인리가 황급히 소파에서 일어나며 둘러댔다.

"그러고 보니 급한 일이 있는데. 잠시 까먹었습니다."

눈 깜짝할 사이 아까의 두근거리면서도 야한 분위기가 싹 사라졌다.

'역시 내 키스를 피하는 건가?'

그 행동이, 하인리가 날 피한다는 확신이 들게 만들었다. 불쾌해져서, 결국 그를 눌러 소파에 도로 앉혔다.

"퀸?"

"왜 자꾸 피해요?"

"예?"

"입맞춤."

하인리의 눈동자가 흔들렸다. 하지만 놓아주지 않고, 무릎으로 그의 허벅지를 꽉 눌렀다. 단단하게 고정한 채로 어깨를 뒤로 밀어서, 그가 의자 등받이 달라붙게 만들었다. 그 상태로 계속 쳐다보자, 하인리가 느리게 입을 열었다.

"퀸…… 이러면 내가 너무 힘들어요. 이러지 마요."

인상이 찡그려졌다. 힘들 정도야? 날 견디는 게 힘들 정도라고? 화가 나기도 하고 섭섭하기도 했다. 게다가 하인리는, 몸으로 힘들단 걸 보여주기라도 할 셈인지 천천히 숨을 내뱉었다. 그런데 숨을 내뱉는 얼굴이 좀?

'상기되어 있는데?'

자세히 보니 들뜬 것 같기도 하고……?

뚫어져라 쳐다보자, 하인리는 소파에서 천천히 일어났다. 그가 일어서자, 힘들다고 한 말 뜻을 확실하게 알 수 있었다.

내가 속으로 오해했구나. 어색하게 시선을 위로 돌렸다. 내가 싫어서 힘들다고 한 게 아니었어.

생각해보니 임신일지도 모른단 가능성이 생긴 후부터 늘 손만 잡고 잤다. 요즘은 손도 안 잡고 자고.

그러면 왜? 나와 가까이 붙어 있었다고 바로 흥분할 정도이면서, 왜 날 피하지?

"퀸. 사실, 즈멘시아 일가를 처리하는 과정에서 악담을 너무 많이 들었어요."

다행히 마음을 바꾼 하인리가, 마지못해 솔직하게 털어놓아주었다.

나는 기가 막혀서 그를 쳐다보았다.

"그래서 피하는 거예요?"

"피하진 않았는데요."

"닿으려 하진 않잖아요."

"네. 이 상태로 퀸에게 닿는 게 신경 쓰여서요."

"벌 받을 사람이 받았을 뿐이에요. 찝찝해할 필요 없어요."

"그래도요."

장난하나, 싶었지만 하인리는 진지해 보였다. 저절로 한숨이 나왔다.

"그래서. 언제까지 이럴 생각인데요?"

"일주일만요."

"왜 하필 일주일인가요?"

"찬물로 목욕재계하는 중이어서요. 딱 일주일만 더 이러겠습니다."

하인리의 마음은 알겠지만…… 지금 내게 필요한 건 그의 온기와 살이었다. 그런데 저렇게 닿지 않으려고 드니 심란했다. 그렇다고 날 위해 저러는데, 더 뭐라 하기도 어렵고.

그냥 하인리를 물끄러미 보다가, 알겠다 중얼거리고서 돌아서서 먼저 나갔다.

"이러다 황후 폐하께서 서운해하실까 염려되는데요."

하인리의 집무실 안이었다. 40분 전에 있었던 이야기를 들은 맥켄나가 혀를 차며 중얼거렸다.

하인리는 펜 끝을 잉크병에 누르며 물었다.

"염려가 되는 거야, 기대가 되는 거야?"

"당연히 전자입니다."

"근데 왜 목소리 톤이 그렇게 높아?"

"……티가 났나요? 낮출까요?"

맥켄나가 속삭이는 투로 묻자, 하인리는 사촌을 잠깐 쏘아보았다. 맥켄나가 히죽 웃었다. 고개를 저은 하인리는 다시 시선을 책상 위에 놓인 결재 문건으로 내렸다.

나비에가 잠든 사이, 즈멘시아 공작가의 일을 백방으로 처리하느라 결재가 좀 밀렸다. 그 밀린 분량은, 나비에와 접촉할 수 없는 이 시기에 다 해결해버릴 셈이었다.

덕택에 하인리는, 자신이 시선을 내리자 깐죽거리던 맥켄나가 바로 걱정스러운 표정을 짓는 걸 알지 못했다.

맥켄나는 속으로 한탄했다.

'즈멘시아 일가가 처리되는 과정에서 나비에 님과 아기님에게 온갖 저주와 모욕을 퍼붓더라니.'

막상 당시의 하인리는, 그 말들을 모두 헛소리 취급하고 일말의 자비조차 베풀지 않았다. 하지만 은근히 신경 쓰였던 모양이다.

'원래는 이런 거 무서워하지도 않으시면서.'

그때, 똑똑 문 두드리는 소리가 나 맥켄나의 상념을 깨웠다.

"들어와."

하인리가 허락하자, 문이 빼꼼 열리고 시종이 안으로 날렵하게 들어와 보고했다.

"폐하. 크로우 님이 동대제국에서 돌아왔습니다."

하인리가 고개를 끄덕이자, 시종이 나가고, 이번에는 머리카락과 눈이 검고, 영리해 보이는 남자가 들어왔다. 들어온 남자는 맥켄나와 눈인사를 주고받고서, 하인리의 책상 가까이로 다가왔다.

"다녀왔어?"

하인리는 잠깐 시선을 들어 남자에게 다정하게 인사한 후, 다시 서류 쪽으로 시선을 내렸다. 그러면서도 남자에게 계속 말을 걸었다.

"어땠지?"

"동대제국은 지금 아주 혼란스럽습니다. '그 여자'는 폐위된 후 탑에 갇혀 있다가 죽고, 소비에슈 황제는 헛것을 보다가 다치기까지 했다니까요."

"헛것이라니?"

"그게 뭔지는 알아내지 못했습니다."

맥켄나가 중얼거렸다.

"뜬금없이 다쳤다기에, 에벨리를 다시 빨리 데려가려 꾀병 부리는 줄 알았더니. 그건 아닌 모양이네요."

하인리도 말을 받아서, 애정 한 톨 없는 목소리로 중얼거렸다.

"그러게. 다쳤다더니 정말 다치긴 한 모양이군."

다치건 말건 관심 없단 투였다. 실제로도 비슷한 생각이어서, 하인리는 바로 뒤이어 물었다.

"에르기는?"

"항구 쪽으로 갔다는데, 동대제국을 위주로 살피느라 자세히는 모르겠습니다."

"수고했다. 그 정도면 됐어. 보나 마나 바다 좀 돌아다니다가 자기 어머니 보러 가겠지."

서대제국의 황제가 머릿속에 남은 불쾌한 저주와 기억을 떨치기 위해 애쓰는 사이. 동대제국의 황제는 사라져버린 머릿속 기억을 되찾기 위해 애쓰는 중이었다.

어느 날, 자고 일어났는데 어머니도 아버지도 아내도 없어졌다. 소비에슈의 입장에선 지금의 상황이 딱 이랬다. 심지어 이 모든 일을 초래한 건, 미래의 자기 자신이라고 한다. 그야말로 기가 막히고 어이없는 상황이었다.

하지만 소비에슈는 절망하지 않았다.

"여기가 내 집무실이라고?"

"예, 폐하."

"그래. 알려줘서 고마워."

소비에슈는 침착하게 잃어버린 것들을 되찾기로 했다. 다행이라면 그는 황제였고, 황제의 일거수일투족은 기록으로 남기 쉬운 법이다. 게다가 소비에슈는 필요한 정보나 당시의 생각, 중요한 일들을 기록해두는 습관이 있었다. 몇 년 후 갑자기 그 습관이 사라졌을 리는 없겠지. 우선 그 기록부터 살펴야 했다.

"다른 비서는 누가 또 있지, 카를 후작?"

"저, 피르누 백작과 노레이유 백작까지 총 셋입니다."

"셋? 셋뿐인가? 내가 그렇게 검소했어? 내가?"

그럴 리 없다는 소비에슈의 중얼거림에, 카를 후작은 난처한 표정을 감추었다.

"한 명이 더 있었지만, 폐하의 명령으로 그만두었습니다."

말을 마친 카를 후작은, 자신이 말실수를 하진 않았는지 빠르게 점검했다. 지금 그는 여느 때보다 더 말을 신중하게 하는 중이었다. 까딱 말실수를 했다가, 소비에슈가 충격을 배로 받아서 상태가 더 나빠질까 봐.

소비에슈가 잃은 기억 중에는 그가 잊고 싶은 기억이 수두룩 포함되어 있는데, 그걸 전달하는 일이니 아주아주 조심해야 하지 않겠는가. 게다가 아직 한 번 더 살펴봐야 하긴 하지만, 해가 진 후 나타나는 '모든 기억을 가지고 괴로워하는 소비에슈'에 대한 문제도 있었고…….

"그래?"

다행히 소비에슈는, 일단 지금 당장은 일을 그만둔 비서에겐 관심이 없는 듯했다. 소비에슈는 자신의 책상을 손으로 한번 쓸어보다가, 책상 의자를 쭉 빼내고 거기에 앉았다.

"이 책상, 부황 때와 다르군. 나비에가 골랐나?"

"어찌 아셨습니까?"

"딱 나비에 취향이잖아. 금색 좋아하는 거."

픽 웃고서 금박이 주르륵 박힌 책상을 손가락으로 쓸어본 소비에슈는, 곧 만족스레 웃으며 카를 후작에게 물었다.

"그래. 그러니까 지금이, 내가 기억하는 시기부터 6년이 지난 후다?"

집무실로 오는 길에 소비에슈와 카를은 지금 날짜를 얼추 맞춰 보았고, 카를 후작은 소비에슈의 기억이 6년 전으로 돌아갔다고 확신했다.

"예."

"6년 정도면 괜찮아. 바로 따라잡을 수 있어."

"그럼요. 물론입니다."

"일단…… 보자. 내일 아침에 비서진들을 전부 다 불러줘. 그리고 그때 지난 6년간의 신문, 기록, 구할 수 있는 대로 다 구해서 가져오고."

"예."

"또 뭐가 필요하지……. 아, 카를 후작. 나와 가까웠던 사람들에게도 지난 6년간의 일을 기록해서 내게 가져다 달라 해줘."

"6년간의 일을 전부 다 말입니까?"

"순서대로 아니어도 되고, 불확실해도 되고, 개인감정 잔뜩 들어가 있는 거라도 괜찮아. 다양한 방면에서 사람들의 이야기를 들어보고 싶어."

"!"

"한쪽에서만 들으면 치우친 정보가 생기잖나."

카를 후작이 나간 후. 소비에슈는 손바닥을 쫙 펴서 문지르며 주위를 둘러보았다. 책상뿐만 아니라, 나비에가 손을 댄 듯한 흔적이 여기저기 보였다. 아이보리색과 금색이 합쳐진 커튼, 붉은색과 금색을 섞어 깔아둔 카펫, 금박을 야무지게 박아둔 의자, 기둥에 새겨진 조각…….

"즉위하고서도 사이가 바로 나빠지진 않았던 것 같은데."

이상해. 작게 중얼거린 소비에슈는 우선 책상 서랍을 열어보았다. 그는 언젠가 사용할 법한 자료는 물론, 본인이 생각한 것, 기억해두어야 할 것 등을 기록해서 잘 모아두는 편이었다.

황제가 기억을 허투루 했다가는 끔찍한 일이 발생할 수도 있단 걸 알기 때문이었다. 어린 시절부터 모후가 철저히 익히게 한 습관이었으니, 즉위하자마자 다 때려치운 게 아니라면 분명 방 어딘가에 기록이 남아 있을 것이다.

"여기 있군."

역시나. 서랍 안에 자료들이 수북하고, 그 자료들을 모두 빼낸 뒤 깊숙이 손을 넣어 더듬자 막혀 있는 것처럼 위장된 이중 공간이 만져졌다. 끄트머리를 여기저기 꾹꾹 눌러대자 안쪽과 바깥쪽을 막고 있던 판이 치워지며, 안쪽에 있는 것들이 잡혔다. 소비에슈는 그것들도 모조리 꺼내 책상 위에 늘어놓았다.

커다란 종이봉투와 편지 봉투, 그리고 그가 적어서 모은 기록들……. 편지 봉투 안의 내용물을 대충 훑어본 소비에슈는, 가장 위쪽에 있던 노트를 펼쳤다. 날짜를 보니 작년의 기록이었다.

'이땐 아직 이혼하지 않았군.'

일단 작년 기록을 덮어둔 소비에슈는 다시 올해의 기록을 펼쳤다. 중간 즈음을 펼치자 사람들이 수군거리던 이름이 바로 등장했다.

라스타.

소비에슈는 다시 첫 장을 펼쳐보았다. 여기에도 그 이름이 등장하고 있었다.

라스타.

소비에슈는 아까 옆으로 치운 작년의 기록을 다시 펼쳐서, 굵직하게 집고서 뒤로 넘겼다.

'라스타'란 이름은 그해의 겨울, 해가 바뀌기 몇 주 전부터 등장했다.

시작은 이랬다.

덫에 사람이 걸렸다.

"덫?"

지금까지 본 사람 중 가장 가엾은 모습을 하고 있었다. 아무것도 제 힘으로는 할 수가 없는 사람이다. 그렇게 모든 걸 내려놓고 우는 사람은 처음 보았다. 버려진 천사처럼 보였다.

소비에슈는 눈썹을 치켜떴다. 자신이 라스타란 여자에게 빠져 나비에와 이혼을 했단 말을 들었을 때, 카를 후작이 거짓말을 하진 않을 거라 생각하면서도 '설마' 하고 못 미더웠는데. 기록을 보니 분명, 자신은 그 '라스타'란 여자에게 꽤 큰 감명을 받은 듯했다.

어쨌든 처음 발견한 날의 기록에는, 그녀를 발견했을 때의 놀라움 정도가 기록의 끝이었다.

소비에슈는 다음 장을 넘겼다.

나비에가 그 여자는 누구냐고 물었다. 좋은 일을 했다 여겼는데, 문득 내가 잘못을 저지른 것처럼 여겨져 불쾌했다. 소란스러운 소리가 나서 가보니, 나비에의 시녀가 휠체어에 탄 라스타를 밀치며 더럽다 외치고 있었다. 라스타는 겁이 나서 제대로 대응조차 하지 못하고 있었다. 나비에가 그 모습을 빤히 바라보기만 하는 데 충격을 받았다.

소비에슈는 다시 다음 장을 넘겼다.

라스타는 작고 사소한 데 감탄하고 놀라워한다. 파이를 주었더니 감동받는다. 아무리 노예라지만 심한 게 아닌가? 대체 뭘 어떻게 살아온 거지? 피르누 백작에게 노예들의 실태에 대한 보고서를 작성해 오라 해야겠다. 나비에에게 해선 안 될 말을 해버렸다. 아무리 화가 나도 다른 사람과 비교하는 말을 해선 안 됐다.

아무것도 가지지 못해 사소한 데에도 감동 받는 사람도 있는데. 나비에는 모든 걸 가지고서도 작은 일조차 가볍게 넘어가지 않는

다. 우리가 참 구름 속에서 살았단 생각이 든다. 배운 것도 아는 것도 없는 사람에게, 우리와 같은 수준의 예의범절을 기대해야 하나? 이 정도는 아량으로 넘어가줄 수 없나? 나비에는 라스타를 대체 뭘로 여기는 걸까. 오물 덩어리? 다른 사람들도 다 앉는 의자인데, 라스타가 앉았단 이유만으로 그렇게 모욕을 주었어야 했나? 입단속을 하는데도 라스타가 노예가 아니냐 수군거리는 사람들이 많다. 사람들의 목소리를 잠재우기 위해 일부러 그녀에게 사람들 앞에서 보란 듯 잘 대해주었다.

춤추는 걸 좋아하지 않는다더니? 나비에가 서왕국의 바람둥이 왕자와 춤을 추면서 즐거워한다.

"바람둥이 왕자는 또 누구야?"

소비에슈는 인상을 찡그리고 중얼거리다가 기록을 덮어버렸다.

"미래의 소비에슈……. 미친놈아."

그는 관자놀이를 누르면서 중얼거렸다.

철저하게 그의 입장에서 작성된 기록만 보아도, 그와 나비에가 점점 감정적으로 멀어지고 있단 게 보였다. 게다가 '해선 안 될 말'은 대체 뭐란 말인가?

"무슨 말을 한 거야, 미친놈아."

소비에슈는 차마 이 기록을 바로 이어서 보지 못하고, 종이봉투 속 내용물을 확인했다.

"음?"

그 안에 들어 있는 건 상당히 최근에 모아둔 기록들이었다. 뭔가 싶어서 기록들을 들춰보던 소비에슈는, 한 장을 채 넘기기도 전에 표정을 굳혔다.

"이건?"

최근 몇 년간 갑자기 마력 감소 현상이 심각해졌단 이야기와, 그에 대해 조사한 기록이었다. 그리고 이 기록에 따르면, 미래의 자신이 범인으로 의심한 상대는…….

"하인리. 내 아내와 결혼한 남자."

하지만 왜? 왜 하인리 황제를 바로 의심한 거지? 다행히 거기에 대한 기록도 있었다.

첫째. 마법 아카데미 학장이 말하길, 에벨리에게 목걸이를 건넨 후원자가 서대제국 사람이란다.

'에벨리는 또 누구야?'

어쨌든 이유 둘째. 마력 감소 현상을 조사하는 데 큰 역할을 한 게 에벨리의 목걸이인데, 새가 그 목걸이를 훔쳐 갔다고 했다.

'전서조로 가장 유명한 나라는 다른 나라 아닌가?'

하지만 이 기록에 따르면, 미래의 자신은 새 이야기가 나오자 서대제국을 의심하고 있었다.

그리고 마지막 이유. 세간에 알려지진 않았으나, 학장이 말하길 하인리 황제는 실력이 뛰어난 마법사라고 했다.

"미치겠군."

소비에슈는 종이를 도로 봉투 안에 넣고서 시름에 잠겼다. 참으로 막막했다. 대체⋯⋯. 생각하니 어이가 없어서 소비에슈는 헛웃음을 터트렸다. 하인리 황제가 마법사란 부분 때문에 이러는 게 아니었다. 여기까지 조사를 해두었는데, 이후의 조사를 흐지부지 멈췄단 점 때문이었다.

'내가 미래에 돌머리라도 된 건가?'

마법사는 동대제국이 최강국으로 우뚝 설 수 있게 해준 힘이자 근원이었다. 아무리 힘든 일이 있어도, 이 조사는 계속 진행했어야 했다. 그런데 여기서 조사를 멈추다니?

소비에슈는 일단 마력 감소 현상에 대한 정보도 다시 종이봉투 안에 넣었다. 그러고는 다른 기록 노트를 펼쳐 몇 가지를 살핀 후, 여기에 있는 노트가 즉위 후의 기록들뿐이란 걸 확인했다. 기억은 19세를 기준으로 사라져 있었지만, 여기의 노트는 후반 3년간의 일뿐으로, 중간 3년치가 비어 있었다.

'그 노트도 어디 있긴 할 텐데⋯⋯.'

일단 소비에슈는, 지금까지 확인한 것들을 올해의 노트에 적으며 정리했다.

'나비에도 만나야 해. 무조건.'

그런데 한창 바쁘게 손을 놀리고 있을 때였다. 갑자기 잠이 쏟아지기 시작했다. 눈을 비비고 억지로 정신을 깨우려 했지만 쏟아지는 잠은 멈추기 힘들었다. 감당이 되지 않을 정도여서, 소비에슈는 비틀거리며 책상에서 몸을 일으켰다. 하지만 몸을 완전히 다 일으키기도 전에 다시 의자에 앉아, 책상에 푹 고꾸라져서 잠이 들고 말았다.

그 시각. 카를 후작은 비서들을 만나 소비에슈의 상태를 알렸다. 소비에슈의 기억이 황태자 시절로 돌아갔다는 건, 이미 어제 많은 사람들의 앞에서 보이는 바람에 다른 비서들도 다 알고 있었다. 하지만 그의 기억이 밤새 원래대로 돌아왔었던 건 아직 카를 후작과 현장을 목격한 기사만이 아는 일이었다. 그 일에 대해 털어놓는 것이었다.

"그게 일시적으로 기억을 되찾으셨던 건지는 모릅니다. 기억을 되찾을 때의 폐하가 낮의 일도 기억하시는 건지, 밤마다 원래 인격이 돌아오시는 건지도 아직 모르고요."

이어서 카를 후작은, 황태자 소비에슈가 그에게 전달했던 명령도 비서들에게 제대로 전달했다.

"아, 그리고 폐하께서, 내일 아침에 모두를 만나고 싶다 했습니다. 또, 지난 6년간의 일에 대해서도 이야기를 나누고 싶으니, 그간의 기록을 각자 가져다주었으면 좋겠다 하셨고요."

말을 마친 카를 후작은 비서들을 쭉 한번 돌아보며 물었다.

"다른 질문은 없습니까?"

질문하고 싶은 건 많았다. 다들 한가득할 것이다. 하지만 아직 그들이 직접 소비에슈를 본 게 아니기에, 무어라 말할지 애매했다. 그래도 가만히 카를 후작의 이야기를 듣던 피르누 백작이 물었다.

"한데 만약, 폐하께서 아주 오랫동안 인격이 두 개라면 어찌할 겁니까?"

"밤마다 원래 인격이 나타나는지 확인부터 하지요. 원래 인격 쪽에 솔직하게 말씀드리고 길을 구해야지 않겠습니까."

"하긴. 그것도 그렇지요."

이야기를 마친 후 카를 후작은 힘없이 덧붙였다.

"그리고 혹시 모르니, 에벨리 양이 돌아오면 폐하에게 치유 마법을 사용해달라 해봅시다. 궁의 말론 외상은 아니라 했지만……."

의논을 마친 카를 후작은 밤이 되자 다시 일부러 궁전 안으로 들어가 동궁을 찾았다. 오늘도 밤이 되면 원래의 기억을 되찾을지 아닌지 확인하기 위해서였다. 그러나 소비에슈는 동궁에 없었다.

"폐하는 아직 돌아오지 않으셨습니다."

"전에 카를 님과 함께 나가신 후로요."

아직 집무실에 있으신 건가? 카를 후작은 방향을 바꾸어서, 본궁의 집무실로 가보았다. 확실히. 집무실 앞 문에 기사들이 서 있었다.

카를이 노크하자, 안쪽에서 들어오란 목소리가 들렸다. 안으로 들어가자, 소비에슈가 아까와는 다른 분위기로 앉아 있었다. 카를 후작은 흠칫했다. 보자마자 알 수 있었다. 지금 책상에 앉아 있는 소비에슈는, 낮에 본 황태자 소비에슈보다 훨씬 눈빛이 깊고 가라앉아 있었다. 그런 얼굴로, 카를 후작이 들어왔는데도 책상에 펼쳐진 종이만 뚫어져라 보고 있었다.

"왜 그러십니까, 폐하?"

기억이 돌아오셨구나. 정말로 인격이 두 개가 되셨나 보다. 속으로 확신하면서도, 카를 후작은 일단 모른 척 말을 걸어보았다. 그러나 돌아온 대답은 영 뜬금없었다.

"카를."

"예, 폐하."

"해가 뜨지 않아."

"폐하……."

"내 세상이 어두워졌다."

"예?"

"내가 미쳤느냐?"

카를 후작이 난감해 대답하지 못하는 사이 소비에슈가 중얼거렸다.

"자고 일어나니 밤이었다. 그래, 뭐 자는 거야 하루 종일 자서 그렇다고 쳐도. 이 복장은 무엇이고, 이 위치는 어디이지? 동궁 집무실도 아니라 본궁 집무실이다."

말을 이어가며, 소비에슈는 책상 위를 손가락으로 가리켰다. 온갖 기록물들이 책상에 꺼내져 있었다. 그리고 카를 후작의 거리에서는 보이지 않았지만, 그 기록물 중 한 군데에는 몇 시간 전 황태자 인격 소비에슈가 '미래의 나는 미쳤나?'라고 적어둔 문장이 있었다.

"아 그게……."

카를 후작이 당황해하자, 소비에슈가 괜찮으니 솔직히 말하라 그를 재촉했다. 결국 카를은 아는 바를 전부 다 털어놓았다.

"젠장."

소비에슈는 카를이 설명을 끝낼 때까지 조용히 듣다가, 그가 말을 멈추자 짧게 욕설을 뱉었다. 그러나 첫마디가 욕이었던 것과 달리, 그다음 말은 쉽게 내뱉지 못했다. 대신 잠시 생각해보다 물었다.

"나비에는? 나비에 관련 소식은 왔나?"

"예."

"무사히 깨어나셨다 합니다. 에벨리 양도 큰 도움이 되었다 하고요."

"……다행이군."

소비에슈는 안심해서 중얼거렸다. 라스타가 나비에를 내려다보는 환상을 본 후로 내내 찝찝했다. 순간적으로 나비에가 이미 죽었을 거라 생각했는데. 무사하다니 그나마 다행이었다.

"저, 폐하. 하나 더 말씀드릴 게 있습니다."

"무엇이지?"

"아까 말씀드렸다시피, 폐하께서는 낮에는 황태자 시절의 기억만 가지고 계십니다. 그리고 그분이 최근에 몇 가지 일을 명령하셨습니다."

카를 후작이 황태자 소비에슈의 질문을 전하자, 소비에슈는 좀 더 생각해보다 지시했다.

"미친 짓이 아니라면 따르거라."

"폐하."

"난 지금은 아무것도 하고 싶지 않고, 아무것도 생각하고 싶지도 않아. 자꾸만 눈이 감기니, 네가 내가 엇나가지 않게 따라다오."

말을 마친 소비에슈는 정말로 바로 잠들어버릴 것처럼 반쯤 눈을 감았다. 그러나 참지 못하고 다시 지시했다.

"급하게 처리해야 할 업무만 가지고 오너라."

소비에슈는 이후 기계처럼 일을 하다가 고꾸라지듯 잠들었다. 깨어 있고 싶지 않단 본인의 말처럼, 현재 소비에슈가 깨어 있는 시간은 얼핏 계산해도 황태자 소비에슈가 깨어 있는 시간보다 훨씬 적었다.

카를은 그런 소비에슈의 잠든 모습을 가슴 아프게 바라보았다. 방에서 나가야 하는데. 저 상태로 두고 나가기 신경 쓰였다. 결국 같이 꼬박 밤을 새우자, 다음 날 아침 눈을 비비며 책상에서 상체를 일으킨 소비에슈가 황당하단 목소리로 카를 후작에게 물었다.

"카를 후작은 왜 집에 안 있고 여기 있는 건가?"

"폐하께서 잠시 기억을 찾으셨습니다. 기억나십니까?"

"내가?"

"예."

"아니. 전혀 기억나지 않아."

"잠시 찾으셨습니다."

전혀 기억이 없는데, 중얼거리며 소비에슈가 인상을 찡그렸다. 기억을 찾으면 지금의 자신에 기억이 더해질 거라 여겼는데. 기억을 찾았을 때에도 자신은 아무것도 몰랐으니, 본래의 모습으로 돌아가도 이러는 게 아닐까 싶어 문득 이상한 기분이 든 탓이었다.

하지만 소비에슈는 이런 감정을 내색하는 대신, 잠들기 전까지 내내 생각하고 고민하던 이야기를 카를 후작에게 털어놓았다.

"카를 후작."

"예, 폐하."

"내가 어제 내내 고민해봤는데."

"예."

"서대제국에 가봐야겠다. 내가 직접."

"예?"

정말로 일주일을 꽉꽉 채울 모양인진 모르겠지만, 하인리가 며칠째 스킨십을 피하고 있는 건 확실하다. 솔직히, 나는 하인리와 달리 즈멘시아 유령이 나올까 무섭진 않았다.

하지만 나도 악몽에 시달렸다. 이혼을 한 후에도 이 정도로 악몽에 시달린 적은 없었는데. 죽을 뻔한 이후로는 악몽을 꾸게 되었다. 게다가 자꾸 위쪽을 살피게 되었다. 이럴 때 하인리가 옆에 있어주면 얼마나 좋아?

하지만 하인리는, 자기가 무슨 걸어 다니는 병이라도 된 것처럼 계속 날 피했다.

"황후 폐하, 들으셨습니까? 라스타 그 여자가 죽었다고 합니다."

"라스타가……."

"예. 폐위된 후에 자살했대요."

이 와중에 라스타의 사망 소식이 들려오자 기분은 더욱 묘해졌다. 말을 전해준 로라 역시도 라스타를 아주 싫어했지만, 애매한 표정이었다.

죽은 사람 흉을 보긴 어렵지.

"어머, 잘됐네요."

주베르 백작 부인은 그런 것 따위 없었지만.

"동대제국에 돌아가더라도 그 사람한테 허리 숙여 인사할 일은 없으니 참 다행이지요."

로라는 '그건 그러네' 하는 표정으로 심각하게 고개를 끄덕이다 물었다.

"그러면 소비에슈 폐하는 이제 어떻게 되는 거예요? 또 재혼하는 거예요?"

일국의 황제가 결혼하지 않고 지내면 사방에서 결혼하라는 압박이 들어온다. 정말 하루하루가 피곤하고 힘들겠지. 소비에슈는 자기 아이를 가지고 싶어 하는 마음도 강하니, 곧 다시 결혼하지 않을까?

그렇게 세 시간가량 라스타에 대한 화제로 이야기를 한 후. 나는 간단한 저녁을 먹은 다음 침대에 누워 두 손을 맞잡았다.

'싱숭생숭하네.'

동대제국에 있을 때는 힘든 일이 생기면 일에 매달렸다. 최대한 객관적으로 일을 처리하고 있으면, 나의 개인적인 일들도 결국 잠깐의 문제일 뿐이란 생각이 들어서 한 걸음 물러나 있기 좋았으니까.

그러나 임신에 부상이 겹친 지금은, 마음대로 밤새도록 일을 하면서 기분을 풀기도 힘들었다. 하인리도…… 지금은 힘이 되어주지 않고. 그리고 이런 마음이, 결국은 하인리에게도 전해지고 만 모양이다.

"퀸?"

잠이 들락 말락 한 상태에 있을 때였다. 커다란 손이 내 머리카락을 쓸어 넘겨주는 게 느껴졌다. 눈을 뜨자 하인리가 보였다. 그의 이름을 부르려다가, 그가 오래간만에 나와 닿았단 걸 깨닫고 놀랐다. 부정 탈까 봐 무서워서 못 만지겠다더니. 이젠 용기가 좀 나나 보지?

그 생각을 하자마자 잠이 확 달아나면서 차가운 목소리가 나왔다.

"나랑 닿기 싫다더니."

하인리는 웃으면서 부정했다.

"싫단 말은 안 했는데요, 퀸."

"이젠 나랑 닿아도 상관없어요?"

"퀸이 너무 힘들어하는 것 같아서요."

"하나도 안 힘들었는데."

"내가 너무 힘들었어요."

"……."

"왜 이렇게 울적해 보여요."

내가? 아니, 울적하다기보다는…….

"울적한 건 아니에요. 그냥 일이 겹치니까 심란해졌을 뿐이지."

내가 내 입으로 말하는데도 목소리가 잠겨서 알아듣기 힘들다. 살짝 헛기침하자, 하인리가 이불을 좀 더 위쪽으로 끌어올려 덮어 주었다.

'감기 기운 있어서 이런 거 아닌데.'

하지만 그가 오래간만에 내 옆에 붙어 있는 게 마음에 든다. 한 번 더 헛기침하자, 하인리는 걱정스러운 얼굴로 내 이마에 손을 짚었다.

"감기 걸린 거 아니에요?"

"아니에요."

이후로도 하인리는 내 몸 상태를 꼬치꼬치 더 캐물었고, 나는 그의 허벅지에 아예 머리를 기댄 채 나른한 기분으로 하나하나 멋대로 대답했다. 그런데 내 대답 어디에서 문제점을 발견한 건가.

"퀸."

하인리가 짐짓 심각한 얼굴로 내게 제안했다.

"하고 싶은 일이 있으면 무엇이든 다 해요."

"왜 그런 말을 해요?"

"그대가 우울해하는 것 같아서요."

"내가요?"

"알아보니 임신했을 때에는 갑자기 우울해지기도 한다 하고……."

그런가?

하인리가 내 표정을 살피면서 다시 물었다.

"소풍 갈까요? 아니면 우리 보석방을 보여줄까요? 내가 모은 보석 컬렉션을 볼래요, 퀸? 그걸 보면 기분이 많이 나을 텐데."

"음."

"뱃놀이는 어때요? 아니면 배우들을 불러서 연극을 볼까요?"

처음엔 별생각이 없었다. 하지만 하인리가 하는 말을 듣고 있자, 점차 동의가 되었다. 맞아. 지금 내게는 집중할 수 있는 곳이 필요하지.

"그러면 하인리."

"말해요, 퀸."

"일거리가 있었으면 좋겠어요."

"······하고 싶은 게, 일하는 겁니까?"

"무리하지 않는 선에서."

하인리의 표정이 애매하게 변했다. 좀 슬픈 것도 같고, 아픈 것도 같은 표정으로.

"하인리?"

손을 뻗어 그의 눈썹 뼈와 눈가를 어루만지자, 그가 내 손을 자기 뺨에 붙인 채 눈을 반쯤 감으며 중얼거렸다.

"맥켄나가 놀지 않고 일하겠다고 하면 되게 기쁘던데. 퀸이 그 말을 하니까 왜 이렇게 마음이 아픈지 모르겠습니다."

그건 좀······.

어쨌든 하인리는 내 말을 받아들였다. 날 억지로 쉬게 해봐야, 몸을 추스르는 데 도움이 안 될 거라 여긴 듯했다.

다음 날, 하인리는 궁의와 맥켄나를 불렀고, 우리 네 사람은 내가 고생하지 않는 선에서 할 수 있는 일거리의 양을 정하느라 두 시간을 그대로 허비했다.

그리고 그날 오후에는 간만에 회의에 참석할 수 있었다. 확실히 도움이 되는 처방이었다. 산책하거나 무의미하게 의자에 앉아 멍하니 있는 것보다는. 사람들이 목에 핏대가 서도록 의견을 내밀고, 토론하고, 바쁘게 종이를 넘기는 소리를 들으며, 나는 평소라면 내게 왔을 안건들을 표시했다.

그런데 회의가 거의 끝나갈 무렵이었다. 간략하게 정리된 회의 목록을 든 재상이, 스물다섯 번째 안건이라며 말을 꺼내려다가 갑자기 인상을 찌푸렸다.

"왜 그러지?"

하인리가 묻자, 재상은 눈썹을 치켜올리더니 재빨리 내 눈치를 살폈다.

'왜 내 눈치를?'

"재상?"

하인리도 재상의 태도가 의아한지 다시 물었다.

재상은 "아, 죄송합니다." 하고 몇 번 헛기침하고서 말했다.

"욜른에 속한 광산 마을에서 요청이 들어왔습니다. 이 시기가 되면 매년 홍수가 나는데……."

홍수가 나는데? 왜 말을 끊어?

재상이 다시 내 눈치를 살폈다.

아니 내가 왜? 혹시 홍수가 내 탓이라고 주장하기라도 하는 건가?

더욱 어리둥절해서 그를 보자, 하인리가 짧게 헛기침을 하더니 툭 괜히 옥좌 손잡이를 두드렸다. 재상은 퍼뜩 놀라 얼른 마저 말했다.

"황후 폐하께서 대단한 얼음 마법사란 이야기를 들었다고, 황후 폐하의 힘으로 도움을 주시면 안 되는지 요청하고 있습니다."

대단한…… 얼음 마법사?

내가?

26

진짜 기억이 없어?

위대한 대마법사 이야기가 그렇게 웃겼나. 옆에서 하인리가 숨을 급히 들이마시는 소리가 났다. 고개를 돌리자, 그가 턱에 힘을 꽉 주고 있는 게 보였다.

내 마법 실력이 그리 좋지 못하단 걸 아니까 저러겠지. 그래도 그렇지 너무 웃는데?

슬며시 째려보았지만, 하인리는 웃음을 참아내느라 내 눈치를 살필 여력도 없어 보였다. 한숨을 내쉬면서 다시 재상 쪽으로 시선을 돌렸다.

하긴. 뭐 어쩌겠어. 전에 대단한 마법사란 오해를 받았을 때, 풀지 않고 내버려둔 결과인 것을. 일단 하인리가 말을 할 여력이 없어 보이니, 웃음과 싸우게 내버려두고 나는 상황을 알아보아야겠다.

"재상."

"예, 황후 폐하."

좀 과도할 정도로 내 눈치를 살피던 재상이, 얼른 내 쪽으로 몸을 틀면서 대답했다.

그런데 저 사람이 저렇게 싹싹한 성격이었나? 전엔 안 저랬던 것 같은데?

"무엇이든 질문하십시오, 황후 폐하. 제가 성실히 대답하겠습니다."

주위의 관리들이 '나 저거 어디서 봤어. 저거 간신배 태도 아냐?' 라는 듯 서로 눈짓을 주고받았다. 그러거나 말거나 재상은 두 손까지 모은 채 나를 보며 방긋방긋 웃어댔다.

'좀 부담스럽지만…… 좋은 게 좋은 거겠지.'

"매년 홍수가 나는 곳이라던데, 이전에 방비는 없었나요?"

"방비야 늘 하지요. 댐은 매년 만듭니다."

댐을 매년 만들어? 매년? 댐을?

재상은 내가 무슨 생각을 하는지 알겠다는 듯 씁쓸하게 말을 이었다.

"1년을 못 쓰고 부서져서 그렇습니다."

서대제국의 건축 기술이 그렇게 엉망이란 소린 들은 바 없는데.

"어째서지요?"

달리 이유가 있을 것 같다.

"강 밑에 사는 수룡 때문입니다."

역시 이유가 있긴 있구나. 하지만 수룡이라니?

"수룡이 댐을 부수기라도 한단 건가요?"

"예."

재상은 한숨을 내쉬었다.

"내킬 때마다 부숩니다. 문제는, 언제 부술지 아무도 그 속내를 모른단 거지요. 홍수 이후 부수면 그나마 다행인데, 홍수 이전에 부술 때가 가끔 있어요……. 지금이 딱 그 시기입니다."

"댐을 만드는 도중에 부수진 않나요?"

"예. 꼭 완성시켜두면 부숩니다."

재상은 갑자기 25년은 더 나이 들어 보이는 얼굴로 또 한숨을 내쉬었다.

"게다가 댐을 만들어도 부수고 만들어도 부수다 보니, 그곳은 아예 댐 자체도 그리 튼튼하게 만들지 않습니다. 튼튼하게 만들었다 간 부서질 때 억울하기도 더 억울하고 재산 손해도 더 크니까요."

"그럼 이번 일이 처음 있는 일은 아니겠군요."

"예. 홍수와 댐 부서진 시기가 겹치면, 보통은 중요한 물건만 들고 대피합니다. 대비용으로 근처에 작은 마을이 있기도 하고요. 하지만 마을 사람들이 황후 폐하의 뛰어나고 대단한 위명을 듣고, 이번엔 좀 다를 거라 기대한 모양입니다."

역시 저거 간신 같은데, 관리들이 서로 눈짓을 또 주고받는 게 보인다. 웃음과의 전투에서 가까스로 승리한 하인리가, 다시 입술을 꿈틀거렸다. 나는 난감한 표정을 애써 감추고서 솔직하게 털어놓았다.

"미안하지만 내 마법은 홍수로 넘쳐나는 물을 다 얼려버릴 정도는 아닙니다."

허세를 부리다가 이 사달이 났으니, 이번에는 솔직해야 했다.

"예, 그렇게 전하겠습니다."

재상은 좀 아쉬운 듯했지만 순순히 알겠다고 물러났다. 어쩌면 큰 기대가 없어서 그런지도 모르겠다. 얼음 황후라고 약간의 이름을 얻은 내가 정말로 얼음 마법사였단 건 놀라운 일이지만, 그게 다일 거라고 생각했겠지.

마법사 자체의 수도 아주 적은데, 그 마법사들의 특기도 다 제각각이고, 같은 특기여도 마법사들마다 마력과 응용 방법은 천차만별이었다. 마법사란 자체만으로도 대단하지만, 강대한 마법사는 손에 꼽히게 적었고, 그 손꼽히는 적은 마법사들은 대다수 동대제국에 소속되어 있었다.

재상은 내가 이 와중에 대단한 마법사이기까지 한 게 더 이상한 일이라 여기는지도.

그 일은 이후 바로 넘어가서 다신 거론되지 않았다.

'매년 있는 일이라서인가⋯⋯.'

하지만 나는 회의가 끝난 후에도 그 일이 계속 신경 쓰였다.

"홍수를 마법으로 처리하는 건 퀸의 역할이 아니잖아요. 자책하지 말아요."

하인리는 이렇게 말했지만, 자책하는 건 아니었다. 신경 쓰일 뿐이지. 딱 집어서 내게 도움을 요청한 일이었기 때문에 이럴까?

어쨌든 그날 저녁. 나는 목욕을 마친 후, 욕조에 받은 물을 이용해 내가 홍수를 마법으로 막아낼 수 있을지 시험해보았다.

'⋯⋯턱도 없구나.'

욕조 물도 다 못 얼리네. 이 실력으로 불어나는 강물을 얼리는
건 더 힘들겠지.

"퀸, 뭐 합니까? 들어가도 되나요?"

얼음덩어리 몇 개가 둥둥 떠다니는 욕조를 보고 있자니, 하인리
가 밖에서 부른다. 문을 열어주자, 하인리는 걱정스러운 얼굴로 들
어오며 물었다.

"괜찮습니까? 무슨 소리가 나던데."

"괜찮아요. 그냥, 마법을 연습해보고 있었어요."

"마법이요?"

손가락으로 욕조를 가리키자, 하인리는 눈을 휘둥그렇게 뜨며
감탄했다.

"부분 부분 얼음덩어리를 만든 겁니까? 응용하는 실력이 더 좋
아진 것 같습니다, 퀸."

"……다 얼리려다 실패한 거예요."

"아."

하인리가 눈동자를 여기저기 굴린다. 말실수를 했으니 뒷수습을
해야 할 텐데. 뭐라고 해야 할지 감이 잘 오지 않는 듯했다.

"음. 퀸이 마법사가 된 시기를 생각하면, 솜씨가 하루가 다르게
일취월장하는…… 거죠?"

뒷말에 물음표가 왜 붙는데? 왜 그렇게 자신 없게 말해?

손을 내밀어 그의 뺨을 잡아당겼다. 하인리는 낄낄 웃으면서 내
가 잡아당기는 대로 얼굴을 같이 내밀었다. 그러고는 자연스럽게
날 들어 올리고서 욕실 밖으로 나가 침대에 내려주었다.

"미안해요. 농담한 겁니다. 정말로 실력이 빠르게 늘고 있어요. 아직 1년도 안 지났지 않습니까."

"그래도 아쉬워요."

"설령 퀸이 강이 아니라 바다를 통째로 얼릴 수 있다 해도, 거기까지 가서 무리하게 힘을 사용할 수는 없는 몸 상태잖아요."

"……."

"치유 마법은 체력이 떨어지면 효과도 떨어집니다, 퀸. 게다가 우리 아기 독수리도 퀸에게 온전히 의지하고 있는데. 무리한 일정은 좋지 않아요."

아기 독수리…….

배 위에 손을 얹어보았다. 맞아. 내가 고생하면서 덩달아 고생했지.

하인리의 말이 맞다. 내가 지금 당장 홍수를 막을 능력이 있어도, 광산 마을까지 찾아가 그런 거대한 규모의 마법을 사용하긴 힘들었다.

"퀸. 나비에. 그대."

생각에 잠겨 있자니, 하인리의 목소리가 나를 흔들었다. 침대가 바닥에 앉은 그가, 침대 위에 턱을 괴고 웃고 있었다.

"왜 그래요?"

질문을 던지면서도 그 모습이 귀여워 저절로 손이 움직였다. 그의 머리카락을 뒤로 반듯반듯하게 넘겨주자, 하인리는 눈을 감고 손길을 느끼다가, 내가 손을 뗄 즈음 자기 손으로 내 손을 가져가 손등 위에 입을 맞췄다. 손에 닿는 입술이 간지러워 웃음을 터트리자, 그는 내 손톱을 가볍게 물었다 놓길 반복했다. 그때마다 그의 혓바닥이 손의 살에 닿아서 등이 오싹해졌다.

이런 내 기분을 그도 같이 느끼는 걸까. 하인리가 내 손가락을 가볍게 문 채 나를 올려다보았다. 그 눈빛은 그윽하면서도 야해서, 보는 사람에게 괜한 열기를 느끼게 했다. 그의 입안에서 슬쩍 손을 휘젓자, 하인리가 미약한 감탄사를 터트리며 눈을 반쯤 감았다.

"퀸…… 좋아요."

하지만 그것도 잠시.

하인리는 곧 시무룩해져서 뒤로 물러나더니, 욕실 안으로 들어갔다. 나올 때는 아까의 열기가 이미 사라져 있었다.

"얼음이 있어서 도움이 됐습니다……. 정신이 번쩍 들었거든요, 퀸."

한숨을 내쉬며 중얼거린 하인리는 이불을 끌어 올려 덮어주면서 힘없이 웃었다.

'단시간에 댐을 만들 방법…….'

다음 날, 아침 식사를 하자마자 하인리보다 먼저 방을 나서서 내 집무실로 갔다. 부관들에게 댐에 관해 알아와달라 할 생각이었다. 그런데 집무실에는 아직 부관들이 보이지 않았다. 아니면 이쪽으로 일하러 오지 않고 있나?

어쨌든 어쩔 수 없이 방향을 바꾸어, 이번에는 도서관으로 간 후

관련된 기록을 살펴보았다.

'단시간…… 단시간…… 단시간…….'

하지만 댐을 단시간에 만드는 방법 따위는 아무 데도 없었다. 관리들이 입궁했을 즈음, 도서관 밖으로 나가서 건축 기술자를 불러 물어보았지만, 역시 같은 대답이 돌아왔다.

"얼마나 빨리 짓는지가 문제가 아닙니다, 황후 폐하. 얼마나 튼튼하게 짓는지가 문제이지요."

"그렇지. 하지만 꼭 빠른 시간 안에 지어야 할 필요가 있어서 그렇다네."

"사실 1년 안에 댐을 완공하는 것도 아주 빨리 짓는 편입니다."

건축 기술자 몇 명을 불러 물어도 돌아오는 대답은 마찬가지였다. 결국 부관들에게 '최대한 빨리 댐을 건설하는 방법'을 알아보라 지시한 후, 나는 다시 도서관에 틀어박혔다.

"괜히 일하라 했어……."

하인리가 힘없이 중얼거리자, 맥켄나가 옆에서 까칠하게 잔소리했다.

"아, 그러니까 제가 좀 더 쉬셔야 한다 했잖습니까. 언제든 불붙이면 튀어 나갈 준비가 되신 분인데, 뭐 하러 직접 점화까지 하시냐고요."

"나도 저렇게 몰두할 줄은 몰랐지!"

하인리는 억울해서 반박했다.

"적당히 일하기로 약속했단 말이다!"

홍수와 댐, 수룡 이야기를 들은 지 사흘째. 나비에는 하루 종일 도서관에 틀어박히거나 자기 부관들을 불러 이야기를 하느라 바빴다. 과거의 기록과 다른 나라의 기록 등을 살펴서, 이 일을 해결할 길을 모색하는 듯했다. 하인리가 식사 시간과 자는 시간을 맞춰서 여기저기 데려다 놓으면 그제야 먹고 잘 뿐. 그 시간 외에는 산책조차 마다하고 있으니, 두 사람으로서는 걱정이 될 수밖에 없었다.

맥켄나는 한숨을 푹푹 내쉬며 고개를 저었다.

"저리 열심히 일하시는데 제 일거리는 또 전혀 줄지 않고 있다니. 이게 무슨 연유인지 모르겠습니다."

"후회 방향이 좀 다른 것 같다, 맥켄나?"

"이게 다 욜른 영주 때문입니다, 폐하."

"그런가."

"그리고 재상 때문입니다, 폐하."

"그렇지?"

"순진해빠져서는, 그냥 적당히 윗사람 허세로구나! 하면 될 것을, 아니 뭘 그렇게 철썩같이 믿고서 공식으로 요청까지 하고…… 어휴."

욜른 영주의 애타는 마음도 모를 일은 아니지만, 맥켄나는 누구든 탓할 사람이 필요했기에 그를 붙잡고 늘어졌다.

나비에의 건강을 책임지는 궁의 역시, 다른 의미로 계속 후회했다. '가벼운 일은 하셔도 됩니다'라고 말해서는 안 됐는데. 무조건 놀고먹으시고, 놀고먹길 일처럼 생각하시라 말씀드렸어야 했는데.

그러기를 나흘째. 결국 견디다 못한 하인리는 참지 못하고 도서관에 틀어박힌 나비에를 찾아갔다. 이대로 뒀다가는 습격에서 살아남자마자 과로로 쓰러지는 불상사가 벌어질 판이었으니. 어떻게 해서든 좀 쉬게 해야 했다. 이건 이렇게 고민한다고 해서 해결될 일이 아니지 않은가.

동대제국에서는 급하게 댐을 만들 때, 흙과 돌 계열 마법사들을 대거 동원했다. ……편했지.

하지만 서대제국은 상황이 달랐다.

아무리 기록을 살피고 살펴도, 단시간에 댐을 건설할 방도는 없었다. 도서관 안에 있는 모든 기록을 다 살펴보았지만, 정말 단 한 건도 단시간에 댐을 건설한 적은 없었다. 부실 공사의 위험성을 강조하는 일화로, 빠르게 댐을 지었다가 얼마 못 가 무너졌단 이야기는 나와 있었지만.

그래서 결국 방향을 바꿨다. 하인리가 도서관에 찾아와 '이 일에서 손을 떼면 안 되겠냐'고 부탁한 때도, 내가 방향을 바꾸기로 마음을 먹은 때였다.

"방향을 바꾸다니요?"

하인리는 도서관에서 제발 나오라고 조르다가, 내가 흔쾌히 따라나서며 한 말에 어리둥절해서 되물었다.

"원인부터 해결하는 게 낫겠다 싶어서요."

"원인이요?"

"지금 당장 홍수 문제를 해결한다 해도, 댐 문제를 해결하지 못한다면 같은 일이 반복될 뿐이니까요. 그 원인을 해결할 생각이에요. 그러면 당장 홍수 문제를 해결하지 못하더라도, 사람들이 다음엔 그런 일이 없을 거라 기대는 할 수 있을 테니까요."

몇 년에 한 번씩 겪는 일이라 대피 준비는 다 되어 있다고 하고…….

하인리는 고개를 끄덕여 동의했다.

"그렇죠. 원인을 해결하면 가장 좋겠지요. 하지만, 퀸. 수룡이 내킬 때마다 댐을 부수는 걸 어떻게 막겠습니까."

"그건 쉬워요."

"예?"

"그건 쉽다고요."

"예?"

그 시각. 동대제국에서는 소비에슈가 에벨리에게서 치유 마법을 받고 있었다. 원래라면 며칠 전에 도착했어야 했는데, 하필 에벨리가 길을 떠나자마자 폭우가 내렸다. 이 때문에 빨리 출발한 것치고는 늦게 도착해 이제야 치유 마법을 거는 것이다.

"어떠냐?"

마법을 마친 에벨리가 숨을 내쉬며 손을 내리자, 치료 장면을 내내 긴장해서 바라보던 카를 후작이 황급히 물었다.

"폐하께서 나으실 것 같으냐?"

"그렇게 물으시면 전 몰라요. 전 의학 쪽은 배운 적 없어요, 후작님. 그냥 무작정 마력을 들이부을 뿐이라고요. 일단 어깨랑 팔, 다리 외상은 확실하게 나으셨을 거예요."

"그야 그렇지."

카를 후작은 에벨리가 쉬도록 의자를 직접 챙겨주고서, 두 손을 꼭 모은 채 소비에슈 황제를 바라보았다. 침대에는 황태자 시절의 기억을 가진 소비에슈가 눈을 감고 앉아 있었다.

"폐하……?"

카를 후작은 조심스럽게 소비에슈를 불렀다.

궁의는 소비에슈의 인격이 나누어진 게 정신적인 문제일 거라고 말했다. 겉으로 보기에도 소비에슈는 머리 쪽엔 외상이 없었기에, 카를 후작 역시 그 말이 맞을 거라 여겼다. 그래도 '혹시' 하는 기대감은 떨치기 힘들었다.

마침내 소비에슈가 감았던 눈을 떴다. 의자에 앉은 채 손부채질 중이던 에벨리도 호기심 가득한 눈길로 소비에슈를 쳐다보았다.

"소용없어."

그러나 소비에슈의 입에서 나온 말은 단호했다. 카를 후작은 기대에 올라갔던 어깨를 도로 축 늘어뜨렸다. 소비에슈는 어깨를 으쓱하고서 태연히 옆에 놓인 커피를 들어 한 모금 마셨다.

"정신적인 문제라잖아."

당당하게 자신이 미쳤단 걸 인정한 소비에슈가, 저만치 떨어져 선 궁의를 보며 물었다.

"내 정신은 나비에를 봐야 나아. 그게 수야. 그렇지, 궁의?"

카를 후작과 에벨리가 동시에 궁의를 쳐다보았다. 궁의는 떨떠름한 얼굴로 고개를 저었다.

"전 그게 수란 말씀은 안 드렸는데요."

"궁의?"

"……하지만 폐하의 문제를 해결하려면, 폐하께 가장 큰 영향을 준 분을 찾아가보는 게 맞긴 하겠지요."

소비에슈에게 가장 큰 충격을 준 두 사람. 카를 후작의 머릿속에 글로리엠과 나비에가 떠올랐다. 글로리엠을 찾을 방도는 없었다. 그렇다면…… 염치를 불고하고 나비에 황후에게 도움을 청하는 수밖에.

하인리는 몇 번 눈을 깜빡거리다가 "쉽다고요?" 하고 물었다. 벌써 세 번이나 되물었다.

"맞아요."

난 세 번이나 대답했고.

그러나 하인리는 여전히 어안이 벙벙한 표정이었다. 그럴 방법이 있나, 생각하는 듯했다.

있긴 있지. 하지만 우선…….

"확인할 게 있어요."

"무엇입니까, 퀸?"

"수룡이 왜 자꾸 댐을 부수는지는 아나요?"

하인리는 힘없이 고개를 저었다.

"알면 방도를 찾아보았을 테지만, 알 수 없었습니다."

말을 마친 하인리는 곧 "아." 하고 깨달았다는 듯 물었다.

"그걸 해결하면 되는 겁니까?"

"알면 좋지요, 아무래도. 하지만 몰라도 상관은 없습니다."

"예?"

하인리의 눈동자가 여기저기로 굴러다녔다. 내 말이 영 이해가 가지 않는 듯했다.

하지만 이건 나중에 설명해줄 거고. 우선은 계속 질문.

"수룡에게, 댐을 부수지 말아달라 청은 해보았어요?"

용들은 머리가 비상하다. 무슨 이유로 행패를 부리고 있는진 모르겠지만, 충분히 대화할 수 있는 상대였다. 물론 대화를 하려면 일방적으로 상대 쪽에서 너그러운 마음을 먹어줘야 하긴 하지만.

하인리는 씁쓸하게 웃으며 "당연하지요." 하고 대답했다.

"그러지 말아달라고 제단까지 만들어서 빌었습니다. 용들이 좋아한단 보석도 꽤 바쳤고요."

"소용이 없던가요?"

"네. 보석만 챙겨 가고, 사람으로 변장해 물 밖으로 나와서 깽판만 치고 갔습니다."

"일단, 수룡이 화가 난 건 확실하네요. 댐을 완성할 때까지 굳이 기다렸다가 계속 부순다는 거나, 대화를 요청해도 난동만 부리고 가는 거나."

"예. 댐 때문에 둥지가 좁아지기라도 한 건지, 아니면 그냥 댐이 있단 게 마음에 안 드는지, 댐을 짓느라 시끄러워서 싫은 건진 모르겠지만요."

"그러니까 요지는, 수룡이 댐을 싫어한단 거예요."

"예."

"그러면 댐을 마음에 들게 하면 됩니다."

"예?"

오늘따라 하인리가 "예?"라 자주 묻는 것 같다.

"그런 방법이 있습니까?"

하인리는 어리둥절해서 물었다. 그런 방법이 있었다면, 지금까지 이러고 시간을 끌지 않았으리란 얼굴이었다.

하지만…… 있지. 아주 간단한 거.

"다음에 댐을 만들 땐, 댐 전체에 보석을 다 박아놔요."

"……예?"

하인리가 '예?'를 몇 번 했나 세어보고 싶다. 내 말이 그렇게 황당한가? 일단 표정으로는 아주 황당해 죽겠단 얼굴이었다. 전혀 이상할 게 없는 논리인데.

"하인리. 용들은 보석을 좋아하잖아요?"

"그렇죠?"

"아닌 용도 있겠지만, 화난 와중에도 보석을 다 챙겨 갔단 걸 보니, 문제가 되는 수룡은 예외적인 용이 아니에요. 그렇다면 보석댐도 좋아할 테죠. 수룡이 마음에 들어 할 만한 댐을 만들면 부수지 않을 겁니다."

"그렇긴 한데, 퀸. 돈이 너무 많이 들지 않을까요?"

"몇십 년 동안 댐을 부수고 세우는 것보단 훨씬 적게 들겠지요."

용의 수명을 정확히 아는 사람은 없으나, 최소 수천 년이라고 들었다. 그 말은, 댐을 가지고 싸움이 난다면 적어도 사람보다 용이 먼저 지칠 일은 없단 뜻이지.

하인리는 입을 벌리고 나를 멍하니 바라보다가 "보석댐……." 하고 중얼거렸다.

하인리의 이야기를 들은 재상과 맥켄나, 재무부 장관도 반응은 크게 다르지 않았다. 그들은 반은 기겁하고 반은 놀라서 입을 쩍 벌렸다.

"동대제국 황후 출신이긴 하시네요. 생각하시는 크기가. 와."

"댐 전체를 보석으로 만들라니……."

"아니, 세상에 그게 다 돈이……?"

쉽다면 쉬운 생각이었다. 용이 보석에 미쳐 있단 건 알 사람들은 다 아니까. 심지어 동화책에도 보석에 미친 용 이야기가 자주 나왔다. 하지만 그걸로 댐을 만들 생각을 할 사람이 있을까? 생각은 할 수 있을 것이다. 그러나 실제로 진행하고 시도할 사람이 없을 것이다. 그런데 실무자가 그걸 아무렇지 않게 말해버리다니.

서대제국의 귀족 세 사람은 묘한 기분에 젖어 혀를 찼다. 이럴 땐 확실히, 동대제국 특유의 '뭐든 할 수 있다' '전부 다 된다'라는 사상이 엿보였다. 오랜 세월 동안 강대국으로 지내온 나라여서일까.

하지만 놀라움이 가시자, 다들 일리가 있다고 여겼다.

"용의 보석 욕심은 유명하지요."

"그 수룡도 마찬가지일 겁니다. 보석 광산 근처 강에 자리 잡은 것 좀 보십시오."

"댐을 만들면 자기 거라 주장할 확률도 있지만······."

"무슨 상관입니까? 댐에 보석을 박는 순간, 어차피 회수하긴 글렀다 봐야 합니다. 용이 댐이 자기 거라 주장하든 말든, 우리는 그 자리에 댐을 세워두기만 하면 되는 건데."

너무 돈으로 밀어붙이는 것 같지만, 어쨌든 용이란 종족은 그런 종족이었다. 분노해 있으면서도 어마어마한 보석을 바치면서 용서를 구하면, 콧구멍에서 뿜어대던 불을 자체적으로 끄고 신이 나서 보석을 쓸어담는 종족. 용의 특성상 보석댐을 만들어 세워두면, 그걸 보느라 정신없을 확률이 높았다. 이후로는 댐을 부수긴커녕 애지중지할 테고. 아니, 누군가 흠집만 내려고 해도 강에 처박아버릴 지도.

당장 눈이 튀어나올 정도로 어마어마한 보석이 소비되긴 하겠지만, 장기적으로 본다면 확실히 댐을 1년에 한 번씩 새로 세우는 것보단 나았다. 게다가 그곳은 채광량이 어마어마한 보석 광산이었다. 몇 년치의 보석을 들이붓는다 해도, 댐을 만들어 마을을 지켜야 했다.

하인리는 고개를 끄덕이고서 손짓했다.

"진행해봐."

수룡이 댐을 건드리지 않게 하는 건 다음 홍수를 대비한 방책이고. 일단 지금의 방비는 아니다. 보석댐은 일반 댐보다 더욱 주의를 기울여서 만들어야 할 테니, 어쩌면 내년에 완공되지 못할지도 모르지.

하지만 홍수는 코앞이었다. 해결 방법이 과연 없을까? 보석댐을 쌓으라 말한 후에도 며칠간 이 고민을 했지만, 답은 여전히 나오지 않았다.

그때였다. 멍하니 걸어가고 있자니, 누군가 내가 들고 있는 우산을 슬며시 가져갔다. 퍼뜩 놀라 옆을 보니, 하인리가 내 우산을 대신 들고 한 손만 뒷짐을 진 채 서 있었다.

"뭘 하기에 옆에 오는데도 모릅니까?"

눈이 마주치자, 눈꼬리가 휘어진다. 오는 길에 비를 좀 맞았는지, 촉촉해진 앞머리가 깨끗한 피부 위에 색기 어리게 늘어져 있었다. 입술 위에도. 사람들이 없었다면 뒤꿈치를 들어서 촉촉해진 그의 입술에 한번 입을 맞췄을 텐데. 아쉬운 생각을 감추기 위해, 나는 무표정을 꾸며내고서 말했다.

"단시간에 댐을 만들 방법이 과연 없을까, 생각하고 있었어요."

하인리는 너털웃음을 터트렸다.

"그건 정말 안 됩니다, 퀸."

"알아요. 무리해서 만들었다가, 오히려 댐이 무너지기라도 하면 큰일이니."

고개를 끄덕여 수긍하자, 하인리가 우산을 들고 천천히 걸어갔다. 나는 그의 옆에 선 채 나란히 걸어갔다. 나란히 서서 걷고 있자니, 아까의 복잡한 생각이 지워지면서 마음이 좀 편안해졌다. 어쩌면 그의 발소리와 내 발소리가 같은 박자로 들려오는 게 좋아서인지도 모르고.

얼마나 그렇게 걸어갔을까.

"사실, 전 동대제국에 약간 열등감이 있습니다."

하인리가 머뭇거리다가 고백했다.

'무슨 소리야?'

놀라서 쳐다보자, 그의 입가에 씁쓸한 미소가 걸려 있었다.

"하인리?"

"차이가 많이 나면 어떤 기분일지 모르겠는데. 차이가 많이 안 나는데도 늘 누군가의 뒤에 있는 건, 되게 기분이 나쁘거든요. 동대제국이 딱 그런 나라였죠."

나는 이해가 안 가는 심정이었지만…… 일단 하인리의 손을 잡아주었다. 하인리는 내 손을 꼭 잡더니, 그 상태로 들어 올려 내 손등 위에 입을 맞추고 다짐했다.

"내 대에서, 내 대가 아니면 내 다음 대에서는 절대로 이런 기분을 느끼지 않게 할 겁니다."

"무슨 일이 있었나요?"

"퀸이 말하는 데에서, 생각의 자유로움을 느껴서요."

내가?

문득, 그가 동대제국과의 전쟁을 준비하고 있었던 게 떠올랐다. 그 전쟁을 나 때문에 포기한 일도. 하인리는 혹시 그 생각을 하고 있을까?

갑자기 안쓰럽고 미안한 마음이 들어서, 그를 잡은 손에 더 힘을 꽉 쥐었다. 솔직히 말하자면, 나는 그가 동대제국에 품은 감정이 어느 정도인지 모르겠다. 하지만 별거 아닌 내 말 한마디에 동대제국과의 격차를 떠올릴 정도면…… 본인 말처럼 열등감이 있긴 한 것 같은데.

순간 자신이 없어졌다. 하인리가 지금은 날 많이 사랑하지만, 언젠가는 후회할까 봐. 날 위해서 준비해온 전쟁을 포기한 일을 후회할까 봐. 후회가 너무 짙어지면, 그땐 날 향한 마음이 옅어질까 봐.

평화로운 시기에 굳이 이런 생각을 할 필요가 없단 걸 알면서도, 괜한 불안감이 사라지지 않았다.

그때, 바람이 강하게 불면서 비가 옆으로 몰아쳤다. 우산을 썼는데도 비가 들이치면서 머리카락이 앞을 가렸다. 머리카락을 옆으로 치우고 있자, 하인리가 나를 끌어당겨 품 안에 넣어 비를 막아주었다. 그의 품 안에 들어가자 따스한 온기가 느껴졌다. 가만히 기대고 있자니, 하인리가 나를 한 팔로 더욱 꽉 안아주었다.

조금의 틈도 없이 그렇게 붙어 있은 지 얼마나 되었을까. 하인리는 한참 만에야 날 놓아주었다. 나와 달리 하인리는 아까보다 더 많이 비에 젖어 있었다. 속눈썹과 얼굴이 비에 젖어, 약간 우는 것처럼 보이기도 했다.

온기가 사라지자 피부에 소름이 돋았다. 두 팔로 몸을 감싸며 떨자, 하인리는 내 뺨에 자기 손을 댄 채 희미하게 웃었다. 그러자 바로 다시 온기가 돌기 시작했다. 따뜻해서 눈을 감자, 눈꺼풀 위로 그가 입을 맞췄다. 몇 번이나 연거푸.

방으로 돌아오니 이미 따뜻한 물이 준비되어 있었다. 나는 욕실로 들어가려다가, 하인리를 돌아보았다. 하인리 방에도 따뜻한 물이 준비되어 있을 텐데. 그는 들어가는 대신 내 방에 우두커니 서 있었다. 눈이 마주치자, 하인리는 창백한 얼굴에 여유로운 미소를 지으며 말했다.

"먼저 씻어요, 퀸."

"씻으러 안 가나요?"

"잠시 여기에 있고 싶어서요. 그대 근처에."

로라가 얼굴이 벌게져서 욕실로 달려 들어갔다. 주베르 백작 부인은 태연한 척했지만, 입꼬리가 히죽 올라가 있었다. 로즈는 욕실에서 마실 차를 준비하면서 콧노래를 부르다가, 깜짝 놀라 멈췄다.

하인리는 그저 조용히 웃은 채 나를 바라보고만 있었다. 그 얼굴을 보다가, 나도 모르게 입에서 예상하지 못한 제안이 튀어 나갔다.

"같이 들어갈래요?"

그 말을 꺼낸 순간. 웃고 있던 하인리의 얼굴에 금이 갔다. 하인리는 딱딱해진 얼굴로 나를 쳐다보며 입을 약간 벌렸다. 전혀 예상하지 못한 말을 들었던 것처럼. 어색하게 머리카락을 만지면서 시선을 돌렸다. 주저하다가 그냥 대답을 기다리지 않고 욕실로 들어가버렸다.

충동적으로 말하긴 했지만 정말 바보 같은 제안이었다. 이게 다 비 때문이다. 비 때문이야. 게다가 그가, 자신의 약한 모습을 보이는 바람에 그렇다. 그가 약한 모습을 보이면서, 자기가 날 위해 어떤 걸 포기했는지 새삼 깨닫게 해서. 하필 또 비 때문에 머리카락이 다 젖어서. 하필 또 비 때문에 그 속눈썹이 우는 것처럼 촉촉해져서.

"어휴, 아깐 깜짝 놀랐어요. 황제 폐하는 황후 폐하 앞에선 정말 입이 설탕이시네요."

로라는 욕실 안에 먼저 들어와 있다가, 내가 들어오자 얼른 다가와서 옷 벗는 걸 도와주려 손을 뻗었다. 그러나 바로 반쯤 닫힌 문이 열리며 하인리가 들어오자, 그녀는 두 손을 급히 회수하면서 인사했다.

"황제 폐하."

아까 인사 이미 했는데. 하인리가 욕실 안에까지 따라 들어오자 많이 놀라서 잊어버린 듯했다. 로라는 내가 하인리에게 무슨 제안을 했는지 모르니까. 하인리가 로라에게 나가라고 눈짓하자, 로라가 얼떨떨한 얼굴로 내 눈치를 살폈다. 고개를 희미하게 끄덕이자, 로라는 귀까지 빨개져서 나갔다. 주베르 백작 부인도 나갔고, 로즈도 찻잔을 욕조 근처 탁상에 내려놓고 나갔다.

욕실 문이 닫히자, 하인리가 겉옷을 벗어 옷걸이에 걸고는 한 손으로 웃옷 단추를 풀면서 물었다.

"정말 같이 들어가도 되는 겁니까, 퀸?"

"……그건 단추 풀기 전에 해야 하는 질문 같은데."

"도로 말을 바꿀까 봐요."

"고민하는 중이에요."

하인리는 내 고민이 끝나기 전에, 겉옷을 급하게 벗어서 옆으로 던졌다. 그러자 탄탄한 배와 매끈한 피부가 눈앞에 곧장 드러났다.

비에 젖어서 오늘따라 유난히…… 촉촉해 보이는 피부였다. 역시 그냥 따로 목욕하자고 할까, 생각하던 머리가 그의 벗은 상체를 보자 방향을 바꿨다. 아니, 우린 부부인데 뭐 어때?

"아직 고민하는 중입니까?"

요망하게 설득하는 마귀와 싸우고 있자니, 하인리가 내 어깨에 자기 몸을 붙이고서 귓불을 물었다 떼며 속삭였다.

반사적으로 고개가 저어졌다.

나지막한 웃음소리가 들리더니, 이어서 볼과 귓가에 말랑한 입술이 연거푸 다가왔다.

"나비에."

"하인리……."

"난 절대 후회하지 않습니다."

"!"

그의 오른손이 내 오른쪽 어깨를 감싸듯 하다 팔을 따라 주욱 내려가서, 내 손을 찾아 깍지를 꼈다. 그는 내 목덜미에 연거푸 가볍게 입을 맞추며 조용한 목소리로 속삭였다.

"난 절대로 후회하지 않습니다. 그러니까, 그런 표정 하지 마요."

"무슨 표정이요?"

"불안한 표정이요."

한 손은 단단하게 내 손을 잡은 채, 하인리의 한 손이 내 웃옷 단추를 건드렸다.

내가 왜 불안한 표정을 지었는데? 따지고 싶은 걸 꾹 참고서, 그냥 그의 가슴에 머리를 기댔다. 가슴에 귀가 눌리자, 그의 심장 뛰는 소리가 크게 들려왔다. 심장 소리는 몹시 빨랐고, 그의 품은 아주 뜨거웠다. 머리를 슬쩍슬쩍 움직이자, 그가 간지러운지 웃음을 터트렸다.

목욕을 하면서 하인리는 정확히 서른아홉 번 "같이 목욕하지 말걸 그랬어요." 하고 후회했다. 이건 정신적 고문이란 말도 한 것 같고……. 하지만 난 아주 만족스러웠다. 간만에 그의 체온을 마음껏 맛보고 나니 기분이 좋았다. 하인리도 말은 고문이니 어쩌니 했지만, 얼굴이 상기된 게 기분이 좋아 보였고.

어쨌든 따뜻한 물에 목욕을 끝낸 후, 우리는 내 방 침대에 나란히 엎드린 채 서로를 쳐다보면서 의미 없는 말장난을 치며 시시덕거렸다.

잠이 와서인가. 그의 보라색 눈을 마주한 채 쓸데없는 말을 나누는 것만으로도 괜히 기분이 붕 떴다. 술에 취한 것처럼 웃음이 자꾸 흘러나왔다.

그러다가 차츰 잠이 쏟아져 눈이 감길 즈음이었다.

"폐하. 폐하. 아직 일어나 계십니까?"

문밖에서 맥켄나가 부르는 소리가 들려왔다. 하인리는 인상을 찡그렸지만 순순히 침대에서 일어나 문으로 걸어갔다. 곧 문이 열리는 소리와 "무슨 일이야?" 하는 하인리의 목소리가 들려왔다.

이불 안에 틀어박힌 채, 나는 하인리의 옆모습을 관찰했다. 그런데 무슨 소식이지? 하인리의 표정이 빠르게 굳었다. 이윽고 그가 싸늘하게 헛웃음을 터트리는 게 보였다. 소리가 안 들리다 보니, 헛웃음인지 아닌지 정확히 구분 가는 건 아니지만.

잠시 후, 맥켄나가 떠난 후 하인리가 다시 침대로 다가왔다. 하지만 침대 안에 들어오는 대신, 그는 침대 가에 걸터앉기만 했다. 심란한 얼굴…….

"무슨 일이에요?"

덩달아 걱정이 되어 묻자, 하인리가 힘없이 눈을 내리깔았다.

"하인리?"

"소비에슈 황제가 요양차 보름 정도 여기에서 지내고 싶답니다."

"소비에슈가? 여기에서요?"

"네."

하인리의 얼굴이 잘못 반죽된 빵처럼 구겨졌다. 분명 입을 다물고 있는데. 왜 그가 욕하는 소리가 들리는 것 같을까?

"표정 좀 펴요."

손을 뻗어서 그의 얼굴을 다시 반죽해주자 그제야 표정이 좀 풀린다. 하인리는 내 손바닥에 제 얼굴을 가져다 대고서 한숨을 내쉬었다.

"자기 나라가 더 넓은 데다 별장도 많으면서 왜 굳이 여기서 요양한단 건지 모르겠습니다."

말없이 그의 어깨를 토닥거려주었다. 내가 여기서 뭐라고 하겠는가.

"후우."

하인리는 그래도 무거운 한숨을 내쉬었지만.

그렇겠지. 소비에슈는 얼마 전에 에벨리를 보내 나와 카프멘 대공을 치료하게 해주었다. 굳이 보낼 필요가 없는데도. 그런 그가 보름간 여기에 와 있겠다고 한다. 에벨리를 보내지 않았어도 오지 말라고 할 수는 없었겠지만, 도움을 받은 직후이다 보니 더 거절하기 어려웠다. 하인리도 그러니 한숨만 내쉬고 있겠지.

"소비에슈 황제가 그대에게 미련이 있어서 그런 게 아닐까요? 불안합니다, 퀸."

"내 남편은 그대예요, 하인리."

"그래도……."

하인리는 입술을 달싹이다가 눈을 내리깔더니, 곧이어 스르르 몸이 줄어들었다.

눈 깜짝할 사이 '퀸'의 모습으로 변한 그는, 침대 위로 올라와 내게 안겼다.

"하인리."

가엾어라.

손을 뻗어 꼭 끌어안자, 머리를 부비작거린다.

"하인리."

— 구······.

"어쨌든 거절하기 어려우니, 차라리 그 대가로 마법사들을 빌려달라고 해요."

— 구······.

"암석 계열 마법사들을 빌리면, 임시 댐이라도 건설할 수 있잖아요."

— 구······.

이미 하인리도 생각하던 일인지, 시무룩한 와중에도 고개는 잘 끄덕거린다. 그 작고 귀여운 머리통을 문질러주다가, 나는 그를 더욱 꼭 끌어안았다.

불안해하지 말라고 말해주긴 하지만, 사실 반대 입장이라면 나도 불안했을 거다. 하인리의 전 부인이나 전 애인이 요양하러 온다 하면 신경이 무척 쓰이겠지. 그러니 하인리가 이러는 것도 어쩔 수 없는 일이었다. 내가 할 수 있는 건 괜찮다고, 그를 계속해서 안심시켜주는 것뿐.

요양을 와도 좋습니다. 서대제국은 공기가 맑고 풍경이 아름다워 요양하기 좋은 곳이니, 소비에슈 황제께도 도움이 되겠지요 ……보름 이상 머물다 가도 괜찮습니다. 물론 격무에 바빠 힘든 일이겠지만…… 괜찮다면, 동대제국 마법사들 중 암석 계열 마법사들의 힘을 빌릴 수 있겠는지요. 급하게 임시 댐을 지어야 하는데, 이 부분에 도움을 받고 싶습니다……. 다시 만나 뵙길 기다리며…….

동대제국의 집무실 안. 서신을 읽는 사신의 목소리가 방을 채워 갔다. 소비에슈는 고개를 끄덕이면서 그 내용을 차분하게 들었다. 하지만 사절이 편지 읽기를 끝내고 나가자 시큰둥하게 중얼거렸다.

"서대제국은 좋은 곳이다, 이 말은 뭐 하러 여기까지 오느냐는 뜻일 테고. 보름 이상 머물다 가란 건 빈말일 거고. 괜찮다면 마법사를 빌려달란 건, 안 빌려줄 거면 왔을 때 재미없을 거란 뜻이지?"

카를 후작은 크흠흠 헛기침을 하고서 슬쩍 고개를 끄덕였다.

"조금 거칠게 해석하셨지만 아마도 비슷한 뜻일 겁니다."

소비에슈는 코웃음을 쳤다.

"광산 가득한 나라 공기가 맑기는 뭐가 맑아? 허풍을 쳐도 작작 칠 것을."

서대제국을 약간 무시하는 뉘앙스였다. 하지만 투덜거리면서도 소비에슈의 입가엔 미소가 피어났다. 늘 붙어 있던 아내를 만나지 못하게 된 지 벌써 며칠째. 이제 곧 나비에를 볼 수 있단 생각에 저절로 웃음이 떠올랐다. 하지만 그 웃음은 덜 익은 과일처럼 떫은맛이 났다.

소비에슈는 서신을 건성으로 접어 카를 후작에게 건넨 후, 자리에서 일어나 뒷짐을 지고 창가로 걸어갔다. 창가에 트라우마가 생긴 카를 후작과 근위기사단장도 얼른 소비에슈 가까이로 다가가셨다.

"안 뛰어내려. 안 뛰어내리니 그러지들 마."

"전에도 뛰어내리려 하고 뛰어내린 건 아니셨습니다."

"술에 취했다며. 지금은 술 안 마셨잖아."

"죄송합니다, 폐하. 염려할 수밖에 없는 신들의 마음을 헤아려주시기를……"

소비에슈는 혀를 차면서도 둘을 물리지 않았다. 대신, 다시 창밖으로 시선을 던지며 중얼거렸다.

"여기서 보는 풍경은 이렇게 익숙한데. 그 안에 가장 익숙한 사람이 없으니 쓸쓸하군."

"폐하……"

"나비에가 베개를 들고 휘두르는 게 제일 무섭다 생각했는데, 더 무서운 게 있을 줄은 몰랐다."

"그렇게 몰아가신 게 폐하십니다."

"그러니까. 내 멍청한 머리가 제일 무서울 줄은 몰랐다고."

소비에슈가 이를 갈았다.

"이게 다 부황이 내 뒤통수를 때려대서 그렇다. 부작용이 뒤늦게 나타난 거야."

"……"

"아니면 역시 나비에가 복숭아를 베개에 넣어서 날 내려친 거 아냐?"

카를 후작이 대답을 회피하자, 소비에슈가 흠칫해서 되물었다.

"정말 내려쳤나 보군."

"아니, 복숭아는 아니었습니다, 그럼요."

"뭘로 내려치긴 했단 거지?"

"그게……."

"솔직히 말해봐. 어차피 6년 전 일이잖아."

"제가 기억하기로는 그냥……."

"그냥?"

"사실 저도 잘 모릅니다. 나비에 님이 폐하께서 떨어트리신 복숭아에 맞아 머리에 혹이 나셨고, 사과하러 들어간 폐하께서 방에서 나올 때 이마에 비슷한 혹이 있으셨단 것 외에는."

뭘 넣어서 내려치긴 했구나. 소비에슈는 입을 약간 벌린 채 카를 후작을 보다가 한숨을 내쉬었다. 이래 봐야 무슨 소용일까. 6년 전 일이다. 그는 6년 전에 머무르고 있지만, 나비에는 그의 기억을 넘어 6년을 더 지냈다. 남의 아내가 되어버린 그의 아내를 찾아와야 하는 판국에 복숭아는 중요한 게 아니었다.

"카를 후작."

"예, 폐하."

"나비에는 어떻게 성장했어?"

"이 시기에 키가 많이 크셨습니다."

"또?"

"아주 위엄 있는 분이 되셨습니다."

"위엄…… 흡."

그리움으로 가득하던 소비에슈가 입술을 깨물고 숨을 들이쉬었다. 이 와중엔 웃으면 안 되는데. 위엄 있는 나비에의 모습이 잘 짐작 가지 않는 듯했다.

"정말입니다. 폐하께서도, 나비에 님도, 누가 봐도 감탄이 나올 만한 황제와 황후의 모습이셨는걸요."

"카를 후작."

"예, 폐하."

"밤이 되면, 내가 잊었던 6년의 기억을 되찾는다 했지?"

"예, 폐하."

"먹살 잡고 한 대 때려."

"폐, 폐하!"

카를 후작은 놀라서 펄쩍 뛰었지만, 소비에슈는 다시 시름과 기대에 잠긴 얼굴로 창밖을 바라보았다.

그 모습을 잠시 아프게 보다가, 카를 후작은 비서들끼리 나누었던 대화를 떠올렸다. 소비에슈에게 글로리엠 공주와 나비에 임신 이야기를 언제 어떻게 알려야 할지에 대한 대화였다.

입단속을 철저하게 한 덕에, 소비에슈의 정확한 상태에 대해 아는 이들은 현재 아주 소수였다. 소비에슈가 깨어날 때 기억상실 증세를 목격한 시종들이 몇 있었지만, 그들은 황제가 잠깐 기억에 문제가 생겼던 것뿐이고, 이제는 괜찮아졌다고 알고 있었다. 덕택에 소비에슈는 아직 글로리엠 공주와 나비에에 대해 듣지 못했다. 하지만 소비에슈가 서대제국에 다녀오게 되었으니, 글로리엠 공주에 대한 일이야 나중에 말한다 쳐도, 나비에의 임신 이야기는 해주어야 했다.

그런 기색을 눈치챈 걸까.

"카를 후작. 내게 할 말이 있는 모양인데. 하고 싶은 말이 있으면 그냥 해."

소비에슈가 창문에서 시선을 떼지도 않은 채 말했다. 카를 후작은 우물거리다가 털어놓았다.

"서대제국에 가기 전에 미리 알아두셔야 할 게 있습니다, 폐하."

"나비에가 지금은 다른 남자의 아내이니 조심해서 행동하라, 이런 건가."

"그것도 그렇지만……."

"더 있나?"

"나비에 님은 현재 임신한 상태이십니다."

소비에슈가 확 고개를 돌려 카를 후작을 쳐다보았다. 카를 후작은 질끈 눈을 감았다가 가늘게 실눈을 떴다. 그런데 의외로 소비에슈는 화나거나 절망한 얼굴이 아니었다. 표정이 아주 묘하고 복잡했다. 심지어 은근히 기쁜 내색까지 보였다.

"폐하?"

그게 이상해서 조심스럽게 부르자, 소비에슈는 "아." 하고 탄식하더니 자기 입가를 매만졌다.

"그래, 그렇군. 나비에가 임신했구나. 그래."

다른 남자와의 사이에서, 하고 중얼거린 소비에슈는 잠시 인상을 찡그렸지만 곧 애매한 표정으로 돌아와서 몸을 돌렸다.

혹시 폐하께선 이때에도 이미 나비에 님이 불임은 아닐까 의심하셨나? 카를 후작은 속으로 의아하게 여겼다.

이 시기의 소비에슈와 나비에는 부부긴 해도 잠자리를 함께한 적은 없었다. 그런데 저런 반응을 보이니 좀 이상하게 여겨졌다. 어쨌든 예상보다는 충격을 덜 받으니 다행이라 생각하며, 카를 후작이 당부했다.

"폐하. 혹시나 싫어 드리는 말씀입니다만…… 나비에 님과 폐하는 좋지 못하게 헤어졌습니다. 나비에 님은 폐하의 상태에 대해 모르니, 아니, 알게 되더라도 냉랭하게 대하실 수 있단 걸 염두에 두셔야 합니다."

"알았다."

"지금 폐하께는 낯선 모습일지도 모릅니다."

"알았어."

소비에슈는 덤덤하게 대답했다.

"하지만 그래도 가야 한다."

"폐하……."

"나비에를 보려면 가야지."

중얼거린 소비에슈가 작게 덧붙였다.

"나라를 위해서도."

"정말로 강물을 다 얼려버릴 만큼 강해지면 좋을 텐데."

내가 중얼거리는 소리에, 대야에 물을 받아 와 부어주던 하인이 두려운 표정을 지었다. 몇 번 물을 더 떠 와야 하나, 겁이 난 얼굴이었다.

로즈는 긴 의자에 앉아 부채질을 하면서 날 구경하다가, 중얼거리는 소리를 들었는지 웃음을 터트렸다.

"황후 폐하는 이미 넘치도록 대단한 분이세요. 거기서 마법까지 익힐 필요가 뭐가 있나요?"

주베르 백작 부인도 체스 말을 움직이며 맞장구쳤다.

"맞아요. 황후 폐하는 마법사를 고용하는 분이지, 마법사가 직접 될 필요가 없어요."

주베르 백작 부인과 마주 앉아 체스를 두는 로라는, 체스를 두는 데 집중한 터라 대화에 끼지 않았다. 마스타스 역시 로라와 주베르 백작 부인 사이에서 훈수를 두느라 바빠서 "아니, 그쪽 아닌데. 아니, 그쪽 아니라니까요?"라고만 중얼거렸다.

나는 한숨을 내쉬고서 정원 가득 늘어선 열다섯 개의 대야를 바라보았다. 대야에는 물이 반 정도 받아져 있고, 거기에 얼음덩어리들이 부서진 빙하처럼 떠다니고 있었다. 대야의 물을 다 얼리려다가 실패한 흔적들이다.

나름대로 훈련을 한다고 해보고는 있는데…… 계속 이 상태라니.

이번에는 시기가 교묘하게 맞아떨어져서 소비에슈에게 마법사를 빌릴 수 있게 되었지만, 이후에도 또 마법사를 빌릴 수 있을지 없을지는 모르는 일이다. 그러니 확실하게 내 마법 실력을 높여두고 싶은데. 생각처럼 잘되지 않으니 답답했다.

애초에 마법사가 아니었던 내가 여기에 집중하는 것도 우습긴 하지만, 그래도 이왕 가지게 된 능력이니 제대로 사용할 수 있다면 좋지 않나? 일단 잘하는 게 많으면 많을수록 좋은 거니까. 사실 가장 좋은 건 아카데미에 배우러 가는 거지만, 아카데미에 가봤자 절대로 알려주려 하지 않겠지. 하인리는 이미 마력 감소 현상에서 손을 뗐지만, 아직 의심을 풀 수 없을 테고.

'아. 카프멘 대공!'

내가 왜 그 생각을 못 했을까! 카프멘 대공이라면 도움을 줄 수 있지 않을까? 그 생각을 하자마자 카프멘 대공이 근처로 다가왔다. 마치 생각을 듣고 온 것처럼. 아니, 표정을 보니 정말로 자기 이름이 등장해서 다가온 건가 보다. 이렇게 된 이상 돌려 부탁하는 게 우스워서, 나는 그에게 바로 솔직하게 물었다.

"카프멘 대공. 혹시 그대가, 내가 마법 훈련하는 걸 도와줄 수 있나요?"

카프멘 대공은 이제 마법약 효과에서 벗어나서, 날 이성적으로 좋아하거나 휘둘리지 않지. 그러니 이런 도움을 받을 수 있을 거다. 게다가 그는 아카데미 수석이기도 하고, 내가 마력을 통제하는 데도 도움을 줬잖아?

그러나 카프멘 대공은 가만히 내 생각을 듣고 있다가 바로 고개를 저었다.

"안 됩니다."

"안 되나요?"

"예. 사람마다 자기에게 가장 잘 맞는 방식이 있는 법입니다. 그나마 비슷한 계열이라면 조금 도움이 되겠지만, 다른 계열인 제가 도움이 될 수는…….''

그런데 뭐 다른 게 생각났나? 카프멘 대공이 말을 하다가 돌연 멈춘다. 뭔가 생각난 게 있구나. 나한테 도움이 될 방도를 떠올린 거야.

"왜 그러나요?"

얼른 캐묻자, 카프멘 대공이 주춤했다. 딱딱하게 굳은 표정이지만, 말하기 싫은 기색은 아니었다. 말해도 될지 모르겠단 기색이다.

"왜요?"

다시 재촉하자, 카프멘 대공은 "실은…….'' 하고 마지못해 입을 열었다.

"조만간 제 친구가 이쪽으로 올 겁니다."

아!

"혹시 친구가 얼음 계열 마법사인가요?"

"예."

잘됐네!

"그러면 그 친구에게 조금 도움을 받을 수 있을까요?"

그러나 카프멘 대공은 본인이 말을 꺼냈으면서도 영 떨떠름한 표정이었다.

"안 되나요?"

무슨 문제라도 있나 싶어서 다시 묻자, 카프멘 대공은 곤란한 목소리로 털어놓았다.

"그 친구가 귀족들을 몹시 혐오합니다."

"평민인가요?"

"그 친구는 평민인데, 그 친구의 부모님이 해방된 노예입니다."

"아아."

"귀족도 혐오하는데 폐하께선 심지어 황족이시니…… 도와주지 않으려 할 가능성이 큽니다."

"그럼 그대와는 어떻게 친구가 되었나요?"

"전 화대륙 사람이라 예외랍니다."

그렇구나. 납득하고서 고개를 끄덕이고 있자니, 카프멘 대공이 부탁했다.

"제가 한 말은 못 들은 걸로 해주십시오."

그러고는 돌아서서 가버린다. 아쉬워서 그 뒷모습을 보고 있자니, 마스타스가 별거 아니란 듯이 의견을 내밀었다.

"그럼 황후 폐하란 걸 숨기고 배우면 되잖아요?"

내가 쳐다보자, 마스타스가 씩 웃으면서 알려주었다.

"그거 황제 폐하 특기입니다."

"배우는 게요?"

"숨기는 거요."

황후란 걸 숨기고 배운다……. 괜찮은 것 같은데. 카프멘의 친구이니 신원이 이상하진 않을 거고. 평민 중에도 돈 많은 평민이 많으니 호위를 데리고 가도 이상하지 않을 거고. 게다가 수도로 온다고 하니 이 근처에 있을 테고.

음. 괜찮을 것 같아.

홀로 납득하고 있자니, 카프멘이 멈칫하다가 돌연 앞으로 뛰기 시작했다. 내 생각을 듣고서 달아나는 게 분명했다.

"대공."

하지만 목소리를 높여 부르자, 그는 주춤주춤 멈춰 서다가 힘없이 돌아서서 나를 물끄러미 바라보았다. 곧 그는 체념하고 다가와 낮은 목소리로 만류했다.

"좋은 생각이 아닙니다."

"내가 귀족인 줄만 모르면 되잖아요?"

"그렇죠. 다른 사람이 주인공이라면 좋은 생각입니다. 문제는, 황후 폐하는 모르는 사람이 봐도 귀족이란 겁니다."

"내가요?"

"황후 폐하는 지나가면서 얼핏 봐도 귀족이고, 말 타고 가면서 스쳐봐도 귀족입니다."

"무슨 소리인가요? 귀족이 아닌 흉내라면 나도 낼 수 있어요."

"어떻게 말입니까?"

어느새 우리 대화를 들은 건지, 시녀들이 저마다 놀던 걸 멈추고 내 쪽을 쳐다본다. 갑자기 시선이 쏠리자 민망스러웠지만, 귀족이 아닌 시늉을 한다면 더 많은 사람들 앞에서 연기를 해야겠지. 이 정도 시선에 기죽을 수는 없었다.

나는 헛기침을 하고서, 한 손을 거칠게 휘둘렀다.

"헤이, 여, 후! 잘생긴 청년, 시간 있어? 누나 돈 많아, 시간도 많아, 같이 좋은 데 갈래?"

"!"

"어떤가요?"

카프멘의 턱이 고장 난 듯 뚝 떨어졌다. 대답은 뒤에서 하인리의
자지러지는 웃음소리가 대신해주었다.

당황해서 확 뒤를 돌아보니, 하인리가 배를 움켜쥐고 포복절도
하는 중이었다. 무릎을 후들후들하면서 몸을 앞으로 숙인 채 일어
나지도 못하고 있다.

하인리…… 당장 웃는 걸 멈추지 않으면 가만히 두지 않겠어.

일부러 눈에 힘을 주고 가만히 쳐다보았지만, 하인리는 웃느라
내가 자길 쳐다본단 것조차 알지 못했다.

"그렇게 이상한가요?"

카프멘 대공에게 묻자, 그가 시선을 피했다.

'이상하구나.'

한숨을 내쉬자, 마스타스가 팔짱을 끼고서 진지하게 의견을 내
밀었다.

"황후 폐하. 평민들이라고 해서 전부 다 그렇게 건달처럼 말하진
않지 않습니까?"

"알아요."

당연히 나도 안다. 알현실에서 매일 평민들을 만나 그들의 이야

기를 듣는데 모를 리가.

물론 알현실에 온 평민들의 대다수는 익숙하지 않은 말투로 말하기 때문에, 평소 말투를 사용하진 않지만. 그래도 대다수는 방금 내가 한 것처럼 말하지 않는단 정도는 알고 있다. 그런데도 굳이 이런 말투를 사용한 건…….

"평소처럼 말하면 카프멘 대공 말처럼 얼핏 봐도 귀족으로 보일 것 같아 그랬어요."

내 말에 시녀들이 "아아." 하고 수긍했다. 다들 말은 안 했지만, 내가 너무 건달처럼 말했다 여기는 모양이었다. 설명을 했는데도 여전히 배를 잡고 웃어대는 독수리도 하나 있지만.

결국 더 참아주지 못하고, 다가가서 그의 앞에 있는 돌을 툭툭 발로 걷어찼다. 허리를 숙이고 있으니, 이렇게 해야 보이겠지. 역시나. 하인리는 그제야 웃음을 뚝 그치더니, 정색한 얼굴로 허리를 펴며 물었다.

"그런데 퀸, 방금 뭘 한 겁니까? 혹시 카프멘 대공한테 좋은 데 가자고 한 건 아니지요?"

"아니에요. 거친 평민 흉내를 내고 있었어요."

"거친 평민을요? 왜요?"

아까 즐겁게 날 비웃어댔으니 호기심에 좀 시달려보라 내버려두고 싶네. 하지만 내가 정말 평민 흉내를 내고 마법을 배우려면, 하인리에게도 양해를 구해야겠지. 어쩔 수 없이 카프멘 대공에게 들은 그 얼음 마법사에 대해 털어놓았다.

상황 설명이 끝나자, 하인리의 표정이 난처해졌다.

"꼭 그렇게까지 해야 합니까?"

"내가 아는 얼음 마법사는 거의 다 동대제국 소속이고, 아닌 이들도 소속된 곳이 있어요. 소속되지 않은 얼음 마법사도 있겠지만, 누구인지 알 수 없죠. 자신이 어떤 특기를 가진 마법사인지 숨기는 경우가 많으니까."

특히 소속된 곳이 없는 마법사일수록, 비장의 한 수를 위해 특기 마법을 감춘다고 들었다.

"이왕 생긴 힘이니 잘 쓰면 좋고……."

말하다 보니 괜히 신경이 쓰여서 하인리의 표정을 살폈다.

"걱정돼서 그러나요?"

아무래도 습격도 있었고 하니까?

물론 평민 흉내를 낸다 해도 호위들을 데려갈 생각이지만, 하인리는 걱정할 수 있지.

"아닙니다."

그러나 하인리는 고개를 저었다.

"아, 물론 걱정이 안 되는 건 아니지만 호위야 붙이면 되고. 또 카프멘 대공이 소개해준 사람이니 '그런 쪽'으로 걱정하는 건 아닙니다."

잠시 말을 멈춘 하인리는 카프멘 대공을 향해 신뢰 가득한 미소까지 지어 보였다. 날 구해준 일로, 카프멘 대공에 대한 하인리의 신뢰도가 굉장히 높아진 듯했다.

"그럼요?"

"퀸이 평민 흉내를 내면 아무도 안 속을 것 같아서요."

그 정도인가. 괜히 시무룩해 있자니, 하인리가 내 허리를 감싸며 입을 열었다.

"그럼 이렇게 하면 어떨까요, 퀸? 퀸이……."

하지만 뒷말은 이어지지 못했다.

"폐하, 폐하!"

급히 달려온 기사 때문이었다. 수풀 사이로 난 벽돌길을 급히 달려오는 기사는, 매우 다급한 얼굴이었다. 기사는 우리 바로 앞까지 달려오자, 숨을 고르지도 못한 채 헐떡이며 말했다.

"왔습니다. 동대제국 황제께서, 도착하셨습니다!"

가볍고 평온하던 분위기가 순식간에 변했다.

주베르 백작 부인이 두던 체스 말이 옆으로 툭 떨어졌다. 마스타스는 손을 깍지 낀 채 입술을 모았고, 아까의 웃음기가 싹 말라버린 하인리는 입을 다물고 진지해졌다. 사람들이 무슨 생각을 하는지, 카프멘 대공의 시선이 여기저기 빠르게 옮겨 다녔다.

하지만 곧 태연해 보이는 미소가 하인리의 입가에 떠올랐다.

"손님이 왔으니 맞이하러 가야겠군요."

이어서 시선이 내게로 향했다. 같이 가자는 듯.

그러겠다고 말하려다 보니, 하인리가 짓는 미소는 태연한 미소가 아니라 태연해 보이도록 애쓴 미소였다. 그의 속내가 멀쩡하지 않으리라는 건 충분히 짐작이 갔다.

"난 몸이 좋지 않아서 좀 쉬어야겠어요."

그래서 거짓말을 뱉었다.

"연습하느라 좀 무리를 했나 봐요."

목덜미를 문지르고 괜히 멀쩡한 손목도 주물렀다. 누가 봐도 꾀병이었지만, 여기엔 내 꾀병을 받아들일 사람이 많았다.

"그러면 퀸, 퀸은 안에 들어가서 쉬겠습니까?"

특히 하인리가.

내가 방 안에 들어오자, 시녀들이 걱정스럽게 질문을 퍼부어댔다.

"몸이 많이 안 좋으세요?"

"마법을 너무 많이 사용해서 무리가 간 게 아닐까요?"

"궁의를 불러야 하지 않겠습니까?"

내가 소비에슈를 만나지 않기 위해 꾀병을 부렸단 걸 다들 알 텐데. 그래도 혹시나 싶어 걱정이 되는 모양이었다.

"괜찮아요."

그 불안한 표정들은, 내가 멀쩡하단 표시로 손을 휘젓고 안락의자에 앉자 그제야 좀 풀어졌다.

"우유를 따뜻하게 한 잔 데워주겠어요?"

마스타스에게 부탁한 후, 나는 의자에 완전히 몸을 기대고 앉았다.

몸이 아프다거나 무리를 했다는 건 다 거짓말이었지만, 정신적으로 진짜 피로하긴 했다.

지금 당장은 피했지만, 소비에슈를 보름 동안 내내 피할 수는 없겠지. 타국의 황제를 대하는 예의도 아닐뿐더러, 어쨌든 소비에슈는 내가 다쳤을 때 바로 에벨리를 보내주었다. 그가 여기서 요양할 수 있게 해주는 대가로 이번에 마법사를 빌릴 수 있게 되었지만, 별개로 고맙단 말도 해야 했다. 소비에슈는 내게 에벨리를 바로 보내주는 바람에, 본인이 다쳤을 때 바로 치료도 받지 못하지 않았던가.

'요양을 핑계로 여기까지 온 걸 보면 많이 다치진 않은 모양이지만.'

하지만 가장 신경 쓰이는 건 역시 하인리였다. 내가 아무리 괜찮다, 너뿐이다, 이런 말을 해주어도 하인리는 속이 좋지 않을 테니까. 결국 생각 끝에 하인리를 위해 특별한 이벤트를 준비하기로 했다.

"로즈 양, 이젤과 스케치북, 화구를 구해 올 수 있겠어요?"

"어? 그림을 그리시려구요?"

전에도 하인리에게 그림을 선물한 적은 있었다. 하지만 그땐 그림을 자체가 목적이 아니라 '춤'을 표현하고 싶을 뿐이어서 그냥 대충 그렸지. 덕택에 하인리에게 완전히 놀림거리가 되었고. 선물도 할 겸, 이번엔 그때 일도 만회할 생각이었다.

잠시 후. 밖으로 나간 로즈가 이젤을 든 하인을 데려왔다. 하인이 이젤과 의자를 설치하고 나가자, 화구는 마스타스가 가져와 옆에 세팅해주었다. 로라는 내가 이젤 앞 의자에 앉아 연필을 쥐자, 자신도 작은 의자를 끌고 와 내 옆에 앉으며 물었다.

"뭘 그릴 생각이세요?"

마스타스와 로즈도 내 뒤쪽으로 와서 섰다. 뭐 구경할 게 있다고.

"소비에슈가 와서 하인리가 기분이 상했을 수도 있으니, 불안한 마음을 가시게 할 수 있는 그림을 그려주려고 해요."

"와. 듣기만 해도 멋져요."

"추상적이라 어려울 것 같은데. 괜찮을까요?"

"그럼요. 제목은 '죽는 순간까지 그대와 함께'로 할 거예요."

제목이 멋있다, 낭만적이다, 로맨틱하다, 시녀들이 다들 기대하는 목소리를 낸다.

그 칭찬들을 들으며, 나는 스케치북 위에 무덤을 그린 다음 반지 두 개를 더 그렸다. 이후 배경까지 옅게 깐 다음 보여주자, 로즈와 주베르 백작 부인이 멋지다고 박수를 쳤다.

"딱 제목 그대로예요!"

"황제 폐하께서 보시면 더는 불안해하지 않으실 겁니다, 황후 폐하."

시간이 없어 밑그림만 그렸을 뿐이라, 시녀들의 칭찬은 좀 과한 감이 있긴 했다. 하지만 그것만으로도 흐뭇해져서, 나는 얼른 일어났다.

"그냥 주면 멋이 없으니 액자에 넣어서 주어야겠어요."

"같이 골라요, 황후 폐하."

"보석을 좋아하시니 액자에 보석을 달아도 좋을 것 같습니다."

나비에가 주베르 백작 부인, 로즈와 함께 액자를 꾸미러 다른 방으로 간 사이. 세 사람을 따라가지 않고 응접실에 남은 마스타스가, 눈짓으로 이젤에 놓인 그림을 가리키며 로라에게 물었다.

"있지, 로라. 내가 예술에 대해 잘 몰라서 그러는데요. 내 눈에만 저 그림이 '난 널 죽일 거다'로 보입니까?"

로라는 고개를 주욱 빼서 나비에가 돌아오나 돌아오지 않나 살핀 후 황급히 고개를 저었다.

"그 정도까진 아니지만, 내 눈에도 그림이 좀 무섭긴 해요."

"그죠? 아니, 대체 무덤을 왜 저렇게 실감 나게 그리는 겁니까? 원래 예술은 그런 겁니까?"

"나도 잘 몰라요. 하지만 황후 폐하랑 황제 폐하 사이에 통하는 게 있겠죠."

그 시각. 하인리는 집무실 의자에 늘어져 앉아 있었다.

분명 소비에슈와 아주 짧은 시간만 대화를 나누고 헤어졌는데. 벌써 기분이 상해버린 탓이다. 기분이 상하면서 의욕까지 꺾여버려서, 지금 그는 아무것도 하고 싶지 않았다. 그나마 소비에슈가 '몸이 좋지 않아서 길게 대화할 수 없다'고 본인 입으로 말해주어서 다행이긴 했지만……

"보기엔 멀쩡해 보였는데."

물론 치유 마법으로 회복했다니 멀쩡해 보여도 멀쩡하진 않겠지만, 그래도 생각보다 더 많이 멀쩡해 보였다.

문제는…….

"그런데 이상하지? 말하는 게 좀 짜증 났어. 안 그래, 맥켄나?"

"폐하는 소비에슈 황제를 볼 때마다 늘 짜증 난다고 했습니다."

"그렇지. 그런데, 오늘은 좀 유독 이상하지 않았어?"

"오늘 유독 이상했다, 고 표현할 만큼 가깝게 지낸 적이 없으십니다."

"그것도 그렇지."

평소라면 맥켄나와 말다툼을 하겠지만, 오늘은 그럴 정신도 아니다. 하인리는 연신 고개를 기웃거렸다. 잘 왔다, 잘 있다 가라, 마법사를 빌려주어서 고맙다, 도움이 되어서 기쁘다, 뭐 별거 아닌 대화였긴 한데…….

"눈동자가 좀 이상했어."

"그냥 맑고 초롱초롱하시던데요."

"그러니까. 전에 만났을 땐 안 초롱초롱했잖아?"

하인리는 인상을 더욱 심각하게 만들고서 턱을 문질렀다.

"그리고 지금 상황이, 그 황제가 눈이 초롱초롱해질 상황이 아니잖아?"

정말로 소비에슈의 상태가 퍽 의심스러운 모양이다. 하인리는 맥켄나가 소비에슈의 눈을 예쁘게 표현했단 점조차 눈치채지 못하고 있었다. 그걸 보자 맥켄나도 덩달아 아까 본 소비에슈의 상태에 대해 떠올려보게 되었다. 하인리가 소비에슈를 맞이할 때 그도 있었으니까.

하지만 다시 되짚어 생각해도, 별다른 이상한 점이 없었다. 카를 후작이 좀 유난히 소비에슈 황제를 챙기는 것 같긴 했지만…… 다친 사람에겐 다 그러지 않나?

그때, 누군가 문을 두드리는 소리가 났다.

"들어와."

의외로 찾아온 사람은 마스타스였다. 게다가 천으로 덮은 액자를 들고 있었다. 하인리는 어리둥절해 물었다.

"마스타스 경? 그건 뭐지?"

"황후 폐하께서 황제 폐하께 보내신 선물입니다."

"선물이라니?"

마스타스가 얼른 다가와 액자를 내밀었고, 맥켄나가 액자를 받아 하인리의 책상 위에 올려두었다.

하인리는 영 영문을 모르겠단 얼굴로, 하지만 좀 기대에 차서 천을 걷었다. 그러나 2초도 지나지 않아 다시 천을 도로 내리고서 마스타스에게 물었다.

"이게 선물이라고? 확실해?"

"예. 황후 폐하께서, 폐하를 위해 직접 그리셨습니다."

마스타스가 꾸벅 인사를 하고 나가자, 하인리는 액자를 덮은 천을 다시 들추면서 맥켄나에게 물었다.

"이게 무슨 뜻 같아, 맥켄나?"

맥켄나는 진지하게 그림을 내려다보았다.

그림은 실감 나게 그린 무덤이 중심이었는데, 무덤에 흙이 반쯤 파여 있고 그 안으로 관 반쪽이 보였다. 관 위에는 결혼반지 두 개가 겹쳐져 있었고, 배경은 묘지였다.

"소비에슈 황제도 왔으니 잘해라. 제대로 처신하지 못하면 무덤에 묻어버릴 거다. 이 무덤의 주인은 너다……. 아, 아니다. 잘 처신하지 못하면 우리 결혼은 무덤에 묻히는 거다, 뭐 이런 거 아닐까요?"

하인리가 황당해서 '그건 절대 아니다'라고 딱 잘라 말하는 사이. 먼발치에서 대화를 듣고 있던 재상이 조심스럽게 나서며 말했다.

"제가 예술, 특히 그림 쪽으로 조예가 깊습니다, 폐하. 그림 선물이라면 제가 해석해드릴 수 있습니다."

하인리가 그림을 보여주자, 재상은 그림을 위아래로 꼼꼼하게 몇 번이나 살피더니, 알겠다는 듯 고개를 끄덕거렸다.

"무슨 뜻인가?"

하인리가 별 기대 없이 묻자, 재상은 자신만만하게 설명했다.

"결혼반지 두 개는 부부를 상징하고, 무덤은 피폐해진 심리를 나타냅니다. 즉, 지금 황후 폐하께서는 결혼 생활이 마땅치 않다 여기고 계십니다."

"뭐?"

"이런 그림을 폐하께 보낸 이유는, '날 즐겁게 해봐라'는 뜻인 거지요."

둘 다 말도 안 되는 해석이었다. 하인리는 짜증이 나서, 맥켄나와 재상에게 둘 다 물러가란 신호를 보냈다. 하지만 조금 불안해졌다. 나비에가 뜬금없이 나쁜 뜻의 선물을 할 사람은 절대 아니긴 한데……

그래도 신경이 쓰였다. 혹시 마음에 안 드는 점이 생겼나? 직접 말하기 곤란하다 싶어서 그림으로 표현하려 한 건가? 평민 흉내를 낼 때 너무 놀려댔나?

저녁 식사 때 하인리를 만나면, 그가 무어라 말할까? 전에 내 그림을 비웃어서 미안하다? 내 그림을 보고 감동받았다? 내 뜻을 알겠다, 이젠 불안하지 않다?

어느 쪽이든 상관없었다. 단지 하인리가 얼른 돌아와서 무엇이든 말을 해주길 바랄 뿐.

그러나 오후 6시쯤. 하인리보다 먼저 내 부관이 찾아와 말했다.

"황후 폐하. 한시가 바쁘니 마법사들을 욜른에 보내는 일부터 급히 처리해야 하는데, 소비에슈 황제께서 이 일에 황후 폐하의 도움이 필요하다고 하십니다."

당연히 말도 안 되는 이야기였다. 마법사들을 욜른에 보내는 일에 내가 뭐가 필요하다고?

정확히 어떤 식으로 임시 댐을 만들지, 구체적인 사안으로 들어가면 내가 나설 여지가 없다. 이 부분은 하인리가 나설 여지도 없다. 전문가와 의논할 일이니까. 그런데 명령권자도 통솔권자도 실무자도 아닌 날 굳이 부른다고?

누가 봐도 소비에슈의 꿍꿍이 가득한 요구였다.

"내가 꼭 가야 한다던가요?"

"이 계획을 세운 게 황후 폐하란 이야기를 들으신 것 같았습니다."

내가 생각해낸 일이니 내가 나서란 건가. 괜찮은 핑곗거리를 마련했네. 내키진 않지만…… 하긴. 보름 내내 피해 다닐 수는 없겠지.

"폐하께서는?"

"회의실에 소비에슈 황제와 함께 계십니다."

나는 고개를 끄덕이고서, 옷매무새만 다듬고 밖으로 나갔다. 부관은 소비에슈와 하인리가 작은 회의를 열 때 사용하는 '밤의 방'에 있다고 했고, 나는 곧장 그쪽으로 걸어갔다. 그리고 걸어가면서 표정을 최대한 서늘하게 만들기 위해 노력했다.

전 아내로서가 아니라 이웃 나라의 황후로서. 최대한 선을 긋고 공적으로 그를 대할 셈이었다. 나중에 에벨리를 보내준 일로 고맙다 인사를 하더라도, 우선 지금은 딱딱하고 정 없는 태도를 보여야지. 설령 소비에슈가, 동대제국에서 마지막에 보았던 그날처럼 날 도움을 청하듯 바라보더라도 말이다.

마침내 회의실 앞에 도착했다. 문이 열릴 동안, 나는 아무도 눈치채지 못하도록 빠르게 심호흡을 하고 어깨를 쫙 폈다. 이윽고 문 두짝이 완전히 벌어지면서, 회의실 내부의 단정한 공간이 드러났다.

소비에슈와 하인리는 탁자 하나를 사이에 두고 마주 앉아 있었는데, 내가 들어가자 두 사람 다 탁자에서 일어나며 내 쪽으로 몸을 돌렸다. 하인리에게 먼저 알은척을 한 후에야 나는 소비에슈에게로 고개를 돌렸다. 자연스럽게 인사를 하고 다시 하인리에게만 관심을 기울일 생각이었다.

그러나 눈이 마주치는 순간. 내 눈에 보인 건, 그날 밤 우리 집 저택 아래에서 괴로워하던 소비에슈도, 법정에서 자존심이 상해 분노하던 소비에슈도, 마차가 스쳐 지나갈 때 도움을 갈구하며 날 바라보던 소비에슈도 아니었다.

넋이 나간 사람.

놀라운 걸 발견하고서 완전히 넋이 나가버린 사람의 모습이었다.

왜 저렇게 넋이 나간 거야? 그야말로 얼이 빠진 표정에, 오히려 더욱 당황하고 말았다. 인상을 찌푸리고 쳐다보았으나, 소비에슈의 표정은 그대로였다. 얼굴 앞에 대고서 손뼉을 쳐서 정신을 깨워주어야 할 것처럼.

"소비에슈 폐하."

보다 못해 딱딱한 목소리로 부르자, 소비에슈는 그제야 눈썹을 치켜올리며 "아." 하고 무언가 깨달은 소리를 냈다. 여기서 뭘 깨달은 건진 모르겠지만.

"그렇군."

뭐가? 의문을 가지자마자, 이번엔 그의 눈꼬리가 휘어졌다.

"정말, 정말 멋지게 자랐잖아."

"폐하?"

나한테 하는 얘기인가? 시선은 딱 나한테 고정되어 있는데? 하지만 저런 말을 나한테 사용할 수 있나?

"높아진 눈높이도. 자신 있는 눈동자도. 전부 다 멋있어."

……미쳤나?

아무리 봐도 나한테 하는 말 같은데. 아니, 우리가 못 본 지 얼마나 지났다고 나한테 '자랐다'는 표현을 쓰는 거지? 농담? 하지만 농담을 하는 표정이 절대 아닌데?

하인리도 이게 뭔 일인가 싶은지, 입을 벌린 채 맞은편에 선 소비에슈를 쳐다보았다. 아니, 지금 이 방 안에서 소비에슈를 쳐다보지 않는 사람이 있기는 한가 모르겠다. 다들 비슷한 표정을 한 채 소비에슈를 빤히 보고만 있으니.

나중에는, 하인리가 내 머리 위를 슬쩍 살피기도 했다. 소비에슈가 저렇게 진지하게 나더러 잘 자랐다, 많이 컸다, 이러고 있자, '말도 안 되는 소리'라고 생각하면서도 '진짜 컸나?' 혹한 모양이었다. 나만 해도 반사적으로 옆 사람과의 눈높이를 체크하게 되었으니.

어쨌든 초반부터 그에게 휘둘리는 건 좋은 일이 아니다.

"앉으시지요."

이에 딱 잘라 차가운 목소리를 내자, 소비에슈는 순순히 자리에 앉으며 나를 향해 다시 웃었다.

'가장 마지막에 만났을 때에는 굉장히 힘들어하고 있었는데. 그 사이에 무슨 깨달음이라도 얻었나? 인생이 허망하다거나, 한번 사는 인생 긍정적으로 살자거나 그런 것들?'

어쨌든 하인리의 옆자리에 앉으며 표정을 철저하게 관리했다. 소비에슈는 내가 하인리의 옆에 앉자 잠시 묘한 표정을 지었으나, 여전히 미소를 잃지 않았다.

"그러면 회의를 다시 재개하겠습니다."

눈치를 보던 맥켄나가 중얼거렸고, 결국 회의는 뭔가 애매한 분위기 속에서 다시 진행되었다.

보자…… 어디까지 얘기를 진행했나? 마법사를 빌려주는 문제는 일단 사전에 협의된 내용이니, 여기서는 문제 될 게 없을 테고.

"미리 합의된 것처럼, 당연히 동대제국에서는 마법사를 빌려줄 거요. 하지만 그건 동대제국으로서의 입장이지. 마법사들에게 개별적인 보상은 당연히 빌려 가는 측에서 해야 하지 않소? 이게 싫다면 진짜 이기적인 건데."

아니네. 여기서부터 문제 되고 있구나.

소비에슈가 하인리에게 마법사는 빌려주겠지만 돈은 내놓으라고 했나 보다.

"그 개별적인 보상 액수가 너무 크다고 생각하지 않습니까?"

그것도 아주 많이.

"서왕국, 아. 실례. 익숙하지 않아서. 서대제국은 충분히 그럴 능력이 있지 않소?"

"있지요. 하지만 동대제국은 돈이 부족한 모양입니다? 하긴. 전 황후님이 많은 돈을 빚진 데다 앞으로 돈 들어갈 일을 더욱 많이 만들고 가셨으니."

"아, 사정을 그렇게 자세히 알고 이해해주니 고맙소. 그러면 좀 더 금액을 높여도 되겠군. 그리 자세히 우리 사정을 알아준다는데."

"……."

그런데 이상하지? 소비에슈가 좀 이상하다. 딱히 어느 부분이 이상하다고 말하기는 곤란한데, 뭔가 말하는 게 이상했다. 좀…… 막 무가내인 논리를 펼친다고 해야 하나?

말하는 걸 듣고 있으면 기가 막히고 '이건 아닌데' 싶지만, 반박하려고 들면 반박할 말이 바로 생각나지 않아서 괜히 더 짜증 나는 그런 논리.

평소 소비에슈의 스타일은 아니었다. 소비에슈는 회의를 할 때 최대한 말을 아끼면서, 상대방의 말을 굴려대는 유형이니까. 이런 식으로 상대를 조곤조곤 열 받게 하는 화법은, 그가 황태자 시절에나 구사했을 거다.

그때였다. 눈을 가늘게 뜬 채 '소비에슈가 오늘 왜 이러나' 분석하고 있자니, 소비에슈가 힐긋 내 쪽으로 시선을 던졌다. 시선을 피할 사이도 없이 눈이 마주치는 그 순간. 소비에슈가 내게 시선을 고정한 채, 눈 하나 깜빡하지 않고 말을 바꿨다.

"……하지만 우리 두 나라 사이에, 너무 딱딱 잘라 계산할 필요는 없지."

누가 봐도 날 의식해서 말을 바꾼 것이었다. 같은 생각인지, 회의실에 있는 사람들도 자연스레 내 쪽을 쳐다보았다.

회의가 끝나자마자, 나는 일부러 하인리의 허리에 팔을 감고서 부드러운 목소리를 내어 물었다.

"아까 속이 안 좋다더니. 괜찮아요?"

"예? 제가, 아. 네. 속이 안 좋았죠. 아까."

하인리는 눈치 좋게 내 말을 바로 알아듣고는, 약간 미간을 찡그리면서 내게 자기 머리를 기댔다.

"그래도 퀸이 이리 보듬어주니 대번에 괜찮아집니다."

보란 듯 사이좋은 척 구는 건 좀 유치하다 생각했는데. 내가 소비에슈 앞에서 이러고 있을 줄이야. 속으로는 혀를 차면서도, 나는 하인리의 어깨를 쓸면서 평소보다 더 다정하게 말하려 애썼다.

"방에 가면 내가 배를 쓸어줄게요. 그러면 금세 나을 테니."

"그럴까요? 그렇지 않아도 당장 급하게 처리할 일은 없습니다."

"내 방에 가서 같이 그림 이야기나 해요."

"생각해보니 급하게 처리할 일이 하나 있었던 것도 같고……."

갑자기 눈치 없게 왜 이래? 슬쩍 손톱을 세워 그의 팔을 아프지 않게 누르자, 하인리는 그제야 "없었던 것도 같고……." 하며 자신 없이 덧붙였다.

나는 얼른 그를 챙겨서 우리 방이 있는 방향으로 걸어갔다. 황후로서 부하들 앞에서 할 행동이 아니란 건 알지만, 전 부인으로서 전남편 앞에서는 해도 될 행동이었다. 전남편의 잘못으로 이혼했단 전제하에.

어쨌든 하인리를 챙겨서 계단 부근까지 걸어왔을 때였다.

"나비에 황후님."

뒤에서 나지막한 목소리가 날 붙들었다. 소비에슈의 목소리였다. 고개를 돌리자, 그가 멀지 않은 곳에 선 채 나를 바라보고 있었다. 아까보다는 넋이 돌아온 듯했지만, 여전히 평소답지 않은 모습으로.

"소비에슈 폐하."

덤덤하게 고개를 끄덕여서 '들었다'는 표시를 하자, 소비에슈가 태연하게 제안했다.

"서대제국의 황후께 전할 말이 있는데. 시간을 좀 내어주시겠습니까?"

소비에슈는 일부러 '서대제국의 황후'에게 시간을 청한다고 표현했다. 머리를 굴린 거다. 저런 식으로 공식적인 부탁을 하면, 사적으로 거절하기 어려워지니까.

지켜보는 이들이 많은데 내가 사적인 이유를 들어 공적인 부탁을 거절하면, 사람들은 내가 그를 의식해서 행동하는 거라고 수군거리겠지. 만나면 만나는 대로 뭐라고 할 테고.

인상을 찡그리자 소비에슈가 손을 들어 자기 눈가를 눌렀다.

무슨 뜻이지? 더욱 찡그리고 쳐다보자, 그가 웃음을 참는 얼굴로 또 자기 눈가를 눌렀다. 얼결에 손을 올려 내 눈가를 같이 만져볼 뻔하다가 깨달았다.

'여기 구겨졌는데?'

황태자 시절, 내가 인상을 찡그리면 소비에슈는 손을 올려 눈썹을 펴주곤 했다. 그러면 난 더 짜증이 나서 확 돌아서거나, 간지러워서 웃음을 터트리느라 짜증을 잊곤 했다.

설마…… 그때 행동을 하는 건가? 뭐 하자는 거야, 이제 와서?

어이가 없자 말문이 막힌다.

그 사이, 하인리가 앞으로 나서며 물었다.

"여기서 말하시지요."

소비에슈는 건성으로 웃었다.

"유감이지만 서대제국의 황제께서 들을 말은 아닌지라."

하인리가 움찔했다.

"제가 듣지 못할 말을 제 아내에게 한다니, 이상하군요."

두 사람 사이의 분위기가 순식간에 차가워졌다.

하인리의 팔을 잡은 손에 약간 힘을 주었다. 괜히 얽히지 말고 그냥 올라가잔 신호였다.

그러나 소비에슈가 픽 웃으면서 "아내." 하고 중얼거리자, 하인리는 완전히 도발된 모양이다. 팔에 잡힌 그의 근육이 꿈틀했다.

하지만 하인리가 무어라 말할 틈도 없이, 소비에슈가 말을 이어 갔다.

"내가 하려는 이야기는 황후끼리 해야 할 이야기요."

"……뭐라 하셨습니까?"

"내게도 아내가 있었다면 당연히 내 황후에게 이 일을 맡겼겠지만, 알다시피 나는 지금 홀몸인지라."

"!"

"내가 황제와 황후 몫을 다 하는 중이라 황후 대 황후로서 면담을 요청하는 것이니, 서대제국의 황제께서는 물러나주셨으면 하는데."

또다. 회의실에서 사용하던 소비에슈의 억지 논리가 다시 시작되었다. 하인리는 기가 막혀서 뒷목을 잡는데, 소비에슈는 태연히 내 쪽을 쳐다보며 뻔뻔하게 물었다.

"그런 사유로, 서대제국의 황후님. 저와 잠시 대화할 시간을 낼 수 있을는지?"

같이 대화할 수 있냐고? 자기가 황후 역할을 하고 있어서 나와 대화하려는 거라고? 웃겨.

"물론입니다, 소비에슈 폐하."

내가 순순히 대답하자, 하인리가 눈을 동그랗게 뜨고 내 쪽을 돌아보았다. 진짜로 자길 두고 나랑 소비에슈가 둘이 대화할 거냐는 듯이.

어, 둘이 대화는 해야지. 동대제국 황제가 대화를 요청하는데 무시할 수가 있나.

"하지만 전 몸이 좋지 않으니, 황후 역할은 잠시 내 남편에게 위임하도록 하지요."

하지만 굳이 내가 할 필요는 없지. 하인리의 어깨에 가볍게 손을 올리고서 말하자, 소비에슈와 하인리의 반응이 아까와 정반대로 변했다.

"하인리. 지금부터 세 시간, 그대가 황후입니다."

"좋은 황후가 되겠습니다, 퀸!"

더 말을 섞는 대신, 하인리의 어깨를 한 번 꾹 눌러주고 돌아서서 계단을 올라갔다. 뒤에서 하인리의 의기양양한 목소리가 들려왔다.

"그럼 소비에슈 황후 폐하. 황후 대 황후로서 해야 할 말이 무엇인지?"

"황후 대 황후로서, 얘기는 잘 나누셨습니까?"

소비에슈가 하인리와 15분 정도 둘만의 시간을 가진 후. 거처로 돌아가는 길에 카를 후작이 웃음을 참으며 물었다.

소비에슈는 '그걸 질문이라고 하느냐'는 시선으로 카를 후작을 쳐다보았다. 잘 나누진 못하셨구나. 당연히 그러리라 짐작하긴 했지만. 카를 후작은 납득하고서 인자하게 웃었다.

"서대제국 임시 황후께서 성격이 좋진 않으시지요."

"제 아버지 피해 도망 다니기 바쁘다더니. 참 소문 그대로 자랐더군."

말을 하는데 어찌나 깐죽거리는지. 소비에슈가 작게 중얼거리는 소리에, 카를 후작은 다시 허허 웃었다.

관점의 차이라고 해야 하나. 하인리보다 정신연령이 높던 소비에슈는, 하인리를 보며 '바람둥이란 소문이 자자한 평판 나쁜 왕자' 정도로 여겼는데. 하인리보다 정신연령이 낮아진 소비에슈는, 하인리를 보며 '깐죽거려서 짜증 난다'고 표현한다. 어디에서 이런 차이가 발생했는지 모르겠으나, 옆에서 볼 때 신기하긴 했다.

"그러고 보니 지금 폐하의 정신연령과 하인리 황제의 정신연령이 얼추 비슷한 나이이지요."

"……."

"또래끼리 통하는 그런 게 있나 봅니다, 폐하."

"또래?"

"정신연령이……."

"카를 공. 지금 내가, 그자를 칭찬하는 것 같아?"

"그건 아닙니다."

"그런데 왜 결론이 그리 나지?"

"평소에는 그보다 좀 더 무시하셨으니까요."

지금도 서대제국을 졸부국이라 부르고, 하인리 황제를 가출 상
습범이라고 무시하긴 하지만, 원래의 소비에슈는 그보다 좀 더 하
인리 황제를 낮추어 보았다. 지금이 또래 간의 기싸움 정도라면, 당
시엔 정말로 몇 단계 아래 사람을 보는 것처럼 낮추어 보았다. 그
때에 비하면 지금은 나은 편이었다.

황당하단 얼굴로 방에 돌아온 소비에슈는, 카를 후작이 나간 후
에도 "또래라니. 또래라니!" 하고 기분 나빠 하며 옷 안쪽에서 챙
겨 온 기록물을 꺼냈다. 올해의 일을 기록한 것으로, 일부러 틈틈이
보기 위해 가지고 온 것이었다.

소비에슈는 노트를 챙겨 침대에 털썩 누웠다. 노트를 반으로 접
어 한 손으로 든 채, 한 손으로는 팔을 괴고 '라스타'란 사람이 온
후의 일을 살폈다.

소비에슈는 자신과 나비에 사이의 시간을, 그리고 자신과 나비
에가 나눈 애정을 믿었다. 이걸 믿고 그녀에게 용서를 빌 생각이었
다. 그리고 용서를 빌기 위해서, 과거를 짚어가며 그녀의 상처에 하
나하나 약을 바를 생각이었다. 당장은 아니라도 언젠가, 이 상처가
아물면 그녀가 자신을 용서할 수 있도록. 그러니 어떤 일이 있었는
지를 먼저 알아야 한다.

소비에슈는 마늘색 종이 위 까만 잉크 자국에 집중했다.

'나비에가 라스타에 대해 물어봤을 때 냉담하게 대한 것, 시녀를 필요 이상으로 벌준 것…… 그 일을 두고 말다툼을 하다가 고분고분하게 굴면 안 되냐고 말한 것…….'

"이런 말 하긴 미안하지만, 주베르 백작 부인. 동대제국 하인과 하녀는 원래 다 그런가요?"

해가 쨍하게 뜬 날이었다. 햇볕에서는 말린 이불 향이 났고, 바람은 가끔 시원하게 뺨의 솜털을 쓸어주는 완벽한 날씨여서, 나는 창문을 활짝 열어놓고 책을 읽었다. 로라는 하품을 하면서 근처 소파에 누워 꾸벅꾸벅 졸고 있었다.

이런 포근한 와중이니, 로즈의 날 선 목소리는 대번에 확 귀를 사로잡았다. 책에서 시선을 떼고서 그녀를 보니, 주베르 백작 부인 역시 어리둥절한 얼굴이었다.

"갑자기 무슨 소리인가요?"

로즈는 팔짱을 낀 채 짜증이 가득한 한숨을 내쉬었다.

"소비에슈 황제께서 데려온 하인들과 하녀들이요. 거만한 데다가 일도 그리 잘하지 못해서, 온 지 하루밖에 지나지 않았는데 벌써 트러블을 내고 다녀요."

"그래요?"

"네."

주베르 백작 부인은 "이상하네요. 왜 그러지?" 하고 대답했지만, 동대제국을 싸잡아 말한 게 기분 나빴는지 이후로는 별 대답을 하지 않고 하던 일을 계속했다. 로즈는 몇 번 더 불만을 털어놓았지만, 주베르 백작 부인이 건성으로 흘려듣는 것 같자 결국 입을 다물고 나가버렸다.

하지만 얼마 지나지 않아 그녀는 다시 놀란 얼굴로 돌아왔다.

"황후 폐하. 황후 폐하. 소비에슈 황제께서 찾아오셨습니다."

"소비에슈가……."

"예, 제가 막 저쪽으로 걸어가는데 이쪽으로 오고 있으셨으니, 지금쯤."

지금쯤 여기 도착할 거다, 말하려는 순간. 딸랑딸랑 종이 울리며 문 너머에서 목소리가 들려왔다.

"황후 폐하. 동대제국 황제 폐하께서 황후 폐하를 뵙고 싶어 하십니다."

잠이 깬 로즈가 후다닥 일어났고, 마스타스도 검을 검집에 도로 집어넣고 일어났다. 주베르 백작 부인이 걱정스럽게 나를 쳐다보았다.

나도…… 좀 당황했다. 설마 직접 여기 올라올 줄이야.

하지만 피할 수도 없어서, 들어오라 지시했다.

잠시 후. 문이 열리고 소비에슈가 들어왔다. 완전히 예복을 갖춰 입은 어제와 달리, 오늘은 복숭아색의 편안한 셔츠와 까만 바지 차림이었다. 안으로 들어오자마자 그가 날 향해 미묘한 미소를 보냈다. 나는 정색을 한 채 서 있다가, 시녀들이 나가자마자 그에게 따지듯 물었다.

"지금 뭘 하는 건가요? 요양을 하러 왔으면 요양을 하다 갈 일이지, 어제도 그렇고 오늘도 그렇고, 왜 이러는 거지요?"

"널 봐야 마음이 편해져."

"난 안 편합니다. 그리고 반말하지 말라 했어, 소비에슈."

"난 네가 반말해도 상관없어."

뭐?

"지금 뭐 하잔 거야? 미쳤어?"

"어. 미쳤어."

"……."

할 말이 있어서 온 게 아닌가? 지금 장난하나? 여기까지 와놓고서는 지금 뭐 하는 거지?

황당해서 쳐다보고 있자니, 소비에슈가 멋쩍게 웃었다.

"나 정말로 미쳤어, 나비에."

전남편이 말한다. 자기가 미쳤다고. 이럴 경우 어떤 반응을 보여야 하지?

1번. 이마에 손을 짚어 열이 나는지 확인한다.

2번. 이마를 찰싹 때려 제정신인지 확인한다.

3번. 거짓말. 믿지 않는다.

4번. 4번…… 4번은 떠오르는 게 없네. 3번으로 가자.

"거짓말하지 마."

차가운 목소리를 내며 눈을 가느스름하게 떴다.

소비에슈는 손가락으로 자신의 오른쪽 관자놀이를 짚더니, 그대로 이마를 지나 반대쪽 관자놀이까지 손가락을 주욱 움직였다.

"여기부터 여기까지. 기억이 없어."

"무슨 소리야?"

"내 마지막 기억은, 나무에 올라서 네게 복숭아를 따주려고 한 데서 멈춰 있어."

몇 년 전이었던가. 내가 황태자비이던 시절. 낭만소설을 구해서 둘이 나란히 엎드린 채 책을 읽었다. 연인이 사랑을 속삭이는 부분을 읽으면서 괜히 간지러워서 키득키득 웃고, 키스를 하는 부분에서는 괜히 서로의 입술을 힐긋거렸다. 그 내용 중에, 연인을 위해 높은 나무에 올라가 과일을 따 주는 이야기가 있었다.

— 할 수 있어?

난 손가락으로 가리키며 물었고, 소비에슈는 당연하다고 뼈겼다.

— 그럼 나도 해줘.

내 요구를 들은 소비에슈는 다음 날, 복숭아를 따주겠다며 나를 불렀다. 하지만 똑 떨어졌고, 난 하늘에서 내려온 복숭아에 얻어맞았지.

그러나 내가 아픈 것보다도 기절한 소비에슈를 보는 게 너무 무서웠다. 울면서 궁의를 불러대느라, 내 이마에 왕 혹이 난 건 나중에야 알았다. 소비에슈가 기절한 동안 얼마나 걱정했던지. 하지만 막상 그가 깨어나서 내 방을 찾아왔을 때. 복숭아를 내밀며 "으깨

졌어." 하고 말했을 때.

이상하게도 걱정이 싹 사라지면서 그 자리를 분노가 차지했다. 그래서 베개 두 개를 겹쳐서 그의 등을 팡팡팡팡 두들겼고…… 소비에슈는 달아나다가 들고 온 복숭아를 떨어트렸다. 그 복숭아를 밟고서 미끄러진 나를, 소비에슈가 황급히 붙잡고 끌어당기면서 같이 넘어졌다. 우리는 엉망이 된 채 단단한 바닥에 엉성하게 끌어안고 누운 꼴이 되었다. 터져버린 베갯잇 사이로 나온 하얀 깃털이 그의 까만 머리카락 위에 내려앉았다.

내 입술에도 깃털이 내려앉았던가. 소비에슈가 손을 들어 깃털을 조심스레 치워주었다. 입술을 간지럽히던 깃털이 사라진 후, 그 자리에 깃털만큼 가벼운 입맞춤이 짧게 다녀갔다.

복숭아보다 더 붉어진 얼굴로 그는 나를 내려다보다가 벌떡 일어났다. 손을 뻗어 날 일으켜 세워주고는, 그대로 달아나다가 복숭아를 또 밟고 넘어졌지. 머리를 어디에 찧었는데…… 괜찮냐 물어볼 새도 없이 황급히 문을 열고 밖으로 나가버렸다. 쫓아가기 민망해서, 나는 침대가에 쪼그리고 앉은 채 터진 베개만 끌어안고 있었다. 우리의 첫 입맞춤은 하얀 깃털로 가득했고, 엉망이었고, 복숭아 향이 났다.

혹시 소비에슈는 그 이야기를 하는 걸까?

이상하게 눈시울이 뜨거워졌다. 발갛게 햇볕이 쏟아지던 날, 하얗고 몽글하던 우리의 시간이 떠올라 마음이 쓰렸다. 그래서 화가 났다.

나는 네가 준 상처를 아물게 하려고 노력하고 있는데. 왜 이래.

왜 굳이 옛날 일을 들먹여서, 네가 날 버린 걸 자꾸 떠올리게 해?

그가 우리의 행복했던 시간을 떠올리게 하면, 분노는 그에 비례해 커졌다. 그 시간을 진창에 처박아버린 게 너잖아. 입술을 꼭 닫고 노려보자, 소비에슈가 조심스럽게 손을 들어 올려 내 눈가를 쓸었다. 어느새 새어 나온 한 방울 눈물이 그의 손에 묻어났다.

단호하게 뒤로 물러나며 "거짓말하지 마." 하고 최대한 냉랭하게 말했다. 소비에슈는 희미하게 웃으면서 눈을 내리깔았다. 거짓말이 아니란 소리도, 거짓말이란 소리도 하지 않았다.

"내가 여기 오겠다고 하면 좋은 소리 할 사람 없단 거 아는데."

"……."

"그래도 와야 했어."

"그만."

"복숭아가 네 쪽으로 떨어졌거든."

"!"

"네가 괜찮은지 한번은 봐야 했어."

"그만해!"

소리를 버럭 지르자, 소비에슈가 바로 입을 다물었다. 주먹을 꼭 쥐고 그를 쳐다보다가 손가락으로 문을 가리키며 외쳤다.

"나가!"

서대제국의 황후가 동대제국 황제에게 할 말은 아니었다. 절대로 아니지. 결례이고 실례였다. 하지만 도저히 그의 얼굴을 보고 있을 수가 없었다. 일말의 감정조차 주지 않고, 철저하게 남처럼 굴거라 다짐했는데. 그가 우리의 부드러운 기억을 찔러 헤집자, 아물었던 고통이 다시 새어 나와 평상심을 깼다.

"나갈게."

소비에슈는 순순히 대답하면서, 시선을 들어 내 눈동자를 들여 다보았다.

"고분고분하게 네 말을 들을게."

그러고는 믿을 수 없는 말을 내뱉고서 바로 나가버렸다. 나가라 해서 나갔는데. 남겨진 날 더욱 당황하게 만들고 나가버렸다.

입을 벌린 채 닫힌 문을 쳐다보았다. 방금 뭐라고……? 고분고 분? 저 자존심 덩어리가, 고분고분 말을 듣겠단 표현을 썼어?

― 황후와 말싸움을 하고 있자니 피곤하군. 한번이라도 그냥 내 말에 고분고분 굴 수는 없소?

그가 날 향해 내뱉었던 차가운 목소리, 내 자존심을 갈기갈기 찢 어 팽개치던 목소리가 환청처럼 들려왔다.

"퀸."

"……"

"퀸?"

눈앞에 불쑥 보라색 눈동자가 들어왔다.

나는 멍하니 상념에 잠겨 있다가, 깜짝 놀라 상체를 뒤로 뺐다.

"무슨 생각을 그렇게 골똘히 합니까?"

하인리였다. 그가 바닥에 앉아 내 무릎 위에 팔을 괸 채 나를 빤히 올려다보고 있었다. 나는 태연한 미소를 지으며 고개를 저었다.

사실…… 내가 생각하고 있던 건 소비에슈가 정말로 기억을 잃었는지 아닌지에 대해서였다. 하지만 하인리에게 내가 소비에슈 생각을 하고 있었단 걸 말할 수는 없지.

"그림 생각을 하고 있었어요."

이에 어제 우리 두 사람 사이의 일을 끄집어내자, 하인리가 움찔하더니 팔을 내리고 일어섰다.

"아아, 그랬군요."

그러고는 자연스럽게 탁자로 걸어가 물을 한 잔 마시더니, 더욱 자연스럽게 내 침실에서 나가려고 한다.

"하인리."

이름을 부르자 마지못해 다가오긴 했지만……. 그러고 보니 어제부터 이랬지. 내가 그림 이야기만 할라치면 자꾸 말을 돌리는데.

"내 그림. 봤어요?"

결국 대놓고 묻자, 하인리는 괜히 침대 끄트머리에 놓인 금박 장식을 쳐다보면서 심각한 표정을 지었다. 누가 보면 장식에 금이라도 간 줄 알겠다.

"하인리? 못 받았어요?"

"멋진 그림이었습니다, 퀸."

"어떻던가요?"

"퀸은 그림을 참 잘 그린다 생각했습니다."

흐뭇하게 고개를 끄덕이고 있자니, 하인리가 조심스럽게 말을 이었다.

"그림 안에 숨어 있는 상징들이 심오해서……?"

심오해서? 왜 말꼬리가 올라가.

"해석에 약간 어려움을 겪었지만?"

또 말끝이 올라가네?

"퀸의 뜻이 제 뜻과 같단 걸 깨달았습니다?"

……또 말끝 올라갔다.

게다가 왜 저렇게 눈치를 보면서 말해?

깨달았으면 깨달은 거지, '깨달았습니다?'는 뭐야?

인상을 찌푸리고 쳐다보자, 하인리는 잠시 생각하더니 얼른 독수리의 모습으로 변했다. 그러고는 옷더미 사이에서 빠져나와서 두 날개를 힘차게 뻗고 춤을 추기 시작했다.

커다란 독수리가 춤을 추면서 힐긋힐긋 내 눈치를 살피는 광경이라니. 참으로 사랑스럽지만…… 수상한데. 게다가 기뻐서 출 때랑은 약간 스텝도 다르다.

대체 왜 그래? 내가 무서운 표정이라도 짓고 있었나? 내 얼굴을 더듬거려보지만, 내 손에 잡히는 것만으로는 무서운 표정인지 아닌지 구분이 될 리 없었다.

"알았어요."

그래도 워낙 경직되어 있기에 신경 쓰여서 최대한 부드러운 목소리를 내자, 하인리는 그제야 춤추던 걸 멈추고서 다시 곁으로 총총총총 달려와 사람의 모습으로 변했다.

혀를 차고서 부드럽게 흩어진 머리카락을 쓸자, 손가락 사이사이로 보드랍게 금발이 엉겨 붙었다.

새라서 그런가. 유독 머리카락이 부드럽단 말이지.

그 감촉이 좋아서 연신 머리카락을 만지작거리자, 하인리는 자연스럽게 나를 자기 몸에 기대게 하면서 눈을 반쯤 감았다.

얼마나 그러고 있었을까.

갑자기 하인리가 "퀸." 하고 불편한 목소리로 불렀다.

잠시 졸고 있었나 보다. 분명 하인리의 머리카락을 만지작거리고 있었는데. 눈을 떠보니 나는 그의 가슴을 베개처럼 깐 채 잠들어 있었다.

"미안. 잠들었나 봐요."

얼른 머리를 들며 말하자, 하인리는 스윽 손을 올려 내 머리를 도로 원위치시켜주며 말했다.

"그대에게 이런 얘기를 해도 될지 모르겠는데……."

"무엇인가요? 그리고 내 머리를 왜 여기 붙이는 건가요?"

"혹시 소비에슈 황제가 좀 이상하지 않았습니까? 머리는 그냥 원래 자리에 돌려놓는 겁니다."

소비에슈가 좀 이상하지 않느냐는 하인리의 말에, 장난스럽게 그의 허리를 간지럽히던 손을 멈췄다. 자신이 기억을 잃었단 소비에슈의 말이 또 떠올랐다. 당연히 거짓말이라 여겼는데. 하인리가 저렇게 말하자 '혹시?' 싶은 의심이 들었다.

"어떤 점이 이상했나요?"

"아. 그게."

곧게 펼쳐져 있던 하인리의 미간 사이에 주름이 드리워졌다.

"이건 말로 표현하기 좀 애매해서요."

"왜요?"

"그…… 말하는 게 좀?"

"좀?"

하인리는 정말로 표현하기가 어려운 듯 눈살을 찡그렸다. 결국 그는 적당한 말을 찾아내지 못했고, 궁의가 정해준 내 취침 시각이 다가와 이불만 덮어주고 나갔다. 하지만 머릿속의 의구심은 사라지지 않고 한 구석에 덩그러니 자리를 잡았다.

소비에슈가 정말 기억을 잃었을까?

어제는 그렇게 날씨가 좋더니. 하루 사이에 하늘이 온통 어두운 회색으로 물들었다. 먹구름이 짙게 껴서, 언제 비가 내려도 이상하지 않을 정도였다. 하지만 바람만큼은 여전히 선선하고 좋아서, 나는 집무실 안에서도 창문을 열어놓고 있었다. 책상에 앉아 일을 하다가, 가끔 지루해지면 창밖을 쳐다보는 것이다. 이따금은 배 위에 손을 얹은 채 아기에게 어색하게 말을 걸어보았다.

"저거 보이니? ……구름이야. 먹구름. 비가 내리기 전에 저런 구름이 떠."

"이건 펜이란다. 이건 잉크병이고. 펜에 잉크를 묻혀서…… 하긴. 나중에 너도 배우겠지."

"동화책을 못 읽어줘서 미안해. 지루하면 자거라."

물론 주위에 누군가 있을 때는 절대로 아기에게 말을 걸지 않았다. 혼자 중얼거리는 것처럼 보여서 이상할 테니까.

그렇게 평온하게 시간이 흘러가 오후 1시쯤. 점심 식사를 할까, 한다면 시녀들과 할까 하인리와 할까, 아니면 이 일을 마무리 지으면서 대충 여기서 먹을까 생각하고 있을 때였다. 부관 하나가 난처한 얼굴로 다가와 알렸다.

"황후 폐하. 소비에슈 황제께서 황후 폐하께 '공식적으로' 드릴 말씀이 있다고……."

그 '공식적'은 무슨 무기 수준이네.

속으로 혀를 차면서 고개를 끄덕이자, 부관이 나갔고 잠시 후 소비에슈가 들어왔다.

어제는 그가 뜻밖의 말을 꺼내는 바람에 감정적으로 대응했지만, 오늘은 절대로 그러지 않을 생각이다. 나는 소비에슈가 방의 가운데 즈음까지 오길 기다렸다가, 차갑고 딱딱한 목소리로 물었다.

"무슨 일이지요?"

소비에슈는 그러거나 말거나 변함없는 태도로, 책상 부근까지 다가와 내 책상 위에 손을 가볍게 올렸다.

"나비에 황후께서 마법사로 발현했다 들었는데."

"맞아요."

그런데 그게 왜?

"우선 축하한단 말부터 하고."

"그 말을 하기 위해 온 건가요?"

"공식적으로 왔다니까."

"?"

"제안을 하러 왔어."

"반말하지 말라 했는데."

"같이 반말해. 상관없으니."

"……."

마음 같아서야 그러고 싶지만. 그러면 우리 사이의 격의가 없어지는 것 같다. 더 이상 그와 가까운 사이이고 싶지 않기에, 나는 대꾸하지 않았다.

소비에슈는 괜찮다는 듯 가볍게 웃고서 본론을 꺼냈다.

"원한다면 아카데미에 와 있어도 돼."

그런데 꺼낸 말이 이상하다. 뭐? 아카데미?

"내게 아카데미의 학생이 되란 건가요?"

"학생들과 같이 공부하는 게 싫다면, 그대에게 도움이 될 교육진들을 따로 붙여줄 수도 있어. 물론 동대제국에 오긴 해야겠지만."

다른 사람들처럼 어린 시절부터 차근차근 개화하다 발현한 능력이 아니기에, 내 마법은 미숙했다. 남들이 대단하다 칭찬해주고는 있지만, 그건 어디까지나 마법사 자체가 귀해서이고, 내가 황후란 위치에 있기 때문일 뿐. 실제 마법사들 사이에서 내 능력이 뛰어난 편이 아니란 건 누구보다 잘 알았다. 그렇기에 소비에슈가 오기 전까지 열심히 물을 대야에 받아놓고서 마법 훈련을 한 거고. 이런 상황에서 소비에슈의 제안은 혹할 만했다.

하지만…….

"그럴 필요 없습니다."

임시 댐을 만드는 거야 서대제국 사람들이 당장에 부딪친 문제이니 그의 도움을 받았지만. 내 마법 능력을 향상시키는 일에 소비에슈의 도움을 받고 싶진 않았다.

"혼자서는 힘들 텐데."

"괜찮아."

"내 도움은 싫어서?"

"잘 아네."

소비에슈가 진짜 기억을 잃었는지 아닌진 모르겠지만, 일단 잃은 걸로 주장하니 잃은 걸로 대해주자.

시선을 서류로 내리며 손을 휘휘 저어서 나가란 수신호를 보냈다. 이웃 나라 황제에게는 절대 할 수 없는 일이지만, 지금은 괜찮다. 소비에슈가 먼저 나한테 반말을 해대고 있잖아?

"……."

하지만 기다려도 나가는 소리가 나지 않는다. 인상을 찡그리고 고개를 들어보니, 그는 오히려 재밌다는 듯 물끄러미 나를 보고만 있었다.

"왜 그렇게 쳐다보는 거지요?"

더 인상을 찌푸리고 따지자, 소비에슈가 "신기해서"라고 대답했다.

"신기하다니요?"

"넌 어떻게 이렇게 멋지게 자랐을까. 키가 클 거라고 이상한 주술을 사용해대더니, 개중 하나가 효과가 있었을까. 지금은 먹고 싶은 것들 마음껏 먹고 있을까. 다 궁금해서."

"!"

"도대체 내게 무슨 일이 벌어졌기에 이렇게 멋지게 자란 널 두고……."

소비에슈는 뒷말은 삼켰다. 굳이 내뱉고 싶지 않다는 듯. 잘한 선택이었다. 나도 듣고 싶지 않은 부분이었으니. 하지만…….

"정말 기억이 없는 건가요?"

"네가 믿지 않더라도."

한숨이 나온다. 소비에슈가 기억을 잃은 게 정말이라면, 머리를 다쳐서일까? 머리를 다친 후 바로 치료를 해야 하는데, 에벨리가 없어서 머리는 치료하지 못했나?

그런 거라면 죄책감이 생길 수밖에 없었다.

게다가…… 그가 정말 기억을 잃었다면, 그의 기억이 하필 나와 사이좋던 때로 돌아갔단 것도 당황스러웠다. 펜 끝으로 서류를 찍으면서 시간을 끌다가, 결국 조심스럽게 입을 열었다.

"만약 정말로 기억을 잃은 거라면."

"어."

"언젠간 기억이 돌아올 거야."

"음."

"하지만 우리가, 네 기억 속 시간으로 돌아갈 수는 없어. 너는 내 시간으로 돌아올 수 있지만, 나는 네가 있는 시간으로 갈 수 없으니까."

"……."

"난 네게 너무 상처받았고, 넌 이미 다른 사람과 결혼했고, 나도 다른 사람과 결혼했어. 그리고 난 지금 남편을 사랑해."

소비에슈의 표정이 흐려졌다. 웃고 있지만 웃고 있지 않은 표정이었다. 말을 하면서 나도 모르게 서류를 계속 펜촉으로 찔러댔나 보다. 펜촉 끝에서 잉크가 새어 나와 검은 눈물 자국처럼 변했다.

"절대 잘 살지 말라고, 네게 저주를 한 적도 있어. 하지만 이젠 그 정도는 아니야."

압지로 그 부분을 꾹 누르면서, 진심으로 말했다.

"너도 다른 사람하고 잘 살았으면 좋겠어."

나만큼 잘 살지는 말고. 그건 여전히 화날 것 같으니까.

"나비에."

"진심이야. 가끔 화나면 진심이 아닐 때도 있긴 한데, 최소한 지금은 진심이야."

"나비에."

"왜."

"내가 잘 살기를 바라?"

"그래."

"내가 다시 누군가를 사랑하길 바라?"

"그래."

"하지만 내게 돌아올 수는 없단 거지?"

"그래."

"그러면 내가, 네 정부가 되면 안 될까?"

"그…… 어?"

"그러면 난 누군가를 사랑하면서 잘 살 수 있고, 너도 내게 돌아오지 않아도 되잖아."

어…… 그렇긴 한데.

잠시 얼떨떨해진 정신에 뒤늦게 찬물이 쏟아졌다.

"뭐라고?"

"우선…… 사과할게."

"뭘?"

"네가 미쳤다는 말, 안 믿은 거."

관자놀이를 눌렀다. 하도 어이가 없다 보니 그 부근이 아파서.

"그러네. 제대로 미쳤네. 미쳤다는 말 외에 할 말이 없네."

"싫어?"

싫으냐고?

"말이 되는 소릴 해."

"말이 안 될 정도야? 내가 황제라서?"

"아니."

"그러면?"

"네가 너라서."

"!"

"난 널 사랑하지 않아."

"그렇지 않아."

"사랑하지 않아."

"아닌 걸 알아."

소비에슈가 단호하게 말하자, 내가 오히려 황당해진다. 뭐야 소비에슈. 이 와중에 네가 왜 이렇게 당당해?

"내 기억엔······."

"기억을 찾아."

기억을 잃었다기에 웬만하면 좋게 말하려 했는데. 결국 참다 참다 차갑게 말했다.

"그러면 알게 되겠지. 왜 내가 널 싫어하는지."

하지만 잠시 잊고 있었다. 이맘때의 나와 소비에슈는 '싸웠다'고 표현할 정도로 큰 말다툼은 없었지만, 소소한 말다툼은 적지 않았다는 걸. 즉, 이 시기의 소비에슈는······.

"잘못을 빌고 싶어. 사과를 하고 싶어. 그래서 네게 용서를 구하고 싶어."

내가 화를 내도 꿋꿋했다.

"그러면 기억부터 찾아. 기억도 없으면서 진심으로 용서를 구할 수는 있겠어?"

결국 손가락으로 문을 가리키며 아예 추방을 명령했다.

"나가."

"······."

"고분고분하겠다며. 나가."

그가 한 말을 다시 꺼내자, 소비에슈는 결국 어깨를 늘어뜨리고 나갔다. 그 뒷모습, 처량한 뒷모습을 보다가 나는 이마를 짚었다.

이성적으로는 왜 저러는지 이해는 간다. 소비에슈가 라스타에게 빠져 날 냉대했을 때, 나는 도무지 그가 이해가 가지 않았지. 소비에슈도 그럴 거다.

그땐 내가 그를 사랑했단 것조차 몰랐지만, 그래도 우린 서로의 반려이고 친구였다. 그런데…… 어떻게 한번에 사람이 이렇게 변하나, 놀라웠지. 기억을 잃은 소비에슈 역시 그렇게 느낄지도 모른다. 그러나 그건 그거고. 감정적으로는 절대, 절대로 그를 받아들일수 없었다.

하지만 이렇게 화가 나고 짜증이 나면서도, 내가 차갑게 대한 상대가 미운 소비에슈가 아니라 사이좋던 시절의 소비에슈라는 게 화가 나는 건 왜일까.

"소비에슈…… 빨리 제정신 차려. 회피하지 말고."

그러고서 다시 서류를 내려다보지만 아까처럼 집중이 되지 않는다. 펜 움직일 때 나는 소리마저 거슬려서, 결국 일어나 방 안을 맴돌다가 하인리를 찾아 집무실을 나섰다.

"폐하께서는?"

"수련장에 계십니다."

하인리를 보면 이 마음이 좀 진정이 될 것 같았다. 그리고 예상했던 대로, 수련장에서 커다란 목각인형을 세워놓고 검을 휘두르는 하인리를 보자 약간 마음이 가라앉았다. 딱 딱 나무와 목검이 부딪칠 때마다 나는 소리마저 경쾌하게 들렸다. 그 모습을 바라보고 있자니, 하인리도 시선을 느낀 건지 검을 내리면서 내 쪽을 보았다.

때마침 바람이 불면서, 내가 좋아하는 그의 머리카락을 한껏 나부꼈다. 내가 손을 흔들자 하인리는 활짝 웃었고, 그 모습을 보며 나는 평온함을 되찾았다.

그는 얼른 내게 달려와 물었다.

"날 보러 온 건가요?"

"맞아요."

그냥 했던 말인가? 하인리는 내가 순순히 대답하자 놀란 표정을 잠시 짓다가, 곧 더욱 맑게 웃었다.

"그대를 보러 왔어요."

거듭 말하자, 그가 초조하게 자기 머리카락 한 가닥을 당기며 물었다.

"땀에 젖었는데. 씻고 올까요?"

"보기 좋아요."

"보기 좋을 정도입니까?"

아. 이건 말실수다. 그냥 안 씻어도 괜찮다 말하려는 정도였는데.

하인리의 미소를 의식하고 나니, 그는 마침 상의를 벗은 채 탄탄한 가슴과 배를 그대로 드러내고 있었다. 그의 입가에 미소가 '놀리고 싶다, 놀리고 싶어'로 변해가기에, 나는 일부러 그가 쥔 검 쪽으로 손을 뻗으며 말을 돌렸다.

"나도 해봐도 돼요?"

"응?"

하인리는 얼결에 검을 건네주다가 "예?" 하고 뒤늦게 놀라 물었다.

"혹시 해본다는 게, 검으로……?"

턱으로 목각인형을 가리켰다. 그래. 저거 좀 쳐본다고. 저게 소비에슈라 생각하고 좀 쳐본다고.

"지금 몸 상태로는 힘들지 않을까요?"

"제대로 배운다는 게 아니라, 그냥 건성으로 내려친단 거예요."

"건성으로…… 검을 휘두르고 싶을 만큼 안 좋은 일이 있었습니까?"

"……."

"그런 모양인데."

"맞아요."

더 설명하는 대신, 검을 들고서 목각인형 쪽으로 걸어갔다. 그리고 두 손으로 꼭 검을 쥐고, 목각인형의 머리를 탕탕탕탕 내려쳤다.

"잘 봐라. 이건 너다. 이 인형을 너로 생각해라. 이 뜻입니다."

"그럴까?"

"그럼요! 그림을 주면서까지 신호를 보냈는데, 폐하께서 그 신호를 잡아내지 못한 거 아닙니까. 그러니 화를 내시는 거죠."

"퀸이 그렇게 거친 사람은…… 거친가?"

"사람은 누구나 거친 면이 있는 법입니다. 저도 겉은 이렇게 친절하지만, 가끔 폐하를 보면 아주 거친 생각이 들고요."

"……."

"더 열심히 일해야지! 더 거칠게 일해야지! 하는 생각이요."

두 손을 휘저으며 열렬하게 말하던 맥켄나가 돌연 방긋 웃으며 말을 바꾸자, 하인리는 조용히 미소하며 칭찬했다.

"넌 정말 귀여워, 맥켄나."

맥켄나는 정색을 하고서 "농담이시죠?" 하고 물었다. 하인리는 부드럽게 웃으면서 고개를 저었다.

"정말이야. 진심이고."

맥켄나는 이젠 아예 소름이 돋아서 자기 팔을 삭삭삭삭 문질렀다.

"아 좀 징그러운 말 하지 마세요. 부담스럽습니다."

하인리는 코웃음을 치면서 그 모습을 보다가, 팔짱을 끼고 다시 심각해졌다.

"하지만 뭔 일이 있긴 있는 듯한데……."

그 모습을 보다가, 맥켄나는 안심해서 팔뚝에서 손을 내렸다. 그러고는 아까보다 한층 낮아진 목소리로 "혹시……." 하고 말을 꺼냈다. 하인리가 "그림 아냐." 하고 딱 자르자, 맥켄나는 "저도 그림 얘기 아닌데요." 하고 반박하고는, 얼른 덧붙였다.

"낮에 소비에슈 황제가 황후 폐하 집무실에 찾아갔답니다."

그 말에 마법처럼 하인리의 눈썹이 솟구쳤다.

"뭐야?"

벌떡 일어나느라, 의자 역시 뒤로 밀려나 넘어졌다.

"아니 뭐, 오래 있던 건 아니고요. 잠깐? 하여튼 들렀다가 나왔는데, 표정이 별로 안 좋았답니다."

"그래? 그러면 퀸이 아주 냉담하게 잘 대한 모양인데."

"냉담하게 잘 행동하셨어도 기분이 상하실 수 있죠."

"그렇지. 그럴 수 있지. 그거 가능하지. 그래서 검을 휘둘렀나?"

고개를 끄덕인 하인리가 넘어진 의자를 다시 일으키더니, 벗어두었던 겉옷을 다시 입었다.

"그럼 가봐야겠다."

"어딜요?"

"하인리?"

저녁 식사를 하려면 아직 두어 시간 더 있어야 하는데? 꽃잎을 띄워 향기 좋은 물에 목욕을 하고 나가보니, 뜻밖에도 이미 하인리가 와 있었다. 앞에는 꽃잎차가 놓여 있고. 차가 반 정도 비어 있는 걸 보니 방금 온 건 아닌 모양인데?

다시 그를 보니, 하인리가 웃으면서 손을 흔들었다. 마치 아까 내가 그에게 흔들던 것처럼.

덩달아 웃음이 나온다. 다가가 그의 손 위에 내 손을 올리고 깍지를 끼자, 하인리는 우리 손을 단단히 잡은 채 내 손등 위에 한 번 내 손가락 위에 한 번 입을 맞추었다.

"간지러워."

속삭이자, 그는 또 입을 맞추면서 웃었다.

"간지럽다니까."

또 입 맞추고.

웃으면서 몸을 비틀자, 하인리는 내 등 뒤로 팔을 뻗더니 몸을 받아주면서 자기 쪽으로 눕게 하고는 뒤에서 꼭 끌어안았다. 두 팔이 단단하게 나를 고정해주어서, 나는 눈을 감고 편안하게 하인리의 어깨에 머리를 기댔다.

……좋네.

"퀸. 목욕을 방금 해서 그런가. 좋은 향이 납니다."

"평소엔 안 나요?"

"아. 평소에도 나는데, 지금은 더 짙게 납니다."

"그럼 내 향이 아니라 목욕 향 아닌가."

"예?"

"농담이에요."

왜 당황하고 그래?

올려다보면서 하인리의 턱을 손으로 슬쩍 올리자, 하인리가 "윽." 하고 공격받는 소리를 내다가, 머리를 옆으로 빼더니 대번에 내 손가락을 아프지 않게 물었다.

"맨날 물어."

"새라 그래요."

"필요할 때만 새래."

"근데 진짜 새라 그래요."

그건 그렇지.

"우리 아가도 새일까요?"

"100퍼센트 확률로 새일걸요."

"……."

"웅? 갑자기 왜 심각한 얼굴입니까, 퀸?"

"겁이 나서요."

"퀸?"

하인리가 내 손가락을 자기 입에서 빼더니, 내 허리를 꽉 끌어안았다.

"무슨 일이에요?"

내가 무섭다고 하자 덩달아 겁이 나는 것처럼.

하지만 말과 달리 단단한 두 팔은 나를 탄탄하게 고정해주고 있었다.

아. 이렇게까지 진지할 고민을 하고 있진 않았는데.

"만약 아가가…… 다른 새랑 섞이면 찾을 수 있을까요?"

하지만 일단 털어놓자, 하인리는 심각한 표정을 지우더니 웃음을 터트렸다.

"웃지 말고. 진짜 심각해요. 내 눈엔 그 새가 다 그 새로 보인단 말이에요."

민망해서 차갑게 말했지만, 하인리는 속지 않고서 내 뺨에 자기 뺨을 비비며 물었다.

"나도 그럽니까?"

"아니에요. 그댄 유독 크고 잘생겼으니까 아니에요."

"우리 아기는 내가 구분할 수 있으니 걱정 마요."

그런가? 하지만 나도 구분할 수 있어야 하지 않을까? 괜히 배 위에 손을 올리고 있자니, 배 속에서 아기도 웃는 기분이 들었다.

오늘은 절대 소비에슈와 얽히지 말아야지.

하인리가 업무를 보러 떠난 후. 나는 단단히 결심했다. 하인리의 품 안에서 마음을 안정시키고 나니, 어제 소비에슈에게 더 차갑게 굴지 못한 게 참으로 원통했다.

아침 식사를 할 때, 마법사들이 욜른으로 떠났단 소식도 하인리에게 들었다. 홍수 일과 임시 댐, 이후 댐에 대한 일이 해결되었으니, 아, 물론 보석댐에 대한 건 1, 2년 더 걸릴지도 모르지만. 어쨌든 해결되었으니, 오늘은 거기에 중점을 두고 긍정적인 마음으로……

"응?"

이런 일이 있나. 긍정적인 마음을 품자마자 복도에서 투덜거리는 소리가 들려온다. 무슨 일이지? 고개를 기웃하자, 주베르 백작 부인이 내게 추천할 육아책을 살피다 말고 물었다.

"왜 그러십니까?"

"누가 싸우는 것 같군요."

"예?"

주베르 백작 부인은 못 들었나 보다. 하지만 난 분명히 들었어.

일어나서 응접실 밖으로 나가보니, 역시나. 마스타스와 로즈가 심각한 얼굴로 마주 보고 서 있었다.

"혹시 두 사람, 싸웠나요?"

걱정이 되어 묻자, 마스타스가 황급히 허리를 꾸벅 숙이면서 대답했다.

"폐하. 아닙니다. 절대요."

로즈는 이 상황엔 그 인사법 아니라고, 옷자락을 슬쩍 당겨 마스타스를 도로 세워주며 말을 더했다.

"싸우지 않았답니다, 황후 폐하."

"하지만 소리가 좀……?"

"아아, 그게……."

마스타스가 힐긋 로즈의 눈치를 살피는 걸 보니, 뭔 일이 있긴 있는 듯한데? 눈짓을 받은 로즈는 어깨를 으쓱하고?

가만히 쳐다보자, 결국 마스타스가 머리를 벅벅 긁으며 입을 다시 열었다.

"어…… 실은 황후 폐하. 동대제국에서 온 궁정인들이요, 아주 싸가지가 염통머리 없는 새……."

욕이 심각해질 것 같자, 로즈가 마스타스의 입을 찰싹 때리고서 뒷말을 이었다.

"이곳 하인들과 계속 충돌하고 있어서, 그냥 저희끼리 하소연을 하고 있었습니다."

"충돌이라니요? 싸웠단 건가요?"

동대제국 사람 중엔 최고 강대국이란 프라이드가 강한 사람들이 있다 보니, 다른 나라 사람들을 조금 무시하는 경향이 있는 건 맞다. 특히 궁전에서 일할 정도면 그런 자부심 강한 사람이 더 많았다.

하지만 그거야 어디까지나 속내고. 남의 나라에 와서 그런 걸 드러낼 정도로 눈치 없는 궁정인은 드물었다. 동대제국 궁전 안에서도 손님으로 온 이들에게 절대 그런 내색을 안 하는데. 아예 서대제국에 와서 문제를 일으킨다고? 아무리 동대제국으로서의 프라이드가 강하다 해도, 문제가 일어나면 자기들이 덤터기를 쓰는 경우가 많아서 행동은 늘 조심할 텐데?

로즈가 황급히 덧붙였다.

"싸운 정도는 아닙니다."

"그런가요?"

"예. 그냥 사소한 말다툼 정도입니다. 그런데 그 횟수가 하루에 두세 번은 꼭 일어나니까…….'

시간이 흐를수록 더 짜증 난단 거로구나.

하지만 역시 좀 이상한데.

소비에슈가 기억을 잃어서 통제력이 약화되었다? 아니. 애초에 기억이 있을 때도 소비에슈가 궁정인들을 직접 다스리는 일은 없었다. 그 아래 직급에서 맡을 일이지. 게다가 소비에슈가 기억을 잃은 건, 동대제국에서도 아주 극소수만 아는 눈치였고.

그런데 데려온 궁정인들 중에 유달리 기고만장한 사람들이 많다? 역시 이상한데.

"황후 폐하? 저, 혹시 제가 동대제국 흉을 봐서 기분이 상하셨습니까?"

눈치를 보며 묻는 로즈와 마스타스에게, 아니라고 손을 저어주고서 방 안으로 돌아왔다. 하지만 이상하단 생각이 가시진 않았다.

'혹시…… 데려온 이들이 애초에 하인이 아닐 가능성은 없나?'

동대제국에서 온 궁정인 몇 명이 넓은 창고 같은 방에서 자기들 끼리 수군거리고 있을 때였다. 돌연 문을 두드리는 소리가 났다.

누구지? 의아해서 다들 그쪽을 쳐다보자, 놀랍게도 문가에 소비 에슈 황제가 서 있었다. 궁정인들은 기겁해서 황급히 바닥에 무릎 을 꿇었다. 소비에슈는 문틀에 기대고 있던 등을 떼고 안으로 한 발짝 들어오면서, 한 손으로 문을 쾅 닫았다.

"안녕."

이어진 다정한 인사에, 궁정인들이 '폐하, 폐하' 하고 긴장한 목 소리로 웅얼거렸다. 그 바짝 긴장한 모습은, 소비에슈가 무표정한 얼굴로 "내가 왜 왔는지 짐작은 가나?" 하고 질문하자 더욱 심해졌 다. 궁전인들은 너무 긴장해서, 서로 다른 대답을 거의 동시에 마구 잡이로 토해냈다. 그러나 소비에슈가 손으로 닫힌 문을 똑똑똑 두 드리자, 다들 순식간에 조용해졌다.

"내 소중한 인재들."

그걸 본 소비에슈의 얼굴에 봄바람 같은 미소가 흘렀다. 그는 부 드러운 목소리를 내며, 다가가 직접 궁정인들을 하나하나 일으켜 주었다.

"이러지 말라니까. 왜 이렇게 긴장해?"

궁전인들은 그저 황송해하며 일어났다. 하지만 여전히 제대로 고개도 들지 못하고 있자, 소비에슈가 한숨을 내쉬는 척 말했다.

"이러지들 마라. 그저 요즘 너희 얘기가 여러 군데서 들려서 온 것뿐이니."

그러나 말은 역시나 질책이었다. 궁정인들이 더욱 시선을 내리자, 소비에슈는 마지막에 일으켜준 궁정인의 어깨에 팔을 두르고 토닥거리며 웃었다.

"안 하던 일을 하니 자존심이 상하겠지만, 이건 우리 동대제국을 위한 일이 아니겠는가. 그렇지?"

소비에슈에게 잡힌 궁정인이 예, 예 하는 소리를 쥐어짰다. 소비에슈는 그의 어깨에서 손을 내리면서 자신만만하게 웃었다.

"이왕 자존심을 누르는 김에, 조금만 더 눌러야지. 응? 돌아가야 할 시간이 얼마 남지 않았잖아?"

소비에슈가 데려온 '궁정인'들을 다독인 후. 방으로 돌아가기 위해 걷고 있자, 카를 후작이 옆에서 안도한 목소리로 말했다.

"사실 전, 폐하께서 꼭 서대제국에 가야겠다고 하셨을 때 좀 불안했습니다."

"불안하다니?"

"폐하께선 '그 시절'에 나비에 님과 사이가 아주 좋았으니까요. 하지만 이젠 좀 안심입니다."

황태자 시절의 소비에슈는 황제로 몇 년 지낸 소비에슈보다 좀 더 거침없었다. 그래서 여기에 오는 목적이, 나비에와 나라 두 가지라고 했을 때 좀, 아니, 많이 불안했다. 충격 요법을 위해 이곳에 오는 게 필요하다는 데 동의하긴 했지만 말이다. 그런데 소비에슈가 이렇게 '궁정인'들을 잘 관리·감독하는 걸 보자 새삼 불안한 마음이 가셨다.

"'이 일'이 메인이고, 나비에 님은 겸사겸사 보러 오신 건 줄도 모르고……."

"나비에가 메인이야."

"예?"

"나비에가 여기 없었으면 자네만 보냈겠지. 다른 비서나."

"아…… 예."

안심하고 있다는데 꼭 이렇게 다시 불안하게 만들어야 하는 걸까? 카를 후작은 떨떠름하게 입을 다물었다.

로즈와 마스타스의 싸움을 보고 난 후. 나는 곰곰이 생각을 정리하다가, 집무실로 맥켄나를 불러와달라 지시했다. 잠시 뒤, 맥켄나가 집무실로 오자마자 나는 문을 단단히 닫고서 그에게 말했다.

"해줬으면 하는 일이 있어요."

맥켄나는 어리둥절한 얼굴로 의자에 앉다가, 일 이야기가 나오자 충격받은 얼굴로 중얼거렸다.

"황후 폐하…… 황후 폐하까지 어떻게 제게."

내가 자기를 배신이라도 한 것 같은 얼굴이었다.

"일반적인 일이 아닙니다. 중요한 일이에요."

그 표정에 반사적으로 웃음이 나올 뻔한 걸 꾹 참고 고개를 젓자, 맥켄나는 더욱 시무룩해져서 중얼거렸다.

"황제 폐하께서도 항상 중요한 일을 맡기기야 하시지요."

하인리…… 도대체 얼마나 맥켄나를 집중적으로 굴려댄 거야?

"하인리에게 말해서 다른 적당한 사람을 찾아도 좋아요."

하지만 나 역시 찾는다고 찾은 사람이 맥켄나이다 보니, 미안해져서 얼른 덧붙였다.

"예?"

맥켄나는 그제야 좀 진지해져서 물었다.

"무슨 일인데 그러십니까?"

대답을 바로 하는 대신, 나는 맥켄나의 맞은편 의자에 앉으며 물었다.

"소비에슈 황제가 올 때 함께 온 궁정인들. 총 몇 명이죠?"

"그…… 자세한 숫자는 저도 봐야 아는데요. 그냥 이웃 나라의 중요한 황족이 비공식적으로 방문할 때 데려오는, 딱 그 정도의 인원을 데려온 거로 기억합니다."

"기사들을 제외한 숫자인가요?"

"예. 기사와 카를 후작 등 수행원들을 제외하고요. 순수 궁정인들만 따졌을 때요."

"그 궁정인들이 최근에 트러블을 여기저기서 일으킨단 말을 들었는데요."

맥켄나의 표정이 삽시간에 어색해졌다. 그는 괜히 자기의 두 손을 꼭 마주 잡았다.

"트러블까진 아니고요."

내 눈치를 보나 보다.

"트러블이라 하는 건 너무 저희 측 입장이고. 그냥 좀, 사이가 좋진 않지요. 말다툼이 몇 번 있던 정도입니다."

아무래도 내가 동대제국 출신이다 보니까…… 마스타스와 로즈가 둘이서만 동대제국 궁정인들을 욕하던 것과 같은 맥락이겠지. 아무리 그들이 날 기껍게 받아들여 준다 해도, 동대제국이 내 뿌리인 이상 눈치를 볼 수밖에 없으니.

어쩔 수 없는 일이다. 그래서 국혼이 진행되는 게 아니던가. 화이트 몬드에서 국혼을 하자며 샬렛 공주를 보낸 것도 넓게 보면 이런 걸 노린 거고.

"한데 왜 그러십니까?"

맥켄나는 조심스럽게 내게 물었다.

나는 일부러 전혀 아무렇지 않게 되물었다.

"그 궁정인들이, 정말 궁정인이 맞는지는 확인해보았나요?"

"예?"

"말 그대로요. 확인해보았나요?"

빤히 쳐다보자, 맥켄나는 내 의도를 알아채고서 떨떠름한 얼굴로 대답했다.

"물론입니다. 근육이 잘 잡힌 사람도 중간에 몇 명 끼어 있긴 했지만, 문제가 될 여지는 없었습니다."

이어서 그가 다시 내 눈치를 보며 묻는다.

"혹시 개중에 기사들이 끼어 있을까 봐 그러십니까?"

나는 고개를 저었다.

"기사가 아니라, 마법사가 끼어 있을까 봐 그럽니다."

"예? 마법사요? 하지만 마법사처럼 귀한 이들이 어떻게 하인이

나 하녀로 잠입을…….”

영 이해가 안 가는지 말꼬리를 흐리던 맥켄나는, 뒤늦게 동대제국과 서대제국의 사정이 다르단 걸 깨닫고서 “아.” 하고 말을 이었다.

“하지만 황후 폐하. 마법사가 궁정인으로 위장해 온다 한들, 그걸 알아낼 방도는 없습니다. 자기들이 능력을 발휘하지 않으면 그뿐이니까요.”

“그런가요?”

마력을 뺏는 방법을 아니까, 마법사인지 알아낼 방법도 있다고 생각했지. 그건 아니구나.

맥켄나가 다시 물었다.

“계속 궁정인들 간에 트러블이 발생해서 그러십니까?”

“맞아요. 동대제국 궁정인들이 거만한 건 맞지만, 하루에 두세 번씩 싸움을 벌이고 다닐 정도는 아니니까요.”

“…….”

동대제국 궁정인들은 다 그 정도로 거만하지 않나 반박하고 싶은 얼굴이네. 하지만 내 앞에서 차마 그런 말을 할 수 없으니 갑갑해하는 얼굴이야.

“정말입니다.”

그래도 모른 척 거듭 말하자, 맥켄나는 신중하게 고개를 끄덕였다.

“알겠습니다. 하지만 만약 황후 폐하의 의심이 옳다면, 이 일은 제 선에서 해결할 문제가 아닙니다. 우선 폐하께 알리겠습니다. 절대 제가 귀찮아서 이러는 게 아니구요. 아시지요?"

"당연히 압니다."

흔쾌히 대답하자, 맥켄나는 방긋 웃었다. 내가 이런 이야기를 자기에게 해주어서 기쁘다는 듯이.

뭐 기쁠 것까지야.

"마력 감소 현상에 대한 흔적을 찾으러 왔을지도 모르니, 잘 살펴봐요."

찔리는 게 있을 테니 잘 감추라고 알려주는 건데.

"!"

웃는 얼굴 그대로 경직된 맥켄나에게, 마주 웃어주고서 자리에서 일어났다. 하인리가 날 위해서 전쟁을 포기했으니. 나도 그를 위해서 그가 한 짓을 감춰주어야겠지.

하지만…… 소비에슈. 내가 복숭아에 맞은 게 마지막 기억이라, 괜찮은지 확인하러 왔다고? 그것조차 핑계였구나, 넌. 날 만나고 싶어서, 내게 사과하고 싶어서 왔다고? 이 거짓말쟁이.

"폐하, 폐하."

맥켄나는 낮은 목소리로 하인리를 부르며 종종종종 뛰다가, 우뚝 멈춰 서서 두리번거렸다. 하인리가 어디에도 보이지 않았다.

"이상하네. 분명 여기 어딘가에 계시단 말을 듣고 왔는데?"

한참을 더 두리번거리는데, 맥켄나의 머리 위로 작은 모래 부스러기가 떨어졌다. 맥켄나는 아차 싶어서 고개를 위로 들었다. 그러자 높고 넓은 기둥 위. 기둥 테두리에 보석을 번쩍번쩍 박아둔 곳에, 보석보다 아름다운 맵시 좋은 금빛 깃털을 가진 커다란 새가 나뭇가지 하나를 물고 그를 내려다보는 게 보였다. 그 주위에는 좀 부실해 보이는 둥지의 흔적이 약간 있었고. 그걸 보자 맥켄나의 눈꼬리가 대번에 위로 솟구쳤다.

"아니 폐하! 제가 최신 유행에 맞춰서 실크 둥지를 만들기로 했는데, 그새를 못 참고 폐하께서 수제작을 하고 계십니까?"

그러자 위엄 있게 잘생긴 커다란 새가, 채신머리없게 구구구구 구구 빠르게 항의하는 소리를 내뱉기 시작했다. 하지만 답답한지, 곧 '퉤' 물고 있던 나뭇가지를 옆으로 뱉고서 아래로 폴짝 뛰어내렸다. 우아하게 떨어지던 새는 바닥에 발끝이 닿을 때쯤, 완전한 사람의 모습으로 변해 가뿐하게 착지했다. 하인리였다.

"집은 여러 채면 좋은 거지, 뭘 그래?"

하인리가 헝클어진 머리카락을 넘기며 반박하자, 맥켄나는 발을 동동 굴렀다.

"제가 다 이 머릿속에 계획이 있단 말입니다. 진짜 멋진 둥지를 만들려 했는데!"

"내 애를 두고 왜 네가 계획을 세우는데?"

"그야 제…… 아기님은 아니지만요. 물론."

"일단 만들어. 여러 개 가져다 두면 마음에 드는 데서 놀겠지."

"그러고 보니 슬슬 아가방도 만들어야 할 텐데요."

"그렇지. 근데 그건 퀸하고 의논해봐야 해."

"예. 한데 폐하, 아기새가 있어야 할 곳에 보석은 좀 빼두십쇼. 배길 겁니다."

"아니야. 보석은 많을수록 최고야."

"그건 폐하 생각이시구요……."

"난 보석을 좋아하고 퀸은 금과 은을 좋아하지. 우리 사이에서 태어날 아기는 당연히 그 모두를 좋아할 거다."

맥켄나는 황당한 표정을 지었으나, 하인리의 반짝반짝한 머리카락을 보고는 납득했다.

"그래, 넌 왜 온 거야?"

"일단 부담스러우니 옷부터 입으시고……."

두리번거린 맥켄나는 구석에 숨겨진 하인리의 옷을 찾아내서, 얼른 입는 걸 도와주었다. 하인리는 옷을 입고 망토의 끈을 묶으며 물었다.

"무슨 일인데?"

"폐하. 황후 폐하께서도 우리가 한 일을 알고 계십니까?"

"뭘."

"우리가 마력 감소 현상을 주도한 거요."

태연하게 망토 끈을 묶던 하인리가 돌연 시무룩해졌다. 맥켄나는 한숨을 내쉬었다.

"아시는군요."

하인리는 걱정되는지 목소리가 낮아져 물었다.

"퀸이 뭐라고 해? 너한테 그 일로 화를 내?"

"아, 아니요. 이게 중요한 게 아니라요."

"이것보다 더 중한 일이 있어?"

맥켄나는 나비에와 여기 오기 전 나눈 대화를 하나도 빠지지 않고 고스란히 전했다. 물론 나비에가 일을 시키겠단 말에 잠시 서러운 내색을 했단 이야기는 생략했다.

맥켄나의 말이 끝나자, 하인리는 입가가 경직되고 눈만 커다랗게 떴다.

"만약 사실이라면 큰일 아닙니까! 제가 황후 폐하 앞에선 침착한 척했는데, 그 말 듣자마자 심장이 다 콩닥거렸습니다. 우리가 마력 감소 현상을 주도한 걸 들키면, 마법사들이 대대적으로 우리에게 무슨 짓을……."

맥켄나는 걱정스럽게 종알거리다가, 하인리의 그 어색한 표정을 뒤늦게 발견하고서 다급히 "폐하?" 하고 불렀다.

"왜 그러십니까? 괜찮으세요?"

하인리는 그제야 자신의 상태를 깨달은 듯, 아무렇지 않은 척 웃으면서 고개를 끄덕였다.

"그렇지."

괜찮은 거 같지 않은데. 맥켄나는 더 말을 잇지 못하고, 하인리의 눈치를 살피다가 입을 다물었다. 하인리가 말로 표현하진 않았으나, 그의 상태가 짐작이 갔다. 황후 폐하를 위해 전쟁을 포기하긴 했지만, 동대제국과의 격차가 크게 느껴지는 이런 때면 역시 자존심이 상하는 모양이시구나.

맥켄나는 속으로 혀를 찼다. 하지만 안타깝고 마음 아픈 일이어도, 이건 하인리 본인이 직접 결정한 일이었다. 여기에 수반될 이런 풀지 못한 응어리들은, 그가 뭘 어떻게 해줄 수 있는 게 아니었다. 하인리가 스스로 견딜 수밖에.

"어찌하시겠습니까?"

맥켄나가 할 수 있는 건 아무렇지 않은 척 묻는 게 전부였다. 하인리는 깊게 생각에 잠겨 시간을 끌다가 느릿하게 대답했다.

"일단……."

'도대체 왜 이런 상황이 발생한 거지?'

나는 자꾸 멍해지려는 정신을 붙잡은 채, 주전자 안에서 쫄쫄쫄 쫄 내려오는 연한 갈색 물줄기를 바라보았다.

차를 따라준 하녀가 옆으로 이동한 후, 나는 애써 침착하게 앞을 보았다. 하지만 다른 곳을 쳐다보았다가 앞을 봐도, 여전히 보이는 건 똑같았다. 맞은편에서 웃었다가 인상 썼다가 웃었다가 인상 썼다가를 반복하는 소비에슈. 그 옆에서, 굉장히 불편한 얼굴로 입을 오므렸다 폈다 반복하는 카를 후작. 내 옆에서 다정하게 웃고 있는 하인리……. 하지만 옆에서 보면 턱에 힘이 꽉 들어간 게 보인다.

'턱에 힘 좀 풀지. 저 정도면 어금니 아플 텐데.'

그리고 내 반대쪽 옆에는, 맥켄나가 카를 후작의 목에 감긴 실크 스카프를 자꾸 쳐다보고 있다.

후우……. 나오느니 한숨이네.

상황은 이렇게 시작되었다.

어젯밤. 하인리가 찾아와서 말했다. 동대제국이 서대제국에서 마력 감소 현상에 대한 조금의 실마리도 얻어 가지 못하도록, 완벽한 대비책을 강구했다고.

"무엇인가요?"

나는 좀 긴장해서 물었다. 완벽하기까지 하다는 강구책이 대체 뭘까 생각하면서.

별거 없었다.

"동대제국에서 데려온 궁정인들 중 마법사가 대다수 섞여 있다 해도, 우린 마법사들을 구분해낼 수 없잖습니까, 퀸."

"맞아요."

"그러니 본거지의 이점을 발휘해, 우리가 그들 모두를 밀착 감시하는 겁니다."

"아."

"혹시 기사들 사이에 마법사가 섞여 있을 수도 있으니, 거기도 밀착 감시하고요."

"아아."

"수행원과 소비에슈 황제 본인도 목적을 가지고 움직일지 모르니, 그쪽도 밀착 감시하면 되겠지요."

이걸 떼거지 전술……이라 해야 하나. 인해전술이라고 하기엔 좀.

하지만 마법사를 구분할 수 없다면, 확실히 효과가 있는 방법이었다. 하인리의 말마따나 지금 이 와중에 우리가 가진 가장 큰 무기는 머릿수였으니. 게다가 이럴 경우는 약한 상대를 붙여도 대처하기 쉽지.

마법사가 서대제국 사람을 떼어놓고 다른 데 가버리면 당연히 그쪽이 수상한 거고. 밀착해 있으면, 가면 안 될 곳에 누가 갔는지도 알 수 있고, 못 가게 먹을 수도 있으니.

"기사에게는 기사가, 궁정인들에게는 궁정인들이 붙을 겁니다."

"그렇군요. 그럼 카를 후작에겐 맥켄나가?"

"예."

"그럼 소비에슈에게는?"

"제가 붙어야지요."

나는 납득하고서, 잘해보라고 하인리의 등을 토닥여주었다.

일단 응원은 해줘야지.

그런데…… 이렇게 된 거다.

다음 날 점심 무렵이 되고 나니, 어째서인지 나까지 한 세트로 묶여서 다섯 명이 붙어 있게 된 거.

카를 후작 때문이다. 카를 후작이, 소비에슈 옆에 찰싹 붙어 있으려 해서 벌어진 일이다. 덕택에 맥켄나과 하인리까지 넷이 함께 있게 되고, 그러면서 자연스럽게 나까지 덩달아…….

"후우."

그래도 그렇지, 너무 어색한데.

한숨을 내쉬고 있자니, 소비에슈가 웃는 얼굴로 날 부른다.

"나비에 님."

웃는 얼굴 하기로 결정 난 건가.

나는 최대한 감정을 배제하고서 덤덤하게 대답했다.

"소비에슈 님."

그러자 하인리가 옆에서 갑자기 끼어들며 날 불렀다.

"나비에 님."

넌 또 왜 그래…….

"하인리 님."

하지만 무시할 수 없어서 덩달아 그도 불러주자, 소비에슈가 불쾌한 눈으로 하인리를 쳐다보았다. 그러자 하인리가 방긋 웃으면서 소비에슈도 불렀다.

"소비에슈 님."

의미 없는 도돌이표 이름 부르기를 하고 있자니, 카를 후작은 '이름 좀 서로 그만 부르지' 하는 표정으로 앞에 놓인 비스킷을 와삭와삭 씹어 먹는다. 나도 또 흘러나오려는 한숨을 억지로 삼키고서, 차를 입으로 가져갔다.

소비에슈와 하인리가 서로를 한 대 때리고 싶단 얼굴로 쳐다보는 건 모른 척하자.

"부인."

……모른 척하려 했는데. 하인리가 부른다. 부인이라고.

늘 '퀸 퀸' 부르다가 '부인'이라 부르는 게 옆에서 들어도 이상한지, 맥켄나가 소리 죽여서 기침을 했다. 옆을 보자, 그러거나 말거나 태연한 하인리가 손을 뻗어 내 입가에서 무언가를 닦는 시늉을 해주었다.

"여기 뭐가 묻었어요."

"뭐가요?"

뭐 묻을 만한 걸 먹지 않았는데?

"내 사랑?"

"큽!"

카를 후작이 결국 먹다가 사레에 걸렸는지 얼굴이 벌게져서 콜록거린다. 소비에슈는 미소를 짓고는 있지만, 눈에서 거의 불덩어리라도 발사될 것처럼 보였다. 자꾸 포크를 쥐었다 놓았다 하는 걸로 보아서, 저 포크를 무기처럼 사용하고 싶은 모양이고. 아마 찍고 싶은 건 하인리의 정수리겠지.

하인리. 어떤 마음인진 알겠지만, 꼭 이렇게 낯부끄러운 짓을 해야 하나?

찻잔을 움켜쥐고 슬며시 째려보자, 하인리가 웃으면서 갑자기 "덥네요." 하고 머리카락을 멋들어지게 쓸어 넘겼다.

또 왜 저래, 생각하면서 보는데…….

팔을 올리면서 제복 겉옷이 올라가자, 안쪽의 하얀 조끼가 부자연스럽게 드러났다. 그리고 하인리 가슴팍에서 반짝거리는 저 파란 보석? 요정의 눈물이잖아?

황당하기도 하고 웃기기도 해서 고개를 설레설레 저을 때였다. 맞은편에서 쿵, 하는 소리가 들렸다. 고개를 돌려 보니, 소비에슈가 자신의 머리를 붙잡고 있었다. 몹시 고통스러운 얼굴로. 단순히 아까처럼 하인리와 기싸움을 벌이는 게 아니라, 정말로 괴로워 보였다.

"폐하? 폐하!"

카를 후작이 놀라서 소비에슈를 붙들었다.

"궁의를 데려와라."

하인리도 황급히 옆의 하인에게 지시했다.

나는 마른침을 삼켰다. 고통스러워하면서도 소비에슈의 시선이, 하인리의 조끼에 달린 '요정의 눈물'에 고정된 걸 보아서였다.

소비에슈와 내가 그 보석을 두고 약속을 한 건 소비에슈가 가지고 있는 기억의 시기가 아닌데. '지금' 소비에슈는 우리 사이의 약속을 기억하지도 못할 텐데. 왜 유독 저것만 노려보는 거지?

그 순간. 눈에 빨갛게 핏대가 서서 헐떡이던 소비에슈가, 풀썩 힘을 잃고 눈을 감았다.

"폐하!"

카를 후작이 외치는 소리와 궁의가 달려오는 소리가 마구 섞여 들었다. 문득 보석에 얽힌 전설이 떠올랐다.

27

나도 네가 싫다

"주베르 백작 부인."

저녁 식사를 하기 전이었다. 나는 주베르 백작 부인을 슬쩍 불러 부탁했다.

"소비에슈 황제가 괜찮은지 보고 와주겠어요?"

'요정의 눈물'을 보고 기절한 소비에슈는 이후 방으로 옮겨져 궁의의 진찰을 받았다. 궁의는 신체적으로는 아무 문제가 없다는 진찰 결과를 내놓았고.

하지만 두 시간이 지나도록 소비에슈는 깨어나지 않았다. 이후로는 어떻게 됐는지 모른다. 하인리가 섭섭할까 봐 제대로 확인하기가 어려워서. 하지만 이제 시간이 많이 지났으니, 주베르 백작 부인에게 다녀오라 부탁한 것이다.

"입장이 곤란하시겠습니다."

"조금. 그러네요."

신경을 안 쓰기도 그렇고. 신경을 쓰기도 그렇고…….

사실 소비에슈가 내 전남편이 아니었다면, 이보다 좀 더 신경을 썼을 거다. 우리나라에 온 외국 귀빈, 그것도 아주 대단한 귀빈이 아픈 거니까. 오히려 지금은 소비에슈가 내 전남편이란 것 때문에, 제대로 써야 할 만큼 주의를 기울이지 못하고 있었다.

"너무 오래 머물진 말고. 괜찮은지 아닌지만 확인하고 돌아와 줘요."

"예, 황후 폐하."

주베르 백작 부인이 돌아오길 기다리는 동안, 의미 없이 화병에 꽂은 꽃잎을 만지작거리거나 보드라운 카펫을 맨발바닥으로 걸어 다녔다. 주베르 백작 부인은 그리 오래 지나지 않아 돌아왔다.

"깨어나셨지만 계속 방 안에 머무신다 합니다. 직접 뵙진 못했습니다. 아무도 방 안에 들이지 말라 하고 혼자 계신다더군요."

"상태는?"

"카를 후작 말론 괜찮을 거라니, 염려 마세요."

그럼 다행이지. 고개를 끄덕이자, 주베르 백작 부인이 몇 마디 더 위로의 말을 해주었다. 이게 날 위로할 일인지는 모르겠지만.

하지만…… 대체 어떤 점이 소비에슈를 그렇게 자극한 걸까. 자신이 내게 준 선물을 하인리가 가지고 있단 게 그에게 그토록 큰 자극으로 다가왔나? 기억을 잃어도 무의식은 그 분노를 기억하는 걸까?

다음 날이었다. 하인리가 일이 있어서 새벽같이 나갔기에, 나는 혼자 아침 식사를 하면서 진지하게 고민했다. 궁전의 주인으로서, 몸이 아픈 귀빈에게 괜찮은지 사람을 한번 더 보내볼까, 전 부인으로서 전남편이 아프건 말건 무시할까. 그런데 결론을 짓기 전에 뜻밖의 손님이 찾아왔다. 카프멘 대공이었다.

"이 시간에 무슨 일인가요?"

카프멘 대공은 약에 취해 있을 때도 아침부터 내게 찾아오진 않았는데. 웬일이지?

"전에 제가 말씀드렸던 그 친구 말입니다. 알려드려야 할 것 같아서 왔습니다."

"친구라니요?"

"귀족을 싫어하는……."

아아. 기억났다.

"얼음 계열 마법사를 말하는 건가요?"

"예. 그 친구가 도착했습니다. 전에 폐하께서, 도착하면 알려달라고 하셔서. 두 시간 후에 궁전 근처 카페에서 만나기로 했습니다만……."

카프멘 대공은 말을 마치자마자 인상을 찌푸렸다.

"일단 말씀드리긴 했지만 괜찮은 일인지 모르겠습니다."

"지금 그 친구를 만나러 갈 건가요?"

"예."

카프멘의 인상이 더욱 일그러졌다. 여전히 이 말을 내게 전하는 게 괜찮을지 아닐지 고민하는 눈치였다.

내 연기 실력을 마음껏 비웃었던 시녀들이, 며칠 전의 일이 떠올랐는지 다시 입을 가리고서 키득거렸다. 마스타스는 제외하고. 마스타스는 당당하게 웃고 있었다.

어쨌든 차라리 잘됐다.

"주베르 백작 부인."

"예."

"전에 준비해둔 그 옷을."

카프멘 대공이 그 친구 이야기를 꺼낸 다음 날, 바로 시녀들에게 지시해 부유한 평민이 입을 만한 옷을 구해달라 부탁했었다.

주베르 백작 부인은 내 말을 바로 알아듣고는, 얼른 침실로 들어갔다. 카프멘 대공은 이젠 아예 두 손으로 자기 이마를 짚으며 초조한 표정이었다.

"마스타스?"

"예, 폐하."

"내가 준비하는 동안 하인리의 비서에게 잠시 나갔다 온단 말을 전해줘요."

"예."

"로라."

"네, 폐하!"

"랑드레 자작에게 사정을 말하고 함께 나가달라 부탁해줘요."

"네!"

"로즈?"

"예, 폐하."

"위장용으로 준비해둔 마차를 준비해줘요."

"네."

카프멘 대공은 두 손으로 마른세수를 했지만, 날 만류하진 않았다. 그냥 '이래도 될까' 고민의 연장선에 있는 것 같았다. 그러나 그가 고민하는 사이에도 시녀들은 내 지시를 이행했고, 나는 침실로 돌아와 옷을 갈아입었다. 결국 한 시간이 조금 지났을 땐, 나는 랑드레 자작과 그의 기사들, 카프멘 대공을 대동한 채 소박한 마차를 타고 궁전을 나갈 수 있었다.

"황후 폐하."

마차가 출발하자마자 카프멘 대공은 내게 단단히 충고했다.

"다시 한번 말씀드리지만, 그 친구는 정말로 귀족들을 혐오합니다. 황후 폐하를 귀족이 아니라 생각하더라도, 습관처럼 듣기 나쁜 말을 할지도 모릅니다."

"알았어요. 염려 마요."

"그 친구가 험한 말을 하거든……."

"부채로 입을 때리겠어요."

"……."

카프멘 대공이 절망적인 시선으로 날 보다가, 무릎에 팔을 괴고 이마를 짚었다. 속으로 '농담인데'라고 생각하자, 그제야 그는 무안한 얼굴로 팔을 풀며 다시 당부하기 시작했다.

"친구에게 서신으로 황후 폐하 이야기를 해두긴 했습니다."

"무어라 말했나요?"

"이름은 '나비'이고, 부유한 상인 가문의 딸이라고요."

"내가 마법사란 이야기는 했나요?"

"네. 그 친구는, 황후 폐하께서 몸이 약한 탓에 아카데미에 못 간 거라 알고 있을 겁니다."

고개를 끄덕이고서, 챙겨 온 거울을 보며 얼굴 근육을 풀었다.

"황후 폐하. 전에 그 무뢰배 같은 말투는 절대로 사용하시면 안 됩니다."

"알았어요."

그런데 대공은 왜 하필 내 이름을 '나비'라고 알려둔 걸까?

생각하자마자, 카프멘 대공이 헛기침을 하며 고개를 옆으로 돌렸다.

"미안해요."

"아닙니다. 속으로 생각하시는 것까지 제가 막을 수는 없지요."

그의 배려가 고마워서 소리 없이 웃었다. 하지만 지금 당장 가장 고마운 건, 내가 소비에슈를 피해 일부러 서둘러 나가고 있단 걸 그가 알면서도 모른 척해주고 있단 점이었다.

마차는 얼마 지나지 않아 바로 멈춰 섰다. 궁전 옆의 카페가 약속 장소라서, 실제 이동 거리가 짧은 탓이었다. 카프멘 대공이 먼저 내려서 내게 손을 내밀어주었다. 나는 몇 번 큼큼 헛기침을 하고서,

그의 손을 잡고 마차에서 내렸다.

이름은 나비. 몸이 약하고. 부모님은 상인이란 설정. 말은 너무 의식해서 거칠게 하지 말 것. 좋아. 쉽네.

카프멘 대공이 카페 앞으로 다가가자, 경비가 얼른 문을 열어주었다. 나는 너무 긴장한 티를 내지 않기 위해, 어깨를 쭉 펴고서 안으로 들어갔다.

"카페에 와보신 적이 있으십니까?"

"있단 말은 들었어요."

굳이 올 일이 없었을 뿐.

"이곳의 이용 계층은 부유한 평민들입니다. 돈이 있는 평민들은 따로 파티를 개최하는 대신, 카페나 고급 식당, 극장 등에서 만나 친목을 다지지요."

"대공은 잘 아는군요?"

"아카데미 내에는 여러 계급이 모여 있었으니까요."

그러고 보니 카프멘 대공은 마법약을 만들어서 암시장에 유통한 전적도 있지. 저 고지식하게 단정한 얼굴로 그런 짓을 한 게 믿기진 않지만.

고개를 끄덕여 납득하는 사이. 우리는 3층까지 올라왔다. 3층은 다른 층과 마찬가지로, 커다란 홀 안에 여러 개의 테이블이 배치되어 있었는데, 중간을 비워두고 변두리로만 탁자가 놓여 있었다.

"큰 규모로 파티가 열리면 저 중앙에서 춤을 추며 놉니다. 일주일에 한 번은 무도회가 열린다고 알고 있습니다."

카프멘 대공은 이번에도 내게 슬쩍 설명해주고는, 가장 안쪽 자리로 걸어갔다. 언제 어디서 '귀족을 싫어하는' 카프멘 대공의 친구가 나타날지 주시하고 있었기에, 나는 그 안쪽 테이블에 앉은 사람이 카프멘 대공의 친구라는 걸 바로 알아보았다. 그리고 대공의 친구를 보자마자, 카프멘 대공이 했던 조언…… 무뢰배처럼 말하지 말란 조언을 의심했다.

'누가 봐도 이쪽은 이미 무뢰배인데?'

상대가 무뢰배라면 이쪽도 같이 무뢰배처럼 나가야 친근감이 들지 않을까? 물론 내가 무뢰배 친구를 둬본 적은 없지만, 그래도 좀 의심스러워진다.

나는 무표정 아래로 놀라움을 감추며, 카프멘 대공의 친구를 살폈다. 숱이 많은 머리카락은 새가 날개로 부비다 가기라도 한 듯 사방으로 뻗쳐 있었고, 흉흉한 눈매는 당장에라도 품 안에서 칼을 꺼내 들고 돈을 요구할 것 같았다. 얼굴에 난 흉터는 사고로 난 흉터가 아니라, 열 대 때리고 한 대 반격당했을 때 난 흉터처럼 보였다.

물론 사람을 첫인상만으로 판단하면 안 되지만, 이게 나 혼자만 느끼는 첫인상은 분명 아닐 거다. 뒤에 딱 붙어서 따라온 랑드레 자작도 좀 긴장한 듯했으니까.

"여, 카프멘."

게다가 저 말투. 저 말투, 내가 전에 무뢰배 흉내를 낼 때 사용한 말투랑 비슷하지 않나?

그렇게 내가 카프멘 친구의 정체를 의심하는 사이. 카프멘 대공은 일어나서 손을 내미는 친구와, 박수를 치는 건지 손바닥을 때리는 건지 알 수 없는 제스처를 취한 후 건성으로 포옹을 하고 얼른 떨어졌다.

"잘 지냈어? 너 뭐냐. 그 뭐냐. 그…… 누구 구했다매?"

"어. 넌?"

"북왕국으로 가 있었지. 와, 젠장, 근데 졸라 춥더라고. 거기 사람들은 근데 그게 따뜻한 날씨래. 겨울에 오면 더 춥대. 젠장, 피부가 나보다 세 배는 두꺼운가 봐."

"욕 좀 빼고 말하지그래?"

카프멘 대공이 작게 헛기침을 충고하자, 친구는 그를 샌님이라고 놀려댔다. 내가 지척에 있는 걸 알 텐데. 한 번도 내게 눈길조차 주지 않았다. 그러다가 카프멘 대공이 "돌시. 소개하고 싶은 사람이 있는데." 하고 부르자, 그제야 경박하게 웃어대던 걸 멈추고 내쪽을 쳐다보았다.

내내 모른 척할 때부터 짐작하긴 했지만. 날 보는 눈길에는 일말의 호기심조차 없었다.

그보다 이름이 돌시구나. 안 어울리네.

"……."

이런. 생각 조절하는 걸 잊었다. 카프멘 대공이 내 생각을 들었는지, 입술을 갑자기 꽉 깨물었다.

"뭐야? 왜 갑자기 혼자 쪼개?"

"아니. 그보다 돌시, 여긴 내가 전에 말했던 나비……."

"전에도 생각했지만, 이름 졸라 이상해."

거봐. 내가 그 가명 이상하다니까.

"……."

카프멘 대공이 다시 생각하다가 입술을 꽉 깨물자, 돌시가 눈썹을 치켜올리고서 '저거 진짜 왜 이래?' 하는 표정을 지었다.

한숨을 내쉬고서, 그냥 돌시에게 내가 알아서 손을 내밀었다.

"나비에……요."

"흠."

카프멘 대공. 옆에서 계속 그렇게 웃어대지 마!

"돌시요."

카프멘 대공이 그러거나 말거나, 돌시는 손을 뻗어 내 손바닥을 툭 두드리듯 가볍게 치고 손을 회수했다.

아직 귀족이란 걸 들키지도 않았는데. 그리 좋은 시작은 아니었다.

예상했던 대로, 돌시는 내게 별 관심이 없어 보였다. 혐오한다거나 싫어하는 정도는 아니지만, 정말로 일말의 생각조차 없는 것 같았다. 카프멘 대공이 내게 얼음 마법에 대해 조언을 해줄 수 있는지 물어보았지만, 돌시는 대번에 귀찮다고 거절했다.

하지만 거절을 받자마자 가버릴 수는 없는 노릇이라, 대공과 돌시가 이야기를 나누는 동안 나는 카페에서 가장 잘 팔린다는 디저트를 먹으면서 두 사람의 대화를 들었다.

그러나 두 사람이 나누는 화제의 대부분은 마법과는 관련도 없는, 아무 흥미도 느껴지지 않는 화제였기 때문에, 자꾸만 관심은 처음 와본 카페 쪽으로 옮겨갔다.

나중에는 창밖으로 시선을 돌린 채, 바쁘게 돌아다니는 사람들을 구경하며 진한 단맛을 내는 초콜릿을 썰어 먹었다.

그러던 중. 카페 앞에 짙은 갈색 마차가 서더니, 그 안에서 낯선 사람이 내렸다. 나는 눈을 커다랗게 뜨고서 고개를 좀 더 내밀었다.

'소비에슈?'

잘못 본 게 아니라면 분명 소비에슈였다. 하지만 제대로 확인할 틈도 없이, 그 사람이 가게 안으로 들어와 버려서…….

'맙소사!'

반사적으로 몸을 일으키자, 뒷자리에 앉아 있던 랑드레 자작이 덩달아 벌떡 일어났다.

"무슨 일입니까, 아가씨?"

나는 그에게 '소비에슈 황제를 본 것 같다'고 말하려다가, 입만 뻐끔거리고서 고개를 젓고 도로 앉아 부채를 펼쳤다.

내가 본 게 진짜 소비에슈가 맞긴 한가? 하지만 소비에슈가 여기에 올 일이 뭐가 있어서?

입술을 깃씹으며 은색 잔에 얼굴을 비추자, 앞머리를 길게 내린 빨강머리가 보였다. 혹시나 싶어서 한 변장이었다. 가발 하나만 썼을 뿐인 허술한 변장이지만 괜찮았다. 날 실제로 본 적 없는 사람들은, 이 정도만으로도 날 알아보지 못할 테니까. 보더라도 그냥 닮은 사람이라 생각하겠지. 날 자주 본 사람들은 알아볼 수 있겠지만, 그들은 애초에 평민들이 다니는 카페에 올 일이 없다.

그러나 소비에슈는 다르다. 내 얼굴을 세세하게 다 알고 있는 그는, 내가 가발 하나 쓴다고 알아보지 못할 리가 없었다. 소비에슈가 얼굴의 반을 가릴 만큼 커다란 모자를 쓰고 평범한 마차에서 내렸는데도, 내가 이 거리에서 그를 알아본 것처럼.

"나비 양?"

생각을 들은 건지, 대화에 열중하던 카프멘 대공도 힐긋 몸을 돌렸다. 그러고는 기지를 발휘해서 "몸이 아픕니까?" 하고 물었다. 나는 고개를 끄덕이면서 속으로 그에게 부탁했다.

'얼핏 소비에슈를 본 것 같은데. 진짜로 소비에슈가 온 게 맞나 확인하고 와줘요.'

그래. 우선 확인해야 한다. 그가 이 카페에 들어온 게 맞다면, 당장 빠져나갈 수도 없으니까. 지금 나가면 당장 나가다가 마주칠 게 분명하잖아?

소비에슈가 어느 자리에 앉는지 확인을 한 후에, 얼굴을 가리고 빠져나가야 한다.

"마차 안에 약이 있을 겁니다."

카프멘 대공은 적당한 핑계를 대고는, 내게 슬쩍 고개를 끄덕여 보인 후 일어나 계단을 내려갔다. 나는 부채를 계속 얼굴 옆에 가져다 댄 채, 쿵덕거리는 심장을 무표정 아래로 감췄다. 너무 불안해 하면 카프멘 친구가 날 이상하게 볼 수도 있으니. 이상하게 볼 만큼 관심은 없어 보이지만.

그런데…… 내내 나와 눈도 마주치지 않던 카프멘 친구가, 갑자기 고개를 기웃하더니 나를 물끄러미 바라보았다. 대화 상대가 사라지자 심심해져서 내 쪽에 관심을 보이는 건가? 아니면 부채로 얼굴을 가리고 있어서 그런가?

"더워서."

얼른 핑계를 댔지만, 그래도 여전히 날 계속 쳐다보았다.

왜 저렇게 쳐다보지? 도둑이 제 발을 저린다고, 돌시가 저렇게 빤히 쳐다보자 괜히 불안해졌다. 카프멘 대공이 한 말, 나는 스쳐 지나가면서 봐도 귀족이란 말도 떠올랐다.

아니야. 그 정도는 아닐 거야. 카페 안에 온 다른 손님들을 봐. 평민이라고는 하지만, 나만큼 화려하게 차려입고 귀족처럼 행동하는 이들이 하나둘이 아니잖아?

"아하."

그러나 애써 무시하고 있던 게 무색하리만치, 날 빤히 보던 돌시가 돌연 불길한 소리를 뱉었다. 마치 모든 진실을 다 꿰뚫어 보았다는 것 같은 소리를. 입가에는 히죽 길쭉한 미소가 떠올랐다.

심장이 두근거렸지만, 나는 여전히 무표정을 유지하면서 부채를 살짝 내렸다. 왜 그런 소리를 낸 건지는 모르겠지만, 나는 당당하단 태도로.

그 순간. 계단 쪽에서 소란이 들려온다 싶더니, 소비에슈가 불쑥 나타났다. 황급히 부채를 다시 들어 얼굴을 가렸으나, 얼핏 그와 눈이 마주친 것 같았다.

앞에선 카프멘의 친구가 '난 네가 누군지 알 것 같은데' 하는 표정이고. 옆에서는 소비에슈와 눈이 마주친 것 같고. 난감한 기분에 발가락이 말려 들어갔다.

카프멘…… 소비에슈가 맞나 확인하라 했더니, 대체 어디로 간 거야?

내 심장 고동이 느껴질 만큼 거세게 가슴이 뛰고 있을 때였다.

"도와줘요?"

앞에 앉은 돌시가, 히죽 웃으면서 내게 물었다.

도와주다니? 아니, 무슨 소리야?

아니, 아니. 바보가 아니라면 누구라도 알 수 있겠지. 내가 지금 계단에서 올라온 사람을 피해 부채로 얼굴을 가렸단 걸.

대답 대신 계속 부채로 얼굴을 가린 채 몸을 일으켰다. 소비에 슈를 여기에서 만난 게 곤혹스럽긴 하지만, 어쨌든 난리를 부리더라도 조용한 곳으로 가서 부려야 했다. 카프멘 대공의 친구 앞에서 헤어진 부부의 말다툼을 보여줄 필요는 없었다.

"나중에 다시 만나지."

급한 티를 감추며 애서 태연하게 말하고 몸을 돌렸다. 평소 말투를 사용했단 걸 깨달았지만, 이미 몸을 돌린 후였다. 지금 다시 쳐다보고서 '요'를 덧붙이면 그게 더 이상하지.

아무렇지 않은 척 소비에슈 쪽을 쳐다보지 않고 꼿꼿하게 허리를 세우고 걸어갔다. 계단을 올라온 소비에슈가 옆을 스쳐 지나갔지만 돌아보지 않았다. 소비에슈가 멈춰 서는가 싶더니, 자연스럽게 날 쫓아올 때도 마찬가지. 돌아보지 않고 앞으로 쭉 걸어갔다.

막 1층에서 2층으로 올라오는 카프멘 대공과 마주쳤다. 그는 나를, 내 뒤를 보더니 '아차' 하는 표정을 지었다. 정확히 어떻게 된 건진 모르겠지만, 아무래도 길이 어긋났던 모양이다.

"나비 양."

"먼저 가겠어요."

나는 소비에슈가 들을새라 냉랭하게 대답하고서 계속 계단을 내려갔다. 하지만 소비에슈는 여전히 내 뒤를 계속 따라 내려왔고, 결국 마차에 올라타기 직전 나지막한 목소리로 날 불렀다.

"나비에."

지금 난 나비에가 아니라 '나비'니까, 무시하자. 일단 무시해보자. 얼른 마차 안에 올라탔다. 그러고서 문을 닫으려 할 때였다.

"나비에."

나와 같은 속도로 뒤를 따라온 소비에슈가, 황급히 팔을 뻗어 마차 문을 잡았다. 호위로 데려온 랑드레 자작이지만, 소비에슈를 상대하기엔 신분상 무리였다. 그가 내게 해코지를 하려 든다면 나설 수 있겠지만.

"나비에."

마차 문을 잡은 소비에슈가, 날 향해 활짝 웃었다. 눈치 없이.

"놀러 나왔어?"

"알면 모른 척해줄래?"

"같이 다녀도 될까?"

"될 거라 생각해?"

"됐으면 좋겠어."

"안 돼."

단호하게 말하고서 잠시 머뭇거리다가 그의 손가락을 주먹으로 너무 아프진 않게 탕 내리쳤다.

소비에슈는 "아." 소리를 내며 손을 회수했다가, 잠시 놀란 눈으로 날 쳐다보았다. 마치 방금 무슨 일이 벌어졌는지 모르겠단 얼굴로.

얼른 마차 문을 탕 닫고서, 마차 앞쪽 벽을 똑똑 두드렸다.

"출발해라."

이상하단 생각이 떠오른 건, 마차가 궁전 안에 들어서기 직전이었다.

"잠시."

나는 다시 마차 앞 벽을 툭툭 두드려서 멈추도록 지시한 후, 마차가 완전히 멎자 팔짱을 끼고 편한 자세로 머리를 굴렸다.

아까는 소비에슈를 마주쳤단 자체만으로도 놀라고 감정이 격해져 별생각이 없었는데……. 그를 떨어트리고 나니 궁금해졌다. 나야 카프멘 친구를 만나러 나온 거지만, 소비에슈는? 소비에슈는 왜 거기에 있던 거지? 혹시 그가 여기에 마력 감소 현상을 조사하러 온 일과 관련이 있나?

잠시 생각해보다가, 마차 문을 연 다음 랑드레 자작에게 물었다.

"랑드레 자작. 아까 그 카페 근처에 숨어 있다가, 소비에슈 황제가 어디로 가는지 조사할 수 있겠어요?"

"예."

이후에는 내 방으로 돌아온 다음, 주베르 백작 부인에게 소비에슈의 상태가 어떤지 물어보고 오도록 지시했다. 차를 한잔 마시며 기다리고 있자니, 주베르 백작 부인이 돌아와 말을 전해주었다.

"바람을 쐬신다고 잠시 나가셨다 합니다."

하인리…… 일대일로 계속 살필 거라더니. 역시 밖까지 따라가긴 일정상 힘들었나. 하지만 소비에슈의 행적을 신경 쓰고 있으니, 다른 사람을 붙여두었을 수도. 아니면 소비에슈가, 서대제국에서 데려온 마법사들이 견제받자 일부러 밖으로 나간 건가?

곰곰이 생각에 잠긴 채 차를 두 잔째 마시자, 로즈가 걱정스러운 얼굴로 물었다.

"밖에서 무슨 일이 있었던 건가요, 황후 폐하? 그자가 많이 무례하던가요?"

로즈는 물론 다른 시녀들도, 설마 밖에서 소비에슈와 마주쳤을 거란 짐작은 하지 못하는 듯했다.

"무례하고 말고 할 것도 없었어요. 카프멘 대공의 친구는 날 귀찮아했거든요."

"세상에. 황후 폐하를요? 황후 폐하를요?"

"귀찮아할 수도 있지요."

"황후 폐하가 황후 폐하란 걸 몰라도, 눈이 달려 있는 사람이라면 폐하를 절대로 귀찮아할 수는 없을 텐데요!"

"하지만 정말 귀찮아하던걸요. 말도 거의 나누지 않았고. 마법에 관해 조언을 주고 싶지도 않은 눈치였어요."

게다가 마지막엔 날 향해 묘하고 불길한 '아하' 탄성까지 뱉었지.

하지만 그자에 대한 건 그리 찝찝하거나 하진 않다. 마법을 배울 수 없다면 조금, 아니, 몹시 안타깝겠지만. 그자가 내가 누군지 알아봤다 한들 마법을 배우는 것만 포기한다면 사실 얽힐 일은 없을 테니까.

한숨을 내쉬면서 차를 한 잔 더 따랐다. 일단 지금은 소비에슈에 대한 게 우선이지. 하인리는 아직 많이 바쁜가? 그와 의논을 했으면 좋겠는데.

"황후 폐하. 너무 한번에 차를 많이 마시는 것 같아요."

"나중에 드시는 게 낫지 않을까요?"

괜찮다 말하고서, 다시 찻잔을 입에 가져갔을 때였다. 문득 좋은 생각이 떠올랐다.

"마스타스."

"예, 황후 폐하."

"뭘 하나 해줬으면 좋겠는데……."

저녁 무렵 돌아온 랑드레 자작은, 소비에슈가 이후 카페에서 자리를 옮긴 터라 계속 수도를 돌아다니며 그를 찾아다녔다고 했다. 하지만 소비에슈 역시 나처럼 특색 없는 마차를 타고 왔기 때문에, 찾는 게 쉽지 않았다고 했다. 그러다 간신히 찾았을 때, 그는 성문 근처의 허름한 식당 안에 있었다고.

"소비에슈가, 허름한 식당에 있었다고요?"

"예."

소비에슈와 허름한 식당이라니. 전혀 어울리지 않는다. 그 자존심 덩어리가……. 기억을 잃으면 자존심도 좀 누그러지나?

너무 어울리지 않는 조합이다 보니 의심스러워질 정도였다. 혹시 그 허름한 식당 안에 마력 감소 현상에 대한 어마어마한 비밀이 숨겨져 있는 건 아닐까? 그런 생각을 하자 덩달아 초조해져서 다급히 물었다.

"거기서 뭘 하고 있던가요?"

하인리가 날 위해 오랜 꿈을 포기해줘서 가까스로 멀어진 전쟁인데. 소비에슈가 마력 감소 현장에 대한 흔적을 찾게 되면, 오히려 그쪽에서 전쟁을 선포할지도 몰랐다.

아니, 상황은 더 나빠지겠지. 하인리가 전쟁을 일으킨다면 그냥 정복욕이 계기겠지만, 소비에슈가 마력 감소 현상을 빌미로 전쟁을 일으킨다면 그쪽이 우월한 명분을 가지게 될 테니.

랑드레 자작은 쉬이 대답하지 못하고 머뭇거렸다.

"괜찮아요."

거듭 재촉하자, 그는 내키지 않는 얼굴로 털어놓았다.

"싸우고 있었습니다."

뭐?

"싸우다니요? 소비에슈 황제가 싸웠단 건가요? 허름한 식당에서? 아니면 그의 기사가……."

"소비에슈 황제가 싸우고 있었습니다."

이건 또 예상하지 못한 일인데. 황당해서 나도 모르게 아랫입술을 꼬집었다. 이상하단 생각을 연거푸 하고 나자, 다시 의심이 뾰족하게 솟아났다.

"혹시 싸운 상대가 제법 몸을 잘 쓰는, 그러니까 위장한 기사라거나 그런 사람이었나요?"

하인리가 소비에슈에게 사람을 붙였는데, 소비에슈가 그걸 눈치채고서 싸운 게 아닐까? 아니면 마력 감소 현상에 대해 조사하고 있단 걸 감추기 위해서 일부러 괴상한 행동을 한 게 아닐까?

"아닙니다. 상대는 술에 취해서 온갖 상스러운 욕만 날려대는 주정뱅이었고, 무술을 체계적으로 익힌 흔적은 없었습니다."

이게 대체 무슨 일이야? 더욱 혼란에 차서 랑드레 자작을 쳐다보았다. 랑드레 자작은 입을 우물거리다가 내뱉었다.

"주정뱅이가 황후 폐하에 대해 안 좋은 말을 하고 있었나 봅니다. 피를 부르는 황후는 좋지 않다던가, 그런 식으로요. 그 말을 듣더니 좀 말다툼을 하다가……."

구제 행사 준비를 위해 올라온 안건 몇 개를 살피느라, 책상 위에는 온갖 종이가 어지럽게 흩어져 있었다. 하지만 내 마음도 그만큼 흩어져 있어서 일의 진도가 빨리 나가지 않았다.

종이 위를 만년필 촉으로 계속 콕 콕 찍어댔더니, 하얀 종이 위에 계속 까만 자국만 늘어났다. 결국 종이를 뜯어내고 나무판에 새로운 종이를 깔았는데, 그 종이가 아홉 장째였다.

여덟 장의 구겨진 종이를 툭 툭 손가락으로 쳐보자니, 한숨이 흘러나왔다. 소비에슈가 허름한 식당에서 발견된 이유에 대해서는 여전히 모른다. 어쩌면 그는, 정말 마력 감소 현상 때문에 그쪽에 간 걸지도 모른다. 하지만 그렇다고 해서 소비에슈의 행동이 날 위한 게 아닌 건 아니었다. 만약 그가 비밀리에 갔는데, 내 욕을 듣고 흥분해 사고를 친 거라면 오히려 더욱…….

'차라리 기억을 찾았으면 좋겠어.'

황제 소비에슈라면 절대 그런 짓을 하지 않을 텐데. 그래. 차라리 계속 그런 오만하고 거만한 소비에슈로 남아서, 내가 마음껏 원망하게만 해줬으면 좋겠다. 상처를 준 사람을 마음껏 미워할 수조차 없단 건, 좀 가혹한 일 아닌가?

"황후 폐하. 황제 폐하께서 오셨습니다."

결국 또다시 아홉 장째 종이를 구겨 책상에 팽개친 후에야, 이 무의미한 행동을 멈출 수 있었다. 하인리가 방문하면서 반강제적으로.

"열어줘요."

말을 하자마자 구겨진 종이를 모아서 옆의 쓰레기통 안에 집어넣었다. 책상을 깨끗하게 치우자마자, 딱 맞춰서 하인리가 들어왔다.

"퀸."

다가온 하인리는 두 팔을 벌리고 곧장 내게 다가와서 목덜미와

뺨, 귓가에 입을 맞춘 후 뒤로 물러났다. 오늘은 온종일 떨어져 있어서 그런가. 평소보다 유독 반가워하는 기색이었다.

"일은 잘했나요?"

그 표정을 보자, 놀랍게도 아까까지 층층이 쌓여 올라갔던 불쾌한 감각이 서서히 녹기 시작했다. 나는 하인리가 대답을 하기도 전에 그에게 다가가 허리를 꽉 끌어안았다. 내 난로.

"퀸? 이러시면 제가 너무 좋은데요?"

"나도 좋아요."

"!"

"그대가 있어서, 너무 좋아요."

"퀸…… 퀸. 나비에."

그의 가슴에 대고 머리를 비볐다. 이렇게 하면 아까까지의 그 원치 않는 감정, 불쾌한 동정심과 감동이 사라질 것 같아서. 그러자 몸에 맞닿은 근육이 바짝 긴장해 수축하는 게 느껴졌다. 하인리는 숨을 들이쉰 채 내뱉지 않고 멈췄다.

"하인리. 숨 쉬어요."

갑자기 숨은 왜 멈추는 거야? 올려다보며 묻자, 그가 이번에는 숨을 너무 빨리 내쉬더니 내 이마에 자기 이마를 비볐다.

"대체, 내가 없는 사이에 무슨 일이 있던 겁니까?"

말없이 그를 안은 팔에 더 힘을 꽉 주자, 하인리가 낮게 신음을 흘리며 괴로워했다.

"알아요, 퀸? 난 지금 천국과 이승에 각각 한 발씩 담그고 있는 기분입니다."

"왜 한 발만 담갔는데요?"

"알잖아요, 퀸."

그가 내 손을 슬쩍 잡더니, 자신의 아래로 이끌었다. 곧 단단한 그의 인내심을 느낄 수 있었다. 아니, 하인리의 인내심이 아니라 나의 인내심인가?

"퀸."

하인리는 작게 한숨을 내쉬더니, 내 귓불을 몇 번 살살 씹으며 속삭였다.

"잠시만 기다려줄래요? 욕실 좀 다녀오겠습니다."

고개를 끄덕이고서 슬쩍 뒤로 물러나자, 하인리가 엉거주춤 욕실로 들어갔다. 나도 얼굴에 좀 열이 돌기에, 응접실로 나가 저녁 식사를 가져다 달라 부탁한 후 침실에 돌아와 부채를 부쳤다.

하녀가 음식을 가져온 후에는, 음식을 카트에 담아 응접실에서 침실로 내가 직접 날랐다. 혹시 모르니까. 테이블 위에 접시를 놓은 후 기다리자, 얼마 지나지 않아 욕실 문을 열고 하인리가 나왔다. 그는 좀 붉어진 얼굴이었지만 태연한 척 걸어와 맞은편에 앉았다. 그가 부끄러울까 봐, 나는 일부러 심각한 화제를 바로 꺼냈다.

"하인리. 오늘 내가 카프멘 대공의 친구를 만나러 갔다가 소비에슈를 만났는데."

하인리는 은색 뚜껑을 접시에서 벗겨 옆에 놓으며 대답했다.

"그렇지 않아도 이야기를 들었습니다. 오늘은 제가 소비에슈 황제를 따라다닐 수가 없어서, 다른 친구를 붙여두었거든요."

"친구요?"

"새요."

"새…… 일족?"

"네."

감시를 붙였을 거란 예상은 했지만, 그게 새대가리 일족일 줄은 몰랐다. 하지만 생각해보니 참 적절한 감시역이었다.

어쨌든 그가 상황을 다 알고 있다니 이야기하기는 쉽겠네.

"혹시 소비에슈가, 마력 감소 현상을 조사하느라 밖을 돌아다닌 건가요?"

"그건 아닌 것 같았습니다."

"그래요?"

"전혀 관계없는 곳을, 그냥 놀러 나간 것처럼 돌아다녔다 했거든요."

그런가…….

"계속 감시하고 있으니 염려 않아도 괜찮아요, 퀸."

"그러면 다행이지만요."

"퀸은요? 오늘 마법은 배웠습니까? 도움이 되던가요?"

연달아 질문을 하던 하인리가 갑자기 입꼬리를 씰룩였다.

"퀸 연기를 보고 속던가요?"

"속았어요."

"하하, 퀸 연기를 보고서요?"

뭐야? 가자미눈을 하고 보자, 하인리는 헛기침을 하고서 황급히 어조를 바꿔 말을 이었다.

"당연히 속을 수밖에 없지요."

"그 말을 하려던 게 아닌 것 같았는데."

"아닙니다. 하려던 말을 한 거 맞습니다."

"아닌데."

"퀸. 절 못 믿습니까?"

"그대가 내 연기 실력을 못 믿는 만큼."

"……."

할 말을 잃은 그를 째려보고 있자니, 하인리가 황급히 앞에 놓인 게살을 집어 먹다가 갑자기 퍼뜩 놀란 척 "아!" 하고 외쳤다.

"그러고 보니 퀸. 제가 이상한 이야기를 들었는데요."

"말 돌리는 건가요?"

"아닙니다, 정말로 갑자기 생각나서요. 정말로 이상한 이야기 고……."

"뭔데요?"

"퀸의 시녀들이 이상한 내용의 이상한 소문을 내고 있던데……. 혹시 그거, 퀸이 시킨 겁니까?"

"내 시녀들이 이상한 소문을 낸다고, 누가 그러던가요?"

"보통은 모를 겁니다. 저는 좀, 예외적인 걸로. 낮말은 새가 듣는단 말도 있지 않습니까."

그의 일족들이 이야기를 전해준다는 건가?

어쨌든, 맞는 말이긴 했다. 나는 냅킨으로 입가를 닦고서, 올라오려는 미소를 숨겼다.

어딜 좀 다녀와줘.

밤이 되어 깨어난 소비에슈는 이불 위에 놓인 커다란 종이를 발견하고 미간을 찡그렸다. 혹시라도 종이를 발견하지 못할까 봐 불안하기라도 한 건가.

이불 위에 놓인 종이는 거의 사람 손의 세 뼘은 될 만한 길이였다. 다른 사람이 이딴 종이를 썼다면, 아랫사람 중 누군가가 당연히 치웠을 것이다. 하지만 아무도 그러지 못했다. 아마 이 필체의 주인 때문이겠지. 소비에슈는 인상을 찌푸리고서, 종이를 집어 글씨를 읽었다.

위치는······야. 밤에 가야 하는데, 내가 갈 수가 없어.

서로의 존재를 카를 후작에게 들어 알면서도, 소비에슈는 낮에 깨어난다는 자신과 대화를 시도해본 적이 없었다. 굳이 그럴 필요가 없으니까.

그런데 오늘, 그쪽에서 먼저 부탁을 해온 것이다. 한숨을 내쉰 소비에슈는 종이를 구겨서 옆으로 치워버리고 팔로 이마를 짚었다. 아무것도 하고 싶지 않았다. 아무것도. 생각조차 하고 싶지 않았다.

멍한 정신 사이로 희미하게, 은색의 조끼, 그 위에서 햇빛을 받아 반짝이던 파란 보석이 떠올랐다. 그 옆에 앉은······.

"나비에."

한숨을 내쉰 소비에슈는 이불을 치우고 자리에서 일어나 창가로 걸어갔다. 멀지 않은 곳에 그녀가 있단 사실이, 그에게 고통과 위안을 동시에 주고 있었다. 세상에 이토록 끔찍한 희망이 있을까. 눈을 감고서 소비에슈는 창문에 이마를 기댔다. 한참을 그러고 있다가, 결국 그는 다시 종이를 집고서 위치를 확인한 다음 밖으로 나갔다.

단순히 부탁이라면 가지 않을 것이다. 그러나 부탁을 하면서 '마력'이란 두 글자를 아주 작게 남겨둔 게 신경이 쓰였다. 낮의 자신이 마력 감소 현상에 대해 조사 중이란 건 카를 후작에게 보고받았지만. 혹시 뭔가를 알아낸 건가 싶어서.

기사단장만을 대동한 채, 소비에슈는 기척을 죽이고 종이에 나온 장소로 은밀히 이동했다. 그곳은 궁전에 있는 수많은 빈방 중 한 군데로 보였다. 딱히 목적 없이 만들어둔 빈방. 문 앞을 지키고 선 기사도 없다.

소비에슈는 기사단장에게 앞을 지키라 지시한 후 문을 열고 안으로 들어갔다. 안은 빛 한 점 없이 어두웠다. 커튼이 없어서, 창문으로 달빛만이 파르스름하게 들어올 뿐. 소비에슈는 무심한 얼굴로 방 안을 둘러보았다.

'이 안에 뭐가 있단 거지?'

그 순간.

"역시 목적은 사과가 아니었군요."

냉담한, 너무나 익숙한 목소리가 옆에서 들려왔다.

내 목소리는 평소보다 좀 더 차갑게 들렸다. 탁자 옆에 선 소비에슈의 어깨가 움찔 굳었다. 그 상태로 긴장을 풀지 못한 채 내 쪽으로 천천히 몸을 돌렸다. 달빛 어린 창문을 등진 그의 얼굴은 어두워서 표정을 읽기 힘들었다. 그러나 꽉 다문 입술만큼은 어두운 가운데에서도 잘 보였다. 이상할 정도로.

소비에슈가 내 쪽으로 한 걸음 한 걸음 다가오자, 점차 그의 눈동자 역시 읽을 수 있게 되었다. 그의 눈은 내게 질문을 던지는 것 같았다. 대체 네가 여기서 왜 나와, 하고.

"나비에. 난……."

다가온 그가 주춤거리면서 입을 열었다. 나는 일부러 가만히 있다가, 그의 말을 초입부에서 끊어버렸다.

"미안해서 왔다? 괜찮은지 확인하고 싶어서 왔다? 거짓말도 잘하는군요."

처음부터 이럴 계획이었다. 소비에슈가 여기에 오도록 유도한 건 그의 변명을 듣기 위해서가 아니니까. 그가 변명하고 미안해할 상황을 만들려던 거였지. 죄책감을 가지고 민망해하다가 돌아가도록. 바로 돌아가지 않더라도 마음대로 돌아다니지 못하게 되도록.

"나비에."

소비에슈가 내 이름을 부르며 다급히 고개를 저었다. 무시하고서 몸을 돌려 문고리를 잡았다. 그러나 문을 열기 전, 뒤에서 다가온 손이 문을 가볍게 눌렀다.

"잠시만, 나비에."

무표정하게 고개를 돌리자, 일그러진 눈과 떨리는 입술이 보였다.

"뭐 하는 건가요?"

"나비에. 내가 여기에 온 건……."

"마력 조사를 하기 위해서겠지요. 폐하께서는 이전부터 그 일로 서대제국을 의심하고 있었으니."

"나비에. 제발."

그가 손가락에 힘을 주자 손톱과 문이 부딪치면서 '기이익' 하는 소리를 냈다. 꽉 눌려 손톱이 하얗게 변한 손가락은 아까 본 입술보다 더욱 떨리고 있었다.

"솔직히 말할까요? 폐하께서 말했죠, 사과하러 왔다고. 그래서 조금이나마 기대했습니다."

그 손을 바라보며 거짓말을 했다.

"돌아갈 마음은 없어요. 그래도 폐하를 용서할 준비는 조금 했습니다."

품 안에서 손수건을 꺼내 그의 손 위에 덮고 힘을 주었다. 세게 누르지 않았는데도 소비에슈의 손은 힘없이 툭 아래로 내려갔다.

"나비에."

그의 목소리가 물에 빠졌다 건져낸 손수건처럼 축축하게 들렸다. 울고 있을지도 모른단 생각이 들었지만, 고개를 돌려 문만 쳐다본 채 말을 이었다.

"열아홉 살의 소비에슈는 다를 거라 생각했는데. 그것조차 아니었군요."

"……내가 마력 감소 현상을 신경 쓴다고 해서, 그대를 향한 죄
책감이 없어지는 건 아니오."

대꾸하지 않고서 문을 열자, 소비에슈의 근위기사단장이 눈을
휘둥그렇게 뜨고 날 쳐다보았다. 소비에슈의 기사단장 역시 '황후
폐하가 왜 여기서 나오십니까?' 생각하는 표정이었다.

뒤에서 소비에슈가 다급히 말했다.

"제발. 나비에. 그대도 알잖소. 내가 동대제국을 사랑한다 해서,
그대를 사랑하지 않는 건 아니오. 마력 감소 현상을 걱정한다 해서,
그대를 걱정하지 않는 것도 아니오."

"알지요. 라스타 양을 걱정하면서 나도 걱정해주는 그대인데. 내
가 그걸 모를까."

말을 꺼낼 때마다, 내가 조각칼을 들고서 그의 심장에 한 줄 한
줄 상처를 새기고 있단 걸 알 수 있었다.

주정뱅이가 내 욕을 하자마자 소비에슈가 주먹을 날렸다는 랑드
레 자작의 목소리가 떠올랐다. 내가 다치자마자 에벨리를 보내준
일도 떠올랐다. 스쳐 지나가는 마차에서 시선이 마주쳤을 때, 그의
어두운 눈동자도.

소비에슈의 말처럼, 그는 진심으로 날 걱정하는지도 모른다. 사
람은 여러 가지 감정을 동시에 품을 수 있으니까. 마력 감소 현상
을 걱정하면서 나도 걱정할 수 있겠지. 하지만 존재할 수 있다고
해서 같은 무게를 지닌 건 아니잖아?

내 생각에, 소비에슈가 날 걱정하는 마음은 가벼웠다. 없진 않지

만 그의 마음속에서 우선순위가 한참 뒤였다.

그게 화가 났다. 그가 날 걱정하는 마음이 작아서가 아니라, 그 작은 마음을 앞세워서 목적을 감추려 했다는 게.

"목적이 있어서 왔으면 목적이 있어서 왔다고 확실하게 말하세요. 미안한 척 괴로운 척 후회하는 척 자기 이득 챙기지 말고."

"나비에, 그런 게 아니오. 알잖소. 그댄 나에 대해 알잖아."

"모릅니다."

"나비에……."

"난 그대에 대해 아무것도 모릅니다. 내가 알던 그대는, 다른 사람을 사랑한다고 날 쫓아낼 계획을 세우진 않거든요."

"!"

"하지만 그댄 내가 예상하지 못한 일을 했지요. 그날 알게 됐습니다. 난 그대에 대해 아무것도 몰랐단 걸."

뒤에서 더 이상 아무 소리도 들려오지 않는다. 곧장 몸을 돌려 복도를 걸어갔다. 소비에슈가 숨어 들어온 그 방 안에, 그가 찾는 비밀 따위는 없단 말도 하지 않았다. 이런 건 말해주지 않아도 어련히 깨달았겠지만.

한 걸음 한 걸음 발을 내디딜 때마다 어두운 발밑에서 경쾌한 구두 굽 소리가 퍼졌다. 랑드레 자작이 복도가 끝나는 지점에서 날 기다리고 있다가, 내가 나타나자 말없이 고개를 숙여 인사했다.

"대화는 다 끝나셨습니까?"

"가지요."

앞서 걸어가자 그가 조심히 뒤를 따라왔다. 내 방에 도착할 때까지 절대로 고개를 돌리지 않았다.

임시 거처로 돌아온 소비에슈는 방문을 닫자마자 눈을 감고 벽에 머리를 찧었다. 술을 마시고 싶었다. 술을 마시면 나비에의 환청이 다시 나타나진 않을까? 가슴을 손으로 짚은 소비에슈는 허리를 숙이고 입술을 꽉 깨물었다. 턱에 힘을 주고서 소리를 죽여 고통을 호소하다, 벽을 따라 천천히 미끄러졌다. 바닥에 앉은 채 그는 소리를 죽여 눈물을 흘렸다.

시간을 돌리고 싶었다. 2년, 아니, 딱 1년만. 1년만 돌릴 수 있다면 얼마나 좋을까.

억울했다. 자신의 의지로 서대제국에 온 게 아니기에, 나비에게 사과하는 척 마력 조사를 하러 온 게 아니기에, 나비에가 퍼붓는 말 모두가 억울했다.

그래서 미안했다. 자신이 나비에의 오빠에게 누명을 씌워서 추방할 때. 그녀가 더욱 억울했으리란 게 짐작이 가서. 라스타에 대해 이상한 소문을 낸 게 아니냐고 의심할 때, 그녀가 얼마나 억울했을지 짐작이 가서. 자신이 나비에의 이름을 빌려 라스타에게 선물을 보냈을 때, 사람들이 그 일을 두고 수군거릴 때, 얼마나 억울했을지 짐작이 가서.

"나비에……."

이를 악문 채 심장 부근을 쿵 쿵 두드리다 눈을 뜨자, 침대에 앉은 나비에가 보였다. 편안한 자세로 앉은 채 '뭐 해?' 하는 눈으로 바라보고 있었다. 손을 뻗자, 픽 웃고는 사라져버린다.

소비에슈는 벽을 짚고 일어나 비틀비틀 침대로 걸어갔다. 침대에 무너지듯 앉자마자 눈을 감고 이불에 몸을 파묻었다. 이불을 움켜쥔 채 숨을 무겁게 몰아쉬고 있자니, 갈 곳을 잃어버린 분노가 방향을 정해 내달렸다.

"망할 자식."

그 대상은 낮에 깨어난다는 자신, 비겁하게도 나쁜 기억을 하나도 가지고 있지 않은 채 사고만 치는 열아홉 살의 자신이었다. 소비에슈는 책상으로 가 빈 종이를 뜯은 다음 만년필을 쥐고 잉크병 뚜껑을 열었다.

지금 뭐 하자는 거야? 안 그래도 미움받는 처지에, 다 같이 죽잔 거야? 미쳤어?

편지를 책상 위에 올려둔 소비에슈는 복도로 나가 카를 후작을 불러오라 지시했다.

잠시 후, 시종이 비몽사몽한 카를 후작을 데려왔다. 방 안으로 카를 후작을 들여보낸 소비에슈는 손가락으로 낮의 자신이 쓴 거대한 편지를 가리키며 지시했다.

"없애."

카를 후작은 어리둥절한 얼굴로 주춤주춤 그쪽으로 다가가 편지를 집어 들었다. 이걸 찢어도 될지 말지 망설이는 얼굴이었다. 소비에슈는 그 편지를 확 빼앗고서 차갑게 지시했다.

"이걸 없애란 게 아니다."

길쭉한 손가락이 자신의 머리를 두드렸다.

"낮에 나타난단 개를 없앨 방법을 찾으라고."

"!"

아침 산책을 하고 싶어서 평소보다 이른 시간에 정원 밖으로 나왔을 때였다. 멍한 정신으로 걷고 있다가 돌부리에 걸려 비틀하자, 황급히 마스타스가 나를 부축해주었다.

"황후 폐하. 괜찮으십니까?"

마스타스는 내가 균형을 잡도록 도와준 후, 걱정스럽게 바라보며 물었다.

"괜찮아요."

"안색이 나쁘십니다."

"통쾌한 기분은 아니었거든요."

"아. 새벽에요……."

소비에슈를 끌어들일 함정을 파면서 시녀들의 도움을 받긴 했지만. 시녀들은 자신들이 낸 소문에 대해 정확하게는 몰랐다. 솔직하게 털어놓지 못해 미안했지만 어쩔 수 없었다. 마력 감소 현상에 대한 건은 서대제국 궁정인들도 대다수가 모르는 극비 같았으니.

마스터스는…… 몰라. 알 수도 있지. 내 시녀이지만 하인리의 기사이기도 하니까. 하지만 다른 시녀들은 무슨 일인지 모른 채 소문을 냈다. 시녀들에게는 그냥 '소비에슈가 좋지 않은 목적으로 날 찾아온 게 아닐까 생각된다. 좀 상처를 주어서 돌려보내야겠다' 정도만 말해두었다.

물론 시녀들은 그 정도만으로도 두 팔을 걷고서 날 도와주었지만.

주베르 백작 부인이 춥지도 않은지 부채로 얼굴을 빠르게 부치며 말했다.

"남을 상처 주는 말을 하면 자신도 상처를 받게 되니까요. 제 남편이나 저처럼 아닌 사람도 있지만, 보통은 그렇지요."

로라도 한숨을 내쉬며 말을 보탰다.

"주베르 백작 부인은 주베르 백작님과 아주 잘 어울리시는데 왜 이렇게 사이가 나쁜지 모르겠어요."

"로라. 내가 손에 부채를 들고 있단 걸 잊지 말아요. 이 부채로 로라 양의 입을 찰싹 때릴 수도 있답니다."

주베르 백작 부인과 로라가 티격태격하는 소리를 듣다가, 나는 분수대 앞에 멈춰 서서 넓게 흩어지는 물줄기를 향해 손을 뻗었다.

'남을 상처 주는 말을 하면 나도 상처를 받는다……'

그럴지도. 소비에슈에게 냉랭하게 말을 할 때, 나 역시 내 말 한 마디 한마디에 그가 상처받고 있단 걸 느낄 수 있었으니까. 게다가 내 말을 들은 상대가 열아홉 살 기억을 가진 소비에슈라는 것 역시도 찜찜하단 말이지……

결국 나는, 마음이 편해지지도 더 불편해지지도 않은 애매한 상태로 산책을 마친 후 곧장 집무실로 갔다. 시녀들은 교대하듯 각자 볼일을 보러 흩어졌고, 곁에는 랑드레 자작과 다른 기사 두 명만이 함께 따라왔다.

그러나 집무실 안에 들어간 후에는 그 세 사람 역시 밖으로 나갔기에, 종이 냄새와 잉크 냄새로 가득한 공간에 완전히 홀로 남을 수 있게 되었다.

다행히 사방이 조용해지자 한결 마음이 가라앉았다. 책 한 권을 손에 잡히는 대로 꺼낸 다음 펼쳐서 얼굴을 묻고 냄새를 맡자, 더욱 마음이 평온해졌다.

"후……."

그렇게 숨을 내쉰 다음 책을 얼굴에서 떼고 덮을 때였다. 창가에서 톡, 아주 작게 소리가 들려왔다. 놀라서 고개를 돌리자 창문 밖에…….

"퀸?"

하인리가 새의 모습을 한 채 입을 손가락 두 마디만큼 벌리고 있었다.

'……본 건가.'

당황해서 황급히 책을 도로 꽂은 다음 얼른 문으로 달아나고 있자니, 창문을 부리로 '토토토톡' 두드려대는 소리가 난다. 밖으로 나가려다가 힐긋 뒤를 돌아보자, 하인리가 창문을 열어달라고 계속 부리로 쪼아대고 있었다.

싫어. 지금 문 열어주면 사람으로 변해서 놀려댈 거면서.

고개를 젓자, 퀸은 불쌍한 척 눈을 커다랗게 뜨더니 몸을 낮추고 날개를 작게 파닥거렸다. 그래도 고개를 젓자, 갑자기 날개로 이마를 짚더니 비틀거리다 픽 옆으로 쓰러지는 시늉까지. 결국 창문가로 걸어가 문을 열어주자, 퀸은 냉큼 안으로 들어와 기쁘게 방 안을 한 바퀴 돌았다.

"무슨 일로 그 모습을 하고 온 거예요?"

나는 민망한 기분을 감추기 위해서 무뚝뚝하게 물었다.

"일 안 해요? 그대는 일을 해야지, 이렇게 놀고 있을 시간이 없습니다."

하인리는 어깨를 떨면서 웃는 시늉을 하더니 부리로 창문에 커튼을 친 다음, 사람의 모습으로 변해 대답했다.

"보여주고 싶은 게 있어서 왔습니다. 상담해야 할 일도 있고요."

보여주고 싶은 거? 상담?

"어떤 건가요?"

"일단 보여주는 것부터."

빙그레 웃은 하인리는 창가로 다가가 커튼을 한 손에 쥐었다.

"제가 이 앞에서 기다리고 있을 테니 따라올 수 있겠어요, 퀸?"

고개를 끄덕이자 하인리는 새로 변하더니, 부리로 창문을 열고 나갔다.

그러고는 이쪽으로 오라는 듯 창문 앞에서 날개를 파닥거린다. 무슨 일이지? 모르겠지만 일단 밖으로 나가 건물을 빙 둘러 퀸을 찾아갔다.

퀸은 한 바퀴를 제자리에서 빙글 돌면서 따라오란 신호를 하고는 어딘가로 날아가기 시작했고. 하인리는 밤의 방이 있는 건물 뒤쪽으로 난, 폭이 좁은 길을 날아갔다. 그 안쪽 길을 따라 조금 걸어가자, 폭이 좁던 길이 한순간에 탁 트이면서 넓은 평지가 드러났다. 평지에는 벽과 지붕을 갖춘 건물이 단 하나도 없었는데, 희한하게도 넓은 기둥은 여기저기에 불규칙적으로 세워져 있었다.

'여긴 왜?'

속이 트이긴 하지만 굳이 봐야 할 게 있나? 의아해서 두리번거리고 있자니, 퀸이 그 기둥 중 한 군데의 위로 올라가서 날개로 무언가를 가리켰다. 저게 뭔가 싶어서 뚫어져라 쳐다보니…….

"둥지?"

나뭇가지를 얽어서 만든 둥지였다. 내가 중얼거리는 소리를 들었는지, 퀸은 고개를 끄덕이더니 둥지에 앉아 눈을 가느스름하게 떴다. 웃는 것처럼.

"설마. 둥지를 자랑하려고 부른 건가요?"

내가 있는 곳에선 둥지가 잘 보이지도 않는데? 둥지 바깥쪽과 기둥 테두리로 보석이 많이 박혀 있는 건 보이지만…….

황당해서 묻자, 퀸은 기둥에서 뛰어내리더니 수풀 너머로 들어갔다. 그러고는 잠시 뒤, 사람의 모습으로 변해 까만 바지와 하얀 셔츠를 입은 채 나오며 말했다.

"우리 아기에게 줄 둥지입니다, 퀸."

"……."

"어때요? 퀸. 마음에 듭니까?"

질문하는 하인리의 표정이 정말로 자랑스러워 보여서, 나는 미쳤냐고 물을 수가 없었다.

"너무…… 높지 않나요?"

하지만 빈말로라도 마음에 든다고는 할 수 없어서, 애써 '마음에 안 든다'고 돌려 말했다. 사실은 아주 많이 마음에 들지 않았다. 뭐야 저 나무 덩어리는. 우리 아기를 저기서 재우자고?

"보통인걸요? 우리 일족의 아기들은 높은 곳을 좋아합니다, 퀸. 더 용감한 아가는 일부러 자기가 높은 데 둥지를 만들어달라 조르기도 해요."

"떨어지기라도 하면……."

"날아오르겠죠."

"……저기서 떨어지면 아기는 죽어요. 새도 아기 때에는 못 날잖아요."

"우리 일족은 일반 새들보다 빨리 납니다, 퀸. 말보다 나는 걸 먼저 하니 걱정 말아요."

내 키보다 높은 기둥에 둥지를 만들어놓고서, 걱정하지 말라고? 이걸 말이라고 하나?

하지만 여기서 화를 내면, 내가 너무 새대가리 종족에 대해 이해하지 못하는 것 같다. 그렇지만 저런…… 저런 높은 데서 우리 아기를 재우자고? 그건 싫은데.

차마 이러지도 저러지도 못하고 있자니, 하인리가 뿌듯한 표정을 지운 채 심각한 표정으로 분위기를 바꿨다.

"그리고 퀸. 진지하게 상의해야 할 것도 있습니다."

"저것도 진지하게 상의해봐야 할 것 같은데요."

"더 원하는 장식이 있나요?"

"장식의 문제가 아니라……."

높이! 높잖아! 너무 높아!

머리가 아프다. 덕택에 소비에슈에게 일부러 잔인한 말을 했던 죄책감은 사그라들었지만.

결국 한숨을 내쉬고서 내 무릎 정도까지 올라온 바위 위에 걸터앉으며 물었다.

"상의할 건 뭔가요?"

"마력 감소 현상에 대한 문제입니다."

상의할 일도 저 둥지와 비슷한 수준의 문제 아닐까, 생각하다가 깜짝 놀라서 그를 쳐다보았다. 생각 이상으로 본격적이고 무거운 화제였다.

게다가 하인리는 마력 감소 현상을 자신이 주도했던 걸 들킨 후로도 되도록 이 화제는 피해왔다. 잘못을 고백하긴 했지만 거기서 끝이었지. 나도 더 캐묻지 않았고. 그가 먼저 나서서 이 이야기를 해주는 건 처음이었기에, 저절로 긴장되었다.

"어떤 일인가요?"

"퀸도 알겠지만, 마력 감소 현상 자체를 내가 만들어낸 건 아니에요. 내가 한 건 속도를 좀 더 높인 거죠."

'좀' 높인 건 아닐 텐데.

"알아요."

일단 사소한 변명은 넘어가주기로 하고서 고개를 끄덕였다. 지금 중요한 건 속도를 좀 높였는지 확 높였는지가 아니니까.

"마력 감소 현상을 일으키려면 마력석이 필요해요. 그래서 전쟁을 포기할 때, 난 우리 일족의 도움과 지하 기사단의 도움을 받아서 찾기 쉬운 위치에 있던 마력석을 전부 다 회수했습니다."

"그렇군요."

"하지만 모든 마력석을 회수한 건 아닙니다. 애초에 몇 년에 걸쳐서 숨겨둔 마력석을 며칠 만에 다 회수할 수도 없고요."

"그러면 지금도…….

"소비에슈 황제는 마력 목걸이 사건 이후, 마력 감소 현상이 마력석과 관련이 있단 건 짐작을 한 것 같습니다. 자기 나라 마법사들과 아카데미 마법사들에게 마력석 사용을 일시 금지시켰거든요."

"괜찮은 건가요?"

"일단 의심을 했으니 그쪽을 계속 파보겠죠. 아카데미 학자들도 다 매달릴 테고요."

안 괜찮은가 본데. 나도 모르는 새 손을 깍지 낀 모양이다. 하인리는 눈썹을 치켜올리더니, 손을 내밀어 내 두 손 사이에 자신의 손을 끼웠다.

"너무 걱정하지 않아도 됩니다, 퀸."

"하지만 혹시라도 들키게 된다면…….

"그래서 지금 말씀드리는 겁니다, 퀸."

"?"

"들키기 전에 아직 회수하지 못한 마력석을 좀 더 회수하려고요."

"아."

"그래서 저……."

"괜찮아요. 말해봐요."

"며칠씩 자리를 비워야 할지도 모릅니다."

하인리를 며칠씩 못 볼 수도 있다고?

"위험하지 않나요?"

"괜찮아요."

걱정스럽게 바라보자, 하인리가 다른 한 손을 내밀어 내 손을 꽉 잡았다.

"미안해요, 퀸. 옆에 꼭 붙어서 떨어지면 안 되는데."

고개를 저었다. 하인리는 자기가 미안하다고 하지만, 오히려 내가 더 미안할 일 아닌가? 눈을 맞추는 대신 신발 끝을 쳐다보았다. 입안이 텁텁해졌다. 그럴 수밖에. 하인리가 날 위해 전쟁을 포기하지 않았더라면 마력석을 회수할 필요도 없었을 테니…….

"정말 미안합니다, 퀸. 너무 불안해하지 말아요. 그래도 소비에슈 황제가 여기 머무르는 동안엔 자리를 비우지 않을 거니까."

처음 하인리에게 마력석 이야기를 들었을 때에는 그저 미안한 마음이 커서, 현실적인 문제를 생각하지 못했는데. 집무실로 돌아와 책상에 앉자, 하인리가 자리를 비운 동안 그의 업무를 나와 재상이 나누어 처리해야 한단 사실이 떠올랐다.

아닌가? 임신 중이니 그러진 말라고 말리려나?

'만약에 맡게 되면 어쩌지?'

황후로서의 역할이야 동대제국에서부터 내내 해왔으니, 서대제국에 온 후에도 그리 어렵지 않게 적응할 수 있었지만. 황제의 업무는 해본 적이 없는데.

소비에슈도 시찰 문제로 자리를 비운 적이 있고, 그 사이 평소보다 좀 더 업무량이 늘어나긴 했다. 하지만 자주 자리를 비우는 게 아니니까. 떠나기 전에 소비에슈는 미리 처리할 수 있는 업무를 처리하고 나갔지.

그렇지만 하인리는 경우가 다르니, 어떻게 처리할지 확실하게 짐작하기 어려웠다. 회수하지 못한 마력석이 몇 개인진 모르겠지만, 한두 번 자리를 비우리란 뉘앙스는 아니었는데.

"폐하."

"……."

"황후 폐하."

얼마나 그러고 있었을까. 문밖에서 부관이 부르는 소리가 났다. 들어오란 표시로 책상에 놓인 작은 종을 두어 번 누르자, 부관이 얼른 안으로 들어왔다. 난처해하는 얼굴로 금박을 입힌 예쁜 상자를 든 채.

"황후 폐하. 소비에슈 황제께서 황후 폐하께 이것을 전하라 하셨습니다."

상자는 팔 길이만 한 크기였다.

소비에슈가 나한테 이걸 보내라 했다고? 당황한 심정을 감추기 위해 무표정을 고수하고 있자, 부관은 주저하면서 책상 위에 상자를 내려놓았다. 나가보라 말하자 어색하게 인사를 하고 밖으로 나간다.

부관이 나가자마자, 유난스러울 정도로 반짝반짝 빛나는 포장지를 북 잡아 뜯었다. 포장지를 벗기자마자 짙은 갈색의 매끈한 나무 상자가 드러났다. 뚜껑을 열자 상자 바닥에 깔린 크림색의 부드러운 천과 그 위에 놓인 커다랗고 통통한 복숭아 세 개가 드러났다. 상자 안 가장자리에 놓여 있는 붉은 편지지도.

팔고 있더라고. 네 생각이 나서 샀어.

다시 뚜껑을 닫고 이마를 손으로 짚었다. 미쳤다는 말은 들었지만 여기서 더 미친 건가 하는 생각이 들어 기가 막혔다. 새벽에 차갑게 쓴소리를 한 게 좀 신경 쓰였는데. 그토록 절절하게 후회하는 척하더니, 날이 밝자마자 복숭아를 보내? 지금 장난하나?

화가 나서 아무 종이나 손에 잡히는 대로 북 끄트머리를 찢은 뒤, 거기에 대충 날리는 글씨로 화를 토해냈다.

소비에슈는 상자를 돌려받았다. 나비에의 부관이 들고 온 것이다. 마음은 고맙지만 이런저런 이유로 받을 수 없다는, 의례적인 사과 말과 함께.

나비에의 부관이 나가자마자 소비에슈는 상자를 열어보았다. 순순히 받지 않으리란 생각은 했지만. 그래도 이웃 나라 사이의 체면이 있으니 모른 척 받아줄 수도 있다 여겼는데. 받자마자 돌려보내니 좀 서운했다.

그는 어린 시절부터 나비에와 잘 티격태격 다투었지만, 그게 큰 싸움으로 번진 적은 한 번도 없었다. 그러다 보니 갑자기 나비에의 미움을, 그것도 거대한 미움을 받게 된 상황에 어떻게 사과를 해야 하는지 영 막막했다.

'상대는 아예 말을 섞을 마음조차 없으니……'

답답한 기분으로 상자 안 손도 대지 않은 복숭아를 살피다가, 소비에슈는 자신이 넣어 보낸 붉은 쪽지 옆에서 구겨진 종이 뭉치를 발견했다. 종이를 꺼내 펼치자 잔뜩 흘려 쓴 문장이 보였다.

잘 알아듣게 말한 지 몇 시간이나 지났다고 이러는 거지? 약간이라도 미안한 마음이 있으면 돌아가야지. 정말 뻔뻔하군요.

'몇 시간 전?'

소비에슈는 밤에 깨어난단 또 다른 소비에슈가, 나비에와 만났단 걸 전혀 몰랐다. 일어나보니 밤의 소비에슈가 다 같이 죽잔 거냐며 쪽지를 남기긴 했지만, 그게 나비에를 만났단 이야기라고는 생각하지 못했다. 소비에슈는 밤의 소비에슈가 남긴 쪽지를 다시 꺼내서 살피다가 와그작 손안에서 종이를 구겼다.

다 같이 죽잔 거냐고? 다 같이 죽자 나오는 건 지금 그쪽 아닌가? 보아하니 중요한 대화가 오간 듯한데. 그러면 무슨 말을 했다고 언질이라도 줘야 하지 않나? 아니, 애초에 뭘 어떻게 했기에 나비에가 이렇게 더 차갑게 나온단 건가? 아니, 그보다 더 앞에도. 멀쩡히 부부로 잘 지내던 나비에와 멋대로 이혼을 한 게 누구인데?

'마음에 들지 않아.'

<hr>

에르기는 갑판에 앉은 채 목걸이 메달을 손안에서 굴리고 있었다. 입을 단단히 다물고 있고 표정에 변화가 없어서, 한눈에 보기에도 그리 기분이 좋아 보이지 않았다.

"왜 저래?"

"나야 모르지."

"냅둬. 일 끝내면 항상 저러시잖아. 저러다 또 재밌겠다 싶은 곳 있으면 신나서 가시겠지."

해적들은 내내 에르기를 힐긋거렸으나, 굳이 말을 걸진 않았다. 저렇게 혼자 조용해져서 분위기를 잡는 일이 하루 이틀 있는 것도 아니니까.

그때였다. 소금기를 머금은 바람이 불면서 끼룩거리는 갈매기 소리가 가까워졌다.

에르기는 고개를 들었다. 갈매기처럼 울며 나타난 새는 코카투였다. 에르기의 다리 옆으로 다가와 앉은 코카투는 발로 직접 쥐고 온 서신을 '척' 에르기에게 내밀었다. 에르기는 익숙하게 서신을 받아 펼쳤다. 하인리의 필체란 걸 바로 알아볼 수 있었다.

안 바쁜가? 블루 보헤안 쪽에 심어놓은 마력석 회수 가능한가?

에르기는 별말 없이 서신을 도로 접은 다음 코카투에게 건넸다. 딱히 답장을 쓸 마음도 없다는 듯. 코카투 역시 답장을 써달라 재촉하는 대신, 편지를 챙겨서 도로 날아올랐다. 멀어지는 새의 뒤꽁무니를 보다가 에르기는 선실 외벽에 등을 기대고 앉았다.

'마력석 회수는 무슨.'

블루 보헤안에 가게 되면, 동대제국에서 있었던 이야기를 전해 들은 이들이 한마디씩 잔소리며 충고를 하려 들 것이다. 그중엔 그 여자도 있을 테고. 평소처럼 조용한 목소리로, 사람들에게 상처를 입히면 안 된다고 말하겠지. 아버지는 옆에서 불편하게 커피를 홀짝이다가 견디지 못하고 나갈 것이다.

이후에는…….

생각하면 생각할수록 어이가 없고 화가 난다. 뻔뻔하지. 기억을 잃으면서 자존심도 잃은 게 확실하다. 내가 아는 소비에슈는…… 말하려고 보니, 당사자한테 대놓고 '내가 아는 소비에슈는 내가 모르던 소비에슈였다'고 하긴 했구나. 진짜 그 말을 실천하는 건가?

하여튼 내가 아는 소비에슈는 자존심이 강했다. 황태자 시절이니 황제일 때만큼 강하진 않겠지만, 사과하는 척 남의 궁전을 뒤지고 다니다가 걸리면 민망해서라도 돌아갈 생각을 할 정도로는 강했다.

그런데 복숭아를 보내? 어제 일이 오해다, 미안하다, 사과하는 편지를 보내도 기가 막힐 판국에 복숭아를 보낸다고?

"황후 폐하?"

"왜 그러나요, 로즈 양?"

"괜찮으신가요?"

"물론입니다."

괜찮지 않다. 소비에슈에 대한 분노와 하인리에 대한 이상한 죄책감, 그가 부재할 동안 일을 처리할 걱정, 마력석을 회수하기도 전에 마력 감소 건에 대해 들킬 가능성 등등이 번갈아 머리를 어지럽히고 있으니.

게다가 마법 훈련은 도무지 진도가 나가질 않아…….

"황후 폐하."

그때였다. 문앞을 지키는 기사 중 한 명이, 카프멘 대공이 내게 찾아왔단 걸 알렸다. 들어와도 괜찮다 허락하고서 응접실로 나가자, 문이 열리고 그가 들어왔다.

그를 보자 며칠 전 일이 떠올라서 이번에는 어색한 미소가 지어졌다. 소비에슈를 보고 놀라 그만 카페에 놔두고 왔지. 일부러 친구를 만날 때 날 데려가 준 건데.

"이쪽으로 앉아요, 대공."

"잘 들어가셨습니까?"

생각해보니 같이 타고 온 마차도 내가 타고 가버렸구나.

"전엔 고마웠어요. 먼저 가서 미안해요."

"어쩔 수 없는 상황이었으니까요."

덤덤히 말한 카프멘은 내가 가리킨 자리에 앉아 모자를 벗고 무릎 위에 올려두었다. 그러고는 몇 마디 소소한 인사말과 안부를 건넸다. 대답해주는 사이 마스타스가 다가와 테이블에 커피와 음료수, 과자를 놓고 나갔다. 그런데 이상하게도, 카프멘은 응접실 안에 완전히 두 사람만 남게 되자 아까까지 잘하던 이야기를 갑자기 뚝 끊었다.

'안부 물어보러 온 거 아니었나?'

아닌가 보다. 괜히 닫힌 문까지 뒤돌아 쳐다보더니 바로 화제를 바꾸는 걸 보면.

"혹시 제가 자리를 비운 사이에 돌시와 무슨 이야기를 했습니까?"

"어차피 알잖아요? 그대는……."

생각을 읽으니까. 뒷말은 생략했다. 카프멘 대공은 자기 이 능력을 유용하게 사용하면서도 숨기고 싶어하니까.

"아닙니다."

그런데 아니라고 한다. 겉으로 보기엔 언행일치가 완벽할 것 같더니. 의외로 돌시란 무뢰배, 마음을 잘 숨기는 타입인가?

"돌시의 속마음은 저도 읽지 못합니다."

마음을 잘 숨기는 수준을 넘어섰어?

"어떻게 그런가요? 모든 사람의 속마음을 들을 수 있다고……."

예외가 있었어?

"이유는 저도 모르겠습니다."

덤덤히 대답한 카프멘은 품 안에서 반듯하게 두 번 접은 종이를 꺼내 내밀었다.

"이게 뭔가요?"

받아 들어 펼쳐보니, 소위 '괴발개발' 그렸다고 할 법한 그림이었다. 그림을 유달리 못 그리는 세 살배기 아이가 스케치북 위에 벅벅 그려둔 것 같은 그림.

"조카가 있나요?"

"돌시가 그린 겁니다."

"아. 미안해요."

"아닙니다. 자기도 자기가 그림 못 그리는 거 압니다."

그렇구나. 하긴 눈이 있다면……. 하지만 더욱 이상하다. 카프멘 대공은 돌시 스스로 인정할 만큼 못 그린 그림을 왜 나한테?

"돌시가 이름 웃긴 아가씨한테 전해달라 해서요."

"……."

"미안합니다. 전 그 이름이, 그렇게 놀림거리가 될 줄은 몰랐습니다."

거짓말. 그러면 굳이 사람 이름을 나비라고 할 이유가 있나. 상대가 내 마음을 읽을 수 있다는 건 이럴 때만 좀 편하다. 속으로 불평할 때.

카프멘 대공은 쓸쓸하게 웃고서 커피잔을 꽉 쥐었다. 조금 미안해졌다. 작명 센스가 없는 걸 두고서 너무 불평했나 싶어서.

"제가, 작명 센스가 없어 보일 정도입니까."

'아니에요'라고 대답해도 이미 생각을 다 들켰겠지. 어색하게 웃고서 음료수를 마신 다음 얼른 말을 돌렸다.

"돌시가 이걸 왜 나한테 전하라 한 건가요?"

마지막에 '아하' 하는 이상한 소리를 내긴 했지만. 그전에는 이쪽에 별 관심도 보이지 않았잖아? 헤어지기 전에 도와주니 마니 이상한 말도 하긴 했지만…….

"저도 모르겠습니다. 하지만 '이대로 해주면 도와주겠다'고 하더군요."

"이대로 해주면 마법 익히는 걸 도와주겠단 뜻인가요?"

"그런 것 같았습니다."

상대의 속마음을 듣지 못하는 상황이 어색한지, 카프멘 대공이 애매하게 대답했다. 고개를 끄덕이고서 다시 돌시의 그림을 살폈다.

"……."

하지만 아무리 자세히 봐도, 그냥 못 그린 그림이란 생각만 들 뿐. 이게 뭔지 알 수가 없었다. 이게 뭔지 알 수 있어야 이대로 해주든가 말든가 하지. 보자. 줄이 죽죽 위아래로 그어져 있고, 사이에 공간이 좀 크게 있다. 중간에는 과도하게 반짝이 효과가 들어가 있는데…….

"뭔지 모르겠군요. 이게 뭐라고 말은 안 하던가요?"

"물어보긴 했습니다. 돌시가 말하길, 보여주면 알 거라더군요."

내가 알 만한 그림이라.

일단 알겠다 말한 후, 카프멘과 몇 마디 더 대화를 나누다가 헤어졌다. 그는 밖으로 나갔고, 나는 시녀들을 부른 다음 그림을 보여주며 의견을 구했다.

"그냥 장난질한 거 아닌가요?"

"선 긋기 하다가 장난친 거 같은데요."

"바다? 바다 아닙니까? 파도요. 파도가 빛을 받으면 반짝거리잖습니까."

하지만 시녀들 역시도 그림을 이해하지 못하긴 마찬가지였다.

이렇게 되고 보니, 하인리에게 그림을 통해 내 마음을 전달하려 했던 게 좀 미안해졌다. 하인리도 내가 보낸 그림을 보고 막막해했을까? 물론 난 이렇게 그림을 못 그리진 않지만. 맞아. 난 그림을 잘 그리니, 하인리는 막막하지 않았을…….

잠시만. 바꿔서 생각해보자. 보통은 글로 요구 사항을 말하지. 나 같은 경우는 평소와 다른 위안을 주기 위해 굳이 그림을 그린 거였고. 하지만 돌시의 경우는, 웬만해서는 그냥 글로 요구 사항을 말하거나 카프멘을 통해 말을 전할 수 있었다. 그런데도 굳이 그림을 보냈다. 자기도 자기가 못 그린단 걸 알면서. 여기에 의미가 있지 않을까?

생각이 날 듯 가닥이 잡힐 듯한 기분에 눈을 가느스름하게 뜨는 때였다. 랑드레 자작이 들어왔다. 내게 볼일이 있어서 온 것 같은데. 시녀들이 랑드레 자작에게도 이게 무슨 그림 같으냐며 묻자, 자작은 보고를 하려다가 말고 그림을 뚫어져라 보더니 되물었다.

"벽 아닙니까? 벽 같은데요."

벽?

"듣고 보니 정말 벽 같습니다, 황후 폐하."

"정말요. 여기부터 여기까지가 벽이고 안에 든 게…… 뭘까요?"

시녀들이 수군거리는 동안, 랑드레 자작은 나와 시녀들을 번갈아 쳐다보았다. 할 말이 있는데 옆에서 계속 그림 이야기를 하니 말을 하지 못하는 듯했다. 그러다 나와 눈이 마주치자, 랑드레 자작이 얼른 보고했다.

"전에 르베티 양을 찾아보라 하셨지 않습니까. 찾았습니다."

그 말이 들리자마자 시녀들이 약속이라도 한 듯 토론을 뚝 멈추었다.

"르베티를 찾았어요?"

로라가 눈을 댕그랗게 뜨고서 랑드레 자작의 코앞까지 달려와 소파에 두 손을 퍽 얹고 얼굴을 들이밀었다.

"르베티가 어디 있었는데요? 건강해요? 다친 데는 없고요?"

랑드레 자작은 몹시 부담스러운 듯 상체를 어색하게 뒤로 빼며 대답했다.

"르베티 양은 므아르에 있었습니다. 르베티 양이 상속받게 된 림웰 영지의 바로 옆에 있는 작은 마을이지요."

"다친 곳은요? 다친 곳은 없대요?"

"그런 보고는 없었습니다."

'보고가 없었다'는 건 랑드레 자작이 직접 찾아낸 건 아니구나. 그의 부하들 중 누군가가 찾아낸 모양이다.

놀란 가슴을 쓸어내렸다. 그래도 정말 다행이었다. 아무래도 상황이 상황이다 보니, 그 애가 어떻게 반응할지 몰라 걱정했는데.

"자작, 괜찮다면 르베티 양을 내게 데려와 줄 수 있나요?"

"르베티 양을 말입니까?"

사교계에 이제 막 데뷔를 한 어린 귀족, 영지 운영에 대해 배운 적도 없는 어린 귀족이 혼자서 영지를 꾸려나갈 수 있을까? 게다가 내가 알기로 르베티의 어머니는 몸이 무척 약하다고 했다. 정신이 아무리 굳세더라도 몸이 약하다면, 아이를 데리고 다니면서 이것저것 알려주는 데 한계가 있을 수밖에 없었다.

"한번 물어봐 줘요."

랑드레 자작은 흔쾌히 고개를 끄덕였다.

"그러겠습니다. 어려운 일이 아니니까요."

랑드레 자작이 나가고 난 후, 주베르 백작 부인과 로라는 걱정스러운 얼굴로 이야기를 주고받았다.

"르베티 양이 오려 할까요, 백작 부인? 내 생각엔 안 오려 할 수도 있을 것 같아요. 자존심이 상할 거잖아요."

"그럴 수도 있지요. 르베티 양은 황후 폐하를 존경했으니까요. 자기 아버지와 오빠가 '그 여자'와 한패란 걸 알게 되고 충격을 받았을 거예요."

"하지만 그건 르베티 양 잘못이 아닌데!"

르베티에 대해 모르는 마스타스와 로즈는 서로 고개만 희미하게 저을 뿐 별말을 하지 않았다.

나는 주베르 백작 부인과 로라가 이야기하는 소리를 들으며 뒷 짐을 지고 방 안을 서성거리다가, 복도로 나갔다. 마스타스가 얼른 뒤를 따라 나오며, 르베티가 어떤 아이인지에 대해 질문했다. 생각 나는 대로 대답해주고 있자니 배 한구석에서 괜한 긴장감이 솟아 났다.

"황후 폐하? 괜찮으십니까?"

내가 배 위에 손을 올리고 멈춰 서자, 마스타스가 놀라 물었다.

"괜찮아요."

나는 도로 손을 내렸다.

그냥…… 르베티가 영지 경영을 배워야 하는 것처럼, 나도 하인 리가 자리를 비운 사이 그의 역할 대행하는 법을 배워야 할 텐데, 이 생각을 했을 뿐이었다.

그런데 곰곰이 생각에 잠긴 채 얼마나 걸어갔을까. 반쯤 멍한 정 신으로 걸어가는데, 소비에슈가 연못가에 위태롭게 서 있는 게 보 였다. 떨어질 듯 말듯 아슬아슬하게. 순간, 그가 뛰어내리려 하는 게 아닌가 싶은 생각이 들었다.

"랑드레 자작!"

놀라서 랑드레 자작에게 소비에슈를 붙잡아달라 부탁하고, 나 역시 소비에슈가 선 곳의 연못가 물을 얼리기 위해 손을 뻗었다. 내 손 부근에서는 핑 작은 얼음덩어리만 생겨나서 똑 떨어졌지만, 랑드레 자작은 무사히 소비에슈를 붙잡는 데 성공했다.

"뭐 하는 거지?"

얼결에 랑드레 자작에게 허리가 잡혀서 뒤로 물러난 소비에슈는, 처음엔 기막혀하더니 나중엔 화가 나서 물었다.

"내가 잡으라 했어요."

그 화난 얼굴은, 내가 소비에슈 쪽으로 다가가 덤덤히 알려주자 대번에 싹 가라앉았지만.

"그래?"

소비에슈는 그런 거면 상관없다는 듯 내 쪽을 향해 쑥스럽게 웃었다.

"나비에."

"예의를 갖춰주셨으면 합니다."

친한 척 부르는 그에게 딱 잘라 말한 다음 몸을 돌려 다시 연못가에서 물러났다. 멀쩡히 웃으면서 붙는 모습을 보자 속이 부글부글 끓었다.

열아홉 살의 소비에슈는 기억을 잃기 전 소비에슈보다 훨씬 더 생존 욕구가 강할 텐데. 왜 저 모습을 보면서 나는 소비에슈가 연못에 뛰어들지도 모른다 생각한 거지? 잠시 떠오른 불안이 어이없게 여겨졌다. 어이없는 마음은 곧 자존심에 상처를 냈다.

"나비에."

뒤따라오려는 그쪽으로 고개를 돌리지 않고서 걸음을 빨리했다. 계속 그렇게 걸어가다 보니 마침내 랑드레 자작 외에는 아무도 따라오지 않게 되었다. 그제야 안심하고서 정원 안쪽의 벤치에 앉았다.

"폐하. 혹시나 싶어 여쭙는 거지만⋯⋯."

"아니, 절대로 뛰어들려던 게 아니야."

한 치의 망설임도 없는 소비에슈의 대답에, 카를 후작이 마지못해 수긍했다.

소비에슈와 카를 후작은 지금 그들이 임시로 지내는 거처에 돌아와 있었다. 소비에슈가 연못 구경을 하고 있는데 갑자기 랑드레 자작이 소비에슈가 곧 뛰어내리기라도 할 것처럼 안아서 뒤로 끌어낸 탓이었다.

카를 후작은 소비에슈의 눈치를 살폈다. 그는 랑드레 자작이 소비에슈를 잡아채기 직전, 소비에슈의 표정이 어땠는지 보지 못했다. 소비에슈의 뒤쪽에 있었으니까. 하지만 랑드레 자작이, 그것도 나비에와 함께 있던 랑드레 자작이 아무 이유 없이 소비에슈를 잡아당겼을 것 같진 않았다. 카를 후작의 머릿속에 밤이 되면 나타나는 '진짜' 소비에슈 인격이 떠올랐다. 그가 자기 머리를 가리키며 한 말도.

— 얘를 없앨 방법을 찾아.

카를 후작은 건조한 손으로 얼굴을 마구 비볐다. 혹시 낮에 나타나는 소비에슈 인격이 그 일을 알게 된 건 아닌가? 그래서 복수를 하기 위해 연못에 뛰어들려 했다거나⋯⋯. 아니면 또 다른 충격을 줘서 아예 진짜 인격을 없애려 했다거나⋯⋯.

너무 과장된 생각일까?

"카를 후작."

"예, 폐하."

"혹시 요즘 고민 있어?"

"!"

"아니야?"

"아닙니다, 폐하. 당연히 없지요."

웃으면서 대답하는 카를 후작을, 소비에슈는 픽 웃으며 보다가 고개를 돌렸다. 다시 카를 후작은 소비에슈의 등만 볼 수 있게 되었다. 그렇기에 카를 후작은 알지 못했다. 카를 후작에게 등을 보이고 앉은 소비에슈의 표정이 금세 가라앉았단 사실을.

'내가 생각하는 걸 그놈이 생각하지 못할 리가 없지.'

소비에슈는 분홍색 실타래를 손에 쥐고 주물거리며 눈을 가늘게 떴다. 며칠 전의 사건 이후, 소비에슈는 '밤의 소비에슈'의 쓸모에 대해 의혹을 가지게 되었다. '밤의 소비에슈'는 자기야말로 모든 사건의 원흉이자 계기이면서도, 중요한 정보를 공유하려고 들지 않는다. 참으로 쓸모없었다.

소비에슈는 밤의 소비에슈가 점점 더 못마땅해졌다. 그러다가 오늘 연못을 보자, 한 번 더 충격을 주면 밤의 소비에슈가 사라지진 않을까, 하는 생각이 떠오른 것이다.

분홍색 실타래가 소비에슈의 손안에서 형태를 알 수 없게 꼬여갔다. 소비에슈는 실뭉치를 내려놓고, 힐긋 거울 너머로 카를 후작을 보았다. 카를 후작은 슬픈 표정으로 바닥을 내려다보고 있었다.

'밤중에 나타나는 소비에슈는 기억이 온전하고 아는 게 많으니,

카를 후작부터 시작해 다들 그 소비에슈를 '진짜'라고 생각하지. 카를 후작은 신뢰할 수 있는 사람이지만, 그는 지금의 나보다 밤에 나타나는 나를 더 신뢰할 텐데. 과연 내가 카를 후작을 믿을 수 있을까?'

결론은 '아니다'였다.

르베티에게서 연락이 오길 기다리고, 소비에슈가 동대제국에 돌아가길 기다리고, 하인리가 자리를 비우길 기다리고, 우리 아기새가 태어나길 기다린다.

최근 며칠간 내 삶은 기다림의 연속이었다. 이젠 또렷하게 손에 잡히는 볼록해진 배를 어색하게 쓸어보다가, 뒤에 쿠션을 가져다 대고 좀 더 편안하게 몸을 긴 소파에 기댔다.

손을 뻗어서 낮은 커피 테이블 위에 놓인 종이를 집었다. 카프멘 대공을 통해 돌시가 전하라 한 종이인데, 아직까지 해석이 되지 않은 상태였다. 그냥 본인에게 무슨 뜻인지 물어보거나, 어린애들을 불러서 해석해보라 하는 게 낫지 않을까. 요즘은 이런 생각까지 들고 있다. 이 괴상한 그림이 기다림으로 가득한 내 인생에서, 유일한 퀴즈가 아닐까.

'굳이 그림으로 표현했어야만 하는 이유…… 벽…… 반짝거림.'

곰곰이 생각해보다가 결국 종이를 도로 뒤집어 테이블에 내려놓았다. 이후 집무실로 돌아가 몇 가지 안건을 확인한 다음 정원으로 나갔다. 산책을 하면서 돌시가 보낸 그림을 해석해본 후에 다시 집무실에 돌아갈 생각을 하고서.

그런데 몇 걸음 걸어가기 전. 파란 숨결이 후 쏟아지는 느낌이 들더니, 팔뚝에 소름이 돋으면서 발아래 잔디가 생생한 모습 그대로 얼어버렸다. 겨울이 와 말라비틀어지며 굳어버린 게 아니라, 생명을 그대로 간직한 채 초록색 싱싱한 이파리를 드러내고 얼어 있었다. 발끝으로 잔디를 툭 치자 바스락 소리를 내며 잔디 끄트머리가 부서져 떨어졌다.

"위험합니다."

랑드레 자작이 놀라서 내 앞으로 다가오며 한 팔을 뻗었다. 이미 암습을 당한 적이 있기에, 순순히 그가 시키는 대로 몸을 뒤로 뺐다.

그 순간. 뒤에 선 단단한 무언가에 머리를 부딪치면서 균형이 무너졌다. 휘청하는 몸을 누군가 가뿐하게 붙잡아주었다. 날 부축해준 팔을 덩달아 잡고서 몸을 일으켰다.

"고마워요."

인사를 하고서 몸을 돌리자 뜻밖에도…….

'돌시?'

내가 귀족인 줄도 몰랐어야 할 카프멘의 친구가 서 있었다. 랑드레 자작이 빠르게 검을 뽑기 전. 돌시는 손가락을 뻗어 랑드레 자작의 어딘가를 얼렸다. 랑드레 자작은 아무런 소리도 내지 못하고 그대로 잠들었다. 마치 그가 버튼 하나로 작동되는 작은 기계여서, 버튼을 꺼버리자 움직일 수 없는 것처럼.

그 놀라운 솜씨에 당황스러워 쳐다보고 있자, 돌시가 고개를 기웃하며 물었다.

"내가 보낸 그거 봤어?"

뒷걸음질을 쳤다가 뒤로 보낸 발을 다시 앞으로 내밀었다. 고개를 끄덕이자, 돌시가 벽에 한 팔을 짚더니 득의양양하게 웃었다.

"어땠어? 가능할 거 같아?"

질문을 던지는 그는 이미 내 정체에 대해 다 알고 있는 것 같았다. 하긴. 궁전 안에 숨어 들어올 정도면 당연히 알고 있겠지만.

"안 될 거 같아?"

내가 바로 대답하지 않자, 돌시가 다시 질문하더니 벽에서 팔을 떼었다.

"어느 부분이 별로던데?"

마침 산책을 하다가 종이를 보기 위해서, 돌시가 보낸 그림을 가지고 왔었다. 나는 그림을 꺼내는 척하며 주위를 느리게 훑었다. 혹시 기절한 랑드레 자작 외엔 도와줄 사람이 없는가 싶어서. 그러나 아무도 없었다. 결국 순순히 종이를 펼쳐 그에게 내밀었다.

"뭘 그린 건지 이해가 안 가는데."

"이렇게 직관적으로 그렸는데도 이해가 안 간다고?"

돌시는 깜짝 놀란 척 되묻더니, 손가락으로 시녀들이 '벽'이라 추측한 부위를 가리켰다.

"댐."

댐?

벽을 댐이라 말한 돌시는, 손가락을 약간 더 움직여서 과도하게 반짝이 처리가 된 부분을 가리키며 말했다.

"보석. 아주 많이."

손가락으로 설명을 끝낸 그가, 무척이나 즐겁다는 듯 웃더니 다시 한번 벽을 가리키며 말했다.

"댐. 보석 많이."

돌시는 자신의 정체를 스스로 밝히진 않았다. 그냥 몇 군데 그림 설명만 해주고 갔을 뿐. 하지만 그의 말을 듣자마자 몇 가지 그의 정체일지도 모를 것들이 떠올랐다. 물론 아닐 수도 있다. 그러나 이대로 따라주어서 손해 볼 거? 아무것도 없지.

나는 바로 방으로 돌아가 화가와 건축가를 불러서 좀 더 그림 속 댐을 튼튼하고 호화롭게 설계했다.

사실 돌시가 누구인지는 상관없었다. 중요한 건 그가 내게 해를 끼칠 마음이 있는지 도움이 될 마음이 있는지였고, 이 새로운 설계도가 마음에 든다면 돌시는 내가 마법 익히는 걸 도와줄 수 있단 거니까.

그리고 새로 만든 설계도는 응접실 창틀에 끼워놓고 자자, 다음 날이 되었을 때 종이는 싹 사라졌다.

'이걸로 된 건가?'

"황후 폐하. 왜 그러시나요?"

"여기에 뭘 두셨어요?"

"그러고 보니 어젯밤에 여기 뭘 끼워두신 것 같은데…… 없어진 건가요?"

"찾아볼까요?"

"아니, 괜찮아요."

걱정스럽게 묻는 시녀들에게 아무 일도 아니라고 웃으면서 대답해주다가 랑드레 자작 쪽을 보니, 랑드레 자작은 굳은 얼굴로 허리춤을 쳐다보고 있었다. 어제 제대로 날 지킨다고 지키고 있었는데도 눈 하나 깜짝할 사이도 없이 돌시에게 제압된 게 큰 충격인 듯했다.

"자작, 괜찮아요?"

충분히 놀랄 일이다 싶어서 묻자, 랑드레 자작이 힘없이 고개를 끄덕였다.

전혀 안 괜찮아 보이는데…….

같은 생각인지 로라가 슬쩍 내게 물었다.

"니안과 싸운 걸까요?"

"그건 아닐 거예요."

"그래도 혹시 모르잖아요. 요즘 니안도 잘 오지 않고 있고."

"니안이 안 오는 건 어쩔 수 없지요."

소비에슈가 여기에 와 있는데. 하지만 뒷말은 하지 말자.

비가 하늘에서 쏟아지듯 오기 시작했다. 새벽하늘이 온통 젖어버린 걸 구경하다가, 나는 의자에 달린 쿠션을 다시 바꿔 끼운 다음 만년필의 촉을 갈았다. 자꾸만 흔들리는 촛불을 고정하기 위해, 촛농이 물처럼 고이는 걸 닦아내면서 시계를 확인하니 아직 겨우

오전 7시였다. 이런 시간에도 하늘이 저렇게 새까맣다니. 우릉릉 쾅쾅 하는 천둥소리 때문에 결국 집중도 되지 않아서, 나는 만년필 끝을 몇 번 부러뜨린 끝에야 펜을 내려놓고 자리에서 일어났다.

창가로 가자 번개 뒤를 따라온 천둥 탓에 순간 방 안이 하얗게 변했다가 도로 어두워졌다. 이 와중에서도 배 속에선 태동조차 느껴지지 않은 게 신기했다. 나와 하인리의 아기는 무척 대범한 모양이야. 그렇지? 배를 쓸면서 묻자, 아기새가 대답을 하는 것만 같다.

배 위를 만족스럽게 쓰다듬어주다가, 다시 몸을 돌려 책상 앞의 의자에 앉았다. 집중이 되지 않더라도 여기까지만 더 살펴보고 갈 생각이었다. 알현 문제까지만.

그런데 한참 펜 끝으로 입술을 누르며 서류를 빤히 보고 있을 때였다. 쿵쿵쿵. 다급하게 문을 두드리는 소리가 나더니, 짤랑거리면서 밖에서 종을 울리는 소리가 났다.

'무슨 일이지?'

들어오란 신호를 보내자, 얼굴이 새하얗게 질린 부관이 황급히 방 안으로 들어왔다. 그는 의복조차 제대로 갖추어 입지 않은 상태였다. 힐긋 시계를 확인했다. 그럴 수밖에. 아직 관리들이 업무차 궁궐에 들를 시간이 아니었는걸. 나야 근처에서 사니까 그냥 이 시간에 나와 있는 거지만.

"왜 그러나요?"

어쨌든 저렇게 초조한 모습을 보이니 겁이 나서 물었다. 머릿속에 부관이 저렇게 힘들어하고 괴로워할 몇 가지 일들이 떠올랐다.

"무슨 일이 있어요?"

"릴테앙 대공이 사라졌습니다!"

부관이 외치자마자 공교롭게도 또 '으르릉 쾅' 하는 천둥소리가 울렸다.

"릴테앙 대공이 사라졌다……."

내가 되묻자 이번에는 내 등 뒤에서 번개가 번쩍였다. 역광을 받자 내가 화를 내는 것처럼 보였는지, 부관이 덜덜 떨면서 풀썩 주저앉았다. 좀 놀라긴 했지만 저렇게 두려워할 정도로 화가 나진 않았는데.

"일어나요."

부관이 얼른 벌떡 일어났다. 비를 맞으며 달려온 탓에 그의 머리카락이 축축하게 이마 위에 달라붙어 있었다. 손수건을 내밀자 부관이 덜덜 떠는 두 손을 내밀었다.

"앉아봐요."

"옷이 젖었습니다, 황후 폐하."

"괜찮아요."

의자를 가리키자, 부관은 주춤주춤 다가와 의자에 앉아 두 손과 다리를 모았다. 마치 내가 지금부터라도 화를 낼 거라 생각하듯.

"폐하께는?"

"다른 사람이 보고하러 갔습니다."

"어떻게 된 건가요?"

내가 알기로 릴테앙 대공은 하인리의 생일 파티 때 사건으로 붉은 탑에 갇혔지. 붉은 탑은 귀족 죄수들을 가두어두는 만큼, 경계가 무척 삼엄한 곳이라 들었다. 그런데 자국도 아닌 외국에서 릴테앙 대공이 탈옥을 했다고?

다시 쿠르릉 소리를 내며 천둥이 울렸다. 안 그래도 거세게 퍼붓던 비가 천둥이 끝나자 갑자기 더욱 요란하게 퍼부어댔다.

확실히. 탈출을 하기에 딱 좋은 날씨이긴 한데…….

"탈출 경위에 대해선 아무도 모르나요?"

"예. 아직 거기까지는."

부관이 내가 준 손수건으로 이마를 닦다가 황급히 손을 도로 내렸다. 여전히 그는 과도할 정도로 쩔쩔맸다.

"부관."

"예, 황후 폐하."

"혹시 내게 더 보고하지 못한 게 있습니까?"

결국 의구심을 풀기 위해 대놓고 묻자, 부관이 어깨를 떨었다.

"예?"

아닌 척 되물었지만 그의 손아귀 내에서 내가 준 손수건은 무참히 구겨지고 있었다.

"내가 알기로, 릴테앙 대공에 대한 처벌은 소비에슈 황제의 동의 하에 이루어졌는데."

"예, 황후 폐하."

타국의 왕족에게 직접 벌을 내리는 건, 자존심 싸움이 되기 쉽다. 그렇다 보니 보통 외국 왕족의 죄는, 왕족 개개인이 아니라 그 나라에 대한 항의로 화살의 방향이 가기 쉽지.

하지만 이 건은 달랐다. 소비에슈 황제는 서대제국 측이 릴테앙 대공에게 직접 죄를 묻겠단 걸 묵인하기로 했으니. 이 일은 국제 문제로 비화할 여지가 없는데. 왜 부관은 이렇게 아침 일찍부터 달려와서 허둥지둥하는 거지?

"부관. 혹시…… 이 일에 내가 모르는 다른 일이 있나요?"

완벽하게 정비된 도로는 거센 비에도 질척이지 않았다. 하지만 물을 먹어 축축 늘어지는 그의 바지 밑단과 망토는 잘 정비한 도로로도 어쩔 수 없었다.

"젠장!"

릴테앙 대공은 욕을 뱉으며 거추장스러운 망토 자락을 잡아당겼다. 확 벗어버리고 가고 싶었으나, 동대제국에 도착할 때까지는 얼굴을 가려야 했다.

"어디까지 가면 되지?"

그는 자꾸만 눈앞을 가리는 빗물을 손을 들어 마구 문지르며 물었다. 1인용의 우산을 어깨에 받쳐 쓴 사람이 변두리가 눅눅해진 지도를 집은 채 "어……." 하고 말끝을 애매하게 흐렸다.

"어디까지 가면 되느냐고!"

대공은 버럭 외치다가 입안에 시큼한 핏물이 고이자 인상을 구기고서 도로 입을 닫았다. 그는 엉엉 울면서 자신의 입과 턱을 손으로 감쌌다. 입안에서 떨어진 핏물이 뚝 뚝 바닥에 떨어졌다.

"어……."

우산을 쓴 사람은 아직까지도 말을 잇지 않았다. 그 답답한 태도에 릴테앙 대공은 성이 났으나, 분노를 눌렀다. 분노를 누르지 못해이 꼴이 되었는데. 이 와중에 또 분노를 터트릴 만큼 그는 멍청한사람은 아니었다.

"이봐!"

하지만 우산을 쓴 사람이 "으음. 이 길이 아닌가." 하고 중얼거리자, 결국 릴테앙 대공은 화를 참지 못하고 확 지도를 뺏어 들며 외쳤다. 찢어진 입이 더욱 찢어져 피가 났으나, 치솟은 분노가 고통을순간적으로 이겨버렸다.

"제발 똑바로 말해! 그 미친놈이 따라오기 전에 달아나야 한다고!"

물을 머금어 약해진 지도는 릴테앙 대공의 힘을 이기지 못하고죽 찢어졌다. 찢어진 지도에서 진흙처럼 변한 덩어리가 툭 아래로떨어졌다. 우산을 쓴 사람이 그걸 내려다보며 다시 "어……." 하고중얼거렸다.

릴테앙 대공은 씩씩거리면서 그 사람을 노려보았다. 입에 돌을넣고 꿰맸던 탓에 릴테앙 대공의 몰골은 엉망이었다. 풍채가 좋았던 몸은 앙상해졌고, 입술 부근은 완전히 살이 헤어졌다. 급하게 탈출한 터라 제대로 치료도 받지 못해서 아직도 입술을 씰룩일 때마다 피가 주르륵 흘러내렸다.

보통 사람은 그 모습을 보는 것만으로도 자기가 다 아파서 시선을 피했을 것이다. 그 정도로 대공의 꼴은 좋지 못했다. 그러나 우산을 쓴 사람은 대공이 화를 내자 오히려 눈웃음을 지었다. 마치 뭐 이런 걸로 화내느냐는 것처럼. 태연한 태도였다.

"괜찮아요. 나만 믿으면 된다고 했잖아요, 대공."

목소리는 공손했으나 지나치게 나른해서 이질적으로 들렸다. 대공은 괜히 기가 꺾여서 손가락으로 그들이 가야 할 곳을 가리켰다.

"빨리 저쪽으로 가야 돼. 아니면 그 미친놈의 부하들이 쫓아온다고!"

우산을 쓴 사람은 손을 뻗어서 대공의 손가락을 쥐고 웃었다.

"쉬…… 괜찮아요. 나만 믿으라니까."

"도망을……!"

"나중에요."

우산을 쓴 사람은 발밑에서 더러워진 지도를 내려다보며 우산을 약간 기울여 수도 방향을 가리켰다.

"만나고 가야 할 사람이 하나 더 있거든요."

릴테앙 대공은 울 뻔했다. 가까스로 저기서 달아났는데, 왜 또 저기를 가리키는 건가. 아니, 진즉에 볼일을 다 보고 나오던가!

"그게 누군데, 대체? 누군데 이 와중에 나왔다가 도로 들어가서까지 만나야 하는 사람이냐고!"

"오늘은 아무도 만나지 않겠다고 해요."

매일 의무처럼 하던 알현을 뒤로 미루었다. 날씨가 이 정도로 나쁘면 비정기적으로 알현이 취소되기도 하기에, 다른 부관은 의심 없이 알겠다고 대답했다.

나는 곧장 내 방으로 돌아가 부부 침실 문을 열었다. 귀를 울리는 천둥이 완전히 차단된 이 방 안에서, 하인리는 신이 사랑한 천사처럼 잠들어 있었다. 헝클어진 머리카락조차 그를 사랑스러워 보이게 했다. 그 귀여운 뺨을 몇 번 쓸어보다가 나는 그의 귓가에 대고서 속삭였다.

"하인리."

바로 몸이 움찔하더니, 꼭 감겨 있던 속눈썹이 파르르 떨렸다. 눈꺼풀이 올라가며 내가 가장 사랑하는 그의 눈동자가 드러났다.

"퀸? 나비에."

잠에 축 젖은 목소리로 그가 내 이름을 부르며 손을 뻗었다. 내 목 뒤를 잡아끌어 당기더니, 자연스럽게 쇄골에 입을 맞추고 목에 입을 맞추고 턱에 입을 맞추었다.

"왜 벌써 일어났어요?"

그가 힐긋 시계를 보더니 눈과 이마 사이를 손바닥으로 짚었다.

"아직 이른 시간인데."

오늘은 매일 아침에 열리는 회의가 없어서, 하인리는 푹 잘 거라고 미리 예고를 해두었다. 그런데 이른 시간부터 내가 깨우자 영 일어나기 싫은 듯했다.

"하인리. 그대 부관이나 맥켄나가 말을 전하지 않던가요?"

"말? 급한 말입니까?"

"급한 말 같던데."

"그런 얘기 없었어요……. 그럼 아마 맥켄나 선에서 급하지 않다 판단하고 끊었을 겁니다."

내 부관은 평소 입궁하는 시각이 아닌데도 사색이 되어 달려왔는데. 하인리의 부관과 맥켄나는 자기들 선에서 이 일을 끊어버렸다? 더욱 의심스럽다. 왜 이렇게 두려워하느냐는 내 질문에, 부관은 결국 쩔쩔매며 대답하지 못했지. 그는 자기가 이 대답을 할 수 없는 입장이란 걸 헤아려달라고 침울한 목소리로 애원했다. 그래서 하인리에게 직접 찾아온 건데…….

"일어나요."

이불을 확 걷으며 말하자, 하인리가 내 다리에 달라붙으면서 인상을 찡그렸다.

"대체 무슨 일입니까, 퀸? 응?"

"릴테앙 대공이 탈출했다던데."

"대공이요?"

몸을 일으킨 하인리가 빙그레 웃더니 다시 내 다리 위에 자기 머리를 얹었다.

"어차피 소비에슈 황제의 인가를 받아서 벌을 내린 건데, 상관없잖아요?"

"나도 그렇게 생각해요."

손가락 사이로 그의 머리카락이 부드럽게 달라붙었다. 그걸 몇 번 문지르다가 다른 손으로 그의 뺨을 꽉 잡아당겼다.

"그런데 내 부관은 왜 그렇게 사색이 되었을까. 응? 하인리, 왜 그런 거 같아요?"

"오전 내내 푹 주무실 거라고 하시더니. 너무 한쪽 방향으로만 주무신 거 아닙니까?"

한쪽 볼이 발갛게 튀어나온 하인리가 나타나자, 맥켄나가 배를 잡고 넘어갔다. 하인리는 맥켄나의 꼬리깃에 리본을 달아 날려 보내고 싶은 충동을 누르며 이를 갈았다.

"릴테앙 대공이 달아났다며."

"네."

릴테앙 대공 이야기에 맥켄나가 빠르게 정색했다.

"누군가 탈옥을 도운 게 분명합니다. 탈옥한 방향을 살펴보니 안에서 밖으로 나온 게 아니라, 밖에서 안으로 들어간 흔적이 남아 있습니다."

"얘길 해줬어야지."

"황후 폐하께서는 이 일을 심각하게 받아들이지 않으실 건데. 괜히 두 분 주무시는데 알렸다가, 오히려 더 이상하게 여기실까 봐서요."

하인리는 한숨을 내쉬었다. 나름 맥켄나가 배려를 하긴 했구나. 새벽부터 일어난 나비에가 집무실에 내려가지 않았더라면, 나비에의 충실한 부관이 헐레벌떡 나비에를 찾아오지 않았더라면. 맥켄나의 배려는 정말 고마운 일이었을 것이다.

"왜 그러십니까?"

하인리의 표정에서 일이 잘못된 걸 알아차린 맥켄나가 눈을 동그렇게 뜨고 물었다.

"퀸의 부관이 이미 먼저 말했어. 퀸은 뭔가 이상하단 걸 눈치채고서 날 깨웠고."

맥켄나가 윽 인상을 찡그렸다.

"그럼 황후 폐하께서도 이제 알게 되신 겁니까? 폐하께서 그…… 대공 입에 돌 넣고 꿰매라 했다고?"

하인리가 두 손으로 얼굴을 가렸다.

"퀸이 날 상종 못 할 쓰레기라 생각하면 어쩌지?"

"갖다 버리시겠죠……."

"맥켄나!"

두 사람이 계속 싸워댈 것 같자, 조용히 없는 사람처럼 서 있던 재상이 흠흠 헛기침을 해서 자신의 존재를 알린 후 보고했다.

"우선 수사관들에게 누가 탈출을 도왔는지, 이후의 행적은 어떻게 되었는지를 조사하라 지시했습니다. 그리고 2위병단이 수도 출입을 막고, 탈출 추정 시각 전후로 드나든 이들을 조사하고 있을 겁니다, 폐하. 염려 마십시오."

"잘했다."

칭찬을 한 하인리는 몇 가지를 더 지시하다가, 잠시 입술을 달싹이며 창밖으로 고개를 돌렸다. 아직도 비가 퍼붓듯 내려서, 창밖은 아침인데도 저녁 같았다.

"왜 그러십니까, 폐하?"

"소비에슈 황제는? 지금 뭘 하고 있지?"

"이쪽에 사람을 푼 게 아니라면, 아직 그 일은 모르고 있을 겁니다. 명령하신다면 조사를 조용히 해서 계속 모르게 하겠습니다."

하인리는 곰곰이 생각해보다가 고개를 저었다.

"아니, 내가 직접 가서 만나고 얘기하는 게 낫겠다."

"폐하께서요?"

"이 일은 나와 그가 같이 결정을 내린 일이잖나. 책임 소재를 미리 좀 나누어두어서 나쁠 건 없지."

말을 마친 하인리는 시종을 불러 지시했다.

"소비에슈 황제에게 점심 식사를 함께할 수 있는지 물어봐."

하인리는 소비에슈와 대화를 해보려 하겠지. 하인리가 잔혹한 벌을 주었긴 하지만, 어쨌든 처음 문제를 일으킨 건 릴테앙 대공이었고, 거기에 피해를 볼 뻔한 것도 무력한 어린아이였으니, 말이다. 소비에슈 측에서도 조용히 넘어가고 싶어 한다면, 이번 탈출은 그냥 쉬쉬하면 지나갈 수도 있긴 했다. 릴테앙 대공을 찾아서 다시 가두거나, 아니면 소비에슈가 데려가거나. 어느 쪽으로 결론이 나더라도.

문제는 지금의 소비에슈가 자신이 릴테앙 대공 건에 관해 지시한 일을 기억하느냐인데…… 카를 후작이 말해줄 테니 괜찮으려나?

곰곰이 생각해보았지만, 어쨌든 이 일은 내 관할은 아니었다. 결국 더 그 생각을 하길 멈추고서, 무릎 위에 펼쳐놓은 동화책으로 억지로 시선을 돌렸다. 입에 돌을 넣었다거나 하는 그런 이미지를 떠올리는 건 태교에 도움이 되지 않는다. 그러니 하인리가 한 고백을 맑고 깨끗한 내용을 읽으면서 정화해버릴 생각이었다.

그러고 보니…… 그 생각이 나네. 내가 웃음을 터트리자, 천둥소리가 듣기 싫다면서 귀를 막고 몸을 비틀어대던 로라가, 어떻게 알고는 대번에 손을 내리면서 물었다.

"왜 그러세요? 왜요? 뭐 재밌는 거 있으세요?"

주베르 백작 부인이 그런 로라를 황당해 쳐다보았지만, 로라는 눈을 빛내면서 계속 내게 '왜요 왜요' 물었다.

"별거 아니에요. 그냥, 어릴 때 오빠가 천둥을 무서워한 일이 생각나서요."

"코샤르 경이요?"

지금도 무서워하는진 모르겠다. 그걸 알아볼 만큼 곁에서 계속 오래 있지 못했으니.

고개를 끄덕이자, 로라가 "의외네요." 하고 말했고, 거의 동시에 마스타스가 "그럴 것 같았습니다." 하고 말했다. 로라와 마스타스는, 서로가 한 대답이 말도 안 된다는 듯 서로를 쳐다보며 학을 뗐다.

나는…… 로라에 한 표. 마스타스가 이상한 말을 한 것 같다. 내가 슬쩍 로라 쪽으로 몸을 기울이며 쳐다보자, 마스타스가 억울한 얼굴로 변명했다.

"아니, 그분은 딱 보기에도 마음이 약해 보이시지 않습니까. 연약하고요. 천둥소리를 무서워해도 어울리지 않습니까?"

마스타스가 말하는 사람이 내 오빠가 맞나? 로라도 같은 생각인지, 내게 오빠가 혹시 하나 더 있느냐고 작게 물었다. 없다고 슬쩍 알려주자, 마스타스는 더욱 울상을 지었다. 그게 우스운지 로즈는 입술을 꽉 다물고서 어깨를 떨었다. 그러다 다시 천둥이 유난히 크게 치자 로라가 꽥 비명을 질렀고, 마스타스는 복수라도 하듯 로라가 겁이 많다면서 놀려댔다.

그렇게 한참 소란스럽게 떠드는 도중이었다. 응접실 밖에서 누군가 문을 탕탕탕 거세게 문을 두드렸다. 우리는 이야기하던 걸 멈추었다. 로라가 소파에서 일어나 문가로 다가갔다.

"누구세요?"

로라는 문을 열더니 "랑드레 경!" 하고 외쳤다.

"황후 폐하. 랑드레 경이에요."

"들어와도 괜찮아요."

허락을 하자 랑드레 자작이 들어오며 모자를 벗었다.

어딘가 다녀왔나? 자작의 옷은 다른 부분은 다 괜찮은데, 어깨 부근만 젖어 있었다.

"어디 다녀온 건가요?"

"예. 잠시 다른 볼일이 있어서요."

랑드레 자작은 두리번거리더니 모자를 무릎 위에 두었다.

"옆에 편하게 둬도 괜찮아요."

"아닙니다. 그보다 황후 폐하. 제가 내일까지 자리를 좀 비워야 될 듯합니다.”

“그런가요?”

“예. 하지만 부기사단장이 계속 곁에 있을 테니 안심하셔도 됩니다.”

“비가 많이 와서 어차피 오늘은 멀리 나가지도 못해요. 걱정 말아요.”

랑드레 자작이 인사를 하고서 나가자, 로라가 창가로 다가가 날씨를 다시 한번 확인하고서 혀를 찼다.

“와. 랑드레 자작은 이 날씨에 대체 어딜 가려는 걸까요?”

“개인기사단 역할을 해주고는 있지만 사실은 연합 소속이니까요. 다른 일도 많겠지요.”

로라는 ‘아 맞네요!’ 하는 얼굴로 손바닥을 쳤다. 아무래도 랑드레 자작이 연합 소속이란 걸 까먹고 있었던 듯했다.

“하긴. 그건 그래요.”

“사실 자작이 지금처럼 옆에 계속 붙어 있어주는 게 대단한 거지요.”

주베르 백작 부인는 랑드레 자작을 편들면서도, 그가 소파에 남긴 물기 자국이 마음에 안 드는지 그 부분을 연신 힐긋거렸다. 결국 주베르 백작 부인은 하녀를 불러 소파의 물기를 없애라 지시했다.

그사이, 나는 창틀에 담요와 쿠션을 가져다 두고 앉은 채 창문에 이마를 기댔다. 랑드레 자작이야 그냥 외출을 한 거니 상관없는데…… 릴테앙 대공의 일은 여전히 걱정되었다.

릴테앙 대공이 그냥 평범하게 감금만 되어 있었더라면, 소비에슈의 승인 하에 죄를 물은 것이므로 문제 될 여지가 없지만. 릴테앙 대공이 곱게 갇혀 있지 않았단 게 알려지면, 소비에슈 쪽에서 트집을 잡고 나올 수도 있었다. 나라면 트집을 잡겠지. 상대가 적대 국가라면. 물론 동대제국과 서대제국은 적대 국가라 하기에는 관계가 미묘하지만. 아니, 굳이 적대 국가가 아니더라도 자존심 문제로 시비를 건 다음 이득을 챙기려 할 수도 있고…….

문제가 생기진 않을까? 괜히 창문에 가볍게 이마를 몇 번 부딪쳐보지만, 지금 소비에슈의 상태도 정상이 아니다 보니 어떻게 나올지 짐작도 어려웠다.

하인리는 이 일을 어떻게 처리할 작정일까?

그 시각 하인리는 평소 거의 이용하지 않는 커다란 식당에 있었다. 그 식당에는 평소 거의 이용하지 않는 아주 긴 테이블이 있었는데, 하인리는 식당에서도 그 테이블의 *끄트머리*에 앉아 있었다. 그 맞은편 *끄트머리*에는 소비에슈가 앉아 있었고, 양옆으로는 시중을 들 궁정인들이 나란히 대기하고 있었다.

두 사람이 식사하는 데 사용하기엔 실용성이 형편없었으나, 하인리는 고의적으로 이런 자리를 준비한 것이었다. 그러나 소비에슈가 테이블이 화려한 데 대해서도, 굳이 불편한 자리에 부른 데 대해서도 별 반응이 없자 하인리는 그냥 가식적으로 웃으면서 권했다.

"음식이 입에 맞기를 바랍니다."

요리사 두 사람이 나타나 하인리와 소비에슈의 앞에 음식을 세팅하고 물러났다. 소비에슈는 화답을 생략하고 바로 질문했다.

"그래. 내게 하고 싶은 말이 무엇이오?"

굳이 서로 듣기 좋은 말은 필요 없으니 본론부터 하잔 뜻이었다. 하인리도 같은 생각이기에 바로 질문을 던졌다.

"릴테앙 대공이 우리나라의 귀족 어린아이를 죽일 뻔한 일, 기억 납니까?"

소비에슈는 아직 그 부분에 대해서는 일기장을 확인하지 못했다. 카를 후작이 여러 가지 이야기를 해준다고는 했지만, 세세하게 모든 일들을 하나하나 다 얘기해줄 수는 없었기 때문이었다. 카를 후작은 '앞으로 우선' 처리해야 할 위주로 이야기를 해주었는데, 릴테앙 대공에 대한 건 그 '앞으로 우선'에 포함되지 않았나 보다.

하인리는 소비에슈가 대답이 없고 표정만 군자, 여유롭게 포크로 생선 머리를 뚝 잘랐다.

"릴테앙 대공이 탈옥했습니다."

"그렇소?"

"알려드려야 할 것 같아서요. 아, 그리고 혹시 먼저 발견하면, 5년을 아직 못 채웠으니 대공은 이쪽으로 돌려주시길."

소비에슈는 웃으면서 하인리가 부순 생선 대가리와 같은 지점을 정확히 똑같이 뚝 분질렀다.

"글쎄요."

입으로는 애매한 대답을 꺼냈다. 그러나 속으로는 머리를 빠르게 굴렀다. 릴테앙 대공이 죄를 저질렀단 말 다음 탈출했단 이야기를 꺼내는 건, 몰래 가두어둔 게 아니란 거고. 대공을 여기에 가두어두는 걸 '내'가 허락했단 뜻이겠지. '5년을 못 채웠다'는 걸 보니 약속된 기한은 5년일 거고.

'문제가 터진 후 이런 사실을 굳이 되짚어 알려주는 건, 혹시 대공이 잘못되더라도 자기들에겐 문제가 없다는 걸 한번 짚고 싶은 건가……?'

소비에슈는 빠르게 판단을 끝내고 능구렁이처럼 비난했다.

"대체 대우를 어떻게 했기에 대공이 탈옥까지 한 건가 모르겠군."

자신이 릴테앙 대공의 처우를 여기에 맡긴 게 이상하지만, 맡겼다고 한들 데리고서 괴롭히란 허락은 안 했을 거란 추측 하에 던진 비난이었다. 하인리가 실제로 릴테앙 대공을 어떻게 대우했던, 그냥 마구잡이로 우기고 볼 수 있는 비난이기도 했다.

게다가 이 말은, 의도한 건 아니지만 하인리를 정곡으로 찔렀다. 그래도 하인리는 눈 하나 깜짝하지 않고서 대꾸했다.

"너무 곱게 큰 모양이지요. 대공이."

소비에슈는 자기도 릴테앙 대공이 마음에 안 들지만, 그래도 하인리 황제가 저렇게 나오는 게 더 싫어서, 또다시 생선 살을 파내면서 조곤조곤 비꼬았다.

"릴테앙 대공 같은 사람이 탈옥할 수 있을 정도면, 서대제국은 감옥은 좀 정비할 필요가 있겠군. 경비 숫자를 늘리는 게 어떨까."

"경비 숫자는 충분했습니다."

하인리는 신경질을 숨기고서 웃는 낯으로 대꾸하다가, 어색하게 소비에슈의 시종을 들고 있는 하인을 힐긋 보고는 대번에 같이 비꼬았다.

"릴테앙 대공을 가둬둔 붉은 탑의 경비를 뚫을 수 있는 사람은, 폐하의 마법사나 초국적 기사단 정도가 아닐까 싶군요."

"……."

"물론 뜬금없이 초국적 기사단이 나올 리는 없지만."

하인리가 붙인 애매한 뒷말은 '혹시 그쪽에서 대공을 빼내간 거 아니냐'는 것처럼 들렸다.

"변명을 찾는 것처럼 들리는데?"

"합리적 의심을 하는 거지요. 밤중에 함부로 남의 궁전을 뒤지고 다니는 분이시니."

두 사람은 빙그레 웃고 속으로 서로를 욕했다.

'능구렁이 같으니.'

'여우 새끼.'

추밀원에서 릴테앙 대공 건에 관해 처리한 문서를 부관에게 가져오라 한 다음, 집무실 책상에 앉아 찬찬히 그때의 문서를 훑어보는 도중이었다. 똑똑 문 두드리는 소리가 났다.

'하인리구나.'

다른 사람이라면 부관이 먼저 알렸을 텐데. 아닌 걸 보니 분명 하인리였다. 나는 바로 대답하는 대신, 책상에 팔을 괴고 문을 쳐다 보기만 했다.

조금 기다리자 다시 똑똑똑 노크 소리 들려왔다. 나는 말없이 일 어나서 문가로 다가간 다음, 또 노크 소리가 들리길 기다렸다. 그리 고 노크 소리가 두 번 들리는 순간, 문을 확 열었다. 하인리는 손을 올린 채 깜짝 놀라서 눈을 커다랗게 뜨다가, 표정이 환해졌다.

"퀸, 그대가 꼭 마법처럼 나타났습니다."

나는 대답 대신 휙 돌아섰다. 하인리는 얼른 내 앞으로 와서는 들고 온 상자를 내밀었다.

"퀸. 이거요."

받아 들자 상자가 뜨끈했다.

"뭔가요?"

"퀸이 전에 먹고 싶다 한 완두콩 포타주입니다."

상자 뚜껑을 열자 안에 그릇이 있고, 그 안에 포타주가 담겨 있 었다. 방금 막 만들어서 온 건지 연기와 좋은 냄새가 흘러나왔다. 저절로 군침이 돌 정도로.

"내가 만든 겁니다."

하인리가 자랑하더니 귀엽게 눈웃음을 쳤다.

사랑스러웠다. 하지만 누가 봐도 먹을 걸로 화를 풀게 만들려는 티가 났다. 두 가지 상반된 감정이 올라와서, 한숨을 짧게 토했다. 이대로 넘어가주고 싶기도 했고, 듣기 싫어도 좀 쓴소리를 해야 하 나 싶기도 했다.

잠시 고민했으나 후자를 선택했다. 나는 하인리가 준 상자를 책상에 올려두고 하인리의 손을 잡았다.

"하인리."

"식기 전에 먹어봐요."

아무렇지 않게 넘어가는 것도 좋지만…… 그가 앞뒤 다르게 행동하다가 걸린 게 한두 번이 아니었다. 한 번은 진지하게 얘기를 해보아야 할 것 같았다.

"하인리. 그대도 계획과 생각을 하고서 한 행동이겠지만…… 사람을 벌할 때 너무 잔인하지 않았으면 좋겠어요."

하인리는 웃던 표정 그대로 굳은 채, 내 손에 잡힌 자기 손을 내려다보았다.

"가두어두는 것만으로도 충분한 벌이었습니다. 굳이 더 잔인하게 행동할 필요 없었어요."

올라와 있던 입술이 위아래로 벌어졌다.

"하지만 퀸, 그자는……."

하인리는 억울한 얼굴로 입술을 달싹였다.

"나도 릴테앙 대공을 싫어해요, 하인리. 그는 처음엔 내게 뇌물을 주며 친해지려 했고, 그게 안 되자 라스타에게 붙었고, 이후로는 나에 대해 나쁜 이야기를 하고 다녔으니까요."

너무 가르치듯 말하는 것처럼 보일까 봐, 하인리가 기분이 상할까 봐, 나는 그의 표정을 살피다가 얼굴을 쓸어주었다.

"하지만 하인리. 그대가 정당한 복수를 하더라도 그 방식이 잔인하다면, 사람들은 그대의 복수가 아니라 방법에만 집중할 겁니다."

이중적으로 굴려면 정말 그 누구에게도 그런 점을 들켜서는 안 된다. 하지만 하인리는 잘 내숭을 부리는 것 같으면서도, 벌써 몇 번이나 내게 진짜 모습을 들켰다. 희미하게 실루엣만 보인 것뿐이라 하더라도. 내게만 긴장을 풀고 있어서 그런 것이라 하더라도.

게다가 하인리는 이미 공개적으로 잔인하게 일을 처리한 전적도 있었다. 날 위해서 즈멘시아 공작가를 잔인하게 처리한 일 말이다.

"하인리. 엄격한 처벌과 잔인한 처벌은 달라요."

하인리는 서대제국을 진심으로 사랑하는 황제였다. 난 후대에라도 그가 단순히 잔인한 행적으로만 평가받지 않길 바랐다.

"퀸."

하인리는 잠시 말없이 날 바라보다가, 몸을 돌려 몇 걸음 앞으로 걸어갔다.

"퀸. 무슨 뜻으로 그런 말을 하는지 알겠습니다. 나도…… 되도록 퀸의 말은 다 들어주고 싶습니다. 하지만 퀸. 소비에슈 황제는 가만히 앉아 자기 할 일만 하고, 모든 걸 법대로 처리해도 위엄이 따라오지만, 난 그런 상황이 아닙니다."

내가 보이는 건 하인리의 뒷모습뿐이었으나, 그가 한숨을 내쉬고 있단 걸 알 수 있었다.

"퀸. 난 귀족들이 날 만만하게 볼 수 없도록 만들어야 합니다. 하지만 쥐도 궁지에 몰리면 고양이를 물지요. 난 귀족들이 궁지에 몰릴 정도로는 그들을 몰아붙일 수 없습니다. 퀸. 나는 무섭지 않은 황제인 동시에 무서운 황제여야 하고, 귀족들의 경계심을 자극하진 않지만 그들이 눈치를 보고 신경 써야 하는 황제여야 합니다."

하인리가 내 양 볼에 입을 맞추고 나간 후. 나는 다시 책상에 앉은 채 추밀원에서 보내온 서류를 읽었다. 하지만 하인리가 하고 간 말이 신경 쓰였다.

입맛은 사라져서, 아까는 맛있을 것 같던 완두콩 포타주도 먹기 싫었다. 그러나 하인리가 주고 간 음식을 안 먹자니 그것도 싫어서, 결국 한참 후에야 상자를 열고 접시를 꺼냈다. 한 스푼을 떠 입에 넣자 이미 다 식어버린 걸 알 수 있었지만, 그래도 무작정 계속 입에 넣었다.

그렇게 거의 반 정도를 다 먹었을 즈음. 부관이 찾아왔다.

"무슨 일인가요?"

부관은 은색 상자를 들고 들어왔는데, 굉장히 곤혹스러운 표정이었다.

"부관?"

"소비에슈 황제께서 황후 폐하께 전하라고……."

부관이 말을 꺼내자마자, 왜 저렇게 곤혹스러워 한 건지 바로 알 수 있었지만.

소비에슈가? 또? 안 그래도 싱숭생숭한데 화가 난다.

"방에 없다 하세요."

내가 딱 잘라 거절하자, 부관은 쩔쩔매다가 상자를 가지고 나갔다.

부관이 나간 후. 나는 그나마 억지로 먹던 것도, 더 먹었다간 체할 것 같아서 스푼을 내려놓았다. 하인리도 중요하지만 배 속에서 구역질을 하고 있을 우리 아기도 중요하니까.

그런데 책상 위의 그릇을 다 치우게 한 후 막 차를 마시려는데,

나간 지 얼마 안 된 부관이 다시 또 들어왔다.

'또 왜?'

의아해서 쳐다보자, 부관은 자기도 정말 이러고 싶지 않다는 얼굴로 편지를 내밀었다.

"동대제국 황제께서……."

"돌려보내세요."

부관은 편지를 가지고 또 돌아갔다.

나는 서류 위에 커다란 책을 덮어둔 후, 눈가를 손으로 가렸다. 속이 부글부글했다. 이젠 글자가 눈에 들어오지 않았다.

그러나 부관은 얼마 안 있다가 다시 와서, 또 편지지를 내밀었다. 또 돌려보내라 말하려고 했으나, 자세히 보니 이번엔 겉봉에 동대제국 황제의 사인이 되어 있었다. 공식 서신처럼 포장해서 돌려보내지 못하게 하려는 것이었다.

나는 화가 나서 편지를 받아 들고, 부관을 내보낸 다음 거칠게 봉투를 뜯어서 펼쳤다.

그래, 하고 싶은 말이 뭐기에 나한테 편지를 보내나 한번 보자!

이것도 돌려보낼 수 있겠어?

그러나 안에 쓰인 편지 문구는 딱 이 한 줄이었다. 짧게 썼는데…… 강렬하게 짜증을 불러일으켰다.

나는 벌떡 일어나서 편지를 들고서 문 열고 밖으로 나갔다. 그런데 문을 열자마자 확 눈앞에 꽃다발이 들이밀어졌다. 하얗고 노란 꽃들이 코앞에서 펼쳐졌다. 얼결에 꽃다발을 받아 들고 나니, 꽃다발 위쪽으로 소비에슈의 얼굴이 보였다.

"선물이오."

"폐하. 제 꽃다발은 남편이 챙겨주니, 옆 나라 폐하께서 주지 않으셔도 됩니다."

꽃다발로 소비에슈를 내려치면 문제가 커지겠지? 언제 보름이 채워지는 거지? 보름이 원래 이렇게 길었나?

그때였다. 소비에슈가 무어라 대답하기 전. 비에 푹 젖은 심부름꾼 하나가 하인에게 잔소리를 받으면서 다가왔다. 몹시 급한 것처럼. 나와 소비에슈를 발견한 심부름꾼은 황급히 몸을 굽혔다. 나는 그 심부름꾼이 랑드레 자작이 자주 부리는 심부름꾼이란 걸 알아보고서 물었다.

"무슨 일인가요?"

소비에슈와 더 무의미한 대화를 나누기 싫던 차였기에, 잘되었다 싶기도 했다.

심부름꾼은 헐떡거리면서 단어를 끊어지듯 이었다.

"랑드레 경께서, 단장님이, 당장 전하라고, 무조건……."

그러나 무슨 말을 하고 싶은 건지, 그러면서도 소비에슈의 눈치를 살폈다. 나는 소비에슈에게 도로 꽃다발을 안긴 다음, 심부름꾼을 데리고 집무실로 들어갔다. 문을 잠근 다음 말하라고 하자, 심부름꾼이 얼른 보고했다.

"황후 폐하. 랑드레 경께서 빠르면 곧, 늦으면 내일 누가 찾아올 건데, 뭐라고 부탁을 하든, 되도록 거절해주셨으면 좋겠다고, 꼭 이 말을 전하라 하셨습니다."

"내가 허락한 일이라면서 굳이 날 찾아와 릴테앙 대공 이야기를 한 건, 분명 걸리는 게 있어서겠지."

소비에슈가 방 안을 서성이며 말을 꺼냈다.

하인리 황제가 간 후. 그는 분노와 흥분에 차 잠시 눈을 감고 명상을 했고, 그 과정에서 마음을 많이 다듬었다. 한결 차분해진 그는 좀 더 명확하게 하인리의 의도를 읽을 수 있었다.

'역시 정신 나이대가 비슷해지시니 생각하는 것도 비슷해지신 건가.'

카를 후작은 속으로 감탄하면서 "폐하의 말씀이 맞습니다." 하고 동의했다.

"감금 과정에서 릴테앙 대공이 분명 다친 거다. 그게 고의든 실수든 사고든."

소비에슈는 멈춰서 생각을 한번 더 점검했다. 이윽고 그는 자신의 생각에 확신이 섰는지 차갑게 웃었다.

"설령 그렇지 않더라도 상관은 없지. 릴테앙 대공을 찾아서 말을 맞추면 될 테니."

"맞습니다, 폐하."

카를 후작이 대답했다.

결정을 내린 소비에슈는 종을 흔들어 그의 '궁정인'들을 불러 모았다.

"우선순위를 바꾼다. 마력 감소 현상 조사보다 릴테앙 대공을 조사하는 일에 좀 더 주력해라."

"괜찮겠습니까?"

"내가 하인리 황제라면, 릴테앙 대공보다는 마력 감소 현상에 대한 증거를 더 꼭꼭 숨길 거다. 그쪽이 더 위험하니까."

"맞습니다."

"그러니 반대로 생각하자고. 마력 감소 현상에 대한 증거는 아마 쉽게 찾을 수 없을 거다. 그쪽에서……."

"폐하?"

"그와 관련해 함정을 팔 만큼 우리 의도도 이미 알고 있는 듯하고. 그러니 반대로 가자고. 대외적으로는 계속 마력 감소 현상을 찾아. 하지만 목적은 릴테앙 대공이다."

소비에슈는 말로만 명령하지 않았다. 그는 마법사들이 좀 더 자유롭게 행동할 수 있도록 하기 위해, 자신이 아예 '궁정인'들을 대거 데리고 외출했다. 하지만 진짜 목적은 몇 시간 전에 한 명령과 동일했다. 릴테앙 대공을 찾는 것.

그 목적을 이루기 위해서 소비에슈는 최소한의 호위만을 남겨두고 마법사들을 곳곳으로 풀었다. 그리고 자신은 평민들이 자주 드나든다는 술집에 들어가 마시지도 않을 술을 시켰다.

전에 소비에슈를 혼자 내보냈더니 쌈박질을 하고 왔기에, 오늘은 보호자 겸 카를 후작도 맞은편에 함께 있었다. 점원은 커다란 쟁반에 술과 짭짤한 과자를 가져와 두 사람 앞의 테이블에 내려놓고 갔다. 소비에슈는 자연스럽게 술은 카를 후작의 앞에 밀어내고, 과자를 자기 앞으로 끌어당기고서 만족스럽게 웃었다.

"오늘은 꼭 좋은 성과가 있었으면 좋겠군."

카를 후작은 자기 앞에 놓인 두 잔의 술잔을 빤히 바라보면서 "그렇군요." 하고 동조했다.

"왜? 술 못 마시나?"

"왜 이걸 다 제게 주십니까?"

"쓰잖아."

"과자는……."

"달고."

소비에슈는 술을 마시고 창문에서 떨어진 전적이 있는지라, 카를 후작은 소비에슈가 술을 마시는 데 반대하는 편이었다. 하지만 이렇게 나오니 이것도 좀 떨떠름했다. 어쩔 수 없겠지. 씁쓰레한 속을 카를 후작은 술로 덮었다.

그사이, 소비에슈는 과자를 와그작와그작 먹으면서 주위를 둘러보았다. 한 악사가 빠른 속도로 연주하는 바이올린 소리가 마음에 드는지, 그쪽을 쳐다보고 웃기도 했다. 그 모습을 보며, 카를 후작은 소비에슈도 빨리 나비에를 잊고 이렇게 소소한 즐거움을 누리면서 살아갔으면…… 하고 생각했다.

그러나 그 생각이 끝나자마자, 카를 후작의 귓가에 불쾌한 이야기가 들려왔다.

"황제 폐하가 좀 가벼워서 그렇지 잔인한 분은 아니었잖아?"

"아냐, 잔인하단 소문이 좀 돌긴 했지."

"그래. 왜 해적 이야기랑……."

"그 에르기 공작하고 친구인데 어련하시려고."

"아니, 그래도 소문만 그랬지 실제로 잔인한 적이 없었잖아. 그런데 지금은 봐봐. 형수를 가두어 죽이고 손꼽히는 명문가를……."

"자네 말 좀 이상하게 하는데? 폐하께서 뭐 가만히 있던 사람들 잡아 죽이셨나?"

"그래. 자네 말 좀 이상하게 하는데?"

"왜. 저 친구가 말을 뭐 이상하게 했나? 폐하가 실제로 어떤 사람이든, 나비에 황후가 오고 나서 냉정하고 잔인해지신 건 맞지."

"아니, 그분은 원래 그런 소문이 돌았다니까? 왜 선왕 전하도……."

"쉿!"

"너무 매력적인 사람은 이지를 흐리게 한다지. 난 나비에 황후께서 그런 사람이면 어쩌나, 그게 좀 걱정이야."

카를 후작은 속으로 어이쿠 소리 내면서 맞은편을 보았다. 소비에슈는 이미 다리를 꼬고 앉은 채 팔을 괴고서 한 무리의 취객들을 보고 있었다. 그 취객들은 지금 계속 나비에에 대해 떠들어대는 이들이었다.

소비에슈의 발끝이, 심기가 불편해질 때마다 까딱거리는 속도가 빨라졌다. 취객들도 대체적으로는 나비에를 두둔하는 분위기였지만, 찝찝하게 여기는 목소리도 무시 못 할 정도이긴 했다. 카를 후작은 소비에슈가 또 주먹질을 하는 건 아닌가 싶어서 황급히 점원을 불렀다.

"다른 종류 과자는 없나? 더, 다 가져와라. 빨리!"

카를 후작이 품 안에서 한 움큼 동전을 꺼내 내밀자, 점원은 주문받은 순서를 무시하고 제일 먼저 음식을 가져다주었다.

"드십시오."

카를 후작은 그 음식들을 얼른 소비에슈의 앞에 대령했다. 소비에슈는 그중 초록색 과자를 집어 입에 넣고 와득 깨물었는데, 하필 또 단단한 과자라 소리가 스산했다. 마치 이를 와득 깨무는 소리처럼. 카를 후작은 더욱 눈치를 보다가 애써 주군을 달래보았다.

"저런 헛소문엔 일일이 신경 쓸 거 없습니다. 나비에 님이 완벽하게 황후로서의 일을 해낼 때에도 인간미가 없다고 수군거리던 게 저런 자들인걸요."

하지만 소용없었다. 소비에슈는 또 와득 초록색 과자를 입에 넣고 씹어 삼키기만 했다.

"마음에 안 든다."

"예?"

"하인리."

그래도 다행히 이번에는 주먹을 쥐고 뛰쳐나가지는 않았다. 카를 후작은 그나마 안심해서 얼른 초록 과자 접시를 제일 가까운 위치로 밀어주었다.

"나비에가 왜 그런 놈과 결혼한 거지?"

"……."

"마력 조사 결과가 나오면 서대제국은 궁지에 몰릴 텐데. 이딴 취급받으면서 여기에 있을 필요가 있을까? 난 없다고 보는데."

소비에슈는 확신에 차서 덧붙였다.

"나비에가 지금 하인리 같은 놈에게 빠진 건 화가 나서 그래."

"얼굴……."

"솔직히 내가 더 낫지."

"그건 그렇습니다."

객관적으로 비슷비슷한 수준 같았으나, 그래도 카를 후작은 소비에슈를 편들었다. 소비에슈는 같이 식사하는 내내 이리 꼬고 저리 꼬아대던 하인리를 떠올리자, 더욱 기분이 상해서 중얼거렸다.

"다른 남자도 다 안 되지만 하인리 그자는 특히 안 돼."

소비에슈의 눈빛이 가라앉았다.

"확실해졌어. 나비에는 무조건 내가 되찾아와야 해."

카를 후작은 좀 불안해졌다. 어제 대체 하인리 황제와 무슨 대화를 나누었기에, 하루 사이에 더욱 싫어하게 된 건가. 지금의 소비에슈는 성인의 모습인 소비에슈보다 좀 더 감성이 풍부하다 보니, 어느 방향으로 튈지 짐작이 가지 않아 염려되었다. 어쩌면 밤에 나타나는 소비에슈의 말처럼, 빨리 분리된 인격을 합쳐야 하는 게 아닌가 싶기도 했다. 하지만 어떻게?

카를 후작은 술집에서 나와서 궁전에 돌아가는 길에도 내내 그 생각을 했다. 반면 소비에슈는, 나비에를 '피의 황후'라면서 쑥덕거리던 서대제국 사람들과, 아무리 봐도 뺀질이로밖에 안 보이던 하인리 황제를 떠올리면서 기분이 착 가라앉았다.

얼마나 그렇게 걸어갔을까. 내내 조용히 움직이던 소비에슈가 카를 후작 쪽을 돌아보면서 불렀다.

"카를."

"예, 폐하."

"즈멘시아 공작과 친했던 이들을 알아봐. 살아남은 친인척, 한때 친했다가 돌아선 이들도 모두 포함해서."

릴테앙 대공을 찾는 일이 쉽게 풀리지 않나 보다. 하인리는 처음 릴테앙 대공의 탈옥 소식을 들었을 때, 릴테앙 대공을 잔인하게 처리해버린 걸 내게 들킬까 봐 더 신경을 썼지, 대공의 탈옥 자체에는 자신만만하게 굴었다.

그런데 예상과 달리 행적이 잘 드러나지 않는 듯했다. 하인리는 같이 산책을 나와서도 평소처럼 떠들어대지 못하고, 신중한 얼굴로 생각에 잠긴 채 걸어갔다. 보다 못해서 어깨를 문질러주자, 그는 그제야 날 바라보면서 웃었다.

"하인리. 괜찮아요?"

"물론입니다. 곧 잡을 수 있을 거예요, 퀸."

"그 대답은 너무 안일하군요."

이런 내 위로가 효과가 있었나?

하인리는 픽 웃고서 내 이마에 자기 이마를 문질렀다.

"퀸. 귀여워요."

지금 이 와중에?

"난 퀸이 이렇게 묘하게 말이 어긋나는 게 너무 귀여워요."

무슨 소리인지는 모르겠지만……. 그래도 위로가 된 듯하니 다행이었다.

맥켄나가 하인리를 먼발치에서 불렀으므로, 하인리는 산책이 즐거웠다고 볼에 입을 맞추고 먼저 자리를 떴다.

나는 하인리가 건물 안으로 들어가 보이지 않게 될 때에야 몸을 돌렸다. 부디 릴테앙 대공이 곧 발견되어서 하인리가 빨리 안심할 수 있기를.

그런데 돌아서서 보니, 멀지 않은 곳에서 소비에슈가 다가오고 있었다. 내가 멈춰서자, 소비에슈는 바로 앞까지 다가왔다. 완전히 무시는 할 수 없기에, 나는 간단하게 인사하고서 돌아서서 다른 방향으로 갔다.

그러나 소비에슈는 이번에도 성큼성큼 걸어와 옆에 나란히 섰다. 내가 다시 반대 방향으로 걸어가면 소비에슈도 같이 돌아서서 나란히 걸었고, 내가 화나서 소비에슈를 보고 서자, 소비에슈는 박자까지 맞추어서 같이 돌아섰다.

나는 그의 정강이를 찍을 뻔했다. 갑자기 나타나서 지금 뭐 하자는 거야?

"나비에. 넌 속고 있어."

"속았지요. 폐하께."

내가 확 돌아서서 걸어갔지만, 소비에슈는 옆에 붙어서 나란히 계속 걸었다. 심지어 이제는 내가 발걸음을 빨리하면, 그 속도를 맞추면서 계속 말을 걸었다.

"나비에. 하인리 황제가 어떤 사람인지 알아?"

"그대보단 내가 더 잘 압니다."

"아직 몰라."

"헛소리."

"너도 그자의 실체를 알게 되면 정이 떨어질 거야."

"헛소리 그만하고 가요."

그러기를 몇 번. 결국 화가 나서 멈춰 서서 눈을 마주치고 쏘아 보았다.

"눈이 정말 예뻐. 원래 예뻤는데 더 예뻐졌어."

소용없었지만.

"폐하."

"생각해봐, 나비에. 너와 평생을 사랑하고 지낸 나도 잘못을 했어. 그런데 그자는, 너와 만난 지 얼마 지나지도 않아서 결혼했잖아. 그게 무슨 뜻 같아? 그자는 네 껍데기에 반한 거야. 넌 그런 사랑, 만난 지 얼마 되지도 않은 사람의 사랑이 영원할 거라고 생각해?"

네가 그런 말을 할 처지인가……. 어이가 없다.

홧김에 발을 탕 소비에슈의 발치에 내딛자, 소비에슈 발치의 잔디가 하얗게 얼었다.

"능력이 꼭 너 닮았네."

"설령 사랑이 식는다 해도 그뿐입니다."

"슬플 거야."

"내 배 속에 누가 있는지 그것도 잊은 모양인데. 알려줄까요?"

"들었어. 널 닮았으면 좋겠어."

"하인리와 내 사이가 나빠져도, 내가 그대에게 갈 일은 없습니다."

나는 확 돌아섰다.

"알아들었으면 가요."

그러고서 성큼성큼 걸어갔으나, 소비에슈는 이번에도 따라붙었다.

"나비에. 난 네 아이도 내 아이로 받아들일 수 있어."

이 인간이 진짜……?

"아기도 날 받아들일 수 있고. 아직 누가 아빠인지, 애는 모르고 있잖아."

황당해서 멍하니 쳐다보자, 소비에슈가 당당하게 웃었다. 그 미소는 반짝반짝 참 보기 좋았지만, 아무리 보기 좋은 미소라고 해도 보는 사람을 화나게 만들기도 하는 법이었다.

나는 아까보다 좀 더 언성을 높이고 말을 낮췄다.

"좀 포기하는가 싶더니. 또 왜 이래?"

"네 남편이 좋은 사람이 아니란 걸 알게 돼서. 그리고 포기하다니? 포기했던 건 내가 아니야."

"포기했던 사람도 너야. 그리고 하인리가 좋은 사람이든 아니든, 너보단 나아."

"정신 차려, 나비에. 나한테 화가 났다고 내서 내 말까지 흘려듣진 말고. 그뿐인 줄 알아? 서대제국 사람들은……."

"서대제국 사람들이 뭐?"

"……아니야."

"왜. 계속 말해봐. 서대제국 사람들이 뭐?"

소비에슈는 갑자기 말을 피했다.

할 말이 없어서 그렇겠지. 나는 그를 째려보다가, 헛소리하지 말고 요양이 끝났으면 얼른 동대제국에 돌아가서 항구 뺏기지 않을 궁리나 하라 말했다. 그 말이 끝나자마자 내 부관이 "폐하! 폐하!" 부르면서 달려와서, 거기에 대한 소비에슈의 대답은 듣지 못했지만.

"폐하. 초, 초국적, 초국적 기사단이 왔습니다."

그런데 이건 또 무슨 일이야?

"초국적 기사단? 랑드레 자작 말인가요?"

"랑드레 자작이 초국적 기사단이야?"

소비에슈가 얼결에 놀라서 물어보았고, 나는 그에게 입 좀 다물란 신호를 보낸 후 다시 부관을 보았다. 소비에슈에게는 다행스럽게도, 헐레벌떡 달려온 부관은 지금 너무 놀라서 옆 나라 황제가 한 질문은 신경도 안 쓰이는 듯했다.

"랑드레 경이 아닙니다. 다른 사람입니다."

"다른 사람?"

"말로만 듣던 랑드레 경의 주군이시군요."

부관을 따라서 손님을 맞이하는 작은 방으로 가자, 새하얀 제복 차림의 은발 남자가 빳빳하게 서 있다가 돌아서면서 인사했다. 눈웃음을 지으며 웃는데, 눈매가 가늘고 긴 여우상의 미남이었다.

"그림자 기사단의 4기사단 단장, 에인젤입니다, 나비에 님."

자신의 이름을 밝힌 4기사단 단장은 허리를 굽혀서 인사했다.

랑드레 자작이 말한 '부탁하러 찾아올 사람'이 이 사람이구나. 나는 남자를 보자마자 깨달았다. 대체 누가 찾아올 거라고 그런 부탁을 했나 궁금했는데. 딱 보자마자 알 수 있었다.

나는 일단 평소 같은 태도로 그의 인사를 받아주었다. 하지만 초국적 기사단이 워낙에 이미지가 좋지 않다 보니, 약간 긴장감이 들었다. 초국적 기사단은 웬만해서는 좋은 일로 방문하는 일이 없었다. 랑드레 자작이 내 개인기사단을 자처하고 왔을 때에도 그래서 다들 몹시 놀랐던 거고.

그런데 이번에는 왜 온 걸까?

부관도 자기가 더 긴장해서 괜히 주먹 꽉 쥐었다.

"다과를."

내가 부탁하자, 부관은 얼른 밖으로 나갔다.

"앉아요."

소파를 가리키자, 내가 올 때까지 서 있기만 하던 4단장은 그제야 소파에 앉았다.

나는 맞은편에 앉으면서 4단장을 빠르게 관찰했다. 잘생긴 여우처럼 생긴 얼굴에, 입꼬리에는 약간 장난기가 돌고 자세가 반듯하고 어깨가 넓었다. 기사단장이니 무술 솜씨는 당연히 뛰어날 테고. 특이한 건, 실내인데도 하얀 장갑을 끼고서 벗지 않고 있단 점이었다.

일단 겉으로 보기엔 그리 나쁜 사람 같지 않지만…… 초국적 기사단의 악명과 랑드레 자작의 경고를 생각한다면 떨떠름한 구석은 분명 있지. 게다가 심부름꾼을 통해 그 경고를 보낸 랑드레 자작도 아직 나타나지 않고 있고.

"관찰을 잘하시는군요."

관찰하다가 눈이 마주치자, 4단장은 역시나 시선을 피하지 않고 웃으면서 말했다. 부관이 다과를 챙겨와 내려놓고 나가자 4단장은 커피잔을 쥐었는데, 커피를 마실 때도 장갑을 끼고 있었다.

그 상태로 한 모금을 마시길 기다리자, 4단장은 커피 맛을 음미하듯 잠시 눈을 감았다가 떴다. 그러고는 커피잔을 내려놓고서 상대를 안심시키듯 사근사근하게 말했다.

"너무 염려하지 않으셔도 됩니다, 나비에 님. 전 5기사단의 주군께 부탁을 드리러 온 것뿐이니까요."

'서대제국 황후'가 아니라 '5기사단 주군'에게 온 거라고?

"어떤 부탁인가요?"

대답은 랑드레 자작이 미리 정해주고 갔지만, 그래도 일단 물어는 봐야지. 궁금하기도 하고.

"오는 길에 말입니다."

그런데 4단장은 하러 왔단 부탁은 하지 않고 뜬금없는 말을 꺼냈다.

무슨 소리지?

"몹시 빼빼한 남자를 봤습니다. 어휴, 입이 상처투성이더군요. 보는 사람이 무서울 정도였지요."

내가 눈을 가늘게 뜨고 보자, 4단장은 커피잔을 들면서 나와 눈을 마주쳤다. 그러고는 눈웃음을 짓더니, 어린아이들이 비밀을 주고받듯 속삭이는 말투로 알려주었다.

"입을 꿰맸던 자국이 있던데요."

"!"

바로 떠오르는 사람은 릴테앙 대공이었다. 내가 놀라서 4단장을 보자, 그는 이제야 부탁을 꺼냈다.

"제가 이번에 임무를 여러 개 맡아서 좀, 인원수가 부족합니다. 나비에 님, 괜찮으시다면 제게 릴테앙 대공을, 어이쿠."

4단장은 말실수를 했다는 듯 자기 입을 툭툭 두드리고는, 씩 웃고서 다시 말을 마무리 지었다.

"5기사단을 빌려주실 수 있겠습니까?"

나는 마른침을 삼켰다. 부탁이라고? 저건 그냥 조건이었다. 5기사단을 빌려주면, 릴테앙 대공의 위치를 알려주겠다는 조건.

28

기억나나요? 우리의 추억

"유감이지만 그건 안 되겠군요."

하지만 해야 할 대답은 어차피 정해져 있었다. 내가 당연히 자기 조건을 수락할 거라 여겼던 건가? 내 말에 4단장이 의외란 표정을 지었다.

"안 된다고요?"

"안 됩니다."

"혹시 제가 아까 릴테앙 대공 이름을 너무 작게 말했던가요?"

정말로 내 거절은 염두에 두지 않나 보다. 4단장이 의심스레 다시 물었다.

"제가 5기사단을 빌려 가서 나쁜 짓을 하려는 게 아닙니다, 황후 폐하. 다른 기사단이라 해도 그들 모두 제 동료들인걸요. 그저 일손 이 부족해서 도움을 받고 싶을 뿐이랍니다."

"그래도 안 되겠군요."

4단장은 눈웃음을 지었다. 교활해 보이는 미소였다.

"혹시 랑드레 경이 저에 대해 말한 게 있습니까?"

이어서 나온 질문은 예리했고.

하지만 이런 질문에 솔직하게 대답해선 안 되겠지. 다행히 나는 거짓말을 해도 잘 티 나지 않았다.

"아닙니다."

이번에도 즉답하자, 4단장이 고개를 갸웃했다.

"그런데 어째서……."

나도 그를 따라 웃었다. 되도록 느긋해 보이도록.

"협박을 하기 전엔, 상대가 협박이 통하는 상대인지 회유가 통하는 상대인지 미리 알아보는 게 좋겠습니다, 에인젤 경."

볼일이 끝나자 4단장은 순순히 의자에서 일어났다. 그는 문 앞에 도착할 때까지 아무 말도 하지 않았다. 문고리를 잡고 돌리기 직전에서야 그가 "그거 아십니까?" 하고 내 쪽으로 고개만 돌렸다.

"무엇을 말인가요?"

"빌려주겠다 하셨다면 실망했을 겁니다."

"!"

혹시 날 시험해본 건가? 내가 자기 동료를 마음에 드는 조건 하에 팔아버리는지 아닌지 궁금해서?

의심이 솟을 찰나, 4단장이 빙그레 웃고서 덧붙였다.

"별개로 릴테앙 대공 위치는 안 알려드릴 겁니다. 그게 조건이었으니까요."

다음 날 아침. 눈을 떠보니 하인리는 이미 옆에 없었다. 하인리의 시종을 불러 물으니, 일이 생겨서 새벽같이 나갔다고 했다.

"일이라니요?"

"저도 자세히는 모르겠습니다, 황후 폐하. 하지만 표정이 좋지 않으셨습니다. 가벼운 일은 아닌 듯했습니다."

시종 역시 걱정스러워하는 얼굴이었다.

그 '일'이 무엇인지는 아침 식사를 한 후 나도 들을 수 있었다. 부관이 전해준 소식 덕분이었다.

"릴테앙 대공이 밤중에 동대제국 대사관에서 엉망인 꼴로 발견되었답니다, 황후 폐하."

말을 전한 부관은 덧붙여 설명했다.

"대사관에서는 바로 소비에슈 황제에게 연락을 했답니다."

"그럼 릴테앙 대공은 지금 소비에슈 황제가 데리고 있나요?"

"아닙니다. 아직 대사관에 있습니다. 하지만 소비에슈 황제가 하인리 폐하께 이 일을 따지려는 눈치였습니다."

부관은 꾸벅 인사를 하고서 응접실 밖으로 나갔다. 함께 식사를 하기 위해 아침 일찍 응접실에 모인 시녀들이 서로 눈치를 살폈다. 부관이 말한 '엉망인 꼴'이 무척 신경 쓰이는 듯했다. 무조건 괜찮을 거란 말은 할 수 없었다. 그 꼴이 좋은 꼴이 아니리란 건 짐작하기 쉬웠으니.

대신 식사를 하자마자 하인리를 찾아갔다. 그러나 하인리는 집무실에 없었다. 자리를 지키고 있던 맥켄나가 하인리는 둥지를 만드는 곳에 있다고 알려주었다.

"밤의 방 뒤쪽에 있는 거길 말하는 거지요?"

"네, 황후 폐하."

"알려줘서 고마워요."

"저…… 황후 폐하."

그런데 집무실을 나가려는 내게 맥켄나가 총총걸음으로 다가왔다.

"왜 그러나요?"

달리 할 말이 있어서 그런가? 내가 묻자, 맥켄나는 '이런 말을 해도 될지 모르겠다'는 얼굴로 머뭇거리다 입을 열었다.

"소비에슈 황제께서 릴테앙 대공이 심하게 다친 일을 두고 폐하를 비난하셨습니다."

맥켄나가 내 눈치를 살폈다. 하인리를 위로해달라 말하고 싶어서일까, 소비에슈 건으로 더 하고 싶은 말이 있어서일까? 기다렸지만 이어진 말은 없었다. 나는 알겠다 대답하고서 집무실을 빠져나와, 전에 하인리와 함께 갔던 후원으로 갔다.

'하인리……'

보석 장식으로 가득한 기둥 위. 아직 부실하게만 보이는 엉성한 나무 둥지 위에 하인리는 새의 모습으로 앉아 있었다. 어딘가를 넋놓고 바라보면서.

무슨 생각을 하고 있을까? 좋은 생각은 아닌 듯한데. 새의 모습을 하고 있는데도 그의 공허한 표정이 보였다. 나는 다가가서 그를 위로하려 했으나 쉽게 발을 떼지 못했다. 허공을 향해 손을 뻗다가 주춤 도로 내렸다. 입술을 달싹거리다가 하인리가 날개로 자기 머리를 감싸는 걸 보고 몸을 돌렸다.

겁이 났다. 지금 내가 그에게 다가가면, 그가 나 때문에 포기한 것들을 떠올릴까 봐. 그걸 후회할까 봐. 그 후회가 날 향한 원망으로 변할까 봐.

나비에가 하인리를 보듬고 싶은 마음과 걱정 사이에서 망설이는 그 시각. 마스타스는 자신의 오빠인 에이프런을 만났다. 지하 기사단 일 때문이었으나, 몇 마디 중요한 용건이 끝나자마자 마스타스는 걱정스럽게 물었다.

"릴테앙 대공 건을 두고 사람들은 뭐라 해?"

릴테앙 대공이 대사관에서 발견되었다고 했지만, 정확한 위치는 대사관 정문 앞이었다. 지나가던 사람들 모두 릴테앙 대공의 삐쩍 마른 모습을 보았을 터. 그 반응이 어떻게 터져 나왔을지 염려되었다.

"폐하를 두고 뭐라 하지 않아?"

"어느 쪽 폐하?"

"당연히 황제 폐하 말이지. 황후 폐하는 이 일과 관련이 아예 없으시잖아."

에이프런은 뚱하게 대답했다.

"황제 폐하에 대해서라면, 사람들이 오해를 했어."

"오해라니?"

"사람들도 폐하께서 릴테앙 대공을 벌한 게 즈멘시아 공작 아들 때문이란 걸 알잖아. 대부분 이렇게 말해. 황제 폐하께서 얼마나 즈멘시아 공작을 아끼셨으면 이렇게 옆 나라 왕족을 험하게 다루셨겠느냐고. 오히려 은근히 고소해하는 눈치였어. 원래 릴테앙 대공이 우리나라에서 좋은 이미지는 아니었으니까."

마스타스는 안도했다. 하지만 에이프런의 표정이 밝지 않다는 걸 눈치채고서 다시 물었다.

"근데 오빠 표정은 왜 그래?"

"그 불똥이 황후 폐하한테 튀어서."

눈이 동그래진 마스타스는 얼결에 에이프런의 멱살을 잡았다.

"그게 무슨 소리야? 아니, 우리 황후 폐하가 뭘 어쨌다고?"

"난 뭘 어쨌다고 동생한테 멱살을 잡히는 거냐."

"아. 미안."

마스타스는 얼른 에이프런의 멱살을 놓았다. 에이프런은 구겨진 상의 윗부분을 한 손으로 문질러 피며 '쳇' 소리를 뱉었다.

"사람들 논리로는 그래. 하인리 폐하께서 그렇게 즈멘시아 공작가를 아꼈는데, 결국 멸문시켰잖아. 그게 다 황후 폐하한테 빠져서 그런 거래."

"맞는 말이잖아?"

"황후 폐하한테 빠져서 충성스러운 이들을 내쳤다고 하니 문제지."

"충성은 개뿔 어디 가서 얼어 죽었나. 먼저 그치들이 우리 황후 폐하를 괴롭힌 거잖아!"

"물론 대다수가 그 말도 하고 있긴 해. 하지만 좋지 않은 의견이 슬금슬금 기어 나오니 걱정인 거지. 그런 의견일수록 목소리가 크고, 사람들은 칭찬보단 흉보길 더 좋아하니까."

"에이!"

마스타스가 머리를 벅벅 마구잡이로 문지르자 머리카락이 제비 집처럼 산발이 되었다. 에이프런은 동생에게 '나비에를 욕하는 소리를 들은 동대제국 여행객들이 서대제국 사람들과 패싸움을 벌였다'는 이야기를 해주어야 할지 망설였다.

그런데 둘이서 한참 대화를 나누는 도중이었다.

"코샤르 경!"

에이프런이 마스타스의 어깨 너머를 쳐다보며 눈을 동그랗게 뜨더니, 손을 번쩍 치켜올렸다. 마스타스는 움찔해서 작은 목소리로 물었다.

"코, 코샤르 경이 있어? 뒤에?"

대답은 뒤에서 들려왔다.

"네. 여기 있습니다, 마스타스 양."

마스타스는 나무 인형처럼 뻣뻣해져서 어색한 자세 그대로 굳어버렸다. 그녀는 에이프런을 향해 눈으로 도움을 구했다. 무슨 도움을 구하는지 자신도 몰랐지만, 일단 오빠를 향해 눈을 깜빡거렸다.

그 과정에서 약간의 오류가 발생했다. 에이프런은 씩 웃고 엄지를 치켜세운 뒤, 얼른 자리를 비켜주었다. 에이프런이 갑자기 콧노래를 부르며 다른 곳에 가버리자, 코샤르가 의아한 얼굴로 마스타스에게 물었다.

"에이프런 경은 바쁜 일이 있나 봅니다?"

마스타스는 두 손을 꼭 깍지 끼고서 웅얼거렸다.

"저도 잘 모르겠습니다."

그녀의 눈동자가 좌우로 정처 없이 떠돌았다. 어쩔 수 없었다. 마스타스는 코샤르처럼 연약하고 청순한 꽃미남과 마주 서서 대화한 적이 한 번도 없었다. 아니, 이런 청초한 은방울꽃 같은 사람은 코샤르가 처음이었다. 그녀가 말실수라도 하면 코샤르가 이전처럼 툭 쓰러지지 않을까.

"저, 저기, 코샤르 경."

"말하십시오, 마스타스 양."

"저기…… 며칠 전에 날씨가 나빴잖습니까."

"그랬지요."

"꿀이랑 우유를 섞어서 마시면 감기에 좋습니다."

"추천해주는 겁니까?"

"경은 연약하니까…… 아니, 연약한 게 나쁜 건 아니지만요. 코샤르 경은 연약해도 좋습니다, 아니, 제가 경을 좋아하는 건 아니고요. 아니, 싫어하는 것도 아니지만…… 그러니까 제 말은, 코샤르 경 같은 체질은 날씨가 나쁘면 막 기침을 하고 감기도 걸리잖습니까. 꿀이랑 우유랑 따뜻하게 데워서 마시면 좋을 겁니다."

마스타스는 연약한 남자란 정말로 상대하기 어렵단 걸 깨달았다. 무슨 말을 해야 상처받지 않을지, 단어를 고르기가 참으로 어려웠다. 때문에 그녀는 자신이 고개를 숙이고 쩔쩔매는 모습을, 코샤르가 웃음을 참으며 내려다보고 있단 걸 알아차리지 못했다.

황급히 자기 말만 퍼부은 그녀는 "아프지 마세요!"라고 마지막으로 외치고서 얼른 돌아서서 복도를 야수처럼 달려갔다.

멀어지는 뒷모습을 보다가 코샤르는 작게 중얼거렸다.

"귀엽네."

"후배님. 오빠 보고 온다더니, 왜 이렇게 얼굴이 빨갑니까?"

마스타스가 응접실 안으로 들어오자마자 로즈가 놀리는 투로 물었다. 실제로 마스타스는 얼굴부터 목덜미, 귀가 전부 토마토색이었다.

"아, 제가, 제가 뭐요!"

그 모습이 재미있는지 로라도 옆에서 끼어들었다.

"혹시 보러 간다던 오빠가…… 남의 오빠?"

"아닙니다!"

마스타스는 딱 잘라 말하고서 삐걱삐걱 구석으로 걸어가더니, 검집을 꺼내 들고 갑자기 내려치는 자세를 반복했다. 몸 안의 열기를 털어버리고 싶기라도 한 듯.

로즈와 로라가 서로를 힐긋거리면서 키득키득 웃었다. 주베르 백작 부인도 고개를 저으면서 중얼거렸다.

"거짓말을 저리 못 한다니까."

"분명 남자 만나고 온 거예요. 그렇죠?"

"확실해요. 아니면 저럴 리가 있나."

"아 다 들립니다! 다 들린다고요!"

마스타스는 다른 시녀 셋이 자신을 놀려대자 고함을 꽥 지르고서 검집을 챙겨 응접실 밖으로 나가버렸다. 시녀 셋은 낄낄낄낄 그때부터 본격적으로 웃음을 터트렸다.

나도 주베르 백작 부인에게 몸을 기댄 채 시녀들의 대화를 재미있게 들었다. 밝은 분위기 안에 있으니, 시무룩한 하인리의 모습을 조금 뒤로 밀어둘 수 있어 좋았다.

그러다가 푸딩을 먹자는 이야기가 나왔고, 쿠키를 같이 먹잔 이야기가 나왔고, 쿠키를 먹는 김에 아이스크림도 먹자는 이야기가 나왔다. 시녀들이 하녀들을 불러 음식을 차리게 하는 동안, 나는 침실에 들어가 옷의 단추 안쪽을 몇 개 풀었다.

얼마 후 응접실 테이블 위에는 오색 간식들이 놓였고, 우리는 자리를 잡고 앉아 포크를 들었다. 그런데 막 한 입을 뜨려는 순간.

"폐하. 동대제국 황제 폐하께서 찾아오셨습니다."

문밖에서 기사가 소비에슈의 방문을 알려주었다. 시녀들도 포크를 들거나 푸딩을 입에 머금은 채 굳었다. 내가 포크를 내려놓자 다들 어정쩡하게 들고 있던 것들을 내려두었다. 주베르 백작 부인이 한숨을 내쉬었다. 그러고선 다들 주섬주섬 몸을 일으키는 걸 내가 말렸다.

"나가지 말아요."

"예?"

시녀들이 눈을 동그랗게 떴다.

"여기 있어요."

거듭 말하고서 나는 직접 일어나 문을 열었다. 문을 열자 바구니를 들고 선 소비에슈가 보였다. 약간 몸을 옆으로 틀어주자 그가 응접실 안으로 들어왔다.

"무슨 일로 오신 겁니까?"

싸늘하게 묻자, 소비에슈가 힐긋 로라와 주베르 백작 부인, 로즈, 마스타스 쪽을 빠르게 훑었다. 로즈와 주베르 백작 부인 쪽에서는 잠시 눈썹을 치켜뜨긴 했지만, 그는 시녀들이 있건 말건 상관없는지 곧 다시 내 쪽을 보며 들고 온 바구니를 건넸다.

"선물."

"필요 없습니다."

딱 잘라 말하자, 그는 바구니를 직접 음식이 차려진 테이블 옆에 내려두고 다시 문가로 돌아와 나와 마주 보고 섰다.

"이따 봐."

"갖다 버릴 겁니다."

지금의 소비에슈가 열아홉 살 정신 상태란 걸 모르는 주베르 백작 부인과 로라가 작게 기침을 하며 겁먹은 눈길을 보냈다.

소비에슈는 쓰게 웃었다.

"네가 밀어내도 난 이렇게 매달릴 수밖에 없어."

이번에는 나 역시 놀랐다. 시녀들 앞에서는 자존심이 상해서라도 매달리지 않을 거라 생각해서 시녀들에게 자리를 지키라 말한 건데. 시녀들이 있건 없건 바로 이렇게 나올 줄은……

"내겐 네가 한 쌍이라, 네가 아니라고 해도 난 널 쫓아갈 수밖에 없어, 나비에. 내겐 네가 폐나 마찬가지야."

소비에슈는 할 말이 가득한 눈으로 날 바라보다가 입술을 달싹이며 시선을 떨구었다. 하지만 그럴 시간조차 아깝다는 듯 다시 고개를 들어 나와 눈을 맞추었다.

그의 눈동자가 내 얼굴 곳곳을 기억에 담는 게 느껴졌다. 이마, 눈, 코, 인중, 입술, 턱, 뺨, 귀, 그리고 다시 눈동자로…… 그의 시선이 조금씩 조금씩 내 얼굴 안에서 이동했다.

"네가 좋아, 나비에."

"전 폐하가 좋지 않아요."

"그래도 난 네가 좋아. 네가 돌아오지 않을 거라 말해도, 네가 좋아하지 말라 말해도, 네가 날 싫어해도 어쩔 수 없어. 난 평생 널 내 아내라 생각하고 살았는데, 이제 와서 아니라 말한들 그걸 어떻게 돌이키겠어."

"날 아내라 생각하고 살아온 만큼의 시간이 지나면 그땐 남이라 생각이 될까요?"

"그만큼 그리움이 쌓일 텐데, 그게 가능할까?"

"천사처럼 생긴 은발 여자를 찾아봐요. 그러면 가능할 겁니다."

"은발."

소비에슈는 라스타의 외양에 대해 들은 바가 있는 듯 씁쓸하게 중얼거렸다. 하지만 외양에 대한 설명을 들어도 기억이 떠오르진 않는 듯, 그는 다시 날 보며 말했다.

"초국적 기사단 4기사단장이 널 찾아왔었다면서? 혹시 항구 때문에 왔을지도 몰라서, 아직 보름이 안 됐지만 돌아가려고 해."

그가 머뭇거렸다.

"잘 가요."

단호하게 작별 인사를 건네자, 소비에슈는 애처롭게 고개를 끄덕이더니 "잘 갈게. 편지할게." 속삭이고서 문밖으로 나갔다.

문을 닫고서 아까 앉아 있던 자리로 돌아오자, 시녀들이 다들 상체를 쭉 빼고서 질문을 퍼부었다.

"가신대요?"

"방금 그게 무슨 말이에요?"

"다시 돌아오라고 하시는 거예요?"

"황후 폐하한테 매달리는 거예요?"

"그럴 리가요."

딱 잘라 말하고서 바구니를 들고 침실로 들어왔다. 바구니에 덮인 천을 걷자 그 안에 편지 봉투들이 가득했다. 이걸 언제 다 쓴 거야? 기가 막혀서 바구니를 들고 도로 일어나려는데, 딱 한 장 봉투 없이 놓인 편지가 보였다. 바구니를 다시 내려놓고 그 편지만 들어 펼치자 익숙한 글씨체가 나타났다.

이거 하나 빼곤 내가 쓴 편지 아니야. 여기 수도를 돌아다닐 때 만난 동대제국 여행자들이나 용병들, 사업차 온 사람들, 일 때문에 온 사람들한테 받은 거야. 널 사랑하는 사람들한테서. 마음 아플 때 하나씩 읽어봐.

황후 폐하가 어디에 있든 행복하시길 바랍니다.

꼭 한번은 알현을 신청해서 황후 폐하를 뵙고 싶었는데, 결국 뵙지 못해 아쉽습니다.

서대제국 놈들이 힘드시게 하면 언제든 다시 돌아오세요.

"퀸? 뭐 하고 있습니까?"

침대에 누운 채 과자 포장을 뜯듯 바구니에서 편지를 하나하나 꺼내 읽자, 하인리가 신기해 보였나 보다. 물에 축축하게 젖은 머리카락을 수건으로 문지르면서 다가온 그는 내 옆에 몸을 누이면서 물었다. 그러면서도 한 팔은 자연스럽게 내 목 아래로 들어왔고, 다른 한 팔은 내 손 위에 겹쳐졌다.

"편지를 읽고 있어요."

그의 팔에 머리를 기대며 대답하고서, 손에 들고 있던 편지를 그에게 건넸다.

"동대제국 사람들이 썼다는 그 편지 말입니까?"

하인리는 편지를 받아 들면서 물었다. 내 어깨를 감싼 손이 이 와중에도 내 팔을 위아래로 부드럽게 훑었다. 말은 일상적인데 말과 손이 따로 놀다니.

손에 든 편지 봉투로 그의 손등을 찰싹 두드리자, 하인리는 작게 웃으면서 아양을 부렸다.

"봐줘요, 부인. 그대를 안을 수도 없는데 그대를 만지게라도 해 줘요. 응?"

"못 안다니요. 지금도 안고 있잖아요."

"그렇게 안는 거 말고요."

고개를 들어 째려보다가 그의 아랫입술을 살짝 이로 물고서 잡아당겼다. 하인리는 간지러운지 얼른 따라와서는, 자기 입으로 내 입을 누르며 자연스럽게 손을 위로 올렸다. 하인리의 가슴에 귀를 대자 심장 소리가 크게 들려왔다.

그 사이, 하인리는 발을 뻗어 침대가에 아슬아슬하게 걸쳐져 있던 바구니를 툭 아래로 떨어트렸다. 내가 쳐다보자 그는 뻔뻔하게 웃었다.

"미안해요. 저 바구니 주인이 마음에 안 들어서요. 내용물까지 걷어찰 생각은 없었어요."

너무 눈 가리고 아웅인 변명이었지만…… 더 따지지 않고 그의 가슴에 다시 머리를 묻었다. 혼자 둥지에 앉은 채 허망한 표정을 짓고 있던 하인리보다는, 소비에슈에 대한 미움을 드러내면서 바구니를 밀어내는 하인리가 더 나았다.

"아, 그런데 퀸. 형님하고 샬렛 공주는 어떻게 되어가고 있습니까? 형님은 결혼 생각이…… 있대요?"

"오빠에게 결정하라고 했으니, 알아서 대답해주지 않을까 싶어요."

귀족으로 태어난 이상 정략결혼은 피해가기 어렵다지만, 오빠의 경우는 좀 애매한 상황이니까.

"그래도 몇 번 샬렛 공주와 만나보는 것 같았으니, 곧 답을 내리지 않을까 싶어요."

랑드레 자작은 다음 날 오후 2시 무렵에 나타났다. 며칠 사이에 눈 밑이 파르스름하게 변한 그는 무척 피곤해 보였다.

"랑드레 경, 괜찮나요?"

무슨 일로 며칠간 자리를 비웠는지 물어볼 엄두도 나지 않는 모습에, 저절로 걱정스러운 질문이 나갔다. 랑드레 자작은 힘없이 대답했다.

"에인젤 경이 릴테앙 대공을 빼냈을 것 같아서 밤새 찾아다니느라 잠을 거의 자지 못했습니다."

"하지만 릴테앙 대공은……."

"네, 에인젤 경이 결국 제 눈을 피해서 대사관 앞에 가져다 뒀지만요."

비가 몹시 오던 날 랑드레 자작의 어깨가 비에 젖어 있던 게 떠올랐다. 릴테앙 대공을 계속 찾아다니고 있었구나.

하지만 릴테앙 대공은 결국 소비에슈가 동대제국으로 다시 데려갔지. 하인리가 순순히 보내지 않을 수도 있다 여겼지만, 의외로 하인리는 대공을 순순히 동대제국에 보내주었다.

그보다 릴테앙 대공을 빼내고 가져다 둔 게 4단장이 한 짓이었다고? 협박 카드로 사용하기에 뭔가 있을 거란 추측은 했지만…….

"에인젤 경이 릴테앙 대공을 대사관에 가져다 둔 게 확실한가요?"

"확신하진 않지만 의심은 하고 있습니다. 미리 말씀드리지 못해 죄송합니다, 황후 폐하."

랑드레 자작은 두 손을 모으고서 사과했다. 나는 괜찮다고 말하는 대신 다시 또 질문했다. 내게 왜 4단장의 부탁을 거절하라고 한 건지, 왜 처음부터 '4단장이 찾아올 거'라고 말을 하지 않았는지에 대해서.

"제 심부름꾼이 말을 그대로 전할지 자신이 없었습니다. 게다가 제가 황후 폐하의 개인기사가 되겠다고 했을 때, 에인절 경은 반대를 많이 했었고요."

랑드레 자작의 대답은 간단했지만 많은 의미가 내포되어 있었다. 4단장 쪽이 랑드레 자작보다 더 발이 넓다는 것부터, 랑드레 자작이 4단장 쪽을 좀 견제 중이란 것까지.

어쨌든 초국적 기사단이 갑자기 나타나서 혹시 마력 감소 현상 때문에 온 게 아닌가 불안했는데. 순순히 돌아간 것 같아 다행이었다.

이걸로 당분간은 안심해도 되는 걸까?

"그리고 황후 폐하. 전에 르베티 양에게 이곳으로 올 건지 물어보고, 오겠다고 하면 데려오라 명령하셨지 않습니까. 부하가 급히 심부름꾼을 먼저 보냈는데, 이곳으로 오는 중이라 합니다."

르베티가 오면 어디에 재워야 하지? 손님용 방에 머무르게 해야할지, 시녀용 방에 머무르게 해야 할지, 아니면 그냥 내 방에서 멀지 않은 빈방에 머무르게 해야 할지 모르겠다.

"너무 가까운 데 방을 주면 부담스러워할지도 몰라요."

"아이구, 로즈 양. 르베티 걔는 그럴 애가 아니에요. 걔는 황후 폐하와 가까우면 가까울수록 좋아하는 애라고요."

"하지만 로라 양, 로즈 양 말이 맞을지도 몰라요. 밝은 영애이긴 한데, 아무래도…… 안 좋은 일이 많았잖아요. 밝은 분위기에 있되 혼자 있는 시간이 필요할 수도 있어요."

"맞습니다. 자기 영지에 안 가고 옆 마을에서 머무르던 걸 잡아 오는 거라면서요? 아 잡아 오는 건 아니구나. 하여튼 그렇다면 혼자 있고 싶어 할지도 모릅니다."

시녀들도 저마다 의견이 다양했고, 서로 의견을 주고받으면서 또 생각이 바뀌길 반복하다 보니 쉽게 결론이 나지 않았다. 결국 세 가지 의견 내에서 뱅뱅 돌고 돌다가, 나는 시녀들에게 떠밀려 하인리를 만나러 나갔다.

우리끼리 결론이 안 나니 하인리의 의견을 듣고 오라는 건 핑계고, 그냥 내가 하인리와 함께하는 시간이 더 많았으면, 싶어서 밀어내는 티가 났다. 그래도 나 역시 하인리가 보고 싶으니까…… 그냥 모른 척 얼른 하인리를 찾아 나섰다.

그런데 집무실이며 연무장, 정원, 심지어 그의 소중한 둥지가 있는 곳을 다 돌아다녀도 하인리가 보이지 않았다.

'어디 다친 거 아닌가?'

날아다니다가 화살에라도 맞진 않았을까? 하늘에서 길을 잃어버렸나? 갑자기 기절했으면 어쩌지? 비행하다 실수로 커다란 나무에 부딪쳐 날개가 부러졌으면?

하인리의 모습을 찾을 수 없자 심장이 섬뜩해졌다. 맥켄나조차 하인리가 어디에 있는지 모르겠다고 하니 더욱 그랬다.

"어디 나무에서 햇볕을 쬐면서 주무실지도 모릅니다, 황후 폐하. 자주 그러세요. 마음 쓰지 마십시오."

맥켄나는 별거 아니란 듯이 웃었지만, 어떻게 마음이 안 쓰일 수 있을까.

"하인리처럼 작고 예쁜 새는 남들 눈에 잘 띄잖아요, 맥켄나."

"예? 작고 예쁜 새요? 저 말씀하시는 거지요?"

"하인리요. 물론 그대의 파란 깃털도 색이 아주 예쁘지만요."

"……죄송합니다, 황후 폐하. 전 황후 폐하를 존경하지만 우리 쩩쩩이 폐하가 작고 예쁘다는 데에는 동의할 수가 없어요. 이건 제 양심과 자존심이 걸린 문제입니다."

맥켄나가 못 들을 말을 들었단 듯이 머리를 파르르 저었다. 그러고는 주위를 빠르게 둘러보더니, 아무도 없자 얼른 파랑새로 변해서 방을 한 바퀴 휙 날았다. 이윽고 그는 부리로 옷을 질질 끌고 어딘가로 사라졌다가 빠르게 옷을 입고 나타나 말했다.

"작고 예쁜 새는 방금 보신 그 파랑새를 두고 작고 예쁘다고 하는 겁니다. 아셨지요? 하인리 폐하는 거대한 거구요."

내 눈엔 하인리의 금색 깃털이 최고로 예뻤다. 내가 금색을 좋아하기도 하지만, 이런저런 사적인 감정을 다 배제하고 봐도 그가 최고로 잘났는걸. 물론 덩치로 치면 맥켄나가 좀 더 작지만, 하인리도 거대한 편은 아니었다. 꼭 끌어안을 수 있는 크기잖아. 원래 새는 그 정도 크기가 제일 적당하다.

"좀 더 찾아볼게요."

어쨌든 맥켄나는 별 도움이 안 될 것 같아서, 나는 그 자리를 벗어나 다시 여기저기 물어보며 돌아다녔다.

그러다가 문득 예전에 하인리가 퀸이란 걸 처음 알아차렸던 그 분수대가 떠올랐다. 여러 가지 의미로 나를 깜짝 놀라게 한 그 폐궁의 분수대. 혹시 거기에 있을까? 그 생각을 떠올리자 기묘한 확신이 섰다. 하인리는 거기에 있을 거야. 나는 얼른 그쪽으로 걸어갔다. 반쯤 떨어진 정문 안으로 들어가 우툴두툴한 자갈길을 걸어가 휑한 회랑을 통과하자, 후원의 분수대가 보였다.

'역시.'

하인리는 예상한 대로 그곳에 있었다. 그곳 분수대에 걸터앉은 채 하늘을 올려다보며 눈을 감고 노래를 부르는 중이었다. 새의 모습에서 막 사람이 된 건지, 옷은 근처에 아무렇게 흩어져 있었고.

나지막한 노랫소리에서는 아침 향기가 났다. 그의 목소리를 들으며 기둥에 머리를 기대자, 그 인기척을 들었는지 하인리가 노래를 멈추고 휙 이쪽을 보았다. 눈이 마주치자 그가 눈썹을 치켜올리더니 "퀸." 하고 활짝 웃었다.

내가 곁으로 다가가자 하인리는 내 배에 "아가 눈 감고 있어"라며 속삭이더니, 내 손등에 입을 맞추고, 일어나서 내 입술에 다시 입을 맞췄다. 그러고는 자연스럽게 목덜미며 귓불을 물고 살짝 씹다가, 하인리는 작게 기도문을 외우고서 눈을 감고 내게서 떨어졌다. 그는 주섬주섬 분수대 안으로 들어가더니, 상체만 내놓은 채 어색하게 웃었다.

"부끄러워하지 않아도 괜찮아요, 하인리. 어차피 전부 내 거잖아요."

그 모습이 사랑스러워서 허리를 숙여 속삭이자, 하인리는 목덜미가 벌게져서 항의했다.

"어디에 대고 말하는 겁니까, 퀸."

"그대도 내 배에 대고 말을 했으니 나도 그대의 배에 대고 말을 한 것뿐이에요."

"거긴 제 배가 아닙니다, 퀸……."

손가락으로 가슴 사이를 쓸고 올라가 입술을 문지르자, 하인리는 얌전히 입을 열었다. 그러고는 내 손가락을 물고서 배시시 웃었다. 잠시 그렇게 둘이서 장난을 치다가, 나도 치맛자락을 무릎까지 들어 올리고서 하인리의 옆에 나란히 앉아 물에 다리를 담갔다.

"찬물인데 괜찮을까요?"

하인리가 염려했지만 오늘은 날씨가 따뜻해서 괜찮았다. 신발은 옆에 벗어두었고.

"추우면 그대가 날 감싸주면 되잖아요."

"그건 그래요."

하인리는 수긍하고서 손을 뻗더니 나를 자신 쪽으로 꽉 끌어당겼다. 그의 옆에 붙자 신기할 정도로 뜨끈한 열기가 올라왔다. 이상한 뜻에서가 아니라 정말로 체감이 되는 그런 열기가.

얼마나 그러고 있었을까. 몸이 따뜻해지자 뒤늦게 내가 그를 찾은 목적이 떠올랐다. 내가 얼마나 놀라서 그를 찾아다녔는지도.

"그대가 보이지 않아서 놀랐습니다, 하인리."

생각하니 얄미워서 하인리의 허벅지를 찰싹 두드리며 항의하자, 하인리는 몸을 움찔하며 사과했다.

"생각을 좀 정리할 게 있어서요."

"여기에 오면 정리가 되나요?"

"여기에 오면…… 어떤 일이든 다 별게 아니게 여겨지거든요."

"왜요? 특별한 의미가 있는 장소인가요?"

내게도 의미가 있는 장소이긴 하지만. 당시 분수대에 서 있는 하인리를 본 건 나뿐이었지. 하인리는 나를 보지 못했다. 그러니 이곳이 하인리에게 의미 있는 장소라면, 나와 관련 없는 다른 일 때문일 거다. 그게 어떤 일인지 궁금했다. 하인리에 대한 일이라면 모든 게 궁금했다.

"음. 어릴 때 일입니다. 별로 좋은 일은 아니었고…… 좀 사고가 있었어요."

하인리는 미간을 찡그리고서 별것 아니란 투로 대답했다. 하지만 그 사고에 대해 자세히 설명하진 않았다. '별것 아닌 일'이 아니란 거겠지.

더 캐물을지 모른 척 넘어갈지 망설이다가, 결국 모른 척 넘어가 내가 르베티에 대한 화제를 꺼냈다. '우리 사이가 더 진전되기 위해서는 더 파고들어야 하지 않을까' 싶은 생각도 들긴 했지만…… 상대가 말하고 싶어 하지 않는 상처를 내 호기심을 위해 들춰내고 싶진 않았다.

"르베티가 곧 도착할 거예요."

"르베티요?"

하인리는 르베티가 누구인지 바로 생각나지 않는 듯 고개를 기웃했다. 그러고 보니 르베티와 하인리가 직접 대면한 일이 없었던가?

"로테슈 자작의 딸이에요."

좀 더 구체적으로 설명하자 하인리의 표정이 의미심장해졌다. 로테슈 자작은 최후에 라스타의 적이었지만, 내가 동대제국에 있을 무렵에는 나의 적이기도 했다. 그런데 자작의 딸이 내게 올 거라 말하니 좀 이상하게 여겨지는 모양이었다.

르베티가 날 많이 좋아해주었던 영애였다고 설명하자, 하인리는 그제야 "아아." 소리를 내며 수긍했다.

"아버지와 오빠가 둘 다 그렇게 됐으니 여러모로 마음이 복잡할 거예요. 당분간 내가 데리고 있으려 하는데……."

"괜찮습니다. 퀸의 뜻대로 해요. 이 궁전의 주인은 퀸이잖아요?"

"어느 방에 머무르게 할지 모르겠어요."

하인리는 나와 시녀들이 고민한 세 가지 안건을 듣더니, 바로 대답했다.

"그 영애가 퀸을 아주 많이 좋아한다고 했지요? 퀸의 초상화를 다 수집한다고요? 그러면 답은 하나입니다. 최대한 먼 곳에 두세요. 그래야 합니다."

"어째서요?"

"퀸을 아주 많이 좋아하는 사람이니까요. 퀸의 곁에 머무르는 건 저 하나로 충분하니까요."

"……."

"이게 내 의견입니다, 퀸."

"르베티는 여자예요, 하인리."

"제가 경계하지 않는 상대는 퀸의 부모님과 형님, 우리 아가새뿐입니다, 퀸."

동대제국으로 가는 내내 시름시름 앓던 릴테앙 대공은 수도에 도착하자 더욱 병세가 깊어졌다. 소비에슈가 궁의까지 대공의 저택으로 불렀으나 소용없었다. 큰 충격을 당하고 몇 달간 최소한의 식사만을 한 터라 안 그래도 몸이 약해졌던 대공은, 하루 종일 큰 폭우를 맞으면서 완전히 건강을 잃어버린 것이다.

에벨리가 치유 마법을 사용해주자 외상은 나았으나, 계속 열이 올랐다 내리길 반복하며 병이 사라지지 않았다.

그러기를 나흘. 혹시 모르니 중요한 왕위 계승권자인 셰를 황궁에 데려와야 한단 의견이 올라오는 가운데, 초국적 4기사단이 동대제국을 방문했다. 대신들은 긴장했지만 미리 예상을 하고서 일정을 앞당겨 동대제국으로 왔던 몇몇은 크게 놀라지 않았다.

그중에는 소비에슈 역시 포함되어 있었다. 게다가 이곳으로 오는 내내, 그리고 이곳에 도착해서도 계속 소비에슈는 항구 건에 관련된 일기와 기록을 살폈다. 미리 여러 가지 준비를 해두었기에, 낮의 소비에슈지만 의연하게 초국적 기사단의 4기사단장을 맞이했다. 그러나 막상 실제로 만난 4기사단장이 꺼낸 말은, 소비에슈가 예상하지 못한 범위였다.

"항구 건에 관한 일은 들었습니다. 입장이 참으로 난처하게 되셨더군요. 그래서 말인데요……. 연합 수장님께서 하나 제안을 하셨습니다."

"제안이라니?"

"세계적으로 일어난 마력 감소 현상이요. 거기에 서대제국이 얽혀 있고, 동대제국 황제 폐하께서는 그 실마리를 잡으셨다 들었습니다만……. 맞습니까?"

"……."

"수장님께서는 폐하께서 그 실마리를 저희에게도 살짝 귀띔해 주신다면, 이번 항구 건에서 무조건 폐하의 손을 들어주시겠다 하셨습니다."

4기사단장의 말에 소비에슈의 눈썹이 올라갔다.

4기사단장은 자신만만하게 웃었다. 소비에슈가 자신의 제안을 당연히 받아들이리라 여기는 것처럼.

"거절하지."

그러나 소비에슈는 큰 고민 없이 거절했다.

"거절하신다고요?"

4기사단장은 의외라는 듯 소비에슈를 향해 물었다.

"정말이십니까?"

경멸 어린 미소가 소비에슈의 입가에 떠올랐다.

"제 발등을 찍는 건 좋아하지 않아서."

뚜렷한 물증이 아직 없지만, 설령 있다 해도 초국적 기사단에는 알려줄 수 없었다.

마법사는 동대제국의 힘이었다. 초국적 기사단은 마력 감소 현상에 대한 증거를 잡으면 처음에는 그 정보로 서대제국을 몰아붙일 것이다. 그렇다면 이후에는? 소비에슈는 그 화살이 동대제국을 향할 것이라 확신했다.

항구 역시 소중했지만 마법사가 있으면 항구는 뺏기더라도 되찾아 올 방법이 많았다. 무력으로든 정치적인 방법으로든. 그러나 마법사는 아니었다. 소비에슈는 잠시 서대제국을 물 먹이기 위해서 국력의 약점을 다른 이에게 넘길 마음은 없었다.

가만히 있어도 가는 4기사단장의 눈이 더욱 가늘어졌다.

"그렇군요. 아쉽게 되었습니다, 폐하."

4기사단장은 소비에슈에게 공손히 예의를 갖추어 인사를 올린 후 동대제국 황궁을 빠져나왔다. 황궁 앞에서 대기 중이던 부관은 에인젤이 나오자 얼른 다가가 물었다.

"어떻게 되었습니다, 단장님?"

"넘어오지 않는군."

4기사단장은 아쉬워하며 대답했다.

"항구를 뺏겼다간 이미지가 나빠질 테니, 당장은 우리와 손을 잡을 거라 여겼는데."

"항구보다야 마법사가 더 중요하단 걸 알 테니까요."

"아니지. 둘 다 중요하지. 게다가 둘 다 얻을 방법도 있잖아?"

"예?"

"나라면 정보를 넘겨서 항구를 차지하고, 이후 마법사를 손실하기 전에 전부 다 죽였어."

4기사단장의 섬뜩한 말에 부관은 괜히 소름이 돋아서 팔을 쓸었다.

"그건 좀. 무서운데요. 단장님이 그렇게 말씀하시니, 갑자기 소비에슈 황제가 그렇게 마음이 변할까 좀 무섭습니다."

"의외로 고지식해서 안 그럴걸."

"그렇습니까?"

"차라리⋯⋯."

차라리 하인리 황제 쪽이 자신과 생각하는 게 비슷할 것 같다고, 4기사단장은 뒷말을 흐렸다.

"단장님? 차라리, 그다음 말이 무엇입니까?"

"블루 보헤안으로 가지. 아쉽지만 두 가지 임무를 동시에 끝내는 건 물 건너갔고. 차례대로 해결하는 수밖에 없잖나."

"예."

"아, 그리고 하나 더."

4기사단장이 몇 걸음을 더 걸어가다가 휙 옆으로 돌아섰다. 부관은 얼결에 어깨를 쭉 폈다.

"예, 말씀하십시오."

4기사단장의 눈가가 가늘게 휘어졌다.

그리고 4기사단장이 부관에게 또 다른 지시를 하는 그 시각. 소비에슈도 카를을 불렀다. 카를 후작이 급히 도착했을 때, 소비에슈는 에르기 공작과 라스타에 관한 보고서를 펼쳐놓은 상태였다.

"부르셨다 듣고 왔습니다, 폐하."

소비에슈가 먼저 아는 체를 하지 않았으므로, 카를 후작은 잠시 기다리다가 조심스럽게 소비에슈를 불러보았다. 여전히 시선은 보고서에 고정한 채 소비에슈는 그제야 카를 후작에게 명령했다.

"블루 보헤안의 왕에게 전해, 카를 후작. 두 나라의 친교를 위해서, 지금 어떤 행동이 필요할지 생각해보라고."

동대제국의 소비에슈가 항구를 지키기 위해서, 연합 소속 4기사단장이 맡은 임무 두 가지를 해내기 위해서 각기 바빠졌을 그 무렵.

하인리 역시 자신이 전쟁을 위해 준비한 흔적을 감추기 위해 바빠졌다. 그는 나비에와 작별 인사를 나눈 후 새로 변해서 마력석을 교묘하게 훔쳐둔 곳으로 날아갔다. 나비에가 임신 중이니 되도록 옆에 달라붙어서 떨어지고 싶지 않았지만, 동대제국에 어떤 꼬투리도 잡히지 않으려면 행동을 최대한 빨리 해야 했다.

하인리는 마력 감소 현상 속도를 높이는 방법을 아무에게도 공개하고 싶지 않았다. 지금은 어쩔 수 없이 전쟁을 포기하지만, 자신의 아이들에게 이 방법을 물려줄 생각이었다.

'마력석만 회수한다면 심증이 있어도 그 이상 꼬투리는 잡을 수

없겠지.'

그렇게 얼마나 열심히 날아갔을까. 마침내 하인리는 목적했던 신전을 발견했다. 벽이 없고 빼곡한 기둥만으로 이루어진 아름다운 신전이었는데, 하인리는 이 기둥 중 한 군데에다 마력석을 심어두었다. 아주 교묘히 숨겨두었기에 그가 어쩔 수 없이 직접 온 것이기도 했다.

그런데 정찰 비행을 끝내고 막 마력석을 숨겨둔 기둥에 내려앉으려던 찰나. 하인리는 수상쩍은 머리통들을 발견하고서 멈추지 않고 계속 하늘을 날았다.

'누구지?'

수상쩍은 이들은 상인이나 여행객처럼 변장을 했으나, 그런 이들일 리가 없었다. 상인이나 여행객이 굳이 신전 근처에 몸을 숨긴 채 사방을 경계할 일은 없으니까.

'혹시 마력석에 관련된 냄새를 맡고 왔나? 소비에슈의 부하?'

의심을 품은 하인리는 하늘을 휘휘 날다가, 그들 중 한 명이 잠시 볼일을 보기 위해 숲으로 들어간 사이 그쪽으로 빠르게 날아갔다. 급강하한 하인리는 땅에 닿기 전 사람으로 변해, 볼일을 볼 준비 중이던 사람의 등을 깔아뭉갰다. 여행객으로 변장한 사람이 '으악!' 소리를 내며 바닥에 엎어지자, 하인리는 그자의 머리카락을 손으로 쥐고 뒤로 세게 잡아당기며 물었다.

"누구냐."

"누, 누구?"

"누구냐고 했다. 여기서 뭘 하고 있었지?"

버둥거리던 사람은 암기를 꺼내려다가 하인리에게 대번에 저지되자 혀를 깨물려 했다. 그러나 하인리가 턱을 힘주어 쥐었으므로 다시 입을 열어야 했다. 그래도 대답을 하지 않으려는 그에게, 하인리가 손으로 열기를 보냈다.

얼마 후. 붙잡힌 사람은 흐느끼면서 자신의 배후를 불었다.

"연합…… 연합 사람입니다. 연합에서 이쪽을 조사해보라고……."

"연합 어디. 연합에 단체 많잖아. 제대로 말해."

"4기사단 소속입니다. 4기사단이요."

하인리는 혀를 차고서 그자의 턱을 놓아주었다. 4기사단 단장이 나비에를 찾아와 5기사단을 빌려달라고 한 게 떠올랐다.

'항구 건만 조사하러 나온 게 아니었군.'

대체 무슨 일을 하기에 다른 기사단을 빌려야 할 만큼 인원수가 부족하나 했더니. 두 가지 일을 맡아서 그런가 보다.

게다가 4기사단 단장은 사람 머릿수를 활용해서, 마력 감소 현상이 있었던 의심 지역에 기사들을 아예 다 풀어놓고서 상황을 지켜보려는 듯했다. 단조롭지만 확실한 방법이었다. 직접 돌아다니면서 마력석을 다 회수하리란 하인리의 계획과 완전히 배치되는 방법이기도 했다.

그때 훌쩍이는 소리가 났다. 하인리가 쳐다보니, 붙잡힌 4기사단 기사가 하인리를 겁먹은 눈으로 쳐다보고 있었다. 협박에 못 이겨 어쩔 수 없이 목적을 털어놓긴 했으나, 하인리 황제의 얼굴을 확인한 자신이 무사히 돌아갈 수 없으리란 걸 뒤늦게 깨달은 듯했다.

잠시 뒤. 하인리는 신전 근처를 서성이는 또 다른 4기사단 소속 기사를 처리한 후, 숨겨두었던 마력석을 파내어 그곳을 떠났다.

그러나 목적을 완수했는데도 속이 좋지 않았다.

'좀 더 빨리 회수해야 한다.'

떠나는 사람이 있으면 오는 사람도 있는 모양이다. 하인리가 대외적으로 '급한 볼일'이 있어서 자리를 비운 지 이틀 후. 랑드레 자작이 부하에게서 르베티를 수도로 데리고 들어왔다는 급보를 받았다. 나는 랑드레 자작에게서 그 이야기를 전해 듣자마자, 시녀들과 함께 정원으로 나갔다. 직접 르베티를 맞이하고 환대해줄 생각이었다.

기다린 지 얼마나 지났을까. 마침내 정문 쪽에서 마차 한 대가 답답할 정도로 느리게 굴러오는 게 보였다. 하품을 하면서 지루해하던 시녀들이 마차를 보고 반가워서 손을 내렸다. 느리게 다가온 마차는 우리에게서 약간 거리를 둔 곳에 완전히 멈추었다. 그리고 마차가 멈추자마자 안쪽에서 달그닥 달그닥 소리가 나더니, 문이 툭 열리며 기다리던 르베티가 튀어나왔다.

"황후 폐하아아아아!"

르베티는 마차 밖으로 나오자마자 빠르게 두리번거리더니, 나를 부르면서 허겁지겁 달려왔다. 예의고 뭐고 집어치운 그 행동에 랑드레 자작이 움찔했다. 말려야 할지 말아야 할지 당혹스러운 듯했다.

나는 자작이 르베티를 저지하기 전에 한 걸음 앞으로 나서서 그
녀를 끌어안았다.

"르베티."

랑드레 자작이 눈치 있게 뒤로 물러났다. 르베티는 내게 안기자
마자 울음을 터트렸다.

"폐하, 보고 싶었어요. 너무 보고 싶었어요."

마음고생이 심했는지 르베티의 등을 만지자 또렷하게 뼈가 느껴
졌다. 몇 번 더 토닥이자 르베티는 아예 말이 뭉개져서 '흐엉 흐엉'
소리만 내며 울었다.

감정을 쏟아낼 때까지 기다리다가, 아이가 울음이 잦아들 즈음.
나는 르베티의 등을 감싸고서 몸을 건물 쪽으로 밀었다.

"안으로 들어가자, 르베티."

르베티는 방 안으로 들어온 후에도 계속 훌쩍였다.

"로즈 양, 뜨거운 초콜릿을 가져다줘요."

로즈가 한 잔 가득 초콜릿을 담아 가져왔고, 나는 그걸 받아서
르베티에게 건넸다. 르베티는 몇 모금을 마신 후에야 좀 진정이 되
어서 히끅 딸꾹질했다.

"죄송해요. 안 울려고 했거든요? 오는 내내 계속 안 울어야지, 절
대로 울면 안 돼, 계속 생각했는데……."

"괜찮아."

괜찮다는 말을 했을 뿐인데. 르베티는 또 얼굴이 일그러지더니 소리 없이 울 태세를 했다. 그러나 르베티는 꿋꿋하게 울음을 참아내고서 괜히 초콜릿만 꾸역꾸역 마셨다.

어떻게 지냈는지 물으면 또 울까 봐, 나는 르베티의 옆으로 가 앉아 등만 두드려주었다.

"르베티."

한참을 그런 후에야 나는 미리 준비한 말을 꺼냈다.

"서대제국에서 지낼래?"

르베티는 소리 없이 꺽꺽대다가, 내 질문을 듣자 눈이 댕그래졌다.

"네?"

"원한다면 여기서 계속 나와 함께 있자."

나는 르베티의 손을 가져다가 내 무릎에 얹고 꼭 잡아주었다. 눈이 그렁그렁해진 르베티는 또 눈물이 쏟아지려는 듯 "폐하……." 하고 훌쩍였다.

"어때?"

나는 조심스럽게 르베티에게 다시 물었다. 진심이었고, 미리 준비한 제안이었다.

그러나 르베티는 우물우물하다가 거절했다.

"정말로 감사드리지만…… 괜찮아요. 황후 폐하를 뵙고 싶어서 여기에 오긴 했지만, 그럴 수는 없어요."

이야기를 듣던 로라가 화들짝 놀라 끼어들었다.

"왜? 나랑 같이 지내! 안 좋은 기억은 홀랑 버리고 나랑 놀면서 지내자."

그러나 르베티는 씁쓸하게 고개를 저어 완전하게 거절했다.

"나도 그러고 싶은데…… 안 돼요. 아버지가 영지를 남기고 가셨 잖아요. 아버지가 그랬어요. 이젠 내가 거기 영주라고. 작은 영지지 만, 내가 그곳 사람들을 이끌어야 해요. 게다가…… 엄마도 거기 계 시고……."

저렇게 나오자 더 권하기 힘든지, 로라는 더 권하지 못하고 어깨 에 힘을 뺐다. 나도 르베티에게 여기에 남으라 다시 말하는 대신, 말없이 차만 마셨다.

르베티는 저런 생각을 하면서도 영지로 돌아가지 않고 옆 마을 에 머물렀지. 그런 걸 보면, 분명 다른 생각도 있긴 한 것 같았으나, 지금은 그게 중요하지 않으니까.

"원하는 대로 해, 르베티."

아직 뜨거운 잔을 두 손으로 꼭 감싸 쥐고서, 르베티는 작은 목 소리로 대답했다.

"네."

이후 몇 마디를 더 나누다가, 로라는 미리 준비해둔 방으로 르베 티를 데려갔다.

이윽고 시녀들도 하나둘 자기 방으로 돌아가자 주베르 백작 부 인이 가장 마지막에 남아 혀를 찼다.

"밝은 애가 그새 그늘이 졌네요. 그래도 기특해요. 지금 속이 말 이 아닐 텐데."

주베르 백작 부인까지 나간 후. 나는 안락의자에 앉은 채 태교 겸 자장가를 흥얼거렸다. 하지만 노래에 완전히 집중하지 못하고, 르베티가 정말로 대단하다고 생각했다.

나도 속상하고 괴로운 일들을 여러 가지 겪었지만, 그래도 갑자기 가족을 둘이나 잃은 르베티에 비할 바는 아니었다. 그런 의미에서 르베티는 정말로 대단하지.

문득 궁금해진다. 소비에슈도 그런 마음이었을까? 기억 잃은 소비에슈도 내겐 그냥 소비에슈일 뿐이라, 나는 그가 뻔뻔하게 다가오는 행동에 그저 화가 났었지. 하지만 지금 생각해보니, 소비에슈는 어느 날 자고 일어나자 부황과 모후, 아내 모두 다 사라진 상황이나 다름없었다. 졸지에 아버지와 오빠를 잃어버린 르베티처럼……

그렇게 생각하니 괜히 찝찝해졌다.

다음 날. 하늘을 쳐다보면서, 마력석을 회수하러 간 하인리가 다치진 않았는지, 하려던 일은 잘하고 있는지, 혹시 또 혼자 속상해하고 있진 않은지 생각하는 도중이었다. 익숙한 금빛 새가 저 멀리에서부터 날아오는 게 보였다. 놀라서 창문을 열자, 금빛 새는 그림처럼 휙 날아들어서 방 안을 한 바퀴 돌았다.

"퀸!"

하인리였다. 내가 이름을 부르자, 하인리는 얼른 사람의 모습으로 돌아와서 두 팔을 벌려 나를 안아주었다.

"잘 지냈어요?"

잘 지냈다고 대답해야 하는데. 그보다 먼저 질문이 튀어 나갔다.

"하려던 일은? 다 했어요?"

"네. 회수했습니다. 아직 몇 개 더 남았지만요."

"위험하진……."

않았느냐고 물으려 할 때였다. 응접실 문을 두드리는 소리가 나더니, 밖에서 "폐하. 르베티 양이 왔어요." 하는 목소리가 들려왔다. 옷이 없었기에 하인리는 황급히 부부침실 안으로 달아났고, 나는 응접실로 나갔다.

응접실에는 르베티가 다부진 표정으로 서 있었는데…… 어제는 말도 제대로 하지 못하고 내내 울더니. 하루 사이에 표정이 침착하고 야무지게 변해 있었다.

"폐하. 저…… 부탁을 하나, 아니, 두 개 드려도 될까요?"

"말해봐요."

앉혀두고서 무슨 일인지 묻자, 르베티가 토해내듯 외쳤다.

"폐하! 저, 영지를 다스리는 법을 배우고 싶어요."

"이제 영주가 되니까……."

"네. 하지만 전 그쪽으론 배운 게 없어서요."

"알았어요. 최대한 도와줄게요."

르베티가 벌떡 일어나 "감사합니다!" 하고 꾸벅 허리를 숙였다. 앉으라고 손짓하자 얼른 앉았지만, 르베티는 다시 우물우물했다.

"부탁이 하나 더 있지 않나요?"

내가 먼저 운을 떼주자, 르베티는 그제야 "네." 대답했다.

"무엇인가요?"

사실, 르베티가 영지 관리하는 법을 알려달라 청할 건 어느 정도 짐작은 했다. 하지만 다른 부탁이 무엇일지는 통 짐작하기 어려웠다. 르베티는 한참을 우물쭈물하다가 내 눈치를 살피며 조심스럽게 물었다.

"저…… 안을 찾는 걸 도와주실 수 있을까요?"

"안?"

"오빠 아들요……."

나는 놀라서 르베티를 쳐다보았다. 르베티는 라스타와 자기 오빠 사이에서 태어난 아이를 싫어했던 걸로 기억하는데. 직접 날 찾아와서 그 애를 찾아달라고 부탁하다니, 의외였다.

전에 동대제국에 갔을 때, 그 아이에 대해 어떤 판결이 났는지는 들었다. 기억난다. 부모 모두가 중죄인이기 때문에 노예로 팔렸지.

"이상한 거 알아요, 황후 폐하. 저 아직 걔 싫어요."

내가 말없이 있자, 르베티는 고개를 숙이고서 두 손을 꼭 모아 쥐었다.

"하지만…… 유일한 오빠 핏줄이잖아요. 난 걔가 싫지만 오빤 걜 좋아했으니까."

"보살펴주고 싶은 거니?"

"사랑해줄 수는 없어요. 그 정도론 마음이 안 가요. 하지만 걔가 불행하진 않았으면 좋겠어요."

동그랗게 말려 들어간 작은 어깨가 안쓰러웠다. 그렇게 조카를 싫어하던 아이가 이렇게 마음이 변하기까지 얼마나 많은 일을 겪었을지…….

"꼭 찾아줄게."

그래서 거절할 수가 없었다.

르베티는 꾸벅꾸벅 거듭 인사를 한 후 물러났다.

'좋은 아이야.'

르베티가 간 후에도 나는 혼자 침실에 돌아와서, 복잡한 마음을 달래기 위해 사전을 펼쳐 읽어 내려갔다. 그렇게 사전 속 단어를 하나하나 훑어 내려가다가 '국적' 부분을 보는 순간, 나는 뒤늦게 아차 싶어 사전을 덮었다.

'르베티의 조카를 찾으려면 동대제국의 협조가 필요하잖아?'

르베티의 조카가 어디로 팔려 갔는지는 동대제국 법정 기록에 남아 있을 텐데. 서대제국으로 온 내가 그 기록을 볼 수 있을 리가 없었다. 보여달라 한다고 보여주지도 않을 테고. 하지만 르베티가 직접 그 기록을 찾을 수도 없겠지. 이제 막 작은 마을의 영주가 된 권력 없는 사람에게, 게다가 가족이 얽힌 기록을 보여줄 리는 없으니.

'어쩐다…….'

사전을 책꽂이에 꽂고 몇 번 서성이자, 어제 소비에슈에게서 도착한 편지가 떠올랐다. 받고서 황당해서 '필요 없는 물건'을 담는 상자에 넣어 구석에 처박아둔 그 편지 말이다.

답장을 할 생각이 없기에 당연히 읽지도 않았다. 하지만 일이 이렇게 되고 보니 그 편지가 필요했다. 답장하는 척 르베티 조카 찾는 걸 도와달라 할 수 있으니까.

나는 필요 없는 물건을 두는 방으로 가서, 다시 상자를 꺼내 방으로 돌아왔다. 뚜껑을 열고 편지를 찾아 펼치자, 익숙한 필체가 드러났다.

4기사단 단장이 마력 감소 현상에 대해 알려주면 항구 건에 관해서 동대제국 편을 들어준대.

그래서 내가 싫다고 했어. 잘했다고 해줘. 가산점 줄 수 있어?

(+내가 쓴 일기장을 봤는데 에르기 공작이란 자 말이야. 나하고 무슨 어마어마한 원수였어? 왜 이렇게 나한테 공격적이야?)

그런데…… 뭐야. 의외로 편지에 중요한 내용이 들어 있잖아?

4기사단 단장에 대한 부분은 특히 놀라웠다.

그자가 소비에슈에게 가서 마력 감소 현상을 두고 거래를 시도했다고?

"퀸?"

놀라워하고 있자니, 공용 침실 문이 살짝 열리고 하인리가 나를 불렀다. 마침 하인리에게도 이 편지를 보여주어야 할 것 같단 생각을 하던 중이라, 나는 얼른 그에게 다가오라 말했다.

"르베티인가 하는 영애는 갔습니까?"

"갔어요. 그보다 이걸 봐요."

하인리는 이불을 두른 채 성큼성큼 다가왔다.

"뭡니까?"

편지를 보자마자 하인리는 표정이 험악해졌다. 내 눈치를 살피더니 다시 청순한 표정을 만들어냈지만, 소비에슈의 편지란 것만으로도 기분이 상한 듯했다.

"위쪽에 내용을 위주로 봐요."

4기사단장 부근을 가리키자, 하인리는 근심 섞인 목소리로 중얼거렸다.

"그렇지 않아도 마력석을 회수하러 간 곳에, 4기사단 기사 두 명이 숨어 있었습니다."

"뭔가를 알고 온 건가요?"

"알고 왔을 수도 있다 생각했는데, 이 편지를 보니 그건 아닌 모양입니다. 그 부근에서 마법사의 마력이 사라진 일이 있었으니 조사차 보낸 거겠지요."

"전엔 5기사단을 빌려달라 온 거라더니."

그 기사단장, 이름처럼 천사 같이 웃은 얼굴로 사람을 잘 속이는 사람이구나.

심지어 은근한 척 던진 묘한 말조차, 지금 생각하니 사기는 아니었을까 여겨질 정도였다. 그 말을 듣고서 나는 그가 날 시험하러 온 거라 생각했으니.

"글쎄요……."

하인리는 눈을 가느스름하게 뜨고서 소비에슈의 편지를 다시 들어 올렸다.

"어느 쪽이든, 나와 소비에슈 황제 모두에게 좋지 않단 건 분명

하겠군요."

"소비에슈에게도 좋지 않을 것 같나요?"

"제안을 했는데 거절당했으니 자존심이 상하겠지요. 특히 이렇게 뒤에서 술수를 부리는 사람일수록, 그런 자존심은 강할 겁니다."

심각해진 하인리는 편지를 내려놓고서 날 향해 빙그레 웃었다.

"하지만 괜찮습니다. 아무리 캐내고 다녀봤자, 증거를 다 없애버리면 끝이니까. 가속시켰단 증거만 없애면, 원래 오래전부터 계속되어오던 자연적 현상인걸요."

그래도 걱정이 되어서 그의 손을 꽉 잡았다. 하인리는 내 손을 마주 잡고 있다가 물었다.

"그런데 퀸, 이거 편지, 찢어도 됩니까?"

아! 르베티!

"그대가 답장을 써줘요."

"……농담이죠?"

"아까 르베티가 부탁하고 간 게 있는데……."

하인리가 소비에슈에게 대신 답장을 써서 보낸 후, 또 다른 마력석을 회수하기 위해 떠난 다음 날이었다. 웬일로 카프멘 대공과 돌시가 함께 날 찾아왔다. 카프멘 대공은 '돌시가 마법을 가르쳐주기 전에 시험을 해보고 싶다 합니다'라고 말했지만…….

"자, 이거."

그건 그냥 핑계였다. 돌시가 오자마자 내게 내민 그림 몇 장을 보면 알 수 있었다. 그 그림은 곳곳의 화려한 벽을 그린 그림이었는데, 아무리 봐도 돌시의 실력이 아니었으니까.

내가 그림을 받아 들고서 빤히 쳐다보자 돌시는 뇌물을 찔러주듯 윙크했다.

……윙크하면서 찔러줄 거라면 자기 좋은 게 아니라 나 좋은 걸 가져와야 하지 않나?

황당하지만 그림을 돌려주기엔 그의 정체가 꺼림칙해서, 어쩔 수 없이 받아서 서랍에 넣어두었다.

그래도 양심이란 게 있는지, 돌시는 헤죽 웃으면서 제안했다.

"마법 봐줄게. 넓은 공간 없어?"

"밖……."

"은 안 돼. 사람 없는 곳으로."

나는 그와 카프멘 대공을 1층에 있는 빈방으로 데려갔다. 예비 회의실로 쓰기 위해 마련된 방으로, 작은 테이블과 의자를 제외한 어떤 가구도 없는 넓은 방이었다.

"여기는 어떤가요?"

"여기 괜찮네."

어쨌든 자리를 잡고 앉자, 돌시는 이왕 봐주는 김에 제대로 봐줄 생각인지 진지한 표정으로 지시했다.

"일단 그쪽 능력이 어느 정도인지부터 확인을 해볼게. 있는 힘껏, 할 수 있는 최대한도로 마법을 써봐."

나는 고개를 끄덕이고서 종을 집었다. 물을 가져오라고 명령할 셈이었다.

"이봐, 이름 이상한 여자."

그러나 돌시가 대번에 손을 뻗어 종 위쪽을 짚어 막았다.

"뭐 하려고?"

"물을 가져오라 할 건데."

"평생 물만 얼리고 살 거야? 얼음 마법을 잘 익혀서 얼음물 마시는 데 쓰려고? 그래도 유용하겠지만 거기에서 그칠 생각이 아니면 그만둬."

나는 항상 무언가를 '얼리는' 데 집중해서 연습했는데.

그러면 어떻게 하란 거지?

의아해서 쳐다보자, 그가 턱을 치켜올렸다.

"그냥 써봐."

처음엔 익숙하지 않아 당황했으나, 생각해보니 얼결에 얼음 마법을 사용할 때는 분명 허공에 사용하긴 했다. 추락하는 즈멘시아 공작을 쳐낼 때라거나…….

나는 고개를 끄덕이고서 어색하게 허공을 향해 손을 들었다. 익숙하지 않은 채 허공에 손을 뻗자 괴짜 마법사가 된 느낌이었다. 그래도 주의를 집중하자, 손 주위에 잘게 간 얼음 같은 것들이 나타나 파스슥 아래로 떨어졌다.

'잘한 건가?'

나는 힐긋 돌시를 곁눈질했다.

"약하네."

그러나 돌시는 가차 없이 말했다.

좀 시무룩한 기분이 들어서 손을 내리자, 카프멘 대공이 얼른 내 편을 들어주었다.

"왜. 이 정도면 대단하시지 않나."

"어디서 거짓말로 편들어?"

그래도 돌시는 무자비했다.

더욱 속상한 건, 내가 '진짜야?' 하는 눈으로 카프멘 대공을 보자 그가 시선을 회피했던 것이다. 더욱 시무룩한 기분이 들었다.

카프멘 대공도 속으로는 내 마법 실력이 형편없다 생각하는구나. 하긴. 수석 졸업생이니 그럴 수도 있겠지…….

"이름이 이상한 여자야. 그렇게 마법을 쓰면 누가 좋아하는지 알아?"

"적?"

"잘 아네."

냉담하게 말한 돌시는 톡톡 허공을 직접 가리키면서 또 지시했다.

"다시 해봐."

그게 안 되니까 도와달라고 한 거잖아…….

그렇게 두 시간 정도 옆에서 잔소리를 한 돌시는, 솔직히 말해서 도움이 하나도 되지 않았다. 글쎄. '역시 마법이란 스스로 하는 학문인가' 이런 깨달음을 주는 데는 도움이 됐을지도.

하지만 고작 옆에서 잔소리만 툭툭 던진 주제에, 돌시는 딱 두 시간이 지나자 "어구 힘들다, 어구 힘들다." 한탄하면서 자기 목덜미를 주먹으로 두드렸다. 그러고는 폭신한 의자를 하나 만들더니, 혼자 그 위에 드러누우며 내게 말했다.

"나 커피."

내가 빤히 쳐다보자, 그는 "아." 하고 깨달은 듯 덧붙였다.

"넌 커피 마시면 안 돼."

진짜 짜증 나는 용인데?

속으로는 불만이 튀어나왔지만, 나는 침착한 표정을 유지한 채 사람을 불러 커피와 과자, 음료수 몇 종류를 가져오라 지시했다. 그래도 진짜로 배가 고프긴 했나. 테이블 가득 음식이 차려지자, 돌시는 신이 나서 커피며 과자를 쉴 새 없이 먹었다. 그러면서 카프멘에게 내가 모르는 일을 가지고 연신 말을 걸었다. 카프멘은 그걸 또 하나하나 대답하고 반응하고.

'정말로 둘이 친하긴 하구나.'

게다가 나처럼 고지식하고 딱딱한 귀족이라 여겼던 카프멘이, 돌시의 거침없는 말에 조금도 물러서지 않고 대응해주는 걸 보자 신기했다.

내가 알지 못하는 두 사람의 대화에도 호기심이 들었다. 끝없이 펼쳐진 사막이라거나, 구름을 뚫고 올라간 산봉우리, 거대한 문어 같은 괴물이 튀어나온다는 바다 같은 것들 말이다. 그들이 말하는 세상은 우아한 바이올린 소리와 부드러운 향수, 감촉이 좋은 비단으로 감싼 황궁 생활과는 전혀 다른 듯했지만, 나름의 재미가 있어

보였다.

그래서 조용히 그들의 대화에 귀를 기울이고 있을 때였다.

"이보게, 카프멘아."

갑자기 돌시가 눈을 반짝반짝 빛내며 화제를 전환시켰다.

"뭔가."

카프멘이 커피를 마시며 묻자, 돌시는 상체를 약간 앞으로 숙이며 은근하게 말했다.

"전에 사랑의 묘약인가 뭔가 얘기했잖아. 그거 풀 방법을 찾고 싶다고."

카프멘이 움찔했고, 나도 덩달아 움찔했다.

돌시는 눈치채지 못하고서 계속 물었다.

"지금은 풀렸어?"

"……풀렸어."

"어떻게?"

"어쩌다 보니까."

이 대화에는 큰 흥미가 느껴지지 않아서, 나는 어색하게 과자를 집어서 오독오독 씹었다.

그러나 돌시는 이 화제에 푹 빠져 있었다. 카프멘 대공에게 묘약에서 벗어난 방법과 해독약, 묘약의 효과 등을 꼬치꼬치 30분은 캐물었으니까.

그러더니 결국 이렇게 물었다.

"카프멘아 카프멘아. 그거 약, 남은 거 하나 없나?"

카프멘이 인상을 찡그리고 쳐다보자, 돌시가 히죽 웃으며 요구했다.

"하나 줘봐."

"왜?"

"일단 줘봐."

돌시의 입가에 자신만만한 미소가 떠올랐다.

"뭐 하려고."

카프멘이 떨떠름하게 묻자 돌시는 당연하단 듯이 대답했다.

"마시려고."

카프멘은 황당한 얼굴로 되물었다.

"무슨 소리야? 내가 그렇게 고생하는 걸 봐놓고서 그래?"

카프멘 대공은 사랑의 묘약을 해독하기 위해 돌시에게도 도움을 청했었구나.

그러나 돌시는 막무가내였다.

"그래서. 한심해서. 그거 마시고 그렇게 고생하는 게 신기해서."

카프멘의 이마에 파랗게 힘줄이 올라왔으나, 돌시는 어린아이가 고집스럽게 졸라대듯 요구했다.

"어떤 느낌인지 궁금해서 그래. 한번 줘봐. 어차피 난 위대한 마법사라서, 바로 해독 가능해."

용이란 원래 이렇게 막무가내인 존재일까? 보석댐에 대해 알게 된 후부터 계속 도안이나 그림을 가져다주는 것도 그렇고…….

돌시는 카프멘이 약을 주지 않으면 뺏어가기라도 할 태세였다. 눈을 반짝이면서 처다보는데, 그 눈동자 안에서 흉흉한 기운이 번뜩였다. 그냥 느낌만 그런 게 아니라, 진짜로 눈 안쪽에 빨간 무언가가 보였다. 카프멘은 어쩔 수 없이 일어나 밖으로 나갔다. 약을 가려오려는 듯했다.

카프멘이 나가자, 돌시는 이번엔 날 쳐다보면서 요구했다.

"다 쉬었으면 이름 이상한 여자야, 넌 다시 연습."

그렇게 또 허공에 얼음 가루만 한 컵가량을 만들어냈을 때쯤. 약을 가지러 간 카프멘 대공이 돌아왔다. 카프멘 대공은 손에 쥔 작은 약병을 바로 돌시에게 건넸다. 낄낄 웃은 돌시는 불량배처럼 약병을 받아 들었다.

"돌시, 다시 한번 말하지만……."

그런 돌시에게 카프멘이 무어라 한 번 더 만류해보려는 찰나. 돌시는 카프멘이 말을 이을 틈도 없이 마개를 똑 따서 입에 털어 넣었다.

"!"

나와 카프멘은 동시에 탁자 아래로 몸을 숨겼다. 저 약에 시달린 경험이 만든 반사적 행동이었다.

"아무 맛도 안 나네. 근데 뭐야. 왜 둘 다 숨어? 하나는 얼굴을 보여줘야 내가 효과를 보잖아."

카프멘이 나를 향해 나가지 말라고 고개를 저었다. 나도 고개를 끄덕였다.

당장 약효를 해독할 수 있다지만, 그래도 사람 일 모르는 거고. 돌시에게도 부작용이 올 수도 있는 거잖아. 돌시와는 그런 쪽으로 얽히고 싶지 않지. 절대로 나설 생각 없었다.

"둘 중 하나 지원하지그래?"

하지만 돌시는 그런 상황이 짜증이 났는지, 우리가 숨은 탁자를 타타타탁 두드리면서 명령했다. 그래도 나와 카프멘이 쥐 죽은 듯이 가만히 있자, 그는 낄낄 웃고서 말했다.

"그럼 내가 하나 고르지 뭐."

그러고는 정말로 덜컹 일어섰다.

그 순간. 의자 밀리는 소리와 문 열리는 소리가 거의 동시에 들려왔다.

"황후 폐하!"

그리고 들려온 소리는 맥켄나의 목소리였다. 나는 당황해서 고개를 들다가, 건너편에 숨은 카프멘과 눈이 마주쳤다. 우리는 동시에 최악의 상황을 상상하고 황급히 동시에 일어섰다. 그러나 돌시는 이미 문 열리는 소리를 듣고 돌아선 상태였다.

나는 마른침을 삼켰다. 효과가…… 있을까? 어떻게 생각해보면 상대는 용이니 없을 것도 같은데…… 하는 순간.

"뭐야, 저 푸른 하늘을 똑 따다 만든 것처럼 사랑스럽고 조그만 파랑새는?"

돌시가 맥켄나를 손가락으로 가리키며 날 향해 물었다.

사랑스럽고 조그만 파랑새가 여기에 어디 있단 건가. 나는 당혹스러워서 바로 대답하지 못했다.

물론 맥켄나가 파랑새이긴 하지만…….

'아차.'

카프멘 대공은 속마음을 듣잖아? 이런 생각을 떠올려도 되나?

하지만 생각은 자유롭게 다루기 어려운 법이다. 인지하고 나니 오히려 맥켄나가 파랑새란 생각을 뿌리치기 어려웠다.

황급히 카프멘 대공을 보았다. 그러나 카프멘 대공은 내 속마음이 전혀 들리지 않는 것처럼 돌시만을 쳐다보고 있었다. 그걸 보자 조금 안심이 되었다. 다시 생각해보니, 카프멘 대공이 이 일에 대해 모를 리가 없겠구나 싶어서. 속마음을 읽을 수 없다는 돌시를 제외한다면, 이 세상에 그가 모르는 비밀이 존재하기는 할까?

어쨌든 지금 중요한 건 돌시가 던진 묘한 말이었다.

"파랑새라니?"

나는 눈 하나 깜짝하지 않고서 돌시에게 되물었다.

"여기에 파랑새가 어디 있어?"

맥켄나는 파랑새란 말이 나왔을 때부터 이미 얼어 있었다. 그의 심장 소리가 멀리 떨어진 내게까지 들려오는 듯했다.

돌시는 눈썹을 치켜올리고서 맥켄나 쪽을 쳐다보더니 다시 내게로 고개를 돌렸다.

"저기 있잖아. 조그맣고 귀여운 파랑새. 세상에, 저렇게 사랑스럽게 날갯짓하는 새가 있다니."

나는 카프멘 대공을 쳐다보며 속으로 물었다.

'돌시가 자꾸 파랑새 파랑새 하는데, 진짜로 파랑새로 보여서 파랑새라고 하는 것 같나요, 아니면 그냥 파란 머리라서 파랑새라고 하는 것 같나요?'

카프멘 대공은 내 쪽을 쳐다보지 않은 상태로 짧고 빠르게 고개를 저었다. 자기도 모르겠나 보다. 하긴. 돌시 속마음은 알 수 없다 했으니.

그사이, 돌시가 맥켄나 쪽으로 다가가고 있었다. 맥켄나는 영문을 모르는 상태로도 무언가 이상하다는 눈치를 채고는, 황급히 뒤돌아 줄행랑쳤다. 그 뒤를 돌시가 허겁지겁 뒤쫓아갔다.

다행히 돌시는 몇 시간 만에 제정신을 차린 모양이었다. 내가 직접 본 건 아니고. 맥켄나에게 전해 듣기를, 갑자기 우뚝 멈춰 서서 고개를 기웃거리더니 혼자 터덜터덜 어딘가로 걸어갔다고. 하지만 나와 카프멘 대공이 있는 쪽으로 돌아오지는 않아서, 결국 카프멘 대공은 나중을 기약하고 먼저 돌아갔다.

"대체 그건 뭐였습니까?"

맥켄나는 완전히 안전하단 판단이 서자 내가 있는 집무실을 찾아와 물었다. 얼마나 놀랐던지 아직도 얼굴이 파랬다.

"용일지도 몰라요. 아닐지도 모르고."

내가 돌시에 관련된 이야기를 해주자 안 그래도 파랗던 맥켄나의 얼굴은 더욱 새파랗게 질렸다.

"그, 그런데 왜 그 용이 저한테 파랑새라고……?"

"뭘 잘못 먹은 게 아닐까요?"

"뭘 잘못 먹었는데요?"

사랑의 묘약 이야기는 할 수 없어서 고개를 젓자, 맥켄나는 자기 팔뚝을 삭삭 문지르면서 치를 떨었다.

"저를 쳐다보고 파랑새! 하는데 어휴, 심장이 쿵 떨어지는 줄 알았습니다."

이 상황에 뭐라고 말을 해주어야 할까. 어색하게 웃고만 있자니, 맥켄나는 한참을 구시렁거리다가 "아차!" 하고 탄식했다.

"그 이상한 용 때문에 급한 볼일을 까먹어버렸네요. 황후 폐하, 종교 행사 때문에 급히 문의드릴 게 있어서 왔습니다."

"종교 행사요?"

"예, 이름 높은 성자가 순례를 떠났는데 이쪽으로도 지나간다 하더라고요. 옆 나라에서 크게 환영식을 열어줬더니, 다음 세대에 나라를 부흥시킬 왕족이 나올 거라고 축복을 해줬답니다."

저들은 예언이라 우기는데 그게 뭐 예언입니까, 축복이지? 작게 덧붙인 맥켄나가 다시 말을 이었다.

"대체로 좋은 이야기를 해주고 다닌다던데. 우리도 불러서 환영해주는 게 좋지 않을까 싶어서요."

확실히. 성자가 미래에 대해 좋은 말을 해준다면, 국민들이 좋아하겠지. 여러모로 혼란스러운 시기이니 미래에 대한 축복이 사람들의 마음에도 긍정적인 바람을 넣어줄 수 있을지도 모르겠다. 하지만…….

"하인리에게 물어보아야 하지 않나요?"

일단 환영 행사가 결정되고 나면 그걸 진행할 방법은 내가 고르는 게 맞지만. 행사를 열지 말지는 하인리의 선에서 결정해야 하지 않나?

"그게……."

맥켄나가 시름에 잠긴 얼굴로 한숨을 내쉬었다.

"하인리 폐하께서 오기 전에 도착할 것 같습니다."

"정말인가요?"

옆 나라에서 성대한 환영을 받았다면서. 근처에 올 때까지 행적을 놓쳤다고?

"부담이 됐는지 이후로는 행적을 감추고 이동했거든요. 여기도 조용히 지나가려는 걸, 마력석을 회수하러 돌아다니던 저희 일족이 우연히 발견한 거고요."

그렇구나.

"확실히 애매하네요."

"예."

이 경우는, 내가 하인리를 대신해 그를 맞이하거나 행사를 열어 주는 건 문제가 아니었다. 그 성자가 조용히 지나가고 싶어하는데, 굳이 환대하며 맞이해야 하는지의 문제이지.

함부로 성대한 환영 행사를 베풀었다가, 성자가 기분이 불쾌해 져서 악담을 퍼부으면 여론이 좋아지기는커녕 역효과가 난다. 그 렇지만 성자를 모른 척 보냈다가 이 일이 알려지면, 국민들은 '옆 나라는 모셔놓고 환영 파티까지 해줬는데 우리는 그냥 보내다니' 라고 불만을 가질지도 몰랐다. 하인리가 자리를 비운 시기이니, 아 마 내가 불만의 표적이 될 테고.

"어쩌지요, 황후 폐하?"

맥켄나가 불안한 목소리로 다시 물었다.

블루 보헤안의 선착장에 커다란 배가 들어섰다. 항구를 밀어버릴 태세로 느릿하게 멈추어 선 배에는 소속을 알리는 깃발이 걸려 있지 않았다.

그 커다란 배에서 내린 이는 총 열두 명이었다. 하지만 그들조차 얼마 지나지 않아 뿔뿔이 흩어졌는데, 개중 한 명이 유독 뚝 떨어진 방향으로 걸어갔다. 그 사람은 한참 동안 뒷길을 걸어가다가 이후 마차를 잡아탔다. 그 마차가 멈춘 곳은 사람들이 가득 찬 시장이었다.

시장에서 몇 군데의 가게를 들른 그 사람은 이후 다시 마차를 타고 이번에는 긴 거리를 이동했다. 마차는 클로디아 공작가 깊숙이 들어가서야 멈추어 섰다.

"오셨습니까, 공작님."

마차에서 내린 이는 에르기 공작이었다. 무거운 목소리로 인사하는 집사에게, 에르기는 커다란 가방 한 개만을 맡기고 집 안으로 들어갔다.

연한 크림색과 보라색으로 치장한 저택 안은 당장에라도 음악 소리가 뚝뚝 떨어질 것처럼 밝고 부드러운 분위기였다. 하지만 저택의 크기에 비해 사람 숫자가 적어서, 주거 공간이라기보다는 잘 장식된 인형의 집 같았다.

"대공님께 가보시겠습니까?"

잠시 우두커니 선 채 집 안을 둘러보는 에르기 공작에게, 따라 들어온 집사가 물었다.

"됐네."

"에르기 공작은 짧게 말하고서 가방을 자기 방에 가져다놓으라 지시한 후 어딘가로 걸어갔다. 그러나 몇 걸음 가지 않아 걸음이 막히고 말았다.

"아들!"

반갑게 그를 부르는 목소리 탓이었다. 에르기 공작은 멈춰 서서 인상을 찡그리고 고개를 들었다. 2층 난간 위, 얼굴 한쪽을 머리카락으로 가린 여자가 활짝 웃는 얼굴로 서 있었다. 여자를 보자 에르기의 표정이 돌처럼 딱딱하게 굳었다.

"언제 왔어, 아들?"

여자는 나비처럼 사뿐사뿐 계단을 내려와 에르기 공작의 바로 앞까지 다가왔다. 우아한 드레스 차림에 자세가 곧은 그녀는 누가 보아도 고귀한 귀부인처럼 보였고, 에르기 공작을 보는 눈동자에는 애정이 가득했다.

"엄만 아들이 보고 싶어서 너무 힘들었어. 편지라도 써주지 그랬어."

여자는 웃으면서 에르기 공작의 팔을 잡았으나, 에르기 공작은 재빨리 팔을 빼냈다.

"아들…… 아직도 엄마한테 화났어?"

여자가 애처롭게 물었으나, 에르기 공작은 대답 대신 그녀를 지나쳐 걸어갔다.

"뭐 하는 짓거리냐."

하지만 몇 걸음 가지 않아 이번에는 화난 남자의 목소리가 그를 붙들었다. 아버지였다.

"사람이 부르는데 대답 정도는 해라."

아버지를 본 에르기 공작의 눈동자가, 여자를 대할 때와는 비교할 수도 없을 정도로 차갑고 서늘해졌다. 더럽고 불결한 무언가를 본 것처럼 불쾌감이 가득해진 표정에, 클로디아 대공의 얼굴이 험악해졌다.

"에르기."

그가 경고조로 아들을 불렀다. 에르기는 누구에게도 대답하지 않고서 돌아서서 아치문을 지나 저택 뒤쪽의 후원으로 걸어갔다. 이를 지켜보던 여자가 두 손으로 얼굴을 가리고 흐느꼈다.

"여보, 대체 에르기는 날 언제 용서할까요?"

서글프게 우는 목소리는 진심으로 슬픈 듯했다. 집사와 클로디아 대공은 그런 그녀를 복잡한 시선으로 바라보았다.

저택 뒤쪽에 난 문을 나오면 반은 지붕이 드리워져 있고 반은 지붕이 없는 후원이 나타났다. 여름이면 넝쿨에 달린 포도로 온통 보라색이 되는 지붕은, 지금은 삐쩍 마른 줄기만이 황량하게 꼬불꼬불 얽혀 있었다.

후원 여기저기 솟은 사과나무에서는 빨간 사과가 탐스럽게 열려 있었으나, 에르기 대공은 그쪽으로는 시선조차 주지 않고 걸어갔다. 후원 뒤쪽으로 가자 급격하게 길의 폭이 좁아지면서, 길인지 아닌지 애매한 공간이 나타났다.

에르기 공작은 이마 부근까지 축축 내려오는 나뭇잎들을 들어올리고서 그 안으로 들어갔다. 잠시 그렇게 걸어가자 작은 별원이 나타났다. 저택 본관에 비해 크기는 몹시 작지만 그 모양새가 아담하면서도 고풍스러운 별원이었다.

별원 문 앞에는 작은 텃밭이 꾸며져 있었고, 그 곁에 한 여자가 휠체어에 앉아 있었다. 사람인지 인형인지 구분이 가지 않을 만큼 움직임이 없는 여자였다. 누군가 수풀을 헤치며 다가오는 소리를 들었을 텐데도 그녀는 고개조차 돌리지 않았다.

"어머니."

에르기 공작이 잠긴 목소리로 부르자, 그제야 여자는 고개를 돌렸다. 에르기 공작을 본 여자의 표정에 대번에 빛과 생기가 돌아왔다. 여자가 손을 뻗자, 에르기는 들고 있던 짐을 모두 내려놓고 황급히 그녀에게 다가가 무릎을 꿇고 손을 잡았다. 뼈밖에 남지 않은 손등 위에 자신의 뺨을 댄 에르기 공작이, 아까와는 전혀 다른 온도로 중얼거렸다.

"다녀왔습니다, 어머니."

미약한 바람이 불자 집 주위를 둘러싼 나뭇잎이 사방에서 '서석서석' 하는 소리를 냈다.

에르기 공작은 여자의 손등에서 얼굴을 떼고, 입고 있던 외투를 벗었다. 그는 몸을 일으켜 여자의 등에 외투를 걸쳐 주며 물었다.

"춥지 않아요? 안에 들어갈까요?"

여자가 고개를 저어서 더 밖에 있고 싶다고 하자, 에르기는 별원 입구에 짐을 내려놓은 곳으로 걸어가 가방을 챙겨 왔다. 그 안에서 긴 목도리를 꺼내어 여자의 목에 둘러주자, 여자가 웃으면서 에르기의 손을 잡았다.

"이러면 따뜻할까요?"

에르기가 묻자 여자가 고개를 끄덕였다.

에르기는 여자가 여기저기를 볼 수 있도록 천천히 휠체어를 밀어주었다. 여자의 입에서 허밍으로만 된 노래가 흘러나왔다. 그러나 두 바퀴를 돌자 여자는 바로 거친 기침을 토해냈다. 이러다 피가 나오는 게 아닌가 싶을 정도로 힘겨운 기침이었다.

에르기는 황급히 여자를 안고서 집 안으로 들어가 침대에 그녀를 누였다. 벽난로가 틀어져 있기에 집 안은 다행히 온기가 가득했다. 에르기는 직접 물을 끓여 와 여자에게 건넨 후, 여자가 물을 다 마시자 마른 몸을 꼭 끌어안고서 침대에 누여주었다.

그녀가 포근한 이불에 완전히 감싸이게 만든 에르기는, 그녀의 머리맡에 의자를 가져다 두고 앉아 나지막하게 입을 열었다.

"재밌는 이야기를 듣고 왔어요, 어머니. 얘기해드릴까요? 아내를 배신한 남자와 그 남자를 사랑한 여자의 이야기예요. 이번에도."

여자가 힘없이 눈꺼풀을 감았다.

"당연히 둘은 벌을 받아요. 그런데…… 이건 아직 미완인 얘기입니다. 그래도 얘기해드릴까요?"

눈을 감은 채 고개를 끄덕인 여자의 입가에 희미하게 미소가 올라왔다.

"얘기해보도록 하죠."

생각 끝에 결정을 내리자, 맥켄나가 물었다.

"괜찮을까요?"

"공개적으로 환영 행사를 열진 않을 거예요. 그냥, 개인적으로 찾아가서 도울 게 있는지 물어봐야겠어요."

성대한 행사를 열면 성자가 싫어할 테고, 성자가 지나가는 걸 알면서도 모른 척해주면 훗날 국민들이 항의할지도 모른다. 그러니 중간에서 타협점을 찾은 것이다. 이도 저도 아닌 방법이라 할 수도 있지만, 이도 저도 하기 곤란할 땐 중간 지점을 찾는 수밖에. '가만히 있으면 중간은 간다'는 말도 있지만, 이 경우는 가만히 있는 것도 좋은 수가 아니니까.

"예. 그러면 위치를 확인해 올리겠습니다, 폐하."

그리고 사흘 후, 나는 랑드레 자작을 비롯한 측근 호위 몇 명과 행인들로 위장한 근위기사들을 데리고 성자가 지나가리란 곳으로 미리 출발했다.

오늘은 만약을 대비해 맥켄나 역시 함께였다. 확인한 적은 없지만 맥켄나 역시 무위가 상당한 데다, 일이 생기면 새로 변해 가장 먼저 정보를 전할 수 있으니까.

우리는 수도에서 멀리 떨어지지 않은 들판에, 쉬어 가는 여행객처럼 꾸민 채 지나가는 성자를 기다렸다. 얼마 지나지 않아 신관복 차림의 여자가 홀로 터덜터덜 걸어오는 모습이 보였다. 호위한 명 데리고 있지 않은 데다 몹시 지친 표정이어서, 겉으로 보기에는 흔히들 생각하는 '순례하는 성자'나 '예비 대신관' 느낌은 나지 않았다.

하지만 겉으로만 보고 판단해서는 절대로 안 될 일이었다. 성자들은 원래 각양각색이고, 지금의 대신관도 겉으로 보기에는 딱 대신관 같은 느낌을 주지만 성자 시절엔 굉장히 인상이 사나운 데다 게을렀다고 들었으니까.

"응?"

그때였다. 다리가 아파 죽겠단 표정으로 힘없이 걸어오던 성자가, 멈춰 서더니 내 쪽을 쳐다보았다. 이어서 그 시선이 맥켄나와 랑드레 자작, 그리고 주위에 대기 중인 기사들을 차례로 훑었다. 빠르게 눈동자를 굴린 성자는 "어이쿠" 소리를 내면서 자기 이마를 짚었다.

"몰래몰래 다녀도 어찌들 이리 잘 알아내고 찾아들 오시는지."

신분을 밝히지 않았는데도 우리가 누구인지 알아차린 태도여서, 나는 랑드레 자작의 부축을 받고 간이 의자에서 일어나 그녀에게 다가갔다.

"바쁜 걸음을 내가 방해하였는가."

곁으로 다가가 묻자, 그녀는 힘없이 웃으면서 꾸벅 인사를 올렸다.

"아닙니다. 그냥, 예상치 못했던지라 놀랐을 뿐입니다. 이리 직접 나와주실 줄은……."

"조용히 지나가고 싶어 한단 말을 들었네. 하지만 대신관께도 여러모로 도움을 받은 적이 많은데, 모른 척 보내기가 어려웠어."

"황송합니다, 황후 폐하."

정확하게 나를 짚어 인사를 올린 그녀는 어색하게 콧잔등을 긁었다.

"순례길에 올랐다 들었는데. 혹시 내가 도울 일이 없겠는가? 있다면 언제든 말하게."

"괜찮습니다. 그냥 쭉 걸어가기만 하면 되는걸요. ……사실은 마차나 말이 있다면 좋겠지만, 그러면 순례가 아니게 되는지라 청할 방도가 없네요."

하하 민망한 듯 웃음을 터트린 그녀는 괜히 내게 또 꾸벅 인사했다. 그러다가 랑드레 자작을 보더니 내게 작은 목소리로 속삭였다.

"고지식하고 정직한 사람이네요. 하지만 옳은 뜻을 가지고 행동한다 해서 언제나 도움이 되진 않지요."

무슨 소리지?

의아할 사이도 없이. 그녀는 맥켄나 쪽을 보더니 혀를 쯔쯔쯔쯔 크게 찼다.

"왜, 왜요? 왜 그럽니까? 내가 왜요?"

별말도 없이 혀만 차는지라, 맥켄나는 떨떠름한 얼굴로 되물었다. 그러나 성자는 맥켄나에게 무어라 더 반응하는 대신 이번에는 내 쪽으로 고개를 획 돌렸다.

축복을 받으면 좋으리란 생각은 했지만. 얼굴을 보자마자 이렇게 말해줄 줄은 몰랐다. 게다가 생각보다 너무 의미심장하게 구는지라 나도 모르게 마른침을 삼켰다. 그래도 애써 표정을 덤덤하게 유지한 채 덩달아 그녀를 쳐다보자, 성자가 내게만 들리도록 작게 속삭였다.

"!"

나는 놀라서 그녀가 한 말을 되물으려 했으나, 그녀는 내가 물을 사이도 없이 이번에는 큰 목소리로 이어 말했다.

"서대제국 사람들은 황후 폐하께서 이곳에 오신 걸 다행으로 여겨야 할 겁니다. 피를 불러오는 황제가 황후 폐하를 만나 본성을 눌렀으니까요."

그 말에 행인과 여행객으로 분장한 근위기사들이 흠칫해 내 쪽을 힐긋거렸다. 성자는 나를 향해 꾸벅 인사를 올리고는 몹시 바쁘니 양해를 부탁드린다면서 홀로 총총총 성문으로 걸어갔다.

"아 왜 저한테만 저렇게 불길하게……."

그 뒷모습을 보고 있자니, 맥켄나가 겁먹은 얼굴로 툴툴거리다가 내게 물었다.

"그런데 저 성자가, 황후 폐하께 아까 작은 목소리로 뭐라 했잖아요. 무어라 말한 겁니까?"

아이가 두 명 이상 생긴다면, 사이좋은 형제자매로 만들어라…….

성자가 내게 남기고 간 말은 이것이었다. 이렇게 들어서는 별말 아니었다. 아이가 여럿인 모든 가정이 다 원하는 일일 테고. 그냥 덕담이라고 할 수도 있는 말이지.

그런데 이 아무것도 아닌 말을, 성자는 굳이 아무도 듣지 못하도록 내게만 속삭여 전했다.

이 탓일까.

"성자가 황후 폐하께 무어라 말했나요?"

"보나 마나 아주 좋은 말이었을 거야. 그렇죠?"

"우리 아기님도 아주 대단한 황제가 된다고 하시나요?"

"아닙니다. 우리 황후 폐하가 대단한 대마법사가 될 거라 했을 겁니다. 아닙니까?"

내가 성자를 보고 오겠다며 나간 걸 아는 시녀들은 궁금해서 연신 질문을 던졌지만, 완전히 솔직하게 대답할 수가 없었다. 그렇다고 내 입으로 '하인리가 날 만나서 다행이래요'라고 말하기도 애매하고. 결국 말없이 웃기만 했다.

"황제 폐하께서 황후 폐하를 만난 걸 서대제국 사람들이 감사해야 한답니다."

하지만 그 이야기는 랑드레 자작이 대놓고 말해주었으므로, 시녀들은 "그렇지!" 하고 외치며 좋아했다. 즈멘시아 공작 일가가 몰살당한 일로 하인리의 행보에 염려하는 서대제국 국민이 몇 있다 들었다. 시녀들도 이 점을 염두에 두고서 좋아하는 듯했다.

"근위기사들도 그 이야기를 들었으니, 곧 이야기가 퍼져 나갈 겁니다. 성자님도 어쩌면 그래서 대놓고 그 이야기를 한 걸지도 모르고요."

눈이 마주치자, 랑드레 자작이 온순하게 웃으면서 말했다. 성자가 그에 대해서도 묘한 말을 남겼단 말을 전하지 못한 채, 나는 그냥 고맙다고 중얼거렸다. 대신 이 이야기는 이틀 후 하인리가 돌아왔을 때 다 전해주었다.

"애들끼리 사이좋게 지내라 했다고요? 그냥 덕담할 말이 없어서 한 말 아닐까요?"

하인리는 우리 아이끼리 사이좋게 만들라 했단 성자의 예언을 전해 듣자 떨떠름해서 되물었다. 진심으로 하는 말은 아니겠지만, 그 역시 이 예언이 이상하다고 생각하는 눈치였다. 성자가 맥켄나를 보며 혀를 찼단 이야기는, 듣자마자 낄낄거리면서 웃음을 터트렸지만.

하지만 하인리 역시 랑드레 자작에 대한 성자의 이야기는 진지하게 받아들였다.

"그렇지 않아도 마력석을 회수하러 간 곳에서 또다시 4기사단 기사들을 보았습니다."

"무언가 알고 온 눈치던가요?"

"아니요. 이번에도 이전처럼, 그냥 마력이 사라진 사람 근처를 떠돌면서 증거를 찾으려는 듯했습니다."

"혹시 싸움이 붙었나요?"

하인리는 전에 만난 4기사단 기사들과는 어쩔 수 없이 싸웠다고 했다. 그렇지 않고서는 마력석을 회수하기 힘들었다고.

하지만 이번에도 4기사단 기사들을 만났다고 하자 걱정되었다. 마력 감소 현상이 벌어진 곳에서 자꾸 누군가의 습격을 받는다면, 4기사단은 분명 이 점을 이상하게 여기겠지. 마력 감소 현상 주위에 증거가 남아 있을 거란 심증을 품게 될지도 몰랐다.

"일부러 다른 사건으로 시선을 뺏은 다음 마력석을 회수했습니다. 하지만 계속 이렇게 할 수는 없겠죠."

4기사단의 눈을 피해서 마력석을 회수하는 방법이 무엇일까……

1번. 상대를 기절시키고 그사이에 회수.

2번. 상대가 방심한 틈을 타서 회수.

3번. 시선을 뺏은 다음 그 틈에 회수.

1번과 3번은 하인리가 사용했다는 방법이지. 효율적인 방법이지만 거듭되면 수상하게 보일 수밖에 없다. 2번은…… 상대가 방심해 주지 않으면 소용이 없고. 그렇다면 1번, 2번, 3번 외에 방법을 찾아야 한단 건데.

'그러고 보니 케트런 후작이 환상 마법을 사용할 수 있다고 하지 않았나?'

케트런 후작에게 도움을 받으면…… 좋겠지만, 안 돼.

케트런 후작은 마력 감소 현상을 하인리가 주도했단 걸 모르는 눈치였으니. 게다가 우리 측으로 돌아섰다고는 하지만 아직 하인리는 그에 대해 경계를 완전히 누르지 않은 눈치였고.

그러면 케트런 후작이 마력 감소 현상에 대해 눈치채지 못한 상태로 하인리의 일을 돕게 하면? 그것도 한두 번이지 역시 길게는 안 되지 않을까……. 아니, 그렇더라도 그 한두 번 도움이 어디야.

마력석이 수백 개 흩어져 있지 않는 한, 아니, 수백 개 흩어져 있더라도 도움은 도움이었다.

사실…… 돌시에게 도움을 받는 쪽도 혹하긴 한데. 마법 가르쳐주는 일조차 보석을 그렇게 많이 받아먹는데, 마력석 회수하는 걸 도와달라고 하면 어찌 나올까?

'그래도 말이라도 해볼까? 그런데 마력석 회수에 대해 눈치채면 돌시가 어떻게 나올지 그것도 좀…….'

그런데 한참 홀로 고민하면서 커다란 대야에 받아둔 온수를 참방참방 손으로 저을 때였다.

"이름 이상한 여자야. 설마 그걸 수련이라고 하는 건 아니겠지?"

멀지 않은 곳에서 돌시의 뚱한 목소리가 들려왔다. 놀라서 쳐다보자, 돌시가 막 이쪽으로 다가오고 있었다. 곁에는 카프멘 대공이 골치 아프단 표정으로 서 있고.

온수에서 손을 꺼내지 않은 채 돌시를 빤히 쳐다보자, 그가 큼큼 헛기침을 하고서 시선을 피했다. 내게 마법을 가르쳐주다가 갑자기 파랑새를 쫓아 달려 나간 일이 기억은 나나 보다.

"좋은 수련 방법이야."

3초 만에 말을 바꾼 돌시는 뻔뻔하게 방긋 웃고서 계속하라면서 손을 저었다. 그냥 물놀이를 하고 있었을 뿐인지라, 나는 물에서 손을 빼내고서 무릎 위에 얹어두었던 마른 수건에 손을 닦았다.

돌시는 그 모습을 지켜보다가 내게 '주위 사람들을 좀 물려봐' 하는 시선을 보냈다. 시녀와 랑드레 자작에게 자리를 벌려달라는 부탁을 하자, 사람들이 얼른 거리를 만들어주었다. 멀리 떨어지진 않았지만. 그러나 돌시는 이 정도로도 만족스러운지, 근처에 아무도 없게 되자 황급히 내게 물었다.

"이름 이상한 여자야. 전에 내가 본 그 파랑새는 여기서 기르는 새인가?"

"……."

입을 다물었다. 뭐라고 대답해야 할지 바로 생각나지 않아서. 돌시는 다시 한번 고개를 기우뚱하며 중얼거렸다.

"분명 파랑새가 포닥포닥 귀엽게 날아가고 있기에 쫓아갔는데. 갑자기 사라졌단 말이지. 정신을 차리고 보니 새가 없었어."

새는 없지만 파랑머리 사람이 있었을 텐데.

"카프멘, 혹시 그 묘약에 환상을 보는 그런 효과도 있나?"

카프멘 대공이 빠르게 고개를 젓자 돌시는 다시 내게 물었다.

"이름 이상한 여자야. 혹시 궁전에서 새를 길러? 파랑새를?"

차마 안 기른다고는 말하지 못했다. 맥켄나가 새로 변해서 날아다니다가 들키면, 용이 거짓말을 눈치채고서 포악해질까 봐.

대신 진짜로 궁금한 질문을 던졌다.

"새를 기르긴 하지만…… 새는 왜?"

"왜긴 왜야. 귀여웠으니까."

"약효 때문에 귀여워 보인 거 아니야? 지금은 약효가 풀렸을 텐데, 굳이 그 새를 찾을 필요가 있어?"

사람의 모습이던 맥켄나를 약에 취해 새로 본 것도 이상하긴 하지만 어쨌든.

돌시는 내 말에 고개를 기웃거리더니 "그러네?" 하고 수긍했다. 하지만 곧 상관없다면서 히죽 웃었다.

"그런데 그 느낌이 좋았어. 생각해보니 새잖아? 한 마리 길러도 될 것 같고."

맥켄나…….

말을 마치자마자 "황후 폐하!" 하면서 낯익은 목소리가 들려왔다. 맥켄나였다. 맥켄나는 옆구리에 무언가를 낀 채 다가오다가, 돌시를 발견하고는 굳어서 멈춰 섰다. 눈을 팽글팽글 굴리면서 입도 열지 못하는 게, 상대가 용이란 걸 알고 나니 새삼 두려운 듯했다.

그러나 '파랑새, 파랑새' 노래를 부르던 돌시는 약이 없으니 맥켄나가 파랑새로 보이지 않는 듯 아예 시선도 주지 않았다. 처음 내가 카프멘 대공과 함께 나타났을 때처럼.

나는 맥켄나의 눈치를 살피며 돌시에게 약속했다.

"궁전에서 기르는 파랑새 중 한 마리를 선물할게."

"아 그럴래?"

돌시는 굳이 활짝 웃으면서 되묻고는 기대하겠다면서 가버렸다.

나는 시선을 돌려 다시 맥켄나를 쳐다보았다. 맥켄나는 돌시가 카프멘 대공을 데리고 멀어지자, 가까스로 어깨에 긴장이 풀린 상태였다.

그 모습을 보자니, 문득 '이런 방법은 어떨까' 하는 생각이 떠올랐다. 파랑새가 된 맥켄나가 돌시에게 마력석 회수를 부탁하고, 돌시가 나서주는…….

"황후 폐하. 왜 절 그런 눈으로 보십니까?"

"아니에요."

"아닌 게 아닌데요. 방금 절 아주 계산적인 눈으로 쳐다보셨습니다."

"아니에요, 맥켄나."

어머니가 잠들 때까지 이야기를 계속하던 에르기 공작은, 거의 다섯 시간이 지나서야 침대 가에서 몸을 일으켰다. 그는 약간 흐트러진 이불을 다시 잘 보듬어준 후, 어머니의 이마에 입을 가볍게 맞추고서 별원 밖으로 나갔다.

덩쿨로 된 좁은 길과 후원을 지나 다시 본관으로 돌아온 그는 이제야 자신의 방으로 가기 위해 계단을 올라갔다. 그러나 방문을 열자마자, 문 앞에 돌인형처럼 우두커니 선 아버지를 발견하고서 짜증 섞인 한숨을 뱉었다.

"남의 방에서 멋대로 뭘 하시는 겁니까."

"남의 방이기 이전에 내 집이란 사실은 잊지 말거라."

에르기 공작의 눈썹이 비틀려 올라갔다. 그는 돈이 없어서 여기에 머무르는 게 아니었다. 그걸 잘 알면서 저딴 식으로 나오다니. 정말로 마음에 드는 구석이 단 하나도 없는 아버지라 생각하며, 에르기 공작은 집사가 내려놓고 간 커다란 가방을 들어 침대 위에 내려놓았다.

"또 무슨 사고를 치고 다니는 거냐. 네 이야기를 들을 때마다 내가 낯부끄러워서 견딜 길이 없단 걸 아느냐."

"모를 리가요."

"알면서 그딴 짓을 하고 다녀?"

"모르면서 하는 게 나쁩니까, 알면서 하는 게 나쁩니까? 아버지는, 전자라 생각하십니까? 전자라 생각하고 싶으십니까?"

"!"

에르기 공작은 딱 잘라 말하고서 조끼 단추를 풀어 침대에 건성으로 놓았다. 이어서 셔츠 단추를 풀던 손이, 클로디아 대공의 말에 우뚝 멈췄다.

"전하께서 널 부르신다."

에르기 공작은 셔츠에서 손을 내렸다.

"동대제국 황제가 사절을 보냈어. 전하께서 몹시 화가 나셨다. 넌 이번엔 감당하지 못할 곳을 건드렸어. 동대제국 황실은, 네가 장난삼아 들쑤시고 다닌 그런 곳들과는 차원이 달라."

에르기 공작은 대답 없이 문으로 걸어갔다. 상대가 나가질 않으니 내가 나가겠다, 이런 생각이 훤히 드러나는 태도였다. 문이 닫히기 직전. 클로디아 대공이 차가운 목소리로, 하지만 힘없이 물었다.

"언제까지 알레이시아를 용서하지 않을 거냐. 널 구하려고 목숨을 건 사람이다. 다른 사람은 몰라도, 넌 그러면 안 돼."

대답 대신 쾅 소리와 함께 문이 완전히 닫혔다.

문을 열고 집무실 안으로 들어온 하인리는, 퀭한 얼굴로 넋이 나간 맥켄나를 보며 물었다.

"넌 표정이 왜 이렇게 죽을상이야?"

맥켄나는 한숨을 내쉬고서 고개를 떨구었다.

"제가 조금만 덜 잘생긴 파랑새였더라면 나았을까, 뭐 이런 생각을 하는 중입니다."

"응, 헛소리가 하고 싶다고?"

"절 질투하셔도 어쩔 수 없습니다. 제가 사랑스러운 파랑새란 건이미 저…… 위대한 존재가 인정했는걸요."

이 파란 깃털이 약간만 바랜 색이었다면 그나마 나았을까요, 중얼거리는 맥켄나를, 하인리는 정말로 '미친 게 아닌가' 하는 눈으로 보았다. 맥켄나는 그 후로도 좀 더 혼자 자신의 아름다운 깃털과 우아한 꽁지깃에 심취해 있다가, 뒤늦게 하인리에게 물었다.

"그러는 폐하께서는 지금 뭐 하십니까?"

하인리가 책상에 기대어 선 채 무언가를 열심히 적고 있었던 것이다. 일을 한다면 제대로 앉아서 하지 저렇게 서서 하진 않을 텐데. 하인리는 깃털 펜 끝을 잘근잘근 씹다가 뿌듯하게 웃으며 말했다.

"연애편지."

"……아아. 안 보이는 데서 써주세요."

"네가 눈을 감아."

딱 잘라 말한 하인리는 흐뭇한 표정으로 유창하게 편지를 술술 써 내려갔다. 맥켄나는 치를 떨면서도 호기심을 참지 못하고 또 물었다.

"황후 폐하께 보내는 거죠? 뭐라고 보내시는 겁니까?"

"마력석 때문에 또 자리를 비우게 되니까. 오랜만에 옛날 추억도 되살릴 겸, 편지를 숨겨놓고 가려고. 퀸이 보고 놀라겠지?"

사실은 편지라 하기에는 애매한, 아주 작은 크기의 쪽지였지만. 절대로 소비에슈 황제가 편지를 보낸 게 신경 쓰여서 이러는 건 아니다. 하인리는 스스로에게 다짐하면서 만족스러운 편지를 쓴 다음, 편지지를 네 번 접고 그 위에 가볍게 입을 맞췄다.

편지를 주머니에 넣고서 나비에를 찾아간 하인리는, 포옹을 하면서 그 편지를 꺼내 나비에의 망토 주머니에 슬쩍 넣어두었다.

"갑자기 포옹이라니. 왜 이래요?"

하인리는 그냥 내가 보고 싶었다면서 귀염을 떨더니, 몇 번이나 연거푸 뺨에 입을 맞추고서 나갔다.

마력석 때문에 또 자리를 비워야 해서 저러는 걸까?

하인리가 입을 맞추고 간 부위가 뒤늦게 뜨끈해졌다. 손으로 그의 손이 닿은 피부를 꾹꾹 눌러보다가, 배 속의 아기가 이 광경을 보았을까 염려되어서 황급히 말했다.

"엄마가 아빠랑 뽀뽀할 땐 네가 눈을 감도록 하거라."

이후 몇 가지 업무를 처리한 후. 오후 5시경 방에 돌아갔을 때였다. 오늘은 저녁 식사를 가족들과 함께하기로 했기 때문에, 미리 편한 옷으로 갈아입기 위해서였다.

오늘 저녁 식사는 아버지와 작별 인사를 하는 자리였다. 저택도 영지도 너무 오래 자리를 비워두어서, 아버지는 내일 동대제국에 돌아갈 계획이었다. 내가 아이를 낳을 때쯤 다시 이곳에 와서 몇 달을 같이 지내려면, 지금쯤은 꼭 돌아가야 했다.

그런데 막 옷을 갈아입고 아까 벗어두었던 망토를 다시 걸치는데, 마스타스가 얼굴이 벌게져서 내게 다가왔다.

"황후 폐하. 저…… 부탁드릴 게 있습니다."

무슨 일인가 싶어서 보자, 그녀는 한참을 망설이다가 작은 쪽지를 내게 내밀었다.

"무엇인가요?"

의아해서 받아 들자, 마스타스는 귀까지 빨개져서 웅얼웅얼 대답했다.

"이걸 코샤르 경께 좀. 전해주시겠습니까?"

오빠한테?

로라가 꺅 소리를 내며 한 손으로 얼굴을 가리고 마스타스의 등짝을 때렸다.

"고백? 고백?"

"아, 아닙니다!"

마스타스는 황급히 말하고서 내게 기어 들어가는 목소리로 부탁했다.

"괜찮으실까요……?"

"당연히 괜찮아요."

쪽지 내용이 궁금했지만, 부러 물어보는 대신 나는 알겠다 대답하고서 쪽지를 주머니에 넣었다.

하지만 식사를 하기 위해 오빠에게 가는 내내 편지 내용이 신경 쓰여서 견디기 힘들었다.

무슨 내용일까? 몇 번 마스타스가 오빠를 좋아하는 게 아닌가, 의심스러운 때가 있었지. 혹시 정말로 마스타스가 오빠를 좋아하나?

마스타스는 참으로 강하고 좋은 영애였고 기사였다. 오빠가 마스타스와 이어진다고 해도 나는 괜찮았다. 하지만…… 샬렛 공주는 오빠에게 공식적으로 청혼을 했고, 오빠는 샬렛 공주와의 결혼을 진지하게 고려하고 있는데. 마스타스가 오빠를 좋아하게 되면, 세 사람 사이에서 누군가는 상처를 받지 않을까?

고민하는 사이. 어느새 식당 근처에 도착했다. 식당 앞에는 오빠가 혼자 서 있었다.

"왜 여기 있어?"

"같이 들어가려고."

내가 다가가 묻자, 오빠는 웃으면서 대답하더니 에스코트해주겠다는 듯 자기 팔을 내밀었다. 그 팔을 잡으려다가, 나는 편지를 먼저 주는 게 낫겠다고 생각했다. 아버지랑 어머니가 보는 데에서 주면 이상하게 보실 수도 있으니.

"잠시만."

"왜 그래?"

나는 주머니에서 쪽지를 꺼내 오빠에게 내밀었다.

"마스타스 양이 오빠에게 전해달라고 해서."

"네 시녀 아니야?"

"응."

오빠가 편지를 바로 읽어보고 싶어하기에, 나는 먼저 식당에 들어가겠다 말한 후 안으로 들어갔다.

코샤르는 연한 분홍색의 쪽지를 바라보다가 난감한 기분에 어색하게 웃었다. 마스타스라면 분명, 그를 굉장히 연약하다는 듯 대하는 그 귀여운 시녀였다. 가끔 드레스 차림으로 창을 메고 다니는…….

대체 무슨 편지를 쓴 걸까? 설마 전에 말한 그 꿀하고 우유를 섞어 마시는 레시피는 아니겠지?

코샤르는 자신도 모르게 빠른 손길로 편지지를 펼쳤다.

기억나나요? 그대가 내 엉덩이를 팡팡 두드렸을 때, 나는 이미 그대에게 빠져들었습니다.

"!"

코샤르는 기겁해서 편지지를 떨어트렸다.

“아버지가 함께 계셔서 좋았는데. 이대로 돌아가신다니 아쉬워요.”

“자리를 오래 비웠잖니. 아마 영지민들은 ‘우리 영주는 대체 늘 어디에 가 있는 거냐’고 툴툴거리고 있을 거다.”

“아버지는 좋은 영주니까요.”

식사하는 내내 아버지는 영지 이야기를 했다. 아버지는 날 사랑하는 만큼 트로비 영지도 사랑했기에, 오랜 시간 자리를 비워둔 영지가 많이 걱정되는 눈치였다. 그 애정을 알기에, 나는 아쉽다는 소리를 처음에만 몇 번 하다가 더 이상 하지 않았다. 사실 부모님이 서대제국까지 와서 이렇게 오랫동안 함께 있어주신 것만으로도 몹시 고마운 일이니까.

“어머니는 남아 계실 건가요?”

“나도 이것저것 살필 게 있어서 가야 해, 나비에.”

“아……. 그렇군요. 하긴. 그렇겠어요.”

어머니는 고개를 돌려 내 배 쪽을 보고는 다정하게 웃었다. 이제는 제법 배가 나와 있었지만, 평소에는 풍성한 치마를 입어서 부른 배가 잘 티 나지 않는다. 그러나 어머니의 눈에는 내 배가 훤히 들여다보이는 듯했다. 더불어 배 속의 아가까지도.

“손주가 태어나기 전에 오려면 지금 가는 게 나아.”

“그건 그래요.”

“힘들진 않니?”

어머니는 조심스럽게 내 배 위에 손을 대보더니 걱정스러운 목소리로 중얼거렸다.

"나 때보다 배가 좀 많이 나온 것 같은데……."

"요즘 부쩍 손발이 많이 저려요."

하인리가 시시때때로 손과 발, 다리 등을 주물러주고는 있지만, 마력석 때문에 아예 자리를 비우는 횟수도 많아지고 있으니. 어머니는 걱정이 되는지 진지한 얼굴로 몇 가지 도움이 될 이야기를 해주었다.

그런데 한창 어머니와 얘기를 하는 중이었다.

"어디 아프냐?"

아버지가 오빠에게 묻는 소리가 들렸다. 아프냐는 이야기에, 어머니와 나는 대화를 멈추고 오빠를 쳐다보았다. 그러고 보니 오빠의 안색이 좋지 않았다.

"아닙니다."

오빠는 대번에 부정했지만, 표정을 보아서는 거짓말처럼 들렸다. 하지만 나는 오빠가 아파서 안색이 나쁜 게 아니라, 편지 때문에 안색이 나빠진 게 아닌가 의심스러웠다. 아까 식당 앞에서 날 기다릴 때는 멀쩡했으니까. 의심은 식사가 끝난 후, 오빠와 대화를 하자 더욱 커졌다.

"마스타스 양에게 전할 답장은 없어?"

내가 이렇게 묻자 오빠가 대번에 정색을 한 탓이었다. 심지어 오빠는 내가 못 할 말이라도 한 것처럼 쳐다보며 딱딱하게 말했다.

"없어."

마스타스가 정말로 곤란한 쪽지를 써서 보낸 걸까?

식사를 마치고 집무실에 돌아간 후.

"마스타스 양에게 전해줘."

마스타스에게 전할 답장이 없다던 오빠가, 정갈하게 접은 편지를 가지고 와 내게 내밀었을 때. 의심은 확신으로 변했다.

"답장은 없을 거라더니."

"말하는 게 나을 것 같아서. 오해가 있을 수도 있고."

"오해? 무슨 오해?"

"말할 수 없어. 마스타스 양에게 실례가 될지도 모르니까."

실례이니 뭐니 할 정도의 얘기야?

편지 내용이 더욱 궁금해졌지만, 그래도 이번 역시 곧장 편지를 마스타스에게 전해주었다.

마스타스는 내가 건넨 편지를 잔뜩 긴장해서 받아 들었다. 얼마나 초조해 보이던지. 편지를 받아 드는 손이 덜덜 떨릴 정도였다. 이번에도 '대체 무슨 내용이었기에 그래요?'라고 묻고 싶었지만, 호기심은 꾹꾹 밀어넣어 참았다.

말하고 싶은 내용이었다면 마스타스가 미리 말했겠지. 그래. 지금 내가 생각해야 할 건 마스타스와 오빠가 주고받는 편지가 아니라, 마력석을 4기사단의 의심을 사지 않고 회수할 방법이잖아.

그러나 호기심을 접기도 전에 마스타스가 편지를 대번에 펼쳐서 내용을 확인하더니, 어두운 표정으로 고개를 떨구었다.

"마스타스 양?"

아니 대체 무슨 일이야? 더욱 걱정이 되어서 가까이 다가가자,

마스타스는 눈가를 비비더니 괜찮다고 웅얼거리고서 황급히 밖으로 나갔다. 때마침 르베티와 함께 과자를 만들어 온 로라가, 눈을 휘둥그렇게 떴다.

"왜 저래요, 황후 폐하?"

"모르겠어요."

결국 마스타스는 과자를 먹는 동안에도 돌아오지 않았다. 나중에 돌아오긴 했지만 눈두덩이 퉁퉁 부어 있어서……. 예리한 주베르 백작 부인조차 마스타스에게 벌어진 일에 대해 감히 추측하지 못했다.

그렇게 영문을 알 수 없는 하루가 평소처럼 다 지나가고. 목욕을 하기 위해 침실에 들어와 옷을 벗었을 때였다. 망토를 대신 챙겨주던 로즈가 "어?" 하는 소리를 냈다. 잠시 후 그녀는 연분홍색의 쪽지를 가져와 내게 두 손으로 내밀었다.

"황후 폐하, 주머니 안에 이런 게 들어 있었습니다."

이 쪽지는…… 나는 깜짝 놀라서 눈을 부릅떴다. 마스타스가 오빠에게 전해달라고 했던 그 쪽지 아닌가? 비슷하게 생겼는데? 하지만 분명 오빠에게 쪽지를 전했는데? 오빠도 쪽지를 받고 답장까지 썼잖아? 그럼 이건 뭐지?

"황후 폐하?"

"고마워요."

나는 쪽지를 챙긴 다음 얼른 욕실로 들어갔다. 시중을 들어주겠다는 로즈에게, 15분 정도 있다가 들어오라 말하고 문을 닫았다. 욕조에 걸터앉아 쪽지를 펼치자 또박또박한 글씨가 드러났다.

코샤르 경이 지나갈 때마다 쓰러질까 염려됩니다. 혹시 힘쓰는 일이 필요하다면 제게 말하세요. 어디 가기 무서워도 제게 말하세요. 제가 코샤르 경을 지켜드리겠습니다. 아니면 코샤르 경이 계단에서 구르기라도 할까 봐 신경이 쓰여서 집중이 되지 않습니다.

"······맙소사."

오빠가 누굴 쓰러트릴까 걱정하는 게 아니라, 오빠가 쓰러질 걸 걱정하는 사람이 있다니. 아니, 이게 중요한 게 아니구나. 중요한 건 이게 마스타스가 오빠에게 보내는 쪽지였단 거다.

그럼 내가 건넨 건? 오빠가 읽고 답장을 쓴 그 쪽지는 대체 뭐지?

혹시 내가 쓴 쪽지인가, 생각해보았으나 그런 쪽지를 써서 주머니에 넣어둔 기억은 없었다. 어쨌든 실수를 했으니 바로잡아야 했다. 나는 목욕가운을 벗지 않고 도로 욕실 밖으로 나갔다.

"어? 안 씻으세요?"

놀란 로즈에게, 오빠를 불러와달라고 부탁한 후 주베르 백작 부인의 도움을 받아 편안한 실내복을 입었다. 이후 응접실로 나가 있자 얼마 있지 않아 오빠가 영문을 모르겠단 얼굴로 나타났다.

"날 찾았어, 나비에?"

나는 시녀들에게 나가달라 부탁한 뒤, 오빠에게 마스타스가 전해달라고 한 '진짜' 쪽지를 건넸다.

"이거."

"뭐야?"

"내가 실수했나 봐. 이게 마스타스 양이 오빠에게 전해달라고 한 거야. 처음 준 쪽지는 다른 거였어."

그런데…… 대체 왜? 오빠는 내 말을 듣자 몇 번 눈을 깜빡거리더니 더욱 사색이 되어서 입을 손가락 한 마디 정도 벌렸다. 그러고는 나를 멍하니 바라보다가 두 손으로 자기 뺨을 가렸다.

"오빠? 왜 그래?"

그 모습이 걱정되어 묻자, 오빠는 이해할 수 없는 말을 중얼거렸다.

"그러면 네가 팡팡……."

무슨 소리야?

내가 미간을 구기고 쳐다보자, 오빠는 황급히 정색하고서 고개를 저었다. 그게 더 수상해 보였으나 일단 손을 내밀었다.

"이 편지 받고 마스타스 양에게 답장은 새로 써줘. 마스타스 양에게는…… 내가 사과할게. 내 실수니까. 그리고 오빠가 가지고 있던 쪽지는 다시 내게 돌려줘. 아무래도 내 것 같아."

그러나 말을 마치자마자 오빠가 벌떡 일어나며 말했다.

"그 쪽지는 버렸어, 나비에."

"버렸다고?"

"잃, 잃어버렸어."

뭐야. 수상해. 왜 저래? 도대체 무슨 내용이었기에?

"그럼 무슨 내용이었는지 말해줘. 그건 기억하지?"

"잊어버렸어. 기억이 안 나."

말도 안 되는 거짓말을 한 오빠는, 답장은 다시 써서 마스타스에게 직접 보내겠다 말하고는 달아나버렸다. 달아나듯 떠난 게 아니라, 정말로 소파를 적국의 방벽 뛰어넘듯 홀쩍 뛰어넘어 달아났다.

쾅 닫힌 문짝을 보고 있자니 이번에는 내가 불안해졌다.

'대체 무슨 내용이었던 건데?'

"황후 폐하, 황후 폐하. 들으셨습니까?"

아버지와 어머니가 동대제국으로 내려간 후. 괜히 허해진 마음을 따뜻하게 만들기 위해 따뜻한 음식들로 배를 채우는 도중이었다. 마스타스가 방방 뛰면서 나타나더니 반짝거리는 얼굴로 정보를 쏟아냈다.

"성자가 황제 폐하는 황후 폐하 만난 걸 하루에 세 번씩 절하면서 감사하라 했던 이야기가요, 알음알음 여기저기 퍼져가고 있답니다."

"……이야기가 좀 와전된 것 같은데요?"

"원래 소문은 그런 거 아닙니까. 어쨌든 다들 그러고 있답니다. 제가, 오면서 들은 이야기를 적어 왔어요. 제일 인상적이던 소문을 읽어드릴게요."

마스타스는 재킷 주머니에서 쪽지를 꺼내더니 보고서 또박또박 읽었다.

"동대제국에서 그리 이름 높던 분이. 여기 와서 갑자기. 피를 몰고 다닐 리가 있나! 만약에 갑자기 사람이 바뀐 거라면. 바뀐 환경이 문제이겠지!"

어린아이가 예법 선생 앞에서 책을 읽는 톤이었으나, 내용은 민망스러웠다.

"참고로 이 말을 뱉은 건 서쪽 성벽 위병입니다. 몰래 땡땡이치며 얘기하더라고요. 원래는 보고하려고 했는데, 이러고 있기에 그냥 두고 왔습니다."

이런 소문이 돌 걸 의도하고서 성자를 만난 건 아닌데. 성자를 만나지 않았다가 국민들이 싫어할까 봐 만난 거지.

하지만 막상 예상외로 좋은 이야기가 퍼지자 성자에게 고마워졌다. 하지만 이렇게 되면 하인리 이미지가 좀 이상해지는 게 아닌가 싶기도 하고…….

나는 어색한 기분을 감추기 위해 어색하게 과자를 입으로 바삭바삭 부숴서 먹었다. 그래도 역시 어색했지만.

그런데 광택제라도 바른 듯 반짝거리는 마스타스의 표정이, 주베르 백작 부인에게는 심상치 않게 보인 모양이었다.

"마스타스 양. 그 소문 말고 다른 소문은 없던가요?"

"예?"

마스타스가 놀라서 눈을 동그랗게 뜨자, 주베르 백작 부인이 턱을 괴고서 눈을 짓궂게 떴다.

"단순히 그 소문을 듣고 좋아하는 얼굴이 아닌데?"

"아, 아닌데요?"

"아닌 게 아닌데?"

주베르 백작 부인이 캐물었으나, 마스타스는 필사적으로 아니라고 부정했다. 그러나 주베르 백작 부인이 나간 후. 마스타스는 곧장 내게 털어놓았다.

"저, 황후 폐하. 실은 코샤르 경이 새 답장을 전해주고 갔습니다."

그 내용이 마음에 드는구나. 그래서 저렇게 얼굴에서 윤이 났던 거야.

어쨌든 그 일에 대해서는 나도 마스타스에게 할 말이 있었는데. 먼저 말을 꺼내주어서 다행이다.

나는 얼른 사과했다.

"그렇지 않아도 사과하고 싶었어요. 내가 쪽지를 바꿔서 전달했단 걸 뒤늦게 알았거든요."

"괜찮습니다."

마스타스는 귓가를 긁적이면서 쑥스러운 걸 참으려는 듯 웃음과 찡그림 사이의 표정을 지었다.

"새로 받은 답장 내용은 마음에 들거든요……. 코샤르 경이 원래 받은 편지 내용이 너무 남사스러워서 처음에 그런 답장을 한 거라고, 미안하다고 식사를 대접하겠다 하셨습니다."

잘됐다고 대답하자 마스타스는 도망치듯 밖으로 나갔다.

나는 형식적인 미소를 내내 띠고 있다가, 마스타스가 나가자 얼굴을 가리고 소파에 주저앉았다. 다리에 힘이 풀리고 심장이 쿵쿵 뛰었다. 어제 오빠의 반응을 본 후 치솟았던 불안감을 간신히 눌렀는데. 다시 되살아났다. 원래 받은 편지 내용은 남사스러웠다고? 대체 무슨 내용이었는데? 누가 쓴 거고?

궁금한데. 동시에 답을 알고 싶지 않았다.

아버지에게 전달받은 대로 에르기 공작은 왕을 만나기 위해 궁전을 찾아갔다. 오랜만에 만난 왕은 몹시 화가 난 얼굴이었다. 물론 에르기 공작을 만날 때 왕은 대부분 이런 표정이었지만 말이다.

"대체 뭘 하고 다니는 거냐!"

왕은 에르기 공작이 앞으로 오자마자 버럭 소리를 질렀다. 에르기 공작이 인사를 하거나 사정을 설명할 틈도 없었다.

"이게 한두 번도 아니야! 그렇다고 네가 진짜 사랑에 들떠 이딴 짓을 한 게 아니란 건, 너도 알고 나도 알지!"

왕은 분을 이기지 못하고 아예 벌떡 일어났다.

"이번에는 감당하지 못할 선까지 갔다. 네가 이따위로 계속 나온다면, 에르기. 난 정말 너는 물론 네 아버지까지 덩달아 쳐내는 수가 있어."

그러나 에르기는 눈 하나 깜빡하지 않고 태연히 대답했다.

"상대를 바닥에 처박을 준비를 했으면 자신이 처박힐 각오도 해야지요."

"너…… 이…… 진짜…….."

왕이 분노로 얼굴이 벌게져서 자신의 목 뒤를 짚었다. 왕은 정말로 거짓말 1그램도 보태지 않고, 에르기를 들어다가 난간에서 떠밀어버리고 싶은 기분이었다.

그러거나 말거나 경멸조의 미소만을 띤 채 웃고 선 에르기는, 회의실 구석으로 시선을 던졌다. 그곳에는 소비에슈 황제의 비서가 단정한 차림으로 선 채 그를 차갑게 바라보고 있었다. 두 사람의 시선이 얽혔으나 누구도 인사를 건네지 않았다.

가까스로 흥분을 가라앉힌 왕은 다시 옥좌에 앉으며 명령했다.

"에르기 공작. 당장 연합에 말을 전해. 항구 건에 관해서는 포기하겠다고."

"……."

"고집부릴 일이 아니야. 라스타 황후가 노예 출신이었단 점이 드러났어. 애초에 황후 자리에 올랐던 게 무효화될 거라고. 그러면 그 황후가 황후로서 한 모든 계약이 무효가 될 텐데, 뭐 하러 이 건에 매달리는 거야?"

에르기 공작이 별 반응을 보이지 않자, 왕은 아예 옥좌에서 일어나 에르기의 바로 앞까지 다가와 물었다.

"나라에 해가 되는 일을 하지 마. 너 혼자 명예를 깎아먹든 인생을 말아먹든 멋대로 하되, 나라에는 해를 끼치지 말라고."

왕이 손을 돌려 에르기의 뺨을 두어 번 툭툭 두드렸다.

"네가 기고만장하게 굴 수 있는 것도 나라가 건재한 덕이지. 네 발밑을 무너뜨릴 정도로 머저리는 아닐 거잖아?"

왕과의 짧은 만남 후, 밖으로 나가는 에르기 공작을 이번에는 시림 왕제가 쫓아왔다. 일부러 복도에서 기다리다가 다가온 듯했다.

"아직도야?"

시림 왕제는 다가오자마자 물었다.

"이런 식으로 복수해봤자 누구에게 이득인데? 누구에게도 이득이 없단 걸 알잖아. 심지어 너한테도. 오빠가 언제까지 널 눈감아줄 거라 생각해?"

에르기 공작이 말없이 걸어갔으나, 시림 왕제는 옆으로 따라붙으며 말을 이어갔다.

"남들이 잘못 살아도 우리에게 피해를 안 끼치면 우리가 상관할 일 아니야. 이젠 제발 제 살 그만 파먹고 네 일을 생각해."

그러나 갑자기 공작이 걸음을 멈추었으므로 시림 왕제 역시 따라서 제자리에 섰다.

"친애하는 누이."

에르기 공작이 희미한 미소를 띠고서 시림 왕제 쪽으로 돌아섰다. 마주 선 그가 부드럽게 웃으며 입을 열었다. 그러나 무어라 말을 하기 전.

"이런. 바쁩니까?"

하얀 제복 차림의 남자가 다가오면서 말을 걸었다. 여우 같은 얼굴을 한, 초국적 4기사단의 단장 에인젤이었다.

"나중에 얘기해."

시림 왕제는 에르기 공작의 등을 두드리고서 그 자리를 피했다.

"제가 방해를 했나요? 아, 저는 월대륙 연합 소속 4기사단 단장인 에인젤입니다, 공작님."

에인젤이 다가오자 에르기 공작은 아니라 대답하고서 무슨 일로 찾아왔는지 질문했다. 에인젤은 멀어지는 시림 왕제의 등을 힐긋 보고는, 다시 에르기 공작을 보고 빙그레 웃었다.

"월대륙 연합에 제소해주신 건은 흥미롭게 잘 읽었습니다. 그와 관련해 몇 가지 조사차 찾아왔는데요."

"무엇인가."

"보내주신 계약서에는, 공작님께서 뭘 대가로 항구를 받기로 한 건지 적혀 있지 않던데. 무얼 대가로 주고 항구를 받기로 하셨습니까?"

"내 몸."

"……아. 몸."

당당한 대답에 에인젤이 묘한 미소를 지으며 중얼거렸다.

"아주 값비싼 몸을 가지고 계신가 봅니다."

불쾌하다면 불쾌할 만한 표정이었으나 에르기 공작은 여전히 당당해했다.

"그럴지도."

"나중에 연합 법정에서 그 이야기 다시 하셔야 할 텐데. 괜찮으실지. 원하신다면 지금 다른 사유로 바꾸셔도 모른 척해드리겠습니다."

"괜찮네."

"그래요……. 괜찮으시다면 뭐."

본인이 괜찮다는데 굳이 배려할 필요도 없는 법이다. 납득한 에인젤은 작은 수첩을 꺼내 그 대답을 적은 후 물었다.

"동대제국에서는, 라스타 황후는 애초에 노예 출신이라 황후가 될 수 없기 때문에, 에르기 공작과 라스타 전 황후 사이의 거래는 부당한 거래라고 합니다. 심지어 라스타 황후가 독단적으로 한 거래이므로 이 거래 자체가 무효라 주장하고요. 맞습니까?"

"아니오."

"반박하실 겁니까?"

"라스타 황후의 황후 자리가 무효가 되려면 한 가지 전제 조건이 있지. 소비에슈 황제가, 라스타 황후가 노예 출신이란 걸 몰랐어야 하는 것."

"에르기 공작님은, 소비에슈 황제께서 이를 알고 묵인하셨다 주장하시는 거군요?"

"맞네. 그러니 라스타 전 황후의 황후 자리는 그대로 유지되고, 그녀가 황후로서 체결한 계약 역시 효력이 있지."

에인젤은 그 주장을 모두 다 수첩에 술술 받아 적었다. 종이와 만년필이 닿는 소리가 사삭사삭 빠르게 들려왔다. 그러다가 갑자기 에인젤이 손을 멈췄다. 사삭사삭 하던 소리도 뚝 멈췄다. 더 써야 할 게 있는 눈치인데. 에인젤은 손을 멈춘 채 얼굴께까지 들었던 수첩을 슬그머니 내리고서 에르기 공작에게 물었다.

"혹시 서대제국 황제께서도 이 일에 대해 아시는지?"

"서대제국 황제가 여기서 왜 나오지?"

"즉위하기 전부터 그분은 에르기 공작님과 함께 자주 행동했으니까요."

"자주 같이 행동한 건 맞지만, 이번에는 따로 행동했는데."

"그렇지요. 하지만 이 복잡한 상황 속에서, 최종적으로 이득을 본 건 아무리 봐도 그분이시거든요."

"사랑하는 사람이 생겨 결혼을 했을 뿐인데, 그걸 이득이라고 할 수는 없지. 너무 계산적이지 않나."

"원래 결혼은 계산적으로 하는 겁니다, 에르기 공작님."

에인젤은 다시 수첩에 무언가를 끄적거렸다. 에르기 공작은 에인젤이 만년필을 멈출 때까지 그 자리에서 기다려주었다.

잠시 후. 에인젤이 또 한참 만년필을 움직이다가 손을 멈추고서 물었다.

"아, 에르기 공작님. 그리고 이건 항구 건과는 큰 관련은 없습니다만……."

"물어보게."

"혹시 하인리 황제께서 마력 감소 현상과 관련이 있습니까?"

찰나의 순간 아주 잠시 멈칫한 에르기는 바로 대답했다.

"아니."

에인젤은 "그렇군요." 하고 고개를 끄덕이고서 웃었다. 그러고는 수첩에 마지막 문장을 적어넣었다.

에르기 공작. 아는 게 있음.

한밤중이었다.

"폐하. 폐하."

곁에서 아주 작게 속삭이는 소리에, 소비에슈가 눈을 번쩍 뜨고 상체를 일으켰다. 귀 가까이 입을 가져다 대고 있던 카를 후작이 얼른 몸을 뒤로 뺐다.

소비에슈는 시계를 확인했다. 새벽 2시였다.

"죄송합니다, 폐하. 계속 기다렸지만 일어나지 않으셔서……."

"아니. 잘했다."

소비에슈는 새벽 2시를 가리키는 시계를, 다시 한번 쳐다보고서 인상을 찌푸렸다. 예전에는 해가 지고 얼마 지나지 않아 스스로 깨어났는데. 오늘은 한참이나 지나고 말았다. 사실 요 며칠 그랬다. 날짜를 계산해보니 심지어 깨어나지 않고 지나간 날 역시 있었다. 그 사실이 소비에슈를 불안하게 했다.

"냉수를."

"예."

카를 후작은 차가운 물을 떠 와 소비에슈에게 두 손으로 내밀었다. 소비에슈가 물을 받아 들자, 그는 뒤로 물러서 조심스럽게 입을 열었다.

"황제 폐하께서 명령하신 부분에 대해 여러 가지로 조사해보았습니다."

"내가 명령? 아. 인격을 합치는 일 말인가."

"예. 궁의도 그렇고 저도 그렇고, 폐하께서 큰 충격을 받아서 인격이 나누어진 거니, 그 충격과 관련 있는 사람을 만나면 다시 원래대로 돌아올 거라 여겼지 않습니까."

"처음엔 그랬지. 효과가 없었지만."

"예. 그러나 나비에 님을 만나도 아무 효과가 없었습니다. 아니, 심지어 나비에 님을 만난 뒤 낮의 폐하께서는, 점차 황제로서의 업무에 적응해가면서 폐하와 약간 다른 행동 방향을 보이기 시작했습니다."

카를 후작이 말한 내용은 퍽 위험하게 들렸다.

"두 인격의 차이가 뚜렷해지고 있단 건가."

"예."

"……."

"제 생각엔, 놀란 폐하의 마음을 또 다른 놀라움으로 진정시킬게 아니라, 이 건을 상처라 생각하고 봉합할 방도를 찾아야 할 것 같습니다."

그전에 한번 글로리엠을 만나보면 좋겠지만. 글로리엠은 이미 죽었으니 만날 방도가 없지 않던가. 소비에슈의 눈치를 보던 카를 후작이 조심스럽게 말을 이었다.

"폐하. 그날의 일을 좀 더 자세히 이야기해주시겠습니까?"

"라스타가 나비에를 노리던 환영을 보았지. 구하려고 뛰어내렸다가…… 꿈에서 희미하게 내가 붉은 아이를 따라가려 했던 기억이 나. 아마 글로리엠이겠지."

"그 이후는요?"

"이후에 깨어나보니 이 상태였다."

한숨을 내쉰 소비에슈가 침대에서 몸을 일으켰다. 어지러운지 잠시 머리를 휘저은 그는 곧 빠르게 균형을 잡으며 중얼거렸다.

"거기에 열쇠가 있을지도 모르겠군."

"저도 그 부분을 생각해보겠습니다."

이후 카를 후작은 몇 가지 급한 안건을 소비에슈에게 보고했고, 소비에슈는 침대로 걸어가 그 안건들에 도장을 찍거나 반려 표시를 했다.

그렇게 급한 일을 다 처리한 뒤, 평소처럼 소비에슈가 다시 침대로 돌아가려 할 때였다.

"폐하, 월대륙 연합의 4기사단 단장이 다녀갔습니다."

카를 후작이 에인젤과 그의 거래 요구에 대해 추가로 보고했다. 또한 낮의 소비에슈가 거기에 대해 어떤 결정을 내렸는지도.

"연합에서 이참에 동대제국과 서대제국의 갈등을 이용해 이득을 얻으려나 보군."

소비에슈는 차갑게 중얼거리고서 잠시 생각해보다 지시했다.

"에르기 공작이 신전에서 혈육 검사를 할 당시 안을 데리고 나타났단 점, 라스타가 노예 출신이란 소문이 퍼졌을 때 홀로 그녀를 두둔했단 점, 몹시 가깝게 지내서 몇 번이나 스캔들이 났다는 점과 이에 대한 증언, 이를 보증하는 귀족, 관리들의 서명을 받아 제출하게 해라."

에르기 공작이 애초에 라스타가 노예인 걸 알고 있던 상태에서 서류를 받아낸 것이니, 그 서류 자체도 무효란 걸 주장하기 위해서였다.

그런데 카를 후작의 볼일은 여기에서도 끝나지 않았다.

"폐하, 말씀드려야 할 게 하나 더 있습니다."

"무엇이지?"

"하인리 황제가 안의 위치를 알려달란 부탁을 했습니다."

"받아주지 마."

"나비에 님께서 궁금해하신다고요."

"낮에 깨어나는 멍청이한테 찾으라고 해. 그 정도는 할 수 있겠지."

밤중 어떤 일이 벌어졌는지 어떤 대화가 벌어졌는지 모른 채. 아침이 되자 열아홉 살 시절의 소비에슈가 깨어났다. 하지만 열아홉 살 시절의 소비에슈 역시, 밤중에 깨어난 자신이 급한 안건에 대해서는 처리를 하고 잔다는 걸 알 수 있었다.

소비에슈는 아침 식사를 가져오게 한 후, 책상에 앉아 먹으며 밤의 자신이 처리한 업무를 살폈다. 지금은 자신이 좀 더 부족한 걸알기에 미루어두지만, 언젠가는 이 모든 일을 직접 해치울 생각이었다. 그러니 미리미리 공부해둘 필요가 있었다.

이후 소비에슈는 그릇을 하인들에게 가져가라 지시한 후, 부하를 불러 안의 위치를 파악했는지 물었다.

부하가 얼른 대답했다.

"예. 커다란 사건에 연루되어 노예로 팔려 간 아이라서, 다행히 기록이 전부 다 남아 있었습니다. 시일이 오래 지나지 않아 다른데 팔려 가지도 않았고요."

"이쪽으로 데려와라."

"예, 폐하."

그 안이란 아이는 라스타란 여자가 낳은 첫째라던데. 왜 나비에는 그런 애를 굳이 찾으려는 걸까?

라스타와 안이 거의 남과 같은 사이였단 걸 모르는 낮의 소비에슈는, 나비에가 하인리 황제를 통해 한 그 부탁을 이해하지 못했다. 그러나 어쨌든 그 애를 돌려주는 핑계로 나비에와 다시 연락을 할 수 있으니 그걸로 되었다고 생각했다.

연락……이라고 하니 최근 하인리 황제가 약 올리듯 보낸 편지가 떠오른다. 소비에슈는 몹시 속이 상해서 서궁에 홀로 걸어갔다. 한때 나비에가 사용했다는, 하지만 기억에 전혀 없는 방으로 간 소비에슈는 가구 하나 없는 방의 맨바닥에 덩그러니 앉아 무릎을 쭉 펼쳤다. 그 상태로 바닥의 파인 부분을 잠시 눌러보다가, 이 방 안에서 자신이 나비에와 어떤 대화를 했을지를 상상하며 질투를 눌렀다. 그러다가 돌연 치솟는 두통에 머리를 감싸 쥐었다.

"윽."

머리를 감싸 쥔 채 얼마나 그러고 있었을까. 한참 만에야 소비에슈는 머리에서 손을 내렸다. 그러나 손을 내린 소비에슈의 표정은 아까보다 더욱 어두웠다.

나비에를 보고 온 후 두통이 시작되었다. 귓가를 천둥 번개가 찌릿하게 치고 지나가는 두통은, 견디기 힘들 정도로 고통스럽진 않았으나 몹시 불쾌한 감각이었다.

이전이라면 그냥 진통제를 달라 해서 먹겠건만. 자신의 본래 나이가 열아홉이 아니라는 걸 알기 때문일까. 소비에슈는 그 고통이 찾아올 때마다 겁이 났다. 이러다가 자연스럽게 자신은 깨어나지 않게 되고 원래의 소비에슈가 낮과 밤 모두를 차지하는 건 아닐까, 그러면 난 어디로 사라지는 건가, 공포심이 솟았다.

더욱 힘든 건, 카를 후작은 물론 지금의 비서진들이 전부 다 밤의 소비에슈 사람들이기에, 그가 이런 상담을 할 수 없단 점이었다. 그들은 자신이 이 이야기를 털어놓으면 기뻐하면서 얼른 그를 없앨 방법을 생각할 터이니까.

'내 측근이 필요하다.'

소비에슈는 자리에서 일어나 창가로 걸어가 창틀을 움켜쥐었다. 화려한 색의 단풍으로 물들어가는 정원은 찬바람에도 아름다웠다.

'내 명령만을 듣고, 내 상태에 대해 함구할 수 있는 부하가 있어야 한다.'

그리고 수면제가 필요했다. 밤중에 절대로 깨어나지 않고 잠들어 있을 수면제가.

치료를 하면 그가 사라질 확률이 높았다. 그러니 아예 재워버려야 한다. 계속 잠들어서 깨어나지 못하는 일이 반복되면…… 점차 밤에 깨어나는 그 인격이 흐려져 약해지지 않을까?

마력석을 회수하러 갔던 하인리가 폭우를 맞고 돌아왔다.

"괜찮습니다, 퀸. 그냥 따뜻한 물로 씻고 푹 자면 돼요."

하인리는 쫄딱 젖은 꼴로 그렇게 말했으나, 다음 날이 되자 상태가 심각해져서 아예 목소리조차 낼 수 없게 되었다. 정신은 있는 것 같은데. 목감기가 심하게 걸린 모양이었다.

궁의가 진료를 하고 간 후. 하인리는 자기 목을 붙잡고 의사소통이 안 되는 데 괴로워했다. 열이라거나 그런 건 참을 수 있지만, 말이 안 통하는 게 괴로워 보였다. 그 모습을 보니 찡해져서, 나는 하인리의 손을 붙잡고 약속했다.

"내가 간호해줄 테니 염려 말아요, 하인리."

"황후 폐하, 안 됩니다. 감기에 옮으면 큰일 나요! 제가 하겠습니다."

맥켄나가 만류했지만, 하인리는 지금 목이 잠겨서 아예 남들과 의사소통을 할 수 없지 않은가. 이럴 때는 그의 눈빛만으로도 마음을 알아줄 수 있는 내가 곁에 있어야 했다.

"괜찮아요, 맥켄나. 하인리를 봐요. 말이 안 통해서 힘들어하잖아요. 이럴 땐 그를 이해하고, 그가 필요로 하는 걸 바로바로 줄 수 있는 내가 곁에 있어줘야 돼요."

지금도 그렇다. 하인리는 맥켄나보다 내 간호를 받고 싶은지, 필사적으로 손짓을 하고 있었다. 맥켄나는 눈을 동그랗게 뜨더니 하인리를 곁눈질했다.

"말은…… 제가 더 잘 통하지 않을까요?"

그러고는 이런 황당한 소리를 했다.

나는 아니라고 생각했지만, 차마 맥켄나에게 '하인리는 내 간호를 받고 싶어 한다. 지금도 그런 신호를 보내고 있지 않느냐'는 말을 할 수가 없어서, 결국 둘이서 같이 하인리를 간호하기로 했다.

하인리는 일생일대의 긴장감을 느끼고서 마른침을 삼켰다. 퉁퉁부은 목을 침이 넘어가자 몹시 쓰라렸으나, 그는 어깨에서 힘을 풀수가 없었다.

예전에 나비에가 그림을 그려서 주었을 때. 하인리는 그게 무슨뜻인지 전혀 알아듣지 못했다. 하인리는 상황이 반대였어도 마찬가지일 거라고 생각했다. 나비에 역시, 그가 자기 그림을 해석하지못했단 걸 알아보지 못했으니까. 실제로 결국 그 오해는 풀리지도못하고 대충 모래로 덮인 채 유지되고 있었다.

하인리는 나비에를 사랑했지만, 나비에와 자신이 말없이 소통할수 없다는 건 이미 깨달은 상태였다. 아까만 해도 그렇다. 나오지않는 목소리 대신 필사적인 손짓으로, 간호는 맥켄나에게 받겠다고 열심히 뜻을 전하려 했으나, 나비에는 전혀 알아듣지 못했다. 오히려 인자하게 웃고서 "알았어요. 내가 간호해줄게요"라고 말하더니 옆에 앉았다.

"오늘은 하루 종일 그대 곁에 있을게요, 하인리."

하인리는 손을 후들후들 떨었다. 혹시 삐끗해서 의사소통이 불발되기라도 한다면, 기껏 '우리는 눈만 봐도 서로 통해'라고 생각하게 된 나비에가 실망하지 않을까?

그는 나비에가 실망한 표정을 보고 싶진 않았다. 그러니 목이 숨막히듯 아프더라도, 열이 펄펄 끓더라도 제정신을 차리고 나비에와 제대로 의사소통을 해야 했다.

"하인리? 추워요?"

나비에가 손을 뻗더니 덜덜 떠는 손을 꼭 깍지 껴 잡아주고서 웃었다. 차가운 얼굴에 걱정이 어리고, 따뜻한 손은 보드랍게 그를 감싸주었다. 하인리는 그 손을 꼭 잡고 매달린 채, 나비에의 어깨 너머로 맥켄나에게 눈짓했다.

도와줘.

맥켄나가 알겠다고 슬그머니 고개를 끄덕였다.

그러나 잠시 후. 하인리는 바짝 긴장한 효과도 없이 깜빡 정신이 가물가물해지고 말았다. 다시 정신이 들었을 땐, 나비에가 그를 걱정 가득한 얼굴로 바라보고 있었다. 애정으로 가득한 차가운 눈동자를 보자, 하인리는 자신이 나비에의 간호를 잠시 두려워했던 게 미쳤다고 여겨졌다. 이 눈빛을 받기 위해 전쟁까지 포기했는데. 고작 이런 걸 두려워하다니. 배가 부르다 못해 미친 거였다.

그는 한 시간 전의 자신을 탓하고서 애써 힘을 주어 나비에에게 마주 보며 미소 지었다. 그 미소를 본 나비에가 인상을 구겼다.

"이 와중에 장난치고 싶어요?"

"!"

하인리는 빠르게 고개를 저었다. 아무래도 열 때문에 얼굴 근육이 마음대로 움직이지 않나 보다. 그는 나비에가 기분이 상할까 봐 표정을 풀었다.

이후 30분 정도가 지났을 때였다. 땀을 많이 흘려서인가. 하인리는 갈증을 느끼고서 한쪽 손을 들어 자신의 목을 가리켰다. 물, 물을 줘요, 퀸. 입을 뻐끔거리자, 나비에가 인상을 또 구겼다.

"정말 못 말린다니까."

내가 뭘요?

하인리가 되물을 사이도 없이, 나비에가 그의 목에 입을 맞춰주었다. 시원하고 보드라운 입술이 달아오른 피부에 닿자 소름 돋게 좋았다.

그러나 입술이 떨어지자 하인리는 울고 싶어졌다. 나비에의 어깨 너머로 맥켄나가 물병을 든 채 쩔쩔매는 게 보였다.

안 돼. 가져오지 마. 괜찮아. 네가 알아들으면 퀸이 민망해지잖아. 하인리가 눈짓하자, 맥켄나가 물병을 도로 내려놓았다. 하인리는 안심하고서 나비에를 향해 고맙다고 입 모양으로 벙긋거렸다.

그러다가 다시 한 시간가량이 지났을 무렵. 하인리는 옷을 갈아입고 싶어져서 자신의 옷을 쥐고 살짝 흔들었다.

"더워요?"

나비에가 얼른 부채질을 해주었다. 뒤에서 옷을 가져오려던 맥켄나는, 하인리가 괜찮다는 신호를 보내자 주춤주춤 다시 앉았다.

그러다가 두 시간가량이 지났다. 배가 고파진 하인리가 자신의 배를 문지르자, 나비에가 배가 아프냐면서 배를 문지르며 노래를 불러주었다. 수프를 가지러 가려던 맥켄나가 하인리의 눈치를 살피며 '어떻게 할까요? 이번에도 그냥 앉을까요?' 하고 입 모양으로 물었다.

하인리는 이번엔 괜찮다고 말하지 않았다. 나비에가 못 보도록 손가락을 쫙 펼쳐 필사적으로 맥켄나를 향해 손을 뻗었다.

살려줘.

29

사랑하는 나의 새들

여기가 도대체 어디지? 나는 주위를 두리번거렸다. 황궁 안인 건 분명한데. 동대제국? 서대제국? 이상하게도 구별이 되지 않았다. 내가 그새 머리가 나빠졌나…….

당혹스러웠지만 두려운 마음은 들지 않았다. 사실 두려워도 상관없었다. 내 다리는, 내 의지와 상관없이 앞으로 계속해서 걸어갔으니까.

그리 오래 걸어가진 않았을 때였다. 대연회장으로 들어가는 거대한 문이 반쯤 열린 게 보였다. 이 문이 왜 열려 있지? 보통은 닫아두는데. 안에서는 왁자지껄한 소리가 들려왔다. 파티 음악 소리는 아니었다. 즐거운 수다도 아니야. 싸우는 소리…… 같은데, 좀 애매한 구석이 있고. 호기심이 들자 몸이 저절로 옆으로 틀어졌다. 대연회장 방향으로.

안으로 들어가자 홀 중앙에 거대한 새 두 마리가 보였다. 둘 다 금색 깃털을 가진 예쁜 새들인데, 통통한 배를 내민 채 날개를 푸드덕거리며 고래고래 외쳐댔다. 그러다가 나중에는 아예 상대를 향해 부리를 쩍쩍 벌리며 쪼아대는데…….

대체 뭘 하는 거지? 저 새들은 누구고? 이게 뭔가 싶어서 자세히 보기 위해 난간을 붙잡고 상체를 기울였다. 집중해서 보자, 커다란 새들 사이에 반짝거리는 금박이 있었다. 저건 뭐야? 좀 더 뚫어져라 쳐다보자 그 금박의 정체가 드러났다. 왕관이었다. 새 두 마리가 왕관을 두고 다투는 거였다.

그 순간.

"퀸."

번쩍 눈을 떴다. 황궁과 새, 왕관 아무것도 없었다. 눈앞에 보이는 건 보드라운 금색과 상아색…… 이불?

"퀸."

고개를 들자, 하인리가 걱정스럽게 날 내려다보고 있었다. 이런. 간호하다가 깜빡 잠든 모양이다. 대체 언제 잠든 거지?

"왜 이러고 자고 있어요. 맥켄나는 어쩌고요."

아아. 언제 잠들었는지 기억난다.

"많이 힘들어 보여서, 가서 자라고 했어요."

맥켄나가 나간 후. 새근새근 잘 자는 하인리의 얼굴을 샅샅이 관찰했는데. 그러다 잠든 모양이었다.

"가란다고 가던가요?"

표정 험악하게 하지 마, 하인리.

"안 가겠다고 하는 걸 보냈어요. 늘 바쁘잖아요."

그 표정이, 몸이 낫자마자 맥켄나를 불러서 잔소리를 퍼부을 표정인지라, 나는 얼른 맥켄나를 두둔하고서 하인리의 손에 내 손을 올렸다.

"그보다 그대는? 몸은 좀 어때요? 목소리는 이제 나오는 모양인데."

"괜찮습니다. 목도 안 아파요."

하인리는 '지금 말을 돌리고 있단 건 알지만 넘어가줄게요' 하는 표정으로, 내가 잡지 않은 손으로 자기 목을 감쌌다.

"어릴 때부터 이랬어요. 하루만 아파도 바로 낫더라고요."

"다행이다. 어제 얼마나 걱정했는지 알아요?"

"알죠. 어쩌면 퀸이 간호해주어서 빨리 나았는지도 모르는걸요."

"설마."

"정말입니다. 생명의 위협이 느껴졌거든요."

……갑자기 생명의 위협이라니? 무슨 뜻이야? 의아해서 쳐다보자, 하인리가 시선을 피하더니 슬그머니 몸을 일으켰다.

"아 배고프다."

왜 그래? 무슨 뜻인데 그래?

"아침 식사는 무조건 가벼운 걸로 하셔야 합니다. 따뜻한 수프만 드세요. 빵은 아주 물렁한 걸로 조금만 드시구요. 안 드시면 더 좋습니다."

아침 진료를 온 궁의가 신신당부를 하고 돌아간 후. 나는 감자와 버섯을 넣은 수프를 만들어 오라 지시한 후, 직접 하인리의 입에 수프를 한 입 한 입 떠주었다. 어색하지만…… 하인리가 이런 걸 좋아하는 것 같으니까.

"느낌이 이상해요, 퀸."

자기는 나한테 잘만 먹여주면서. 내가 먹여주니까 이상한가? 하인리는 영 어색해하며 입을 벌려댔다.

그 후 점심때는, 궁의도 자극적인 음식만 피한다면 하인리가 제대로 된 식사를 해도 좋단 허락을 해주어서, 우리는 단풍이 장관인 정원에 테이블을 두고 마주 앉았다. 많이 배가 고팠는지 평소보다 더 잘 먹는 하인리를 챙기다가, 나는 어제 내내 하고 싶었던 잔소리를 꺼냈다.

"하인리. 다음엔 비가 오면 비를 피해요. 맞고 있지 말고."

"폭우를 틈타서 마력석을 회수하려던 거라서요."

"마력석이 문제예요?"

"음……."

"마력석이 문제네요."

문제는 맞지. 게다가 아주 중요한 일이고. 하인리 본인을 위해서도 나라를 위해서도.

내가 할 말을 잃고 입을 꾹 다물자, 하인리는 배시시 웃으면서 화제를 돌렸다.

"그래도 아프니까 그건 좋네요. 퀸이 걱정해주는 거."

"걱정은 늘 하고 있으니 아프지 마요."

정말인데. 하인리는 내가 자기를 많이 걱정하지 않는다고 생각하나? 뭐가 그리 좋다고 연신 웃음을 흘려댔다. 한숨을 내쉬고서 생선 살을 발라 그의 그릇에 놓아주자, 하인리는 얼른 받아먹고는 자기도 생선 살을 발라서 내 입 앞에 내밀었다. 지금 네가 날 챙길 때인가…… 다시 잔소리가 나오려는 걸 참고서 나도 입을 열어 그가 주는 음식을 받아먹었다.

"맞아."

그러고 있자니 어제 그에게 묻고 싶었던 게 떠올랐다. 하인리가 갑자기 아픈 바람에 묻지 못한 질문이.

"뭐가 맞습니까?"

"하인리. 혹시 에르기 공작이 소비에슈 황제에게 원한이 있나요?"

"에르기가요?"

소비에슈가 편지로 물었지. 에르기가 자기에게 원한이 있냐고. 자기 일기장을 보고서 한 말 같은데…….

그 말을 듣고 나니 나도 궁금해졌다. 그 일기를 적을 때의 소비에슈는, 에르기가 항구를 노리고 자신에게 덤벼든 게 아니라, 애초에 자신을 노렸다고 여겼던 걸까?

하인리는 포크를 문 채 눈살을 찌푸렸다.

"글쎄요. 원한은 모르겠습니다. 싫어하는 건 분명하지만……."

"지만?"

"걔가 싫어하는 사람이 하나둘이 아니어서요."

"이런 일이 자주 있었어요?"

"저주 인형이라니까요."

그 저주 인형이라는 게, 우연이 아니라 고의……일 수도 있는 건가.

점심 식사를 배부르게 마친 하인리는, 확인해야 할 게 있다면서 맥켄나를 데리고 또다시 어딘가로 나갔다. 어제 그렇게 심하게 앓았으니 오늘은 푹 쉬면 좋을 텐데. 그는 꼭 지금 해야 하는 일이라면서 말도 듣지 않고 나가버렸다.

'이런 기분인가.'

사람들이 내게 쉬어가면서 일하라고 권할 때, 나 역시 걱정 어린 조언을 무시하고서 일에만 몰두했지. 그때 날 말리던 사람들이 이런 기분이었을까?

어쨌든 아픈 사람도 저렇게 열심히 일하는데, 나만 쉴 수는 없었다. 나는 부관에게 지시해 건강한 파랑새 한 마리를 카프멘 대공에게 전하라 지시한 후, 집무실로 가서 몇 가지 일을 보았다. 이후에는 시녀들과 함께 저녁 식사를 하기 위해 방으로 올라갔다. 궁전 안을 여기저기 돌아다니며 공부하기 바쁜 르베티도 식사 시간에는 함께였다.

"공부하는 건 어때요?"

"생각보다 까다로워요. 조그만 영지니까 어찌어찌하면 잘 운영할 수 있을 거라 생각했는데. 너무 쉽게 봤나 봐요."

그렇게 르베티의 영지 이야기, 내가 유모를 구해야 한단 이야기, 아기방을 어디에 꾸밀지 어떤 풍으로 꾸밀지에 대한 이야기 등을 하면서 식사를 하는 와중이었다.

낮에 하인리에게 물었던 질문이 떠올랐다. 에르기 공작이 소비에슈를 싫어하는지에 대한 질문. 나는 같은 질문을 주베르 백작 부인과 로라에게도 했다. 이런 건 사람마다 다양한 관점으로 보고, 예상치 못한 데에서 그럴싸한 대답이 나올 수 있는 일이니까.

주베르 백작 부인은 내 말에 고개를 기웃하며 말했다.

"에르기 공작이 폐하를 싫어하는지도 궁금하지만, 사실 저는 그 공작이……."

무슨 말을 하려고 그러지? 주베르 백작 부인이 말을 하다 말고 내 눈치를 살폈다. 먼저 물어본 거니 괜찮다고, 내가 고개를 끄덕이자 주베르 백작 부인은 그제야 말을 이었다.

"왜 라스타를 배신한 건지, 그게 궁금하더라구요."

로라는 자꾸 미끄덩미끄덩 도망치는 푸딩을 포크로 팍팍 쳐대며 "나도요!" 하고 외쳤다.

"둘이서 한 쌍처럼 붙어 다니더니 왜 그랬대요?"

이어서 그녀는 다시 푸딩에 몰두했다. 로즈와 마스타스는 에르기와 라스타에 대해서는 아는 게 없기에 조용히 이야기를 들으며 식사만 했다. 예상치 못한 반응을 보인 건 르베티였다. 눈이 댕그래져서 이렇게 물은 것이다.

"무슨 소리예요?"

르베티는 지금 얘기를 완전히 처음 듣는단 표정이어서, 로라는 덩달아 눈을 휘둥그렇게 뜨고 물었다.

"몰라요?"

"몰라요. 둘이 엄청 친하지 않았어요?"

르베티는 라스타를 피해서 외딴곳에서 지낸 데다가, 자유를 찾은 후에는 엄청난 일을 연달아 겪어서 소식에 어두운 모양이었다. 영지 근처 시골에 간 후로도 밖의 일엔 주의를 기울이지 않은 모양이고.

"에르기 공작이 라스타가 낳은 딸과 소비에슈 폐하의 혈육 검사하는 데 라스타의 아들을 데려갔잖아. 네 조카……라고 해야 하나. 걔."

로라가 설명해주자 르베티는 포크를 놓고서 낮아진 목소리로 물었다.

"정말이야?"

로라는 입을 다물었다. 이 얘길 해도 되는 건가, 헷갈리는 듯했다. 그 뒤 이야기는 주베르 백작 부인이 이어서 마저 해주었다.

"알렌과 라스타가 내통하는 사이라 확정된 게 그 일 때문이잖니."

르베티는 안색이 창백해졌다.

로즈는 주베르 백작 부인의 옆구리를 팔꿈치로 찌르고서 고개를 빠르게 저었다. 주베르 백작 부인은 '왜?' 하는 표정으로 로즈를 쳐다보았다. 어차피 비밀도 아니고, 알려면 언제든 알 수 있는 일이니 지금 알려주는 게 낫다 여기는 눈치인데…….

'안 그래?'라는 표정으로 르베티를 쳐다본 주베르 백작 부인의 표정이 한풀 꺾였다. 르베티가 입술을 꽉 깨물고 스테이크를 노려

보고 있었는데, 표정이 무서울 정도로 험악했던 것이다.

주베르 백작 부인이 뒤늦게 로즈에게 '내가 말 잘못했나?' 하는 시선을 보내자, 로즈는 골치가 아프다는 듯 이마를 감싸고 인상을 구겼다.

평소의 르베티라면 주위 사람들의 이런 변화를 빠르게 눈치챌 텐데. 이 뜻밖의 소식에 정말로 많이 놀란 모양이다. 그녀는 근처의 시녀들이 자기 눈치를 살피고 있단 걸 깨닫지 못한 채, 멍하니 중얼거렸다.

"그러니까. 에르기 공작이, 아빠랑 오빠의 원수란 거네요? 그 사람 때문에 아빠랑 오빠가 라스타랑 손을 잡고…… 그랬단 누명을 쓴 거고?"

"여깁니다."

코샤르는 성문 앞에 서 있다가, 막 문밖으로 나와 두리번거리는 마스타스를 향해 손을 들었다. 그를 본 마스타스가 환하게 웃었다.

노골적일 정도로 기뻐하는 미소에 코샤르는 기분이 이상해졌다. 대부분 귀족들은 그를 보면 인상부터 찡그렸다. 겁먹은 표정을 짓거나. 서대제국에 와서는 안 그런 귀족들이 많아졌으나, 저 정도로 활짝 웃으면서 반가워해주는 사람은 처음이었다.

아니, 사실은 가족들도 저 정도로 반가워해주진 않았다. 그는 언제나 가족들에게 폐를 끼치는 사고뭉치였던지라, 가족들은 사랑을 보내면서도 늘 염려 어린 시선을 보냈으니.

"코샤르 경!"

당나귀처럼 뛰어온 마스타스는 손을 어디에 내려놓을지 방법을 잃어버린 양 허공에 어색하게 올리다가, 황급히 두 손을 차렷 자세로 만들고서 정색했다.

"안녕하십니까."

뒤늦게 표정 관리에 들어간 모양이다. 그 모습에 코샤르는 대놓고 웃을 뻔했으나 꾹 참았다.

두 사람은 미리 예약해둔 식당으로 들어갔다. 그런데 식당에 자리를 잡고 앉아 보니, 마스타스의 표정이 그새 어두워져 있었다. 아까처럼 억지로 만든 정색이 아니라 정말로 그늘진 표정이었다.

"마스타스 양. 괜찮습니까?"

평소와 다른 모습에 코샤르가 걱정이 되어 묻자, 마스타스는 퍼뜩 잠에서 깨어난 것처럼 눈이 동그래져서 고개를 빠르게 저었다.

"괜찮습니다. 그냥 누구 좀 생각한다고요."

"남잡니까?"

"아닙니다! 전 코샤르 경 외의 남자는 누구도 생각하지 않습니다!"

"!"

"그, 코, 샤르 경을 내내 생각한단 뜻은 아닙니다. 전 코샤르 경도 생각하지 않습니다. 아니, 아예 안 하는 건 아니지만 많이 생각하는 건 아닙니다."

횡설수설하던 마스타스는 손가락으로 '조금' 표시를 만들고서 웅얼웅얼 덧붙였다.

"이, 이 정도만. 가끔씩 아주 가끔씩 생각합니다."

코샤르는 손을 뻗어서 마스타스의 엄지와 검지를 약간씩 더 벌리게 만든 후 말했다.

"전 마스타스 양에 대해 이 정도로 가끔 생각합니다."

마스타스는 토마토 폭탄에라도 맞은 것처럼 얼굴이 벌게져서 자신의 손가락을 넋 놓고 바라보았다.

"이, 이만큼이나……."

고작 2센티미터 정도로만 보이는 틈이었으나, 그녀의 눈에는 2센티미터가 바다 끝에서 하늘 끝까지의 길이로 보이는 듯했다.

코샤르는 웃음을 삼키며 물었다.

"그럼 누굴 생각했던 겁니까?"

"아, 그, 황후 폐하께서 지금 데리고 있는 영애입니다. 르베티라고, 쪼끄만 요크셔테리어 같은 영애요."

대답을 마친 마스타스가 얼굴을 구기고서 자기 허벅지를 주먹으로 내리쳤다. 자신이 한 대답의 어딘가가 마음에 들지 않는 듯했다. 코샤르는 마스타스가 자기 대답의 어디를 자책하는지 이해하진 못했으나, 마스타스가 주먹을 참 올바르게 쥔다고 생각했다. 저렇게 주먹을 쥐면 주먹질을 하더라도 자신의 손가락을 제대로 보호할 수 있었다. 저걸 모르는 기사들이 하나둘이 아닌데. 그녀는 참으로 현명한 게 분명했다.

이윽고 음식이 나오자, 두 사람은 조용히 식사를 시작했다. 마스타스는 하고 싶은 말이 많은지 몇 번이나 입을 벌렸으나 도로 다물었고, 코샤르는 귀족 영애와 무슨 대화를 해야 할지 어려워서 말을 붙이지 못한 탓이었다.

그러나 이 침묵이 두 사람 모두 싫지는 않았다. 게다가 침묵은 주위에서 들려오는 소리를 잘 들을 수 있게 해주었다.

"성자님이 우리 황후 폐하가 서대제국의 황후가 된 게 좋은 일이라 했다며?"

"언제부터 황후 폐하가 '우리' 황후 폐하가 된 건가?"

"뭐. 내가 뭐."

"전에는 나비에 황후 폐하라고 선 긋고 불렀잖나."

"아 그때야 내가 황후 폐하에게 친숙해지기 전이라 그렇지."

"근데 성자님의 칭찬 한마디에 바로 친숙해졌다고?"

"이 사람 이거 참. 어휴 참."

근처 테이블에서 나비에를 두고 좋게 이야기하는 소리가 들려오자, 코샤르와 마스타스 모두 입가에 미소를 띠고서 포크를 빠르게 움직였다. 얼굴 모르는 성자이지만, 업고 한 바퀴 돌고 싶을 정도로 성자에게 고마웠다. 식사를 하는 내내 두 사람은 나비에 칭찬을 들으며 흐뭇해했다.

"난 그래도 아직 좀 그렇던데. 아무리 그래도 외국인 아닌가. 외국인은 일이 생기면 자기 나라를 챙기게 되어 있어. 나비에 황후도, 지금은 우리나라를 위하겠지만 결국 자기 나라를 챙기게 되어 있지. 잘못됐단 게 아니야. 나라도 그럴 테니. 하지만 그런 이유 때문에 나비에 황후를 믿을 수가……."

그러다 딱 한 명이 나비에에 대해 나쁘게 이야기했으나, 코샤르는 예전처럼 다짜고짜 그 사람에게 달려가 주먹질을 날리지 않았다. 그가 철이 들어서가 아니었다. 마스타스가 주먹으로 테이블을 쾅 내려치더니 한발 먼저 "뚫린 입이라고!"를 외치며 달려 나갔기 때문이다. 코샤르는 반사적으로 그녀를 말리면서, 처음으로 역지사지의 기분을 맛보았다.

이후 제정신이 돌아온 마스타스는, 자신의 주먹을 절망적으로 내려다보며 궁전으로 돌아갔으나, 코샤르는 이 식사가 만족스러웠다. 그래서 나비에가 그를 불러다가 은근히 오늘의 식사에 대해 물어보았을 때 솔직하게 대답했다.

"편하고 신선하고 귀여웠어."

깊은 뜻을 가지고 한 말은 아니었다. 그러나 코샤르의 말을 들은 나비에는 얼굴이 굳었다. 코샤르는 자신의 입가를 더듬었다. 내가 말을 잘못했나? 그는 늘 말실수를 했기에, 이번에도 자기가 말실수를 한 게 아닌가 싶어 걱정되었다. 그렇게 자신의 대답을 점검하고 있자니, 동생이 걱정스러운 목소리로 충고했다.

"마스타스 양이 좋은 거라면, 오빠. 샬렛 공주와의 국혼은······ 다시 생각해보는 게 어떨까?"

어제 내가 오빠에게 한 말이 샬렛 공주에게 실례였을까? 밤새 마음이 복잡했다. 화이트 몬드의 공주와 오빠가 결혼을 하게 되면, 이 혼인은 화이트 몬드는 물론 서대제국에도 도움이 된다. 어쩌면 나는 서대제국 황후로서도 실례를 한 건지도 모른다. 하지만 어린 아이처럼 밝은 얼굴로 마스타스 이야기를 하는 오빠를 보자, 걱정이 되어서 그 말을 안 할 수가 없었다.

오빠가 내게 마스타스와 식사한 이야기를 하기 전. 마스타스 역시도 넋 나간 얼굴을 한 채, 오빠가 연약하지만 속은 강단 있는 사람이라고 내내 중얼거렸으니까. 심지어 마스타스는 내 얼굴에서 오빠의 얼굴을 떠올렸는지, 가끔 날 곁눈질하면서 얼굴이 붉어지기도 했다.

내 오지랖일 수도 있다. 하지만 혼자만의 짝사랑이라면 모를까, 두 사람이 서로에게 호감이 있는 눈치인데. 이런 상황에서 오빠가 '가문을 위해' 정략결혼을 하는 건…… 장기적으로 봤을 때 샬렛 공주에게도 실례가 아닐까? 게다가 오빠가 샬렛 공주에게 내가 소비에슈에게 받았던 고통을 주는 것. 이것도 싫었다.

정부를 두는 게 공공연하다지만, 사람 마음이라는 게…… 그렇지 않나. 그러니 치정 싸움이 자주 벌어지고, 자기 정부를 두고서도 상대 정부를 공격하는 귀족들이 많은 거겠지.

"……후."

제자리에서 생각만 하고 있으니 더 싱숭생숭해져. 일단 나가자. 나가서 좀 걷자.

사실…… 애초에 오빠의 결혼에 내가 한마디를 보탠 것부터가 나답지 않았다. 왜 어제는 그런 말을 해버린 거지? 하인리가 늘 내게 사랑스러운 눈빛을 반짝거리며 보내와서인가? 내가 그런 사랑을 하고 있으니, 오빠도 그런 사랑을 하길 원해서? 이건 오지랖이잖아. 오지랖이야. 오지랖이라고.

"황후 폐하?"

깜짝이야. 언제부터 들은 거지? 집무실에서 나와서 정처 없이 걷는 사이, 카프멘 대공과 마주치고 말았다. 그는 내 생각의 뒷부분을 들었는지 어색하게 웃고 있었다. 민망해져서 시선을 피하자, 이번에는 나지막하게 소리를 내어 웃는다.

"미안합니다. 놀리려는 게 아닙니다. 그냥, 많이 편해지셨구나 싶어서요."

"무슨 소리인가요?"

"예전에는 황후로서의 모습이나 황후로서의 반응을 보이는 데 열중하셨으니까요."

지금은 그렇지 않다는 건가? 위엄이 사라졌단 이야기인가?

"이런. 그런 뜻으로 한 말은 아닌데요."

"돌시에게 새는 전해주었나요?"

"네. 받았을 겁니다. 지금쯤은."

"그래요. 마음에 들어 했으면 좋겠군요."

그런데 카프멘 대공과 헤어져서 좀 더 걸어 다니고 있자니, 기사한 명이 달려와 동대제국에서 내게 사람을 보냈다고 알렸다. 집무실로 가자 사절 복장을 한 사람이 문 앞에 서서 부관과 대화를 나누고 있었다. 사절로 온 사람은, 이름은 모르지만 나 역시 얼굴은 아는 이였다.

"무슨 일이지?"

서로 눈인사를 주고받은 후 묻자, 사절이 품 안에서 잘 봉인된 서신을 꺼내 두 손으로 내밀었다.

"하인리 황제께서 보낸 서신에 대합 답서입니다."

하인리가 보낸 답서인데 나한테 건네는 걸 보니, 안을 찾았단 이야기구나.

"수고했네."

그 외 별다른 소식은 없는 듯해서, 나는 집무실 안으로 들어와 편지를 뜯어보았다.

"찾았다고요? 벌써요?"

예상대로 편지에는 '안'을 찾았단 소식이 주된 내용이었다. 그 외에 이런저런 헛소리들이 붙어 있었지만.

이 소식을 전해주자, 르베티는 미묘한 표정을 짓고서 두 손으로 자신의 뺨을 감쌌다. 놀란 건지 기뻐하는 건지 걱정하는 건지 알 수 없는 그 표정이, 르베티의 심정을 생생하게 드러냈다.

르베티가 이런 식으로 감정을 강하게 드러내는 건, 에르기 공작 이야기를 들은 후 처음이었다. 그래. 에르기 공작이 안을 안고서 신전에 나타났단 이야기를 들은 뒤, 르베티는 시커먼 구덩이에 빠진 사람처럼 지냈다. 커다란 원망과 괴로움, 복수심이 그녀를 붙잡은 것처럼 시시때때로 에르기 공작 이야기를 하다가 눈이 서늘해졌다.

티 한 점 없이 착한 아이는 아니었지만, 오히려 그런 점까지 포함해 구김살이 없던 아이였는데. 라스타와 아버지, 오빠가 같이 죽게 된 후에도 꿋꿋하게 살길을 찾던 아이였는데. 불시에 또렷한 적이 나타나서일까. 요즘 들어서는 정말로 칼 한 자루를 차고 에르기 공작을 찾아가는 건 아닐까 염려될 정도였다.

에르기 공작이…… 칼 한 자루에 당할 사람은 아니니까.

"어?"

르베티와 함께 있다가 내 집무실로 같이 온 로라가 옆에서 물었다.

"그럼 르베티, 동대제국으로 돌아가는 거예요? 벌써?"

"잘 모르겠어요."

르베티는 두 손을 생선 지느러미처럼 파닥파닥 떨었다. 어떻게든 자신이 하나 남은 오빠의 혈육을 책임져야 한단 생각은 했지만. 막상 코앞에 닥치자 겁이 나는 듯했다.

"여기로 안을 데리고 오면……."

로라는 간단하다는 듯 입을 열다가 "아." 하고 도로 닫았다.

"안 되겠구나."

안은 라스타와 똑같이 생겼다. 서대제국 궁정인들은 라스타의 얼굴을 몇 번이나 보았지. 라스타는 얼핏 봐도 기억에 남을 얼굴이고. 안을 데려오면 누구든 라스타의 아이란 걸 알아보게 된다. 그 사실이 떠올라서 말을 바꾼 게 분명했다.

사실 나 역시 같은 생각이어서, 이 부분에 대해서는 무어라고 말을 해주기 어려웠다. 수도 밖에 집을 얻어주더라도 아이를 궁전에서 기를 수는 없었다. 그렇다고 여기서 공부하고 싶어 하는 르베티에게, 안을 데리고 돌아가라고 할 수도 없고.

"일단은 찾아야지요. 찾아서 어떻게 할지 생각해봐야겠어요. 림 웰에 데려다둘 생각이긴 한데. 내가 없을 때 다른 사람들이 괴롭힐 까 봐……. 그 점은 좀 더 고민해볼게요."

시무룩해진 르베티를 보며 덩달아 기운이 없어진 로라가 다시 물었다.

"어쨌든 동대제국에 가긴 가는 거네?"

응, 작게 대답한 르베티가 두 손을 모으고 나를 쳐다보았다.

"가도 될까요?"

"르베티 양의 나라인걸요."

"폐하……."

"미안하지만 궁전 안에서 그 아이를 기를 수는 없어요. 하지만 멀지 않은 곳에 집을 얻어줄 수는 있어요."

르베티의 조카라지만 안은 귀족이 아니어서 사교계에 나설 일은 없지. 아직 나이도 어리니 넓은 정원이 딸린 커다란 저택을 구해주 면 그 안에서 놀아도 충분할 테고. 성장해서 저택 밖을 돌아다닐 나이가 되면, 아마 르베티가 영지로 데려가지 않을까?

"감사해요. 언제나요. 늘. 황후 폐하는 늘 제 영웅이에요."

난 한 게 아무것도 없는데. 르베티는 두 손을 모으고서 작은 목 소리로 중얼거렸다.

하지만 아니라고 부정하진 않았다. 내가 정말로 르베티의 영웅 이어서가 아니라, 지금 르베티에게는 의지가 될 사람이 필요할 것 같아서. 날 의지하고 싶어서 날 단단한 기둥처럼 여기는데. 거기에 대고 난 물렁한 기둥이라고 말해줄 필요는 없으니까.

아. 그리고 하나 더.

"르베티 양."

"네, 황후 폐하."

"한 가지 당부할 게 있어요."

"네! 뭐든 말씀해주세요!"

"르베티 양이 사고를 치고 다니는 건 아니지만, 동대제국에 다녀오는 동안 행동을 조심해줄 수 있겠어요?"

"예?"

르베티가 '내가 그렇게 못 미더우세요?' 하는 표정으로 눈을 댕그랗게 떴다. 그러나 아니다. 르베티가 못 미더워서 하는 충고가 아니었다.

"르베티 양 때문이 아니라, 여러모로 상황이 복잡하니까요. 초국적 기사단 기사들이 돌아다니고 있고."

"전 그런 사람들하고는 관련될 게 없는걸요……."

"알아요. 하지만 혹시 모르니까."

초국적 기사단과는 아무 문제 없지. 사실 내가 걱정하는 건 에르기 공작에게 생겨버린 르베티의 적의다. 라스타는 죽었고, 또 르베티와 원래부터 여러 가지 악연으로 얽혀 있었지. 그렇기에 르베티는 힘든 일을 겪은 후에도, 라스타에 대한 적의로 사람이 변하진 않았다.

그러나 에르기 공작은 상처 하나 없는 적이었다. 눈에 훤히 보이는 적. 복수심에 가득 찬 르베티가 만에 하나라도 그와 얽혀서 괴로워지거나 이상한 상황에 빠지는 건 보고 싶지 않았다.

르베티는 고개를 끄덕이고서 활짝 웃었다.

"그럼요! 걱정 마세요. 얌전히 안만 챙겨서 돌아올게요!"

걱정이 한가득 쌓여서 서류 속 글자가 꼬부랑한 지렁이처럼 보인다. 소비에슈는 무표정한 얼굴로 꼬불꼬불 기어가는 글씨들을 바라보다 눈을 감았다.

측근을 구하는 일. 그걸 인식하고 나자 요즘 들어서는 사방이 적으로 느껴졌다. 밤 소비에슈를 따르는 이들이 그를 주시하고 있다가, 어떤 정보를 캐내 전달할지. 그게 신경 쓰여서 잠시도 긴장을 풀 수 없었다.

게다가 두통은 점점 심해지는데, 궁의는 진통제를 너무 많이 먹으면 몸에 좋지 않다고 한다. 치료 마법사의 치료를 받았지만 두통에는 효과가 없었다. 이 두통은 정신적인 문제로 인한 두통이어서일까?

심지어 수면제를 구하는 것도 쉽지 않았다. 수면제 이야기가 밤 소비에슈에게 들어갈지 어떻게 안단 말인가.

'나비에…… 안인가 하는 애를 데리러 직접 오진 않겠지.'

이 와중에 유일한 기대이자 희망이 있다면 먼 나라에 있는 나비에이지만. 아무리 좋게 생각하려고 해도 나비에가 직접 아이를 데리러 올 것 같진 않았다.

그런데 한참 펜만 멍하니 손안에서 굴릴 때였다. 소비에슈의 눈에 아주 거슬리는 글자가 눈에 들어왔다. 소비에슈는 앞에 있는 서류를 치우고 그 서류를 꺼내 읽었다. 제멋대로 춤을 추던 글자들이 제자리를 찾으며 제대로 인식되었다.

'진정서…… 나라를 안정시키고 황실의 무궁한 번영을 기원하기 위해, 빨리 다음 황후를 맞이해야 한다고? 당장 황후를 맞이할 수 없다면 왕위계승권 순위가 가장 높은 세를 궁전에 데려와 교육해야 한다고?'

"이건 내가 원하는 새가 아니야."

나비에 황후가 카프멘 대공에게 파랑새를 보내고, 카프멘 대공이 그 파랑새를 돌시에게 전달한 다음 날이었다.

부리나케 달려온 돌시는 새장 안에 파랑새를 도로 넣어 와 내밀며 단호히 말했다.

"난 내가 본 그 새를 원한다고."

카프멘 대공이 아직도 지우지 못한 사랑의 흔적에 짓눌려, 힘없이 낙엽 지는 길을 산책하던 도중이었다. 그런데 뜬금없이 달려온 돌시가 저따위 말을 하자 짜증이 났다. 그러게 누가 묘약을 마음대로 먹으라고 했나.

"나더러 뭘 어쩌란 건가."

카프멘 대공이 솔직하게 짜증을 내자, 돌시가 당당하게 요구했다.

"그 새를 원해."

카프멘 대공은 품 안에서 사랑의 묘약을 꺼내 돌시에게 내밀었다.

"우선 그걸 먹게."

돌시가 어리둥절해서 묘약을 받아 들자, 카프멘 대공은 손가락으로 새장 속 파랑새를 가리켰다.

"그리고 쟬 봐. 그러면 이 새를 원하게 되겠지."

돌시의 표정이 구긴 종이처럼 일그러졌다.

"장난해?"

그러면서도 병을 손에 든 채 빤히 쳐다보는 게, 혹하는 모양이었다. 멍청한 용. 카프멘 대공은 돌시를 상대하는 게 귀찮아져서 바삐 걸음을 옮겼다.

돌시는 약병과 새장을 번갈아 살피다가, 카프멘 대공이 이동하자 황급히 뒤로 따라붙으며 왈왈댔다.

"뭐야, 지금 날 피하는 거야? 내가 진지하게 말하는 게 말 같지 않아?"

카프멘 대공은 한 손으로 돌시 쪽과 가까운 귀를 가렸다.

'시끄러워.'

그때였다.

저 둘, 사랑하는 사이일지도 몰라.

그의 머릿속에 엄청난 속마음이 들려왔다. 카프멘 대공은 걷다가 우뚝 멈춰 섰다. 잘됐다 싶은지 돌시가 다시 잔소리를 시작했다.

그러나 옆에서 떠들어대는 돌시의 목소리보다도, 카프멘 대공에게는 어딘가에서 들려오는 속마음이 더욱 커다랗게 느껴졌다.

파랑새는…… 핑계야. 저 빨강머리가 좋아하는 건 저 섹시남이야. 아니라면 저 대화는 성립할 수가 없다.

카프멘 대공은 반사적으로 돌시를 내리쳐서 저만치 떨어뜨린 후, 이 속마음의 주인공을 찾아 바쁘게 고개를 움직였다.

내 예리한 관찰력은 피해 갈 수 없지. 빨강머리는 내색하지 않을 뿐, 파랑새를 핑계로 저 섹시남에게 자꾸 붙으려 하는 게 분명해. 후. 섹시남은 모르는 눈치지만. 섹시한 남자들은 저렇다니까. 은근히 뭘 몰라. 매력을 자기가 뚝뚝 흘리고 다닌단 걸 몰라.

그사이에도 속마음은 더욱 무시무시해지고 있었다. 게다가 내용은 파렴치한 주제에 속마음 목소리는 차분하고 지적인 느낌이었다. 마치 방금 만들어 병에 담은 잉크처럼.

그만해! 고요한 목소리로 이딴 생각 하지 마! 카프멘 대공은 속으로 비명을 지르면서 황급히 좌우로 고개를 움직였다. 이건 지금까지 그가 '어쩔 수 없이' 엿들은 속마음 중 가장 끔찍한 속마음이었다. 제발 그만 듣고 싶었다.

"왜 그래?"

"3미터 떨어져."

차갑게 돌시에게 경고한 카프멘 대공은 마침내 범인을 찾았다. 커다란 나무 아래에 자세가 꼿꼿한 여자가 이쪽을 쳐다보고 있었다. 무릎 위에 두꺼운 책을 얹고 안경을 낀 여자였다. 여자의 무릎 위에 올라온 책 제목은 전술과 전략에 관한 심오한 고찰.

'저 여자…… 속마음과 제목이 따로 놀고 있잖아.'

따로 노는 건 저 상상력과 책만이 아니었다. 여자의 표정은 어찌나 근엄하고 현명한지, 표정만 봐서는 방금 그 엉터리 추리를 펼친 사람 같지 않았다.

카프멘 대공은 자신도 모르게 여자 쪽으로 다가갔다. 이제 보니 저 자리는, 그가 나비에를 그리워하며 고통에 차 앉아 있던 자리였다. 그 대답 없는 사랑과 막연한 기다림에 힘들어하던 쓸쓸한 추억을, 그런데 저 여자가 멋대로…….

그러다 눈이 마주쳤다. 카프멘 대공이 자신에게로 걸어온다고 여긴 건가. 여자가 눈썹을 치켜올리더니 차가운 목소리로 물었다.

"무슨 일이죠?"

동시에 잉크 향 가득한 목소리가 꺅 비명을 질렀다.

와. 색기. 진짜 섹시해. 가까이서 보니까 더 잘생겼잖아. 내가 본 사람 중 최고로 섹시해! 저런 남자가 샬렛 공주님, 공주님의 사랑을 원해요, 이러면서 매달린다면 쾌감 크. 짜릿할 텐데.

카프멘 대공의 동공이 빠르게 떨렸다. 그는 이렇게 말과 속마음이 다른 사람은…… 어떤 의미로는 처음이었다. 친절하게 웃으면서 비수를 준비하는 사람은 봤지만, 근엄한 얼굴로 이 오두방정 떠는 상상은 대체…….

뭐야. 날 쳐다보는 눈빛이 너무 떨리는데? 와. 저 남자, 진짜로 나한테 한눈에 반한 거 아냐? 딱 보니 그런 것 같은데?

"아닙니다."

낙엽이 떨어지는 게 엊그제 같더니. 어느새 바람이 세지고 코끝에 닿는 공기는 서늘해졌다. 소비에슈는 테라스에 테이블을 가져다두게 지시하고서, 일기장을 들고 가 그곳에 앉았다.

녹인 돼지기름에 밤과 설탕을 넣어 만든 요리와 불어서 먹어야 할 만큼 뜨거운 붉은 수프 요리를 하인이 두고 물러나자, 그는 한 손으로 일기장을 펼치고서 다른 한 손으로는 스푼을 들었다.

혼자 하는 식사는 지루하다. 이런 기분을 떨치려면 무엇이든 늘 집중하는 게 나았다. 그러나 눈은 일기장에 두었으되 마음은 다른 곳을 헤맸다.

— 카를 후작. 법정 기록을 읽어보니, 라스타란 여자가 나한테 험한 말을 했던데. 이상한 주장을 더해서. 진짜인가?

며칠 전 카를 후작이 지었던 당황한 표정이 다시 생생하게 떠올랐다. 입맛이 뚝 떨어진 소비에슈는 혀를 차고서 일기장을 덮었다.

결혼을 하거나 셰를 데려와야 한다던 첫 진정서를 시작으로, 비슷한 내용의 진정서가 줄을 잇기 시작했다.

사람들이 가득한 데에서 라스타란 여자가 엄청난 발언을 했고, 황후 자리는 비어 있으며, 계승 순위가 높은 릴테앙 대공은 건강을 회복하지 못하고 있으니, 사람들이 불안해할 만도 했지만. 잘 살펴보니, 사실 소비에슈의 입장에서도 셰를 데리고 와서 나쁠 건 없었다. 소비에슈는 나비에 외의 다른 여자와 결혼하고 싶지 않았다. 그의 몸 상태 때문에라도 더욱 그랬다.

이런 상황에 셰를은 훌륭한 방패가 되어줄 터…… 게다가 셰를을 데려올 생각이라면 아이가 다른 사람 손을 타기 전에 데려오는 게 낫다. 생각을 마친 소비에슈는 형식적으로 움직이던 스푼을 내려놓고 카를 후작을 불렀다.

"부르셨습니까, 폐하."

"셰를을 데려와라. 어차피 데려와야 한다면 빠를수록 좋겠지."

소비에슈의 명령에 카를 후작은 잠시 놀란 표정을 지었으나, 순순히 대답했다.

"예."

시기의 문제였을 뿐 언젠가 벌어지리라 각오했던 일이라, 놀라는 시간은 짧았다. 게다가 이 일은 밤에 깨어나는 소비에슈 역시 같은 의견이었다.

"아, 그리고 폐하. 전에 서대제국에서 지시하셨던, 즈멘시아 공작 일가 조사 건 말입니다."

"끝났나?"

"즈멘시아 공작과 친분이 높던 이들은 하나둘이 아니었습니다. 아무래도 한때 가장 권력 있던 명문가여서요."

"그래도 더 가까운 이들은 있겠지."

"예. 즈멘시아 공작의 사촌인 케트런 후작과 전 왕비의 측근이었던 리버티 공작이 특히 가까웠다 합니다."

"그자들은 지금 뭘 하지?"

"케트런 후작은 전 왕비가 죽은 후 일찍 친황후파로 갈아탄 덕에 '즈멘시아 공작 사건'에서 목숨을 부지했다 합니다. 하지만 눈치가 보여서인지 요즘은 계속 칩거 중이고요."

"다른 쪽은?"

"리버티 공작 역시 '즈멘시아 공작 사건'이 벌어지기 전에 이미 친황후파로 돌아선 인물입니다. 혈족이 아니어서인지 사건 후에도 잘 활동하고 있다 들었습니다. 하지만 그 역시 전성기 때보다는 조용히 지내고 있답니다."

소비에슈는 잠시 말을 멈추고서 고민했다. 외국 귀족과의 결탁은 여러 가지로 신경 써야 할 게 많았다. 게다가 그가 원하는 건 나비에게 상처를 주지 않고 하인리만을 쳐내는 것. 손잡은 이가 일을 그르칠 경우 원망을 하게 되거나, 이 일을 발판 삼아 다시 하인리의 충복이 되고 싶어 하진 않을지 다각도로 고민해야 했다.

"어떻게 할까요, 폐하?"

한참 동안 대답을 기다리던 카를 후작이, 아무리 기다려도 소비에슈가 말을 하지 않자 조심스럽게 먼저 질문했다.

"그 둘을 몰래 떠보아라."

"예."

카를 후작이 인사를 올리고 나갔다. 그러나 얼마 지나지 않아 카를 후작은 다시 돌아왔다.

"폐하."

이미 입맛이 떨어진 소비에슈는 하인들을 불러 음식을 물리라 지시한 직후였다.

"무슨 일이지?"

"안을 데려가겠다고, 서대제국에서 사람이 도착했습니다."

"지금 어디에 있지?"

질문을 던진 소비에슈가 곧 "아니." 하고 고개를 젓고서 일어났다.

"내가 그쪽으로 가지."

하인리 황제의 손을 빌려 전했지만, 이 일은 나비에의 사적인 부탁이니 공식 사절단을 보내진 않았을 터. 그렇다면 개인적으로 보낸 사람일 테고. 그 사람은 이런 개인적인 일을 해줄 정도로 나비에와 가깝겠지. 잘 챙겨주면 나비에에게 좋은 말을 전할지도 모른다. 소비에슈의 발걸음이 빨라졌다.

나비에가 보낸 '손님'은 흰 장미의 방 근처에 있는 작은 방 안에 있었다. 소비에슈가 방 안으로 들어가자, '손님'은 황제가 직접 올 줄 몰랐던지 놀라서 벌떡 일어났다. 그 바람에 손님의 무릎 위에 있던 가방이 텅 소리를 내며 바닥을 굴렀다.

"폐하, 직접, 직접 와주셔서 영광입니다. 르베티 림웰입니다."

르베티 림웰? 소비에슈는 무뚝뚝하게 인사를 받으면서 그 이름이 낯익다고 여겼다.

"네가……."

"기억나지 않으세요? 아, 하긴, 전엔 잠시 봤으니까. 안의 고모입니다. 폐하께서 구해주셨던……."

소비에슈는 르베티 림웰을 기억해냈다. 법정 문서에 올라와 있던 이름이었다. 라스타와 한패라는 게 밝혀져서 처형당한 로테슈 림웰의 딸. 자신의 혈육을 황제의 혈육으로 조작하려 든 죄는 무척이나 무겁다. 가문 전체가 죄를 받아도 이상하지 않을 정도로. 그런데 이상하게도 이 사건에서는 당사자인 로테슈 림웰과 알렌 림웰만이 처벌을 받았다.

알렌 림웰과 라스타 사이에서 태어난 첫째 아이가 노예로 팔려가긴 했으나, 그 아이는 이번 사건과 얽혀서 팔려 간 건 아니었다. 원래도 노예의 자식이었는데, 귀족이던 부친까지 중죄인이 되었기에 단순 법대로 처리되었다고 보는 쪽이 옳았다.

그렇다면 왜 르베티 림웰과 림웰 자작 부인은 아무 처벌을 받지 않았나. 소비에슈는 그 부분을 읽으면서 '왜?'라고 몇 번이나 물었으나, 이에 대한 답은 일기장에 없었다.

일기장에 없단 건 일기로도 기록할 수 없는 무언가가 있었단 뜻. 소비에슈는 자신이 아마 로테슈 자작과 뭔가 거래를 한 게 아닐까, 짐작했다. 그런데 그 당사자가 여기에 나타난 것이다. 그것도 나비에가 보내서.

'굉장히 꼬인 관계로군.'

아니지……. 문득 떠오른 생각에 소비에슈가 미간을 살포시 찌푸렸다. 이 르베티란 영애…….

'영애가 아니로군. 영주라 해야 하나? 아버지 영지를 잇겠다고 무슨 서류를 보내왔던 것 같은데.'

밤의 소비에슈가 거기에 승인해둔 걸 확인했다. 당시에도 '어째서?'라고 생각했으나, 이 부분은 그가 기억할 수 없는 일이기에 넘어갔고.

어쨌든 이 새로운 림웰 영주와 나비에, 라스타 세 사람의 사이를 파고 들어가면…… 잃어버린 기억에 실마리가 나타나지 않을까?

나와 하인리의 방 맞은편에 아기방을 꾸미기로 했다. 최대한 가까운 곳에 두어야 언제든지 아기를 보러 갈 수 있을 테니.

"요람은 어떤 무늬를 원하십니까, 황후 폐하?"

"요람은 가문비나무로 만드는 게 어떻겠습니까?"

"모빌은 별 무늬가 좋을까요?"

"앗, 로즈 양! 황제 폐하께서 모빌에 보석을 달 거라고 하시니까 모빌은 건드리지 말아요."

"아기님 옷은 역시 편안하게 해야겠지요?"

"파티에 아기님을 데리고 가려면 그래도 예복은 있어야죠."

요즘 궁전은 아기방을 꾸미고, 아기가 사용할 장난감이며 아기 용품들을 준비하느라 바빴다.

새로운 생명이 오기 때문일까. 궁전 안을 감돌던 어둑한 그림자도 이제는 흔적조차 보이지 않았다. 아기방을 준비하는 것뿐만이 아니라, 아기가 걸음마를 뗐을 때 다치지 않고 다닐 수 있도록 궁전 역시 약간 개조를 해야 해서…… 푹신한 카펫을 복도 전체에 깔아두고, 아이가 힘들 때 잠시 앉을 수 있는 작은 의자를 만들고, 복도에 더 많은 병사를 배치하고, 아이의 눈높이에 맞추어 벽에 장식을 거는 등 생각보다 일이 많았다.

나는 부른 배를 끌어안은 채 내 첫아기가 누릴 일상을 신중하게 골랐다. 하지만 머릿속에 자리 잡은 한 덩이 먹구름은, 아무리 분위기가 밝아도 쉽사리 사라지지 않았다.

'하인리가 만들고 있는 그 둥지. 몰래 치워버릴 방법이 없을까.'

아기에 대해 공부하고 아기 용품을 준비하면 할수록, 아기란 존재가 얼마나 조그맣고 연약한지 알게 된다. 막연히 생각해도 둥지는 영 아니었는데. 알아가면 알아갈수록 하인리가 만든 그 엉성한 나뭇가지 둥지에 내 아기를 두고 싶진 않았다.

문제는…….

"퀸, 퀸, 이 노란 보석이 예쁩니까. 보라색 보석이 예쁩니까?"

"……."

"퀸?"

하인리 역시 하인리 나름대로 둥지를 꾸미느라 바쁘단 거지. 맥켄나 역시 어디서 실크 무더기를 모아 와서는 그걸로 둥지를 만들겠다고 여기저기 쫑쫑거리면서 뛰어다니고 있고.

둥지를 만들 땐 새의 모습이어야 하다 보니, 요즘은 집무실 안에 들어가면 커다란 금빛 새와 작은 파랑새가 날개를 파닥거리는 모습이 종종 눈에 띄었다.

"아기가 좀 큰 다음에 둥지에 올려두면 안 되나요?"

"어휴, 황후 폐하. 아기 때에는 몇 시간은 무조건 새 모습으로 있어야 한다니까요?"

"그건 들어서 알아요, 맥켄나. 내 말은, 새 모습일 때 꼭 둥지에 있을 필요는 없잖아요?"

"새 모습일 땐 둥지가 가장 편하죠."

아니라고 하고 싶은데. 나는 새였던 적이 없으니 뭐라 반박도 못 하겠다.

그런데 실크 둥지에 쓸 실크와 거기에 올릴 장식을 고르기 위해 나와 하인리, 맥켄나 이렇게 세 사람이 내 방 응접실에 모였을 때였다. 하인리와 맥켄나는 실크의 촉감을 온몸으로 느껴보기 위해 새의 모습이 되었고, 나는 혼자서 사람 모습으로 그들에게 실크를 둘러주었다가 벗기는 작업을 계속하고 있는데.

"황후 폐하."

밖에서 랑드레 자작이 나를 불렀다. 일부러 이 작업을 위해 시녀들을 다 물린 상태였기에, 나는 직접 문으로 다가가 무슨 일이냐고 물었다. 복잡한 일을 해야 하니 웬만하면 방해하지 말라고 했는데.

"돌시란 자가 왔습니다."

아. 돌시. 돌시가 오면 무조건 알리라고, 예전에 당부해뒀지. 하지만 지금은…….

힐긋 뒤를 돌아보니 소리를 들은 맥켄나가 나뭇가지를 부리로 문 채 얼음이 되어 있다. '퀸'은 그게 웃긴지 날개를 퍼덕거리면서 웃어대다가 탁상 아래로 굴러떨어졌고.

'가끔 보면 바보 같다니까.'

아니면 새가 될 때는 약간 머리도 새처럼 변하는 걸까?

"랑드레 경, 지금은 내가 배가 많이 무거워서. 만나기가 어렵다고 해줄래요? 속도 좀 좋지 않고."

"예."

문을 닫고 소파로 돌아오자 맥켄나는 세 단계에 걸쳐서 발을 내리고 털썩 일자로 탁상 위에 엎어졌다. 조그만 새가 일자로 쭉 엎드린 모습은 몹시 귀여웠다.

내가 웃음을 터트리자마자 하인리가 맥켄나를 한 발로 뻥 차는 바람에, 그 귀여운 모습은 2초를 가질 못했지만. 하인리는 맥켄나가 누웠던 자리에 똑같이 누워서는 나를 반짝거리는 눈으로 바라보았다. 내가 더 귀엽지? 묻는 것처럼.

'……역시 새가 되면 머리도 새처럼 변하는 게 맞는 것 같아.'

실크 둥지에 넣을 보석을 고르고 촉감이 좋은 실크까지도 몇 가지 고른 후. 다시 사람이 된 맥켄나, 하인리와 셋이서 식사를 하는 내내, 둘은 티격태격 싸워댔다. 이번엔 둥지 때문에 싸운 게 아니다. 맥켄나, 돌시에 관한 이야기를 들은 하인리가 히죽히죽 웃으면서 "장가가겠네, 맥켄나"라고 놀려댄 게 계기였다. 맥켄나는 화가 나서 씩씩거렸지만, 하인리는 조금도 봐주지 않았다.

"어차피 용은 무성이잖아? 게다가 너도 용도 파랑색이니 잘 어울릴 거야."

"지금 그걸 말이라고 하십니까!"

"저렇게 열심히 널 쫓아다니잖아?"

"절 쫓아다니긴요, 제가 옆을 지나가도 거들떠도 안 보는데요! 그냥 애완동물 하나 가지고 싶어서 저러는 겁니다!"

그렇게 연신 웃고 떠들면서 식사를 마친 후, 우리는 차와 커피를 가져오게 한 후 저녁놀이 지는 정원으로 나가 느긋하게 디저트를 먹으며 햇볕을 쬐었다. 하인리는 아기에게 노래를 들려주겠다면서 낮은 목소리로 부드럽게 자장가를 불렀고, 맥켄나는 귀를 막는 평온한 시간이었다.

"폐하."

에이프린 경이 나타나기 전까지는.

"무슨 일이지?"

하인리는 노래를 멈추고 풀어졌던 표정을 평소처럼 바꾸었다. 맥켄나도 귀에서 손을 떼고서 안락의자에서 일어섰다.

"월대륙 연합에서 편지가 왔습니다."

"편지?"

"예. 모든 나라에 동시에 편지를 돌렸답니다. 동시에 보냈다니 아마 다 비슷한 내용이 아닐까요?"

에이프린은 품에서 그 편지를 꺼내 하인리에게 내밀었다. 무슨 내용이지? 편지를 본 하인리가 이마를 찌푸렸다. 좋은 내용은 아닌가?

"의례적인 인사네요."

시선을 느낀 건지 하인리가 편지 내용을 설명해주었다.

"신년제 때 따로 놀지 말고, 다 같이 모이는 자리를 만들잡니다. 중히 의논할 일이 있으니, 모든 나라의 왕들이 참여해주길 바란다고요."

모든 왕들이……. 없던 일은 아니다. 정기적으로 만나진 않아도 3, 4년에 한 번씩은 그런 모임을 가지긴 하지. 하지만 이 와중에? 내가 알기로는 지금은 아직 모일 시기도 아닌데?

맥켄나가 옆에서 혀를 찼다.

"꿍꿍이가 있는 모양인데요. 지금 우리나라 약점을 캐려고 여기저기 돌아다니는 중이잖습니까. 그런데 갑자기 모이자니."

"그렇지. 게다가 모든 나라에 같은 내용의 편지가 갔단 것도 추측일 뿐이지. 아닐지도 몰라."

신중하게 이와 관련해서 의논을 나눈 하인리는 결국 의자에서 일어나 내 이마에 입을 맞추었다.

"퀸. 오늘은 내내 함께 있고 싶었는데. 잠시 자리를 비워도 될까요?"

"그래요."

언제는 허락받고 갔다고.

하인리는 내 이마에 거듭 입을 맞추고는, 배 위에 손을 올리고서 "엄마 말 잘 듣고 있어." 중얼거린 다음 에이프린, 맥켄나와 함께 본궁으로 달려갔다.

두 사람이 간 후에도 나는 해가 완전히 질 때까지 홀로 의자에 앉아 바람을 쐬었다. 산책하고 싶지만…… 요즘은 배가 무거워서 이전보다는 산책을 하기가 어렵다. 배 안에 아기가 들어 있으니 당연하겠지만, 그래도 내가 상상했던 무게보다 훨씬 무거워서 가끔은 무서울 정도였다.

"황후 폐하. 저녁 바람이 차가워졌는데, 이제 폐하께서도 들어가시지요."

"그래요. 슬슬 들어가려 했어요."

그런데 침실로 돌아가기 위해 돌길을 따라 걸어가는 도중이었다. 본궁에서 멀지 않은 곳에 키가 커다란 두 사람이 마주 보고 선

실루엣이 보였다. 나는 그 실루엣 중 한 명을 바로 알아보았다.

'마스타스?'

등에 멘 창을 보면 마스타스가 확실했다. 그러면 마스타스와 마주 보고 선 저 키 큰 남자는…….

"코샤르 경. 좋아합니다."

오빠?

마스타스는 상념에 잠겨 걷고 있었다.

'갑갑해…….'

발밑에서는 낙엽 부스러지는 소리가 들렸고, 찬바람은 뺨에 소름이 돋게 만들었지만 그녀는 추위도 소리도 느끼지 못했다. 영 풀기 힘든 숙제를 받은 양 심장이 갑갑했다. 식전인데도 속이 더부룩했다.

'어떻게 해야 할까.'

요즘은 눈을 뜰 때마다 코샤르가 생각났다. 원래도 코샤르 생각을 자주 했지만, 지난 편지 사건 때 함께 식사를 한 이후로 이젠 코샤르가 아예 심장 한 켠이 제 자리라도 된 양 엉덩이를 깔고 앉아 비켜주질 않았다.

코샤르는 지금까지 상대한 그 어떤 적보다도 강했다. 몸도 약하면서. 만약 그 얼굴을 안 보고 몇 달, 아니, 몇 주라도 지낼 수 있다면. 그러면 상황이 지금보다는 나아질 텐데. 문제는 자신이 나비에의 시녀란 점이었다. 자신은 아침부터 밤까지 나비에를 보아야 하는데, 나비에는 코샤르와 똑같이 생겼다. 코샤르를 안 봐도 나비에를 보면 코샤르에 대한 애정이 차올랐다.

'코샤르 경은 샬렛 공주님과 결혼할 사이인데…… 내가 이러면 안 되는 건데.'

사람 마음이란 게 이토록 통제하기 어려웠던가.

'코샤르 경이 너무 연약해서 그래.'

그래. 너무 연약한 사람이라, 조금이라도 시선을 떼면 다칠까 봐 걱정이 되어서 그렇다. 바닥에 깔린 보드라운 흙과, 부드러운 바람조차 그를 해칠까 염려된다. 그는 바람이 약간만 차가워져도 감기에 걸려서 침대에서 일어나질 못할 사람이고, 약간만 비틀해도 발목이 다칠 사람이고, 바닥에 넘어지면 뼈가 부러질 사람 아닌가. 그러면서도 마음이 굳세고 정의감이 굳세서, 그녀가 화를 이기지 못하고 황후를 모욕하는 무뢰배를 때리려 하자 온몸으로 막아서는…….

'너무 완벽한 남자야.'

그렇게 완벽한 남자가 지금까지 결혼하지 않은 건 그를 감당할 수 있는 사람이 없기 때문이겠지. 사랑을 고백하는 것조차 미안해질 만큼 청초한 미남이니까.

하필 코샤르가 나타난 게 그때였다.

'윽.'

따지자면 나타난 건 아니었다. 홀로 벽에 기대어 서 있을 뿐.

무슨 고민이 있나. 코샤르는 시름에 잠긴 얼굴로 바닥을 내려다

보고 있었다. 바람이 불 때마다 금빛 머리카락이 흔들려서, 마스타스는 심장이 덩달아 울렁였다. 그 머리카락 사이로 별가루가 떨어져 바닥에 닿으면 그곳에서 꽃이 피진 않을까. 당장에라도 날개가 돋아나 그가 날아가버릴지도 몰랐다.

마스타스는 넋을 놓은 채 그를 바라만 보았다.

'세상이 당장 사라져버린다고 해도, 지금은 슬프지 않을 거야.'

너무 아름다운 사람을, 너무 사랑스러운 사람을 보면 원래 눈물이 나나.

인기척을 느꼈는지 코샤르가 고개를 들어 이쪽을 쳐다보았다. 시선이 마주치자 충동이 차올랐다. 마스타스는 단단히 결심했다. 고백하자. 고백을 해서 차이더라도 아주 무참히 차여버리자. 그래야 포기가 될 거다. 아니면 그녀는 코샤르가 결혼을 한 후에도 홀로 그를 생각하며 괴로워할 게 분명했다. 하지만 그건…… 그건 샬렛 공주에게 실례니까. 그러니 차라리 아직 결혼이 정해지지 않은 이때에 고백해버리자.

"마스타스 양? 왜 그러고 있습니까?"

마스타스가 넋을 놓고서 가만히 보고만 있자 코샤르가 벽에서 등을 떼고서 물었다. 입가에 올라온 미소에서 질식할 것 같은 백합 향이 났다.

"코샤르 경."

마스타스는 심호흡을 하고서 그에게 다가갔다.

"좋아합니다."

고백을 한다면 멋들어지게 하고 싶었는데. 결심을 하자마자 입

밖으로 말부터 튀어나왔다. 마스타스는 속으로 비명을 질렀으나, 이미 고백을 뱉은 후였다.

마음 정리부터 하고 고백할걸. 어차피 차일 텐데. 왜 이렇게 멋없이 고백했지? 평생 지켜줄 자신이 있다거나, 아니면 보석 반지라도 사서 내밀거나, 하여튼 그랬어야 하지 않나?

"난 마스타스 양이 상상한 사람이 아닐지도 모르는데."

그러나 돌아온 대답은 거절이 아니었다.

"그래도 내가 좋아요?"

질문이었다.

마스타스는 질문을 해석하지도 못하고서 고개를 빠르게 끄덕였다.

"괜찮아요. 괜찮습니다."

"난……."

"코샤르 경이 지옥에서 올라온 대마왕이라고 해도 난 코샤르 경의 악마가 될 수 있습니다."

'젠장, 내 입! 닥쳐!'

마스타스는 자기가 한 말에 자기가 수치스러워하면서도 코샤르에게서 시선을 떼지 못했다. 표현이 극단적이긴 했지만 진심이었다.

"아. 마왕은 아닙니다."

그가 웃고 있어. 그가 나한테 웃어줬어. 엉터리 같은 대답인데도 코샤르가 웃었다.

"사실 나도 그대에게 계속 관심이 갔습니다, 마스타스 양."

"어…… 예?"

"마스타스 양이 내 머리를 깨버렸을 때부터였나."

"!"

'으악! 이런 거 안 보고 싶어!'

오빠랑 마스타스가 끌어안고 있어! 둘이 입을 맞추려고 해! 안 돼!

나는 속으로 비명을 질렀지만, 괴로운 속마음과 달리 몸은 느릿 느릿 움직였다. 저 광경을 보고 싶어서 느리게 움직이는 건 절대 아니다. 둘 다 실력이 뛰어난 기사들이니 조금이라도 잘못 움직였 다가는 저 광경을…… 본 걸 들킬 테니까…….

"형제자매가 연애하는 모습은 안 보는 게 좋겠어요."

가까스로 들키지 않고 내 방으로 돌아온 후. 나는 손으로 얼굴을 감싸고 중얼거렸다.

"코샤르 경이 연애하나요?"

로라가 내 태교용으로 구입한 동화책을 읽다 말고서 눈을 번뜩 이며 물었다.

"상대가, 우리가 생각한 그 덜렁이일까요, 폐하?"

나는 침묵을 지켰다. 오빠 앞에서 나는 하인리와 너무 붙어 있진 말아야겠다, 이런 다짐만 하면서. 하지만 다시 생각해도 너무 오글 거린다. 오빠가 짓는 그런 그윽한 표정이라니…….

'그래도 신기하네. 오빠가 마스타스 양을 정말로 좋아하긴 하는 구나.'

이성에게는 전혀 관심이 없더니. 난 오빠가 정략결혼을 하지 않으면 분명 검이랑 결혼할 거라 확신했는데.

'샬렛 공주가 좀 걸리긴 하지만…… 아직 청혼에 대답을 한 건 아니니, 어떻게든 마음 상하지 않게 잘 무마할 방법을 찾아봐야겠다.'

"황후 폐하? 제가 혹시 뭐 실수라도 했습니까?"

어제 일 때문인가. 마법 연습을 하면서도 자꾸 마스타스에게 시선이 갔다. 어쩌면 마스타스와 가족이 될 수도 있으니까.

하지만 상대를 곁눈질하는 게 나뿐만은 아닐 거다. 볼 때마다 나와 눈이 마주친다는 건, 마스타스도 날 쳐다보고 있단 거잖아. 마스타스는 내 얼굴에서 오빠 얼굴을 찾느라 저런 모양이지만.

'귀여워. 그래도 직접 말해주기 전까지는 모른 척해야겠지?'

그런데 비실비실 웃으면서 무의식중에 허공에 얼음을 만들려 할 때였다. 전혀 의식하지 않고서 마력을 움직였는데, 순간 이상한 느낌이 났다. 얼음 조각을 최대한 얇게 만들어서 허공에 한 겹 씌워두었는데, 내가 그걸 스치듯 건드린 느낌이.

'이건가?'

파사삭 소리가 난다. 놀라서 아래를 내려다보자 얇은 얼음이 바닥에 부스러기로 변해 떨어져 있었다.

'이거다!'

다시 한 번 더 아까의 그 감각을 살려보자, 이번에는 좀 더 뚜렷하게 그…… 이상한 느낌이 났다. 돌시가 말한 게 이거구나. 돌시가 오고 가면서 툭툭 뱉은 잔소리가 도움이 된 건가? 당시엔 뭐 저런 뜬금없는 말들만 해주나 싶었는데. 정말로 도움이 되었나 봐.

"이름 이상한 여자야."

호랑이도 제 말을 하면 온다더니. 때마침 돌시가 나타났다. 시녀들에게는 돌시의 정체를 알려준 뒤 행동을 조심해야 한다 일러두었기에, 로즈와 주베르 백작 부인, 로라, 마스타스 모두 다 빠르게 뒤로 물러났다.

"나랑 파랑새 얘기 좀 하자."

올 때마다 하는 얘기지만 진짜 끈질기네.

"또?"

"들어봐. 카프멘이 약을 줬거든? 그걸 먹고서 아무 파랑새나 보면 다 해결될 거라잖아. 그래서 봤지. 근데 아니야. 전혀 달라. 하늘을 똑 떼다 만든 그 파랑새 느낌이 안 나."

"……"

"그런데 네 주위에 마력이 좀 이상하게 흐르는데?"

내가 지긋지긋한 파랑새 얘기에 아무 관심이 없단 걸 깨달았나 보다. 돌시가 괜히 내 마력에 관심이 생긴 척 놀란 표정을 지었다. 실제로는 자기도 내 마력엔 아무 관심이 없을 테면서. 어쨌든 거짓말로라도 봐주려는 것 같으니 봐달라고 하자.

"약간 성과가 보였어."

"이야. 대단한데. 너 천재인가 봐."

말에 영혼을 못 담겠다면 리듬이라도 담아봐라, 용아. 그래야 약간이라도 진심처럼 들리지.

어쨌든 그 앞에서 마력을 세심하게 운용해 보이자 돌시는 "이야, 이야." 하고 건성으로 박수를 치고서 조언했다.

"이 정도쯤 되면 이제 마력석을 써도 되겠는데? 그러면 도움이 될 거야. 그 전엔 마력석을 써봐야 이게 돌인지 마력석인지 구분도 안 갔겠지만."

"어떻게?"

"마력석을 잡고서, 그 마력석에 담긴 마력이 네 몸을 지나간다고 생각해. 네가 빨대가 된 느낌으로 마력석에 담긴 마력을 끌어들여서 곧장 네 몸을 거쳐 그 마력으로 마법을 사용하는 거지. 네 경우는 얼음으로 만들면 되겠네."

"무슨 효과가 있는데?"

"힘의 강약 조절이나 마력의 운용 등등? 아, 마력석은 크면 클수록 좋아."

돌시가 돌아간 후, 나는 곧장 나와 하인리가 함께 사용하는 공용 침실로 갔다. '큰 마력석'이란 말을 듣자마자 그 침대가 떠올라서. 내가 알기로는 세계에서 가장 거대한 마력석이지. 하지만 마력석 침대에 손을 얹자, 하인리가 이 침대를 두고 했던 묘한 말이 떠올랐다.

'혹시 모르니까.'

별문제가 없으리라 여겨지지만…… 그래도 찝찝해서 이 침대는 사용하지 않기로 했다. 대신 창고에서 커다란 마력석을 가져다가 그걸 들고 내 방 침실 침대에 앉았다.

확실히. 마력을 섬세하게 다룰 수 있게 되어서인가. 오른손에 마력석을 쥐자, 이전과는 다른 감각이 느껴졌다. 귓가를 웅웅 울리는 듯한…… 이상한 특유의 느낌이.

잠시 그 감각을 느껴보다가, 오른손에 마력석을 쥐고 왼손으로는 아까 훈련할 때처럼 얼음을 만들어보았다.

'대단한데? 이래서 마법사들이 마력석을 가지고 있으려 하는구나.'

놀랍게도 마력석을 이용하자 마력석 없이 얼음을 만들 때보다 훨씬 쉬웠다. 주먹만 한 얼음덩어리를 손안에서 굴려보다가, 나는 그걸 내려놓고서 이번에는 길쭉한 얼음을, 그다음에는 꽃 모양 얼음을, 그다음에는 책 모양 얼음을 순서대로 만들었다. 모양이 들쭉날쭉하긴 했으나 있는 물을 얼리는 게 다였던 처음에 비한다면 대단한 성과였다.

'이번에는 녹이는 걸 해보자.'

얼음을 만든 다음 녹이지 못하면 오히려 도움이 안 될 수도 있으니.

하지만 이건 너무 진도가 빠른가? 잘되지 않는다.

결국 손 밖으로 마력을 뿜는 대신, 안으로 들여보낸단 느낌으로 얼음을 만들어보았다. 얼음 속 마력을 흡수한다는 느낌으로. 마력을 뿜어서 얼음을 만들었으니 그 반대로 하면 얼음이 녹을 거란 생각에서였다.

그러나 바로 그 순간. 몸 안쪽 어딘가에서 아릿한 통증이 왔다. 마력석을 놓고 심장에 손을 가져다 댔다. 완전히 심장은 아닌데. 이 부근 어딘가를 바늘로 찌르는 통증이……. 어지러워.

서대제국은 마력 감소 현상과 관련이 있습니다. 마법사는 무적이 아니었던 겁니다. 잘하면 동대제국의 힘을 끊을 수도 있습니다. 언제까지 강대국 등살에 눌려 살 건지? 대국이 두 개가 되었으니 눈치 볼 곳도 두 곳이 되었습니다. 이걸 견딜 겁니까? 이참에 '균형'을 맞추어보는 건 어떨는지. (추신. 진위 여부는 불분명하지만, 동대제국 황제는 자손을 생산할 수 없단 말이 돕니다.)

"어떻게 생각하나?"

화이트 몬드의 왕이 편지를 접으며 재상에게 물었다. 편지를 들고 있는 건 왕 하나뿐이었으나, 이미 재상도 이 편지를 읽었다. 현재 화이트 몬드에서 이 편지를 읽은 사람은 왕과 재상 둘뿐이었다.

하지만 화이트 몬드를 벗어난다면 이 편지를 읽은 사람이 둘뿐만은 아닐 것이다. 월대륙 연합에서는 모든 나라에 편지를 보냈다니까. 심지어 동대제국과 서대제국까지도. 물론 그 두 나라에는 이런 편지가 가지 않았겠지만.

"전하께서는 어떻게 하고 싶으십니까?"

"우리나라는 최근에 서대제국과 사이가 급격히 나빠졌다가 가까스로 회복했지."

"우리가 눈치를 많이 보았죠. 약소국의 서러움도 느꼈고."

"그래. 그때 이 편지를 받았다면 당연히 월대륙 연합의 제안에 솔깃했을 거네. 하지만……."

화이트 몬드의 왕은 편지를 옆에 내려놓고서 한숨을 내쉬었다. 샬렛 공주. 국혼을 추진 중인 샬렛 공주가 걸렸다. 국혼으로 맺어지게 된다면 샬렛 공주는 동대제국, 서대제국과 모두 연이 생기는데. 공주를 위해서는 월대륙 연합과 손을 잡을 수 없었다.

"공주가 코샤르 경과 결혼할 텐데. 이 와중에 우리가 월대륙 연합 편을 들기는 좀 그렇겠지?"

하인리는 월대륙 연합에서 보낸 편지가 보통 내용이 아니란 걸 알게 된 후, 사태를 좀 더 확실하게 파악하기 위해 궁전으로 황급히 돌아왔다.

정확한 내용은 모르지만 어쨌든 신년제 얘기만 한 건 분명 아니었다. 그 편지를 받고 긴급회의에 들어간 나라가 있다 했으니, 아주 심각한 얘기일 터. 월대륙 연합에서는 이쪽이 마력 감소 현상과 관계가 있지 않나 의심하고 있는데. 혹시 이와 관련된 내용일까?

'무슨 일이지?'

그런데 돌아와보니 궁전 분위기가 어수선했다. 다들 한시도 가만히 있지 못하고 뛰어다녔고, 몇몇 궁정인은 엉엉 울면서 돌아다녔다. 맥켄나도 덩달아 놀라 사방을 살폈다.

하인리는 얼른 옷을 갈아입고서 밖으로 나갔다. 외출한 황제가 집무실에서 나오자 호위를 서던 기사가 놀라서 "폐하!" 하고 외쳤다.

"무슨 일이냐?"

하인리가 묻자 기사가 한쪽 무릎을 굽히며 무거운 목소리로 보고했다.

"황후 폐하께서 조산하실 것 같습니다."

한발 늦게 옷을 갈아입고 뒤따라 나온 맥켄나가, 그 소리에 놀라서 작게 비명을 질렀다.

"어쩐지 배가 너무 부르시더라니! 어떡합니까?"

하인리는 당황해서 침실로 올라갔다. 평소 굳게 닫혀 있는 황후 방 응접실의 문이 오늘은 활짝 열려 있었다. 응접실 안에는 로라와 마스타스가 끌어안고 울고 있고, 니안을 비롯해 친하게 지내는 다른 귀부인 몇 명도 초조하게 밖을 오가고 있었다.

침실 문은 닫혀 있고, 그 앞을 랑드레 자작이 수하 기사들을 데리고 지키고 있었다. 하인리는 침실 안으로 들어가려다 랑드레 자작에게 저지당했다.

"죄송합니다, 황제 폐하. 궁의와 산파가 도중에 아무도 들여보내지 말라 하였습니다."

맥켄나가 손으로 입을 가리고 덜덜 떨었다. 하인리는 입을 달싹이다가 손이 후들후들 떨려서 문을 짚고 가까스로 균형을 잡았다.

이 세상의 고통을 모조리 긁어 내 몸에 집어넣은 느낌이다. 아이를 낳는 내내 나는 새대가리 일족을 원망했다. 왜 알로 태어나지 않는 거지? 처음 임신을 했을 때는 알을 낳을까 두려웠는데, 산통을 겪으며 생각하니, 알로 낳는 게 백배는 나을 것 같았다. 그 정도로 아팠다.

그러다 가까스로 아이가 나오고 드디어 이제 덜 아프려나, 싶을 무렵.

"쌍둥이입니다, 폐하! 쌍둥이예요!"

궁의가 외친 소리에 나는 다시 처음 상태로 돌아갔다. 정신이 없어서 처음 나온 아기가 누구인지 확인도 할 수 없었다. 탯줄을 자른 후에야 궁의와 함께 온 산파 둘이 아기를 한 명씩 안고 다가와 내게 보여주었다. 앵앵 울어대던 아기들은 이미 조용해진 후였다.

"황후 폐하, 축하드립니다. 참으로 사랑스러운 황녀님과 황자님이세요."

"안아보시겠어요?"

손을 벌리자 좀 더 가까이 있던 산파가 하얀 포대기로 싼 아기를 조심조심 건네주었다.

"황녀님이세요."

황녀님……. 그러고 보니 아직 이름을 못 지었구나. 정신없어서 몰랐는데, 조산이야.

"아기는 괜찮은가?"

"조금 작은 편이지만 건강하십니다, 황후 폐하. 두 분 다요."

품 안에 조그만 몸체가 들어왔다. 동그랗고 작은 이마, 꼭 감은 채 찡그린 눈, 꽉 다문 입, 고집스러운 뺨, 조그만 코…… 내 아기. 하인리의 아기. 우리 아기라고? 아직 아기방도 완성하지 못했고 옷도 준비하지 못했고 아기 용품도 완전하지 않고, 공부도 덜 끝났는데, 벌써 아기가 찾아왔다고? 유모. 유모도 아직 못 구했는데.

아기는 쭈글쭈글하고 하나도 예쁘지 않았다. 코가 오똑하지만 다른 부분이 너무 쭈글쭈글해서…….

"아기가 너무 쭈글쭈글한데. 문제가 생긴 게 아닌가?"

내 말이 뭐가 우스운지 산파와 궁의가 자기들끼리 서로 쳐다보며 웃어댄다. 저 사람들은 내 아기가 쭈글쭈글한 게 아무 문제도 아니라 여기는 건가?

"너무 빨리 나와서 문제가 생긴 것 같은데."

당황해서 다시 중얼거리자, 다른 산파가 이번에는 황자를 보여주었다.

"황자님도 보셔요, 폐하."

애도 쭈글쭈글했다. 어린 시절 내 초상화를 보니 나는 정말로 사랑스럽게 예뻤던데. 대체 누굴 닮았지? 하인리? 하인리가 크면서 예뻐진 타입인가?

그 순간. 내 품 안에서 오만상을 찡그리고 있던 황녀가 눈을 갑자기 동그랗게 뜨더니 나를 똑바로 쳐다보았다. 자신을 쪼글쪼글하다 말하는 내게 항의라도 하려는 것처럼.

"아……."

그래도 쪼글쪼글해.

하지만 쪼글쪼글한 피부 사이로 드러난 눈동자. 맑고 반짝거리는 초록색 눈동자가 너무나 사랑스러웠다. 게다가 이 눈동자는 내 눈동자였다. 이 아이는 나와 같은 눈동자를 가지고 있었다.

"눈이……."

감탄하고 있자니, 황자가 '우엉 우엉' 하는 이상한 소리를 냈다. 돌아보자, 아기가 포대기 밖으로 손을 꺼내 날 향해 손가락을 꼬물거리고 있었다.

"황녀님만 안고 계시니 황자님이 섭섭하신가 봐요."

그 말에 황녀를 산파에게 건네고서 이번에는 황자를 안아 들었다. 그 아이는 이미 눈을 뜨고 있었다. 아까와 다른 의미로 감탄사가 다시 터졌다.

"미니 하인리……."

또 다른 쭈글이는 하인리의 눈동자. 내가 사랑하는 하인리의 그 신비로운 보랏빛 눈동자를 그대로 가지고 있었다. 그걸 보자 눈물이 나왔다. 나와 하인리가 우리 아이들 안에 그대로 닮겨 있는 게 기적처럼 여겨졌다.

"세상에. 이렇게 예쁜 아기가 있다니. 퀸, 보입니까? 천사예요, 천사. 천사가 셋이 됐습니다."

잠들었다가 일어나보니 방 안은 깨끗하게 치워졌고 공기 역시 상쾌했다. 벽난로에서는 훈훈한 온기가 느껴졌고, 하인리는 내 머리맡에 앉아 두 손에 아기를 동시에 안고 있었다.

"위험해요."

그가 아기를 떨어트릴까 봐 나는 황녀를 챙겨 안았다. 아직 몸이 무거웠지만 그래도 움직일 만했다.

하인리는 허리를 숙여 내 이마에 입을 맞췄다.

"왔는데 그대가 출산 중이라 하고, 날 들여보내주질 않았어요. 무서웠어요. 내가 옆에 있어줘야 했는데, 그대를 혼자 두어서 미안해요……."

"괜찮아요. 나도 아이들이 빨리 나올 줄 몰랐는걸."

부모님도 몰랐지. 며칠 뒤에야 소식이 전해질 텐데. 듣고서 어떤 반응을 보이실지 모르겠다. 어쩌면 두 분이 동대제국에 돌아갈 때마다 커다란 일이 생긴다고 한탄할지도. 아니 어쩌면…….

"부모님이 아기들을 보고 놀라실지도 몰라요."

"천사가 셋이 됐으니까요."

"아니. ……아기가 쪼글쪼글해서요."

내가 잠든 사이에 어떻게 한 건지 아기들은 뽀송뽀송해졌다. 아까 보았을 때는 이런 느낌이 아니었는데. 그래도 여전히 쪼글쪼글해서 이마 쪽을 슬쩍 손가락으로 쓸자, 하인리가 항의했다.

"세상에. 앞에서 봐도 옆에서 봐도 뒤에서 봐도 모난 구석 하나 없는 천사인데 쪼글쪼글하다니요, 퀸."

"그대 눈에는 안 쪼글쪼글해 보이나요?"

"천사 그 자체인데요. 전 태어나서 이렇게 예쁜 아기는 처음 봤는걸요."

"난 갓 태어난 아기는 처음 봐서……."

"물론 저도 처음 봅니다."

하인리는 아무리 봐도 우리 애들은 눈썹도 예쁘고, 눈도 예쁘고, 코도 예쁘고, 콧구멍도 예쁘고, 입술도 예쁘고, 손톱도 예쁘다면서 중얼거렸다. 그러다가 한참 만에야 머뭇거리더니 내 귀에 대고 속삭였다.

"황자한텐 비밀입니다, 퀸. 눈동자는 황녀가 좀 더 사랑스러워요. 퀸이랑 똑같아서 그런가 봐요."

말을 하고 나니 갑자기 황자에게 미안해졌나. 하인리는 황자를 안고 보듬어대며 세상에서 제일 예쁘다고 칭찬을 퍼붓더니, 아기 포대기에 코를 대고 숨을 크게 들이쉬었다.

"퀸은 기적입니다. 난 퀸처럼 사랑스러운 존재가 이 세상에 둘은 존재할 수 없을 거라 확신했는데. 퀸이 내 행복을 셋으로 만들어줬어요."

낯부끄럽게 무슨……. 어색해서 정색을 하고서 딸아이 얼굴을 내려다보니, 내 눈의 착각인가. 쪼글쪼글한데도 아기가 정말로 천사처럼 보였다.

"사람들이 다들 아기님들을 보고 싶어서 미치려 해요, 폐하!"

"귀족들은 물론 수도와 인근 국민들도 계속 선물을 보내옵니다."

"소식이 나라 곳곳에 전해지면 다들 아기님들을 보고 싶어서 몰려들걸요?"

시녀들이 전해주는 이야기를 들으며 나는 황자의 가슴을 가볍게 토닥거렸다. 아기는 하루가 지나자 놀랍게도 쪼글쪼글하던 게 많이 사라져서, 지금은 하인리의 말처럼 아기천사처럼 보였다. 아직 약간 쪼글쪼글한 기운이 있지만, 궁의는 시간이 지나면 이 부분도 괜찮아질 거라고 했다.

"이름도 지어야 하는데."

"폐하와 잘 상의해서 좋은 이름으로 지어주세요, 폐하."

"그래야겠어요. 그리고 유모도 빨리 구해야 할 텐데."

고개를 들자 주베르 백작 부인의 품에 안긴 황녀가 보였다. 황녀는 눈동자를 데굴데굴 굴리면서 울지도 않고 벌써부터 사방을 탐색했다. 별생각 안 하고 있을 거란 걸 알지만, 인상을 꽉 쓴 채 사방을 살피는 모습이 정말로 영리해 보였다.

반면 황자는 좀 맹한 편이었다. 갓난아기인데도 아기가 맹하단 걸 알 수 있었다. 맥켄나가 보고서 '얼굴은 하인리 폐하인데 성격은 전혀 다르네요'라고 확신을 갖고 말했을 정도이니…….

그런데 이제 아기를 바꿔 들자고 주베르 백작 부인을 부르려 할 때였다. 문 두드리는 소리가 나더니 하인리가 들어왔다. 들어온 하인리는 시녀들의 인사를 빠르게 받아주고는, 주베르 백작 부인에게서 아기를 받아 들고서 시녀들을 모두 내보냈다.

"하인리?"

왜 저러나 싶어 보자, 하인리는 이번엔 내게 오더니 또 요구했다.

"퀸. 아가는 제가 데리고 있겠습니다."

"혼자서 둘을 들고 있겠다고요?"

"슬슬 새 모습으로 변할 때여서요. 혹시나 싶어서 기록을 찾아봤는데, 이제 변할 시기입니다."

"하지만 아기 둘을 안고 있다가 떨어트리기라도 한다면……"

"그럼 퀸이 황자를 데리고 이쪽으로 와줘요."

공용 침실로 들어간 하인리는, 침대 구석에 놓아둔 둥지를 끌어다 침대 한가운데에 놓았다. 그러고는 황녀를 침대에 내려놓고서 손가락으로 어딘가를 콕콕콕콕 찔렀다. 간지럼을 태우는가 싶었는데. 눈 깜짝할 사이 황녀가 몸을 싼 포대기에 파묻힐 만큼 조그매졌다. 하인리가 포대기를 바로 잡아서 파묻히진 않았지만.

"하인리, 황녀는……."

질문을 끝내기도 전에 포대기 안에서 삑삑거리는 아기새 소리가 들려오더니, 곧 황금색 깃털을 가진 굉장히 조그만 아기새가 꼬물꼬물 포대기 밖으로 기어 나왔다.

"퀸, 황자도 이쪽으로."

얼결에 황자도 건네자, 하인리는 같은 작업을 해서 황자도 아기새로 만들더니 자기도 눈 깜짝할 사이 '퀸'의 모습으로 돌아갔다. 그러고는 능숙하게 침대 위로 뛰어올라 아기새의 뒷덜미를 잡아 둥지 위에 올리고, 다른 한쪽도 둥지 안에 올렸다.

아기새들은 새가 되자 갑자기 시끄러워져서 항의하듯 삑삑삑삑 울어댔다.

'내 아기…… 내 아기가 새가 됐어?'

미리 각오했던 일이지만 충격이었다. 남편이 새로 변하는 모습과 아이들이 새로 변하는 모습은 느낌이 전혀 달랐다. 당황해서 다가가자 아기새들이 짧은 날개를 꾸덕거리면서 날 향해 작은 부리를 뻐끔거렸다. 그러고는 둥지 밖으로 나오려는 걸, 퀸은 머리를 툭툭 쳐서 둥지에 도로 밀어 넣더니 자신의 품으로 아기들을 감싸고 몸을 웅크렸다.

'저래도 괜찮은 건가?'

이 세상의 모든 사람이 동시에 기쁨과 행복을 누리진 않는 법이었다. 나비에가 새남편이 아기새 육아를 시도하는 걸 보며 당황하는 그 시각. 전남편 소비에슈는 '안'이란 어린애를 만나러 계단을 내려가는 중이었다.

원래 소비에슈는 안을 직접 볼 마음이 없었다. 르베티란 여자가 곧 그 아이를 데려가겠지. 그는 안이란 아이에 대해 이 정도로만 생각했다. 하지만 안과 르베티, 나비에 세 사람의 관계 속에 기억을 찾을 실마리가 있다 여기자, 마음을 바꾸어서 아이를 직접 보기로 결심한 것이었다.

오늘 오후 5시에, 르베티는 마차를 타고 떠날 거라 했다. 소비에슈에게는 지금이 그 어린애와 르베티를 동시에 볼 수 있는 마지막 기회였다.

그런데 르베티에게 마지막 인사를 받을 작은 방에 도착하기 전.

'폐하' 하는 작고 쭈뼛쭈뼛한 목소리가 그를 붙들었다.

소비에슈는 걸음을 멈췄다. 어린애 소리?

돌아보자 정말로 어린애가 있었다. 눈매가 내려가고 어깨를 제대로 펴지 못한 빼빼 마른 어린아이가.

"누구지?"

소비에슈는 그 아이를 바로 알아보지 못했다. 어린아이는 1, 2년 만에도 훌쩍 자란다. 그러나 소비에슈는 5년간의 기억이 비었다. 5년 전이라면 눈앞의 어린아이는 정말로 조그만 애였을 터. 소비에슈가 알아보지 못하는 게 당연했다.

"셰를 도련님입니다, 폐하."

카를 후작이 옆에서 슬쩍 일러주었다.

"저 애가 셰를이라고?"

"예. 모레까지 보내라 했더니. 벌써 보냈군요."

아이가 두 손을 모으고서 고개를 푹 숙였다. 정수리. 낮의 소비에슈가 본 셰를의 첫인상은 수그린 정수리였다. 얼굴은 제대로 보이지도 않았다.

소비에슈는 갑갑해졌다. 저런 애를 다음 대 황제로 교육시키라고? 그가 결혼을 하기 전까지 임시일 뿐이지만, 임시로라도 황위 계승권자에 올려선 안 될 게 분명한 저런 애를?

황당했으나 소비에슈는 필요에 따라 속마음을 감출 수 있었다. 그는 입가에 그린 듯한 미소를 짓고서 아이의 어깨를 두드렸다.

"갑자기 쑥 커버려서 알아보질 못했군. 잘 지냈어?"

하지만 상냥한 목소리에도 아이는 더욱 움츠러들었다. 소비에슈는 미소를 잃지 않고서 아이의 어깨를 한번 꽉 잡았다가 놓아준 후 미련 없이 몸을 돌려 르베티와 안이 기다리는 장소를 찾아갔다.

"폐하."

르베티는 왔을 때와 같은 옷차림에 같은 모습으로 의자에 앉아 있었다. 소비에슈가 들어오자 르베티가 벌떡 일어났다. 물론 이전과 다른 점도 몇 가지 있었다. 르베티의 표정. 그리고 옆에 선 조그만…….

소비에슈는 인상을 찡그리는가 싶더니 갑자기 휘청했다.

"폐하?"

인사하기 위해 대기 중이던 르베티가 놀라서 그를 불렀다. 반사적으로 쓰러지려는 황제를 부축하려 했다. 그러나 한발 앞선 카를 후작이 소비에슈를 먼저 부축했다. 소비에슈는 카를 후작의 도움으로 가까스로 소파에 앉았다.

르베티는 여전히 눈을 휘둥그렇게 뜨고서 두 손으로 입가를 막았다. 그러나 르베티의 눈동자는 카를 후작을 향해 있었다. 봐버린 탓이었다.

방금 전. 카를 후작이 소비에슈를 부축할 때를. 카를 후작은 무언가를 기대하는 표정이었다. 카를 후작은 소비에슈 황제의 충신이 아니었나? 르베티는 혼란에 차서 카를 후작을 넋 놓고 보았다.

그 시선을 느낀 건가. 카를 후작이 소비에슈를 살피다가 갑자기 획 그녀에게 시선을 던졌다. 르베티는 황급히 안을 감싸며 겁먹은 척 굴었다.

"어, 어떡해요? 폐하께서 어디 편찮으신 게 아니에요?"

못 보던 사이 훌쩍 자란 안은 반항 없이 르베티에게 안겨 왔다. 훌쩍 자란 아이는 부척 의기소침해져 있었다. 철없어야 할 어린 꼬맹이인데도.

르베티는 이 와중에도 안이 이상해졌다고 생각했다. 원래 이 나이 때 아이들은 들짐승처럼 시끄럽지 않나? 그러나 안은 아주 조용했다. 갑자기 낯선 곳에 와서 무서웠을 텐데. 그런 표현조차 없었다.

르베티가 아이를 데리러 하인들이 사용하는 방 안에 들어갔을 때도 그랬다. 아이는 영혼이 빠져나간 인형처럼 오도카니 있다가 르베티를 보자 입만 뻐끔거렸다.

그러나 지금은 안에 대해 생각할 겨를이 없었다. 르베티는 카를 후작을 수상하게 여겼지만, 그쪽으론 시선을 두지 않은 채 호들갑만 떨었다.

"의원을 불러야 하지 않을까요?"

그 순간. 소비에슈가 갑자기 눈물을 터트렸다.

"폐하? 폐하!"

이번에는 카를 후작도 제대로 놀란 표정으로 황제를 불렀다. 르베티는 안을 더욱 꼭 끌어안았다.

황제가 '흐으으으' 진흙을 긁는 소리를 내다가, 돌연 '아가 아가' 중얼거리는 게 무서웠다.

"폐하, 여길 보십시오. 폐하!"

르베티는 황제가 안을 보고서 저런단 걸 확신했다. 어째서인진 모르겠지만. 어쩌면 안을 보자 도적들 손에 죽었다던 자기 딸이 생

각나서 저러는지도 몰랐다. 진짜 딸이 아니라 밝혀졌지만, 그전에
는 옆에 끼고 다니면서 예뻐했다니까. 이상한 건, 르베티가 생각할
수 있는 걸 카를 후작이 모를 리가 없는데. 여전히 그가 르베티에
게 안을 데리고 나가라 외치지 않는단 점이었다.

그때였다. 흐느끼던 소비에슈 황제가 갑자기 눈물을 뚝 그치더
니, 손을 내렸다. 고개를 들 때 그의 표정은 얼음장 같았다.

한순간에 사람 표정이 저렇게 휙 변할 수 있을까. 르베티는 마른
침을 삼켰다. 황제의 눈길이 그녀에게 닿자 더욱 오싹해졌다. 그러
나 회색 눈동자는 몇 초를 버티지 못하고 감겼다. 실이 끊어진 꼭
두각시처럼 옆으로 쓰러졌다. 카를 후작이 그 몸을 황급히 받아 누
였다.

르베티는 카를이 자신과 안을 내쫓으리라 확신했다. 아깐 왜 그
런 표정을 지었는지 모르겠지만, 이런 상황이 되었는데도 둘에게
반응하지 않을 리가 없었다.

"르베티 양."

"네."

"일이 이렇게 되었으니, 배웅은 다음에 해야겠군요."

그러나 카를 후작은 이번에도 예상외의 말을 했다.

배웅을 다음에? 그 말은 뭐야. 지금은 떠나지 말란 뜻인가?

"나중에 가라는 말씀이세요……?"

"내일이 될 수도 있고 모레가 될 수도 있지요. 폐하께서 르베티 양을 친히 배웅해주시기로 마음먹으셨는데, 르베티 양이 그냥 가 버린다면 서운해하실 겁니다."

그럴 리가. 말도 안 된다. 소비에슈 황제는 그녀를 구해주기까지 해놓고선 얼굴과 이름도 기억해내지 못했다. 그런데 서운해할 거 라고?

"급하게 돌아가야 합니까? 어디로 갈 생각이지요?"

"그건……."

물론 급하게 돌아갈 필요는 없었다. 자신이 부탁해서 안을 데려 오라 하였지만, 나비에 황후는 안이 탐탁지 않을지도 몰랐고. 하지 만 얌전히 안만 챙겨서 돌아가기로 약속했는데. 행동을 조심하라 고 했고…….

"안 됩니까?"

카를 후작이 다시 물었다. 미처 생각을 정리하기 전, 르베티는 황급히 대답했다.

"그럼 며칠만 더 있을게요."

함부로 돌아다니는 것도 아니고, 사고를 치는 것도 아니다. 그저 며칠만 더 머물 뿐. 이 정도는 괜찮을 거야. 르베티는 자신을 설득 했다.

소비에슈 황제 때문이었다.

'날 구해주신 분이잖아.'

그녀는 원래 나비에를 쫓아낸 소비에슈 황제가 무척 싫었지만, 지금은 애매했다. 어쨌건 그의 도움으로 목숨을 건졌으니. 그러니 떠나기 전, 소비에슈 황제에게 도움을 주고 싶었다.

'카를 후작이 좀 이상해. 이 와중에 군이 머물러달란 것도 그렇고. 폐하께 카를 후작에 대해서는 말씀을 드리고 가야겠어.'

몇 시간 후. 정신을 차린 소비에슈는 공포에 빠졌다.

'기억이 사라졌다……'

아침요정처럼 생긴 어린애를 보았다. 그 아이를 보는 순간. 심장이 뭉그러지는 고통이 밀려왔다. 그는 저 얼굴이 익숙했다. 저보다 어린…… 더 어린아이를 본 기억이 났다. 공주로 태어났으나 노예의 자식이 되어 결국 죽은 아이에 대해 들었다. 글로리엠. 영광스러운 이름을 가졌으나 너무 짧게 살다 간 아이.

그 기록을 보면서도 소비에슈는 별 감정이 들지 않았다. 내 아기인 줄 알았는데 아니었던 아이. 라스타란 여자가 그를 속여서 밀어넣은 뻐꾸기 새끼. 그 정도가 다였다.

그러나 이 고통은……. 그 생각을 마지막으로 기억이 끊어졌다. 정신이 들었을 땐 침실에 누워 있었고. 몇 시간이 사라진 것이다. 게다가 울기라도 한 건지 눈두덩이가 무겁다. 소비에슈는 얼굴을 감싸고 온몸을 웅크렸다. 그 '안'이란 아이. 그 아이를 봐선 안 됐어. 공주는 자기 오빠와 많이 닮았을 거다. 자기 자식과 흡사한 얼굴을 보고, 밤에 깨어나는 그 소비에슈가 자극을 받은 게 분명했다.

똑똑똑.

누군가 창문을 두드렸다. 소비에슈는 덜덜 떨며 고개를 돌렸다. 유리창 너머에 새빨간 아이가 그를 쳐다보고 있었다. 눈이 마주치자 아이가 웃으면서 입을 열었다.

똑똑똑.

심장이 떨어지는 느낌에 소비에슈는 확 고개를 돌렸다. 이번엔 문에서 난 소리였다.

"폐하. 르베티 양이 폐하께 꼭 드릴 말씀이 있다고 합니다."

소비에슈는 가슴을 누르고서 창문을 다시 보았다. 창문 너머엔 아무도 없었다. 그러나 심장 박동은 잦아들지 않았다.

"들여보내라."

"유모!"

셰를은 먼저 방 안에 들어와 이불과 수건을 데워놓던 유모를 보고는 엉엉 울면서 달려가 답삭 안겼다.

"도련님? 왜 그래요?"

유모는 어리둥절한 얼굴로 셰를을 감싸 안았다. 손길이 익숙하게 등을 두드렸다.

"궁전 구경하러 가신다더니. 피르누 백작이 뭐라 하던가요?"

궁전에 와서 지내란 황명을 받은 후. 셰를은 유모와 떨어질 수 없다고 울고불고했고, 유모는 결국 셰를과 함께 들어왔다. 처음엔 궁전에 가기 싫다고 칭얼거리던 셰를도, 유모가 함께 간다고 하니 그제야 들뜬 얼굴로 자기 짐을 챙겼다. 방을 배정받은 후에는 피르누 백작을 따라 궁전 구경을 하러 신이 나서 나갔는데. 웃으면서 나간 아이가 엉엉 울면서 달려와 매달리니 걱정이 되었다.

셰를은 고개를 저었다.

"아니."

"그런데 왜요? 대공 전하와 대공비 전하가 보고 싶어서 그래요?"

"아니, 아니."

"그럼요?"

셰를은 주위를 두리번거렸다. 아무도 없는데도. 비밀스러운 말을 하고 싶은 듯했다.

"이쪽으로 와요."

유모는 아이를 데리고 욕실로 가 문을 잠갔다.

"이러면 아무도 못 들을 거예요."

사실 방 안에서 말을 해도 엿들을 사람은 없었지만, 셰를은 겁이 많으니 이렇게 해주는 게 좋았다. 그녀의 예상대로 아이는 그제야 안심해서 입을 열었다. 하지만 이걸로도 불안한지 유모의 귀를 빌린 후에야 작은 목소리로 털어놓았다.

"황제 폐하가 이상해."

"예? 그분이요?"

유모는 말도 안 된다는 듯 너털웃음을 터트렸다. 소비에슈 황제는 어릴 때부터 아름다운 외모와 위엄 있는 태도로 국민들에게 인기가 많았다. 그녀 역시 황제를 숭배하는 국민 중 하나였다. 릴테앙 대공과 소비에슈 황제는 나이 차이도 많지 않았기에, 비교가 되다

보니 더욱 그런지도 몰랐다. 최근 사건을 보면서 남자로서는 영 별로라는 걸 알게 되었지만, 그녀에게 있어서 소비에슈 황제는 남자가 아니라 황제이니 뭐. 괜찮았다.

"아니야. 진짜로 이상해."

"어떤 점이요?"

"혼자서 막 이상한 데 보고 중얼중얼거려."

유모는 푸하하 웃음을 터트리고서 숙였던 허리를 도로 폈다.

"혼잣말하는 사람이 세상에 얼마나 많은데요. 속내를 털어놓을 분이 다른 나라로 가셨으니 그러시는 거겠죠."

그 정도가 아닌데. 셰를은 울먹거리면서 유모의 허리에 달라붙었다.

"돌아가면 안 돼? 그냥 집에서 살면 안 돼?"

"거기서 나가고 싶다 하셨잖아요."

"여기보단 낫겠어……."

유모는 한숨을 내쉬었다. 이 도련님은 사랑스러운 성품이었지만 우유부단해서 말이 수시로 바뀌었다. 오늘만 해도 이제 벌써 아홉 번째 말을 바꾼 것이다. 셰를로서는 억울했지만 유모의 입장에서는 셰를이 하는 말을 곧이곧대로 듣기 어려웠다.

"도련님은 이제 가장 유력한 황위 계승권자예요. 나갈지 말지 함부로 선택할 수 없어요."

"그럼…… 그럼 황위 계승권 포기하면 여기서 나갈 수 있어?"

아이에게 어떤 이름을 지어주어야 할까⋯⋯ 막막한 기분이다.

"사전을 종류별로 다 구해줄래요? 꼭 서대제국 사전만이 아니어도 괜찮아요. 여러 나라 사전을 모두 다 구해줘요. 고대어 사전도 포함해서."

나는 부관에게 지시하고서 머릿속으로 내가 아는 예쁜 이름들을 떠올려보았다. 뜻이 좋은 이름이 좋을지, 부르기 편한 이름이 좋을지, 흔하지만 귀족적인 이름이 좋을지, 아이들 이름을 비슷하게 지을지 다르게 지을지. 쉽게 결정되는 게 단 하나도 없었다.

"황제 폐하께서는 뭐라고 하세요?"

"한 명씩 맡아서 짓자고요."

"어? 그러면 그렇게 하실 거예요?"

"괜찮다고 했어요. 그게 편하기도 하고."

좀 더 정확히는, 하인리는 자기가 황녀 이름을 지을 테니 나더러 황자 이름을 지으라고 했다. 아마 황녀의 눈동자 때문일 거다. 하인리는 황녀의 초록색 눈동자만 보면 못 견디게 좋아하니까. 그렇다고 하인리가 황녀만 사랑하느냐면, 그건 아니었다. 하인리는 황자 역시 몹시 사랑했다.

새벽에는 내게 아이들을 잠시만 봐달라면서 어딘가로 가더니, 아주 작은 접시에 무언가를 덜어 왔다. 스테이크를 짓뭉개 놓은 듯한 이상한 생김새였는데. 하인리는 '퀸'의 모습으로 변하더니, 아이들을 둥지에 넣고서 그 이상한 걸 부리로 옮겨다 먹였다.

"그거 뭔가요?"

쩝쩝해서 묻자, 그의 종족들이 아기 때 먹는 이유식 비슷한 거라고…….하여튼 하인리는 그 정도로 아기들을 사랑했다.

아니, 지금은 이게 문제가 아니지. 아기 이름. 황자 이름을 뭘로 한다…….

많이 회복되었다지만 아직 몸을 자유롭게 움직일 만큼은 아니다. 나는 저녁을 먹자마자 일찌감치 침실로 가서 따뜻하게 데워둔 담요로 하체를 덮었다. 그사이 주베르 백작 부인과 시녀들이 아기를 씻기고 옷을 갈아입혀 요람 안에 넣었다. 요람이 내 침실에 같이 있는 건 아직 유모를 구하지 못한 탓이었다.

아이가 예상을 뒤엎고 둘이나 태어나는 바람에, 새로 급하게 구한 똑같은 요람 역시도 내 방에 나란히 있지. 이렇게 두면 내가 잠을 잘 수 없다며 시녀들은 걱정하지만…….

"빨리 유모를 구해야지, 아니면 황후 폐하께서 너무 고생하세요."

"그래도 아기님들이 순해서 다행입니다."

하지만 사실, 이 부분은 시녀들이 전혀 걱정할 필요가 없었다. 하인리가 아빠로서 케어를 확실하게 해주고 있으니.

그녀들이 나간 후. 나는 하인리에게 배운 대로 아기들을 차례차례 새로 변하게 한 다음 손에 들고서 공용 침실로 들어갔다. 하인리는 이미 퀸으로 변한 채 둥지에 앉아 있었는데, 내가 들어오자 두 날개를 퍼덕거리면서 조급하게 굴었다.

"얌전히 있어요."

온순해진 그의 품 안에 아기새를 넣어주자, 하인리는 두 날개로 자기 새끼들을 감싸고는 행복하게 구구구구 울었다.

'아이엔 관심 없다더니. 이게 관심 없는 사람 태도인가?'

제 아빠 품에서 빽빽 고래고래 소리를 질러대면서 놀던 아기새들은, 하인리가 직접 떠먹여주는 먹이를 배가 빵빵해지도록 먹고서야 잠들었다. 아이들을 둥지에 넣는 걸 걱정했는데. 예상외로 둥지도 포근하게 여겨지는 모양이고.

눈을 감은 채 색색 숨 쉬는 걸 보고 있자니, 내가 이런 아기들을 만들었다는 게 놀랍게 여겨졌다. 하인리의 말이 맞았다. 우리 애들은 세상에 피어난 천사였다.

얼마나 그러고 있었을까. 아기들이 깨지 않을 거란 확신이 들었는지, 하인리가 둥지 밖으로 조심스럽게 기어 나오더니 몸을 푸르르 떨고서 사람으로 변했다. 벌거벗은 채 무릎걸음으로 내게 온 그는 내 입술 위에 자기 입술을 꾹 누르고는, 내 윗입술에만 새가 부리로 쪼듯 키스를 퍼붓고서 웃었다.

"황녀를 볼 때마다 퀸의 어린 시절이 생각나요."

"오빠도 그랬어요. 많이 닮았대요."

성격은 날 안 닮은 것 같지만. 오빠 말에 따르면 난 우리 황녀처럼 오만상을 찡그린 채 눈동자를 굴려대진 않았다니까.

"하인리. 황녀 이름은 지었어요?"

"지었어요."

하인리는 활짝 웃고서 말했다.

"라르스, 어때요?"

"군주……."

"마음에 들어요?"

황녀는 마음에 드나 보다. 오빠를 깔아뭉갠 채 색색 자던 조그
만 새가 눈을 동그랗게 뜨더니 이쪽을 부리부리하게 쳐다보는 걸
보니.

"퀸은? 이름 지었습니까?"

안 지었다. 부관이 가져온 사전을 보면서 온갖 좋은 뜻을 찾았지
만, 이 이름을 지으면 저 이름이 마음에 들고, 저 이름을 지으면 다
른 이름이 마음에 들어서 결정을 내리지 못했다. 그러나 하인리가
황녀 이름을 말하는 순간. 신기하게도 나 역시 황자에게 주고 싶은
이름이 바로 떠올랐다.

"카이사."

비슷한 뜻을 지닌 다른 이름. 쌍둥이로 태어난 둘에게 꼭 어울릴
것 같았다.

"이름이 둘 다 멋져요!"

다음 날. 축하 인사를 건넬 겸 아기 얼굴도 볼 겸 찾아온 샬렛 공주는, 아기 이름을 듣자 박수를 치며 좋아했다.

"둘 다 왕이라는 뜻이네요? 게다가 아기들이 정말로 예뻐요. 아기들은 물론 다 예쁘지만, 근데 진짜로 많이 예뻐요. 황녀님은 황후 폐하를 닮고 황자님은 황제 폐하를 닮았네요!"

"그래요?"

"네. 게다가 두 분 다 순하시고……."

사람 모습일 때는 순하지. 새의 모습일 때는 야생 상태로 돌아가서 목청이 떠나가라 고래고래 빽빽거리지만.

그래도 괜찮다. 그때는 하인리가 돌보니까.

"배를 두 척 선물해서 다행이네요. 안 싸우고 하나씩 나눠 가지시겠어요. 그렇죠?"

"그러네요."

샬렛 공주가 오빠에게 청혼을 했는데 오빠는 마스타스와 사랑하는 사이가 되어버렸지. 이런 상황이다 보니 덩달아 나도 샬렛 공주에게 눈치가 보인다. 나는 샬렛 공주가 하는 말을 귀담아들으면서, 언제 그녀에게 이 일을 꺼내볼지 타이밍을 엿보았다.

"샬렛 공주."

그러나 가까스로 적당한 시기를 잡아 말을 꺼내려는 찰나. 카프멘 대공이 찾아왔다.

황후의 방으로 걸어가며 카프멘은 술렁이는 마음을 눌렀다. 한 걸음 한 걸음 그녀에게 가까워질 때마다 그의 심장에도 발자국이 남았다. 그는 그녀를 닮은 아이를 보고 싶었지만 보고 싶지 않기도 했다. 하지만……. 약효에 휘둘릴 때, 그 느낌이 너무 강렬했던 탓일까.

지금은 이 마음을 감추고 누르는 게 어렵지 않았다. 그녀가 하인리 황제와 함께 있는 모습을 보아도 이전만큼 고통스럽지 않다. 그녀가 행복하니까. 하인리 황제와 나란히 서 있을 때, 그녀의 마음은 하인리 황제로 가득 차 있으니까. 하인리 황제가 불안해하는 그 이상으로.

카프멘은 쓴 감정을 삼키고서 나비에 황후의 방 안으로 들어갔다. 황후의 시녀들이 말하길, 쌍둥이 황자와 황녀는 천사처럼 사랑스럽다고 했다.

'내가 그 아이들의 대부가 되고 싶다 말하면 싫어하실까.'

두근거리는 심장을 누르며 카프멘은 문을 열었다. 그 순간.

세상에. 섹시남. 지금 날 쫓아온 거야?

황후와 아기천사보다 먼저, 고요한 목소리로 방정맞게 생각하는 여자가 나타났다. 샬렛 공주였다. 대체 어느 나라 왕족이 속으로 저렇게…….

저 섹시남은 륍트의 대공이라지? 근데 륍트는 사막 나라라 홀렁홀렁 입고 다닌다던데. 왜 저렇게 야무지게 옷을 챙겨 입었지?

저런 남사스러운 생각을…….

오늘은 빨강머리랑 안 왔네. 투 샷 좋았는데. 하긴. 빨강머리에겐 안 된 일이지만 섹시남은 내게 푹 빠졌으니.

하는진 모르겠지만.

"카프멘 대공? 왜 거기 서 있기만 하나요?"

카프멘 대공과 샬렛 공주가 아는 사이인가?

저 남사스러운 속마음을 뚫고, 간지럽고 포근한 나비에 황후의 속마음이 들려왔다. 카프멘은 가까스로 진정해서 한 걸음 앞으로 내디뎠다.

그래, 저 공주는 신경 쓰지 말자. 혼자 이상한 상상이나 하면서 노는 여자이니…….

어휴, 저 남자 왜 저렇게 눈치를 보는 거야?

'눈치? ……미치겠군.'

또 휩쓸려버렸다. 아기 얼굴을 봐야 하는데, 저 여자의 이상한 속마음에나 집중하다니. 카프멘은 빨리 자신을 다잡고서 천사처럼 사랑스러운 쌍둥이를 보기 위해 요람으로 걸어갔다.

아기를 이용하다니! 그거 때문에 온 게 아니면서!

또 휩쓸렸지만.

"!"

그는 멈춰 서서 공주를 쳐다보았다.

'방금 그 말?'

권위적이고 오만한 눈동자가 그를 헤집듯 쳐다보고 있었다.

'저 여자…… 이상한 상상은 그냥 장난일 뿐이고, 내가 헛된 마

음을 품은 걸 알고 있는 건가?'

날 보러 왔으면 솔직하게 말하라고! 용감한 건 뚝뚝 흘러넘치는 색기뿐인가? 이러다 내가 결혼하면 어쩌려고 그래? 부황은 언제 결혼할 거냐고 어제도 전서조를 보내서 재촉하던데. 내가 결혼하지 않으면 세계 평화가 깨진다던가? 하여튼 이상한 핑계까지 대면서.

샬렛 공주가 먼저 일어난 후. 둘만 남게 되자 카프멘 대공이 의미심장하게 말했다.

"방금 그 공주가 이상한 생각을 했습니다."

"이상한 생각이라니요?"

"그냥 의미 없는 걸 수도 있지만……."

그렇다면 애초에 카프멘 대공이 말을 꺼내지도 않았겠지.

"화이트 몬드의 왕이 최근에 전서조를 보내면서, 공주가 결혼하지 않으면 세계 평화가 깨질 거라 했답니다."

"평화?"

심지어 세계 평화. 화이트 몬드의 평화라고 했다면 얼마든지 할 말인데. 세계 평화라니 너무 광범위한데?

"공주는 아버지가 괜한 핑계를 댄다 여기는 눈치였지만요."

괜한 핑계라면 더더욱 화이트 몬드에 관해서만 말해야지.

"알려줘서 고마워요."

캐볼 만한 말이다. 최근에 하인리가 말했지. 월대륙 연합에서, 서대제국에는 신년제 초대장을 보냈는데, 다른 나라에는 신년제 초대장으로 위장한 다른 서신을 보낸 것 같다고. 서신을 받은 나라들이 긴급회의에 들어간 걸 보면 분명 중대한 일일 거라고. 어쩌면 그와 관련된 건지도.

"정말로 고마워요. 그렇지 않아도 걸리는 부분이 있었거든요."

카프멘 대공은 속마음을 읽을 수 있으니, 이미 알고 있겠지만.

"다른 정보를 알게 되면 바로 전해드리겠습니다."

"자주 도움을 받는군요."

"제 마음이 편하고자 하는 겁니다. 이렇게라도 이전의 실수를 만회하고 싶어서요. 그러니 괜히 미안해하지 않으셔도 됩니다."

카프멘 대공이 나가자마자 나는 호위를 보내 하인리나 맥켄나를 불러와달라 부탁했다.

얼마 지나지 않아 하인리가 나타났다.

"무슨 일입니까, 퀸?"

나는 카프멘 대공에게 들은 이야기를 그대로 전했다. 카프멘 대공이 샬렛 공주의 속마음을 읽었단 부분만 제외하고서.

"평화 이야기가 나왔을 정도면, 월대륙 연합이 꾸민 짓은 평화와 반대되는 것이겠군요."

설명이 끝나자마자 하인리는 대번에 이해하고서 심각한 얼굴로 중얼거렸다. 보라색 눈동자가 평소보다 어두워졌다.

"이쪽에는 그런 편지를 보내지 않았으니, 화살은 여기를 향하고 있을 테고요."

"맞습니다, 퀸. 마력석을 좀 더 빨리 회수해야겠습니다."

'차각차각' 칼과 접시가 부딪치는 소리, 은은하게 풍기는 소나무 향, 눈을 편안하게 해주는 녹색 배경…… 방 안은 운치 있었다.

"소식이 들어갔으니 초조해질 테고. 그러면 흔적을 지우는 데 더 몰두하겠지."

그러나 목소리를 내는 사람은 전혀 다른 느낌을 자아냈다. 즐거워 보였고 들뜬 기색이었다. 남자는 차분하지조차 않았다. 물론 이런 방 안에 있다고 해서 꼭 분위기를 잡아야 하는 건 아니지만.

"소식을 못 들었을 수도 있지 않습니까?"

부하는 어색한 부조화를 애써 무시하고 물었다.

"정보력이 형편없다면 그것도 괜찮지. 만만하단 얘기니."

에인젤은 태연히 대답하고서 방금 막 썰어낸 생선 살을 입에 넣고 씹었다. 그러나 부하의 의문과 걱정은 여전히 한가득했다.

"하지만 단장님. 연합 수장님께서는 동대제국과 서대제국을 모두 노리지 않습니까? 그런데 이렇게 간다면……."

"둘 다 노린다고 둘 다 동시에 사이좋게 처내란 말씀은 없었잖아?"

"그래도……."

부하는 말을 우물우물 삼켰다. 괜히 강대국을 자극하기만 하고 제대로 성과가 없으면 어쩌지? 정확히는 이 질문을 하고 싶었다.

"둘 다 노렸다가 그 둘이 힘을 합치면? 그러면 모든 연합국들 다 긁어모아도 승기를 잡기 어렵지. 그러니 각개격파야말로 현재로선 가장 유용한 수다."

에인젤은 태연히 웃고서 다시 '차각차각' 음식을 썰었다. 서대제국과 동대제국은 모르겠지. 그가 노렸던 건 두 나라가 아니라 한 나라란 걸. 하지만 이 사실조차 그는 비밀로 해둘 셈이었다.

"그래, 서신을 받은 나라들은? 반응이 어떻지? 슬슬 답서가 도착할 때가 됐는데."

"그렇지 않아도 블루 보헤안에서 서신이 도착했습니다."

"블루 보헤안에서? 에르기 공작이 있는 거기?"

처음으로 접시와 나이프 부딪치는 소리가 멎었다. 에인젤은 눈썹을 치켜올리더니 푸핫 웃음을 터트리며 고개를 저었다.

"이런. 에르기 공작은 버리는 패인가 보군."

노란 실과 연한 분홍색의 실이 길쭉한 바늘 위에서 이리저리 이동해댔다. 뜨개질용 실을 손안에서 굴리는 건 에르기 공작과 그의 모친이었다.

"이렇게 하면 될까요?"

에르기가 어색하게 매듭을 지은 목도리를 보이자, 모친은 삐뚤삐뚤한 완성품을 보고서 나지막하게 웃음을 터트렸다. 어느 때보다 평화로웠다.

모친이 잠들자, 에르기 공작은 그녀에게 이불을 잘 덮어주고서 밖으로 나왔다. 동시에 평온하던 인상 역시 서늘해졌다. 평소에도 어머니 앞에서만 유독 표정 관리를 하는 편이긴 했으나, 오늘은 그럴 때와는 비교도 되지 않게 차가운 표정이었다.

클로디아 대공. 본관 앞에 서 있는 그의 아버지 때문이었다. 에르기 공작은 인사를 생략하고 무뚝뚝하게 대공을 스쳐 지나갔다.

"네가 생각 없이 저지른 연애놀음 때문에 어떤 일이 벌어졌는지 아느냐."

그 발걸음을 대공이 의미심장한 말로 붙잡기 전에는.

에르기 공작은 무표정하게 돌아섰다.

"무슨 소립니까?"

"동대제국과 척을 졌다. 동대제국과 척을 져서 서대제국과도 척을 지게 됐고. 우리가 쥔 주사위엔 이제 1과 6밖에 없어. 남은 숫자는 네가 지운 거다."

그날 밤, 에르기는 빠른 속도로 편지를 썼다. 아버지의 찝찝한 말을 듣고 조사한 결과, 연합 쪽에서 묘한 뉘앙스의 제안을 했고, 블루 보헤안 왕이 거기에 긍정적으로 답서를 보냈단 걸 알게 되었다.

블루 보헤안의 왕은, 에르기가 동대제국과 사이가 확실하게 틀어진 데다 굽히고 들어갈 마음도 없어 보이자 빠르게 방향을 틀어 버린 것이다. 강대제국과 적이 되느니 강대제국을 없애는 게 나으니까.

완성된 편지는 전서조의 다리에 묶여 하늘로 날아갔다. 빠른 속도로 멀어져 가는 새를 바라보다가, 에르기 공작은 창밖으로 다가갔다. 시선을 돌리자 외부에서 볼 수 없도록 철저하게 감춰진 어머니의 작은 별원이 보였다.

한숨이 흘러나왔다. 어머니를 생각하는 어린아이의 복수심이 한 여자를 죽을 뻔하게 만들었고, 그 여자는 다른 누군가의 어머니에게서 이름을 빼앗아 절망으로 몰아냈다. 어머니를 생각하는 청년의 복수심은 한 여자를 죽음에 이르게 만들었고, 그 여자는…….

소비에슈는 심드렁하게 셰를을 바라보았다. 입가엔 미소가 올라왔고 목소리는 자상했으며 어조는 부드러웠으나, 눈치 좋은 사람은 그의 눈빛이 냉담하단 걸 알아차릴 수 있을 것이다.

셰를은 겁도 많고 우유부단했지만 초식동물 같았다. 그는 누군가의 적의에 민감했다. 소비에슈가 자신을 좋아하지 않는단 것도 직감적으로 느꼈다.

그래서일까. 셰를은 소비에슈의 눈빛이 닿기만 해도 몸이 저절로 떨렸다. 그 유약한 태도에 소비에슈는 더욱 기분이 상했고, 그럴수록 셰를은 더 움츠러들었다. 악순환이었다.

"그래, 셰를. 집에 돌아가고 싶다고?"

셰를과 함께 황제를 찾아온 유모는 제 가슴을 쾅쾅 두드리고 싶은 걸 가까스로 참았다. 그녀는 걱정스럽게 셰를을 보았다. 황제에게 꼭 해야 할 말이 있다며 다짜고짜 가기에 얼결에 따라왔는데. 설마 오자마자 한다는 말이 '집에 돌려보내주세요'일 줄이야.

본인은 나름대로 큰 용기를 낸 모양이지만, 온 지 며칠이나 되었다고 저런단 말인가. 게다가 황제 자리가 걸려 있었다. 세상에서 가장 거대하고 강력한 나라의 황제 자리. 그 황제 자리를 이렇게 손쉽게 포기한다고? 남들은 피 흘리기를 감수하고서까지 가지려는 자리를?

셰를이 대답을 못 하고 쩔쩔매자 소비에슈가 다시 질문을 퍼부었다.

"어디로 가려고. 릴테앙 대공이 앓는 그 집으로? 대공은 아직 정신도 제대로 차리지 못한다면서? 왜, 셰를. 직접 가서 간호라도 해주려고?"

의도한 이상으로 날카로운 말에, 소비에슈는 스스로도 조금 놀라서 입을 꾹 다물었다. 최근 이상한 환상을 보았고, 낮인데도 기억이 사라졌다. 르베티가 말해주기를, 카를 후작이 그가 정신을 잃었을 때 아주 이상한 시선을 보냈다고 한다. 여러모로 신경 쓰이는 일들이 많은데. 이 와중에 계승 서열이 가장 높단 놈이 저러고 있자 화가 치솟았다.

"예, 예, 폐하."

셰를은 더욱 겁을 먹고서 염소처럼 목소리를 떨었다. 아버지를 간호하고 싶어서 돌아가겠단 건 아니지만, 그냥 그런 거로 하는 게 낫겠다 싶어서 거기에 대해서 정정하지도 않았다.

"아버지도 보고 싶고…… 어머니도 보고 싶고……."

"그런 거라면 당일, 당일이 모자란다면 하루 이틀 시간 내어 다녀와 셰를. 집 멀지 않잖아?"

"그게…… 그렇지만……."

아직 계산적이지 않은 눈동자가 사방으로 굴러갔다. 소비에슈는 물론 비서진과 귀족들이 셰를을 빨리 궁전으로 불러오길 원한 건, 그가 릴테앙 대공과 대공비에게 교육받지 않길 원해서였다. 그 야심만만한 부부라면 우유부단한 아들을 휘어잡고 분명 마음대로 휘두르려 할 것이기에.

당연히 소비에슈는 대공 부부에게 셰를을 시시때때로 보내줄 마음 따위는 없었다. 그의 말은 빈말이었다. 셰를이 저렇게 덜덜 떨고 있으니 던져본 빈말. 그러나 셰를은 이를 모르고서 어쩌지, 어쩌지 곤란한 표정만 지었다. 보다 못한 소비에슈는 애써 다시 다정한 목소리를 꾸며냈다.

"나도 보내주고 싶지만, 셰를. 그랬다간 귀족들이며 관리들이 난리가 나서. 지금은 네가 계승 서열이 가장 높거든. 네가 아무 데나 돌아다니다 암살당하기라도 하면 안 되잖아?"

"그, 그러면…… 계승권을 포기하겠습니다."

셰를이 울먹이면서 던진 예상하지 못한 폭탄 발언이 사람들을 조용하게 만들었다. 소비에슈를 비롯해 집무실 안에 있던 모두가 할 말을 잃었다.

"진심이냐."

"예, 폐하……."

셰를은 머리가 나빴지만 자신도 이 사실을 잘 알았다. 게다가 어릴 때부터 황제 자리에 야심 없는 아버지를 보고 자란 탓에, 자신도 그쪽으로 별 욕심이 없었다.

공부도 싫기는 마찬가지. 셰를은 관심 없는 황제 자리에 올라 머리를 싸매느니, 평생 사치스럽게 지내도 될 막대한 재산과 왕족이란 명예를 가지고 그냥 즐겁게 놀면서 살고 싶었다.

총명하기로 이름 높았던 황제도 즉위한 지 몇 년 지나지도 않아 벌써 사건 사고가 이렇게 많이 터지지 않았는가. 자신이 저 자리에 있다면 머리도 같이 터졌을 게 분명했다. 아니, 실제로 소비에슈 황제 역시 지금 좀 미친 것 같아 보였다. 셰를은 저 꼴은 나고 싶지 않았다.

늦은 밤. 카를 후작은 성인 소비에슈에게 이 일을 보고했다.

"셰를 공자가 황위 계승을 영구적으로 포기할 테니, 원래 살던 곳으로 돌아가게 해달라 청했습니다. 공식적으로요."

계승 서열을 영구적으로 포기하는 건 본인만이 할 수 있는 선택이기에, 이쪽에서 안 받아들이고 뭐고 할 게 아니었다. 나이가 어리니 신중하게 다시 생각해보라고 돌려보내긴 했지만, 다시 청한다면 그때는 정말로 받아주어야 할 사안이었다.

소비에슈는 눈썹을 치켜떴다.

"의외로군. 릴테앙 대공은 자기가 황제가 될 마음이 없을 뿐이지, 아들을 황제로 만들 마음은 아주 가득할 텐데."

셰를이 자신을 보고 겁에 질려 내린 선택이란 걸 모르다 보니, 소비에슈는 이 일이 몹시 이상하게 여겨졌다.

"그 대공이 서대제국에 다녀온 후 시름시름 앓고 있으니까요. 유약한 분이니 혼자 뚝 떨어져 황궁에 와 있는 게 무서운 모양이시지요."

"그래……."

이유가 과연 그뿐일까? 소비에슈가 생각하는 사이. 카를 후작이 한숨을 내쉬었다. 왜 저렇게 무거운 얼굴인가 싶어 소비에슈가 쳐다보자, 카를 후작이 걱정스럽게 말했다.

"이렇게 되었으니 폐하. 폐하께서 재혼하시는 수밖에는 없습니다."

"……."

소비에슈는 눈을 감았다. 패기만만한 낮의 소비에슈와 달리, 그는 나비에가 돌아올 가능성이 있다고 생각하지 않았다. 하지만 그것과 별개로 다른 사람과 결혼하고 싶은 마음도 없었다.

"폐하. 나라와 국민들을 안정시키기 위해서라도 빨리 다음 황후님을 모셔 와야 합니다."

"글쎄."

이번에 하게 된다면 다시 정략결혼일 텐데. 정략결혼 상대자가 낮과 밤이 다른 황제를 보고 과연 어떻게 나올까. 단순히 이상하게 여겨 멀리한다면 차라리 낫지만, 오히려 그걸 이용하려 들 수도 있지 않나? 황후 본인이 그러지 않더라도, 그 가문에서 나쁜 마음을 먹을 가능성은 컸다.

"저…… 그리고 폐하."

마음을 정리하기도 전에 카를 후작이 다시 그를 불렀다. 이번에는 주저하는 목소리로.

"왜 그러지?"

"많이 흥분하실 듯해서 낮에는 말씀드리지 못했지만⋯⋯."

카를 후작이 또다시 말끝을 흐리며 입을 다물었다. 도대체 무슨 말이기에?

"괜찮으니 말해라."

갑갑해진 소비에슈가 재촉하자, 후작은 그제야 머뭇머뭇 말을 이었다.

"나비에 님께서 쌍둥이를 출산하셨습니다."

소비에슈의 표정이 대번에 굳었다. 카를 후작은 이런 말을 해야 하는 게 너무 죄송스러워서 두 손을 꼭 모았다. 그러나 해야 하는 말이었다.

"연합 쪽에서 우리를 노리고 있으니, 서대제국과 척을 질 필요는 없습니다. 서대제국 쪽에서도 연합 쪽에 약점을 잡힌 상황에서 우리와 척을 지고 싶진 않을 겁니다. 게다가 나비에 님이 그곳에 계시기도 하고요."

"⋯⋯."

"마력 감소 일 때문에 서대제국에 감정이 좋지 않으시겠지만, 이렇게 되었으니 서대제국에 축하 선물을 보내어 우호적인 신호를 전하는 게 낫지 않을까요?"

"쌍둥이⋯⋯ 나비에가⋯⋯ 쌍둥이를."

그러나 소비에슈는 올바른 대답을 해주지 못했다. 그는 나비에 이름을 중얼거리면서 침통하게 눈을 내리깔았다.

하나의 단어로 표현하기 어려운 어두운 감정이 치솟았다. 질투심이라 하기엔 무겁고, 그리움이라 하기엔 질고, 분노라 하기엔 우울한 그런 감정이.

소비에슈가 선물 얘기를 할 정신이 아닌 듯해서, 카를 후작은 잠시 자리를 비켜주었다. 완전히 혼자 남자 소비에슈는 의자 등받이에 몸을 빨래처럼 걸고 늘어졌다.

'나비에……'

매주 함께하던 식사가 떠올랐다. 저 너머에서 똑바로 쳐다보던 눈동자가 그리웠다. 심지어 화내는 얼굴조차.

그녀가 낳은 아이는 어떤 얼굴일까? 그녀를 닮았을까 닮지 않았을까? 궁금하지만 알고 싶지 않았다. 보고 싶지 않지만 한편으로는 만나고 싶었다.

그리고 그녀는…….

"카를 후작."

응접실로 나가자 그곳에서 기다리고 있던 카를 후작이 얼른 다가왔다.

"예, 폐하."

"산모에게 좋단 것들을 다 모아서 트로비 공작 부인에게 보내라. 그리고 내가 주었단 이야기는 하지 말고…… 전하라 해."

씁쓸하게 지시한 소비에슈는 침대로 돌아와 무릎에 머리를 묻었다.

"주베르 백작 부인. 아기는 몇 살 때부터 말을 하나요?"

"글쎄요. 아기마다 다를 겁니다, 황후 폐하."

"그런가요?"

"확실한 건 지금 당장은 할 리가 없단 거죠. 하면 역사서에 기록해야 합니다."

빨리 말도 나누어보고 싶고, 노래도 같이 불러보고 싶고, '엄마' 소리도 들어보고 싶고, 하인리에게 아빠라 부르는 것도 들어보고 싶고…… 하고 싶은 게 너무 많은데.

"주베르 백작 부인. 아기는 몇 살 때부터 걸을 수 있나요?"

"글쎄요. 아기마다 다를 겁니다, 황후 폐하."

"그런가요?"

"확실한 건 지금 당장은 할 리가 없단 거죠. 하면 역사서에 기록해야 합니다."

"그렇구나."

아장아장 걸어 다니면 참 귀여울 것 같은데. 둘이 똑같은 옷을 입힌 다음 손을 꼭 잡고 다니게 해야지. 그러면…….

"꺅, 황후 폐하! 황녀님이 황자님을 자꾸 때려요!"

……우리 라리가 카이를 때리겠구나. 둘이 손잡고 다니는 건 힘들려나.

천사 같은 얼굴로 활짝 웃은 채, 연신 팔다리를 움직여 황자를 밀어내는 황녀를 보며, 마스타스가 걱정스럽게 물었다.

"요람에 따로 눕혀두는 게 낫지 않을까요?"

둘이 나란히 붙어 있는 게 너무 사랑스럽기에 둘이 함께 붙여놨는데. 정말로 그러는 게 나을지도. 얼른 라리를 안아 요람에 눕혔다. 라리는 요람이 마음에 들지 않는 듯 짧은 팔을 버둥거렸다.

우리 라리는 천재인가? 어쩌면 이렇게 손을 잘 꼼지락거리지?

그 모습이 너무 귀여워서 손바닥에 손가락을 가져다 대자, 얼른 일으켜달라는 듯 손가락을 꼭 움켜쥔다.

역시 천재 같은데……?

뿌듯해서 아기의 손바닥을 간지럽히니, 로라가 걱정스러운 목소리로 내게 물었다.

"폐하. 황녀님이…… 코샤르 경 성격을 닮은 거면 어쩌죠?"

그때였다.

"폐하, 코샤르 경이 찾아왔습니다."

호랑이도 제 말을 하면 찾아온다더니. 바로 오빠가 찾아왔다. 로라는 괜히 화들짝 놀라서 입을 말고 주베르 백작 부인 뒤로 갔다.

"들어와도 괜찮아요."

오빠도 조카들을 무척이나 귀여워한다. 시시때때로 찾아와서 넋 놓고 바라볼 만큼. 아직 입지도 못할 옷을 갑자기 잔뜩 사 들고 오기도 했고. 이번에도 나는 오빠가 아가들을 보러 왔다 생각해서, 시녀들을 내보내지 않았다.

그런데 들어와보니 오빠가 표정이 심상치 않았다. 무슨 일이 있나? 그냥 넘어갈 만한 정도가 아니라, 나는 시녀들에게 잠시 자리를 비켜달라 부탁했다. 아기들은 아직 말을 못 알아들으니 데리고 있어도 되겠지.

시녀들이 나가고 방 안에 둘, 아니, 넷만 남자 오빠가 심각한 표정으로 마른세수를 하고서 물었다.

"연합이 다른 나라들을 모아 서대제국과 동대제국을 누르려 한다고 들었어. 맞아?"

"그런 기미가 있긴 한데. 잘 해결할 수 있어. 괜찮아."

"흩어지면 동대제국이나 서대제국만큼 강하지 않지만, 연합 수장을 중심으로 뭉친다면 상대하기 어려워져."

"너무 걱정하지 마."

나는 일부러 큰소리를 쳤다. 걱정을 공유해서 해결할 수 없다면, 굳이 다른 사람을 걱정시킬 필요는 없지. 게다가 방 안에는 아기들도 있고. 아기들은 우리 말을 못 듣지만 분위기는 느낄지도 모르니까…….

그러나 오빠는 안심하지 못했다. 걱정스러운 얼굴로 이번에는 머리를 짚었다. 그러고는 한참 말을 잇지 못하더니, 알겠다면서 밖으로 나갔다.

오빠가 나간 후. 덩달아 불안해져서 황자에게 다가가 통통한 뺨을 쓸었다. 그리고 황녀에게 다가가 손가락만 한 손바닥을 잡아주었다. 그사이 시녀들이 다시 돌아왔는데…… 마스타스가 보이지 않았다.

"마스타스 양은요?"

"코샤르 경이 나가면서 데려갔어요, 황후 폐하."

오빠가?

"갑자기 불러서 좀 놀랐습니다, 코샤르 경."

마스타스는 로즈와 놀다가 얼결에 코샤르와 함께 나가자, 부끄럽기도 하고 좋기도 해서 얼굴을 붉혔다. 한 손을 얼굴에 가져다 대자 정말로 뜨끈뜨끈했다.

"무슨 일입니까?"

마스타스는 힐긋 코샤르를 곁눈질했다. 그림처럼 흘러가는 옆모습을 보자, 놀랍게도 여기서 더 심장이 거세게 뛰었다. 이러다 진짜 심장이 뼈를 뚫고 나오면 어쩌지? 터무니없는 걱정이 심각하게 될 정도로.

"미안하지만 마스타스 양……. 그때 내가 한 말은 모두 다 잊어주십시오."

그게 걱정이 되었나. 그녀의 심장을 빠르게 뛰게 한 코샤르가 손수 나서서 심장을 원위치시켜주었다. 아니, 더욱 아래로 눌러버렸다.

"예?"

마스타스는 얼음처럼 굳어서 코샤르를 쳐다보았다.

"뭘 잊으라고……."

"좋아한단 말이요."

눈꺼풀이 파르르 떨렸다. 그녀는 당황해서 횡설수설했다.

"갑, 갑자기 왜 그런 말을 하는지 잘 이해가, 아니, 물론 코샤르 경은 저한테 과분한 사람이지만 저는 그래도, 아니, 그런데 너무 갑작스럽고, 이해가 잘……."

또르르 한 방울 눈물이 흘러나왔다.

"제가 싫어지셨습니까? 가까이서 보니 제가 별로던가요? 그러면 제가 노력할 수 있습니다. 함부로 주먹질도 안 할 거고 욕도 줄일 거고……."

"마스타스 양 때문이 아닙니다."

"그럼요?"

"제가 샬렛 공주와 결혼을 해야지 서대제국이 고립되지 않기 때문입니다."

"!"

마스타스의 표정이 멍해졌다. 이윽고 눈동자 가득 눈물이 차올랐다. 자신이 잘못한 거라면 붙잡기라도 해보겠는데. 이렇게 말하면…….

"마스타스 양은 완벽합니다. 자책하지 마세요. 마스타스 양이 잘못한 건 단 하나도 없으니까."

"코샤르 경…… 저는……."

"제가 과분한 게 아닙니다. 그대가 제게 과분했습니다."

코샤르는 바래다주겠다고 했지만, 마스타스는 그를 따라가지 않았다. 홀로 후원으로 간 그녀는 커다란 바위에 엎드린 채 '흐어어엉' 소리 내어 울었다. 태어나서 처음으로 자신이 공주로 태어나지 않은 게 슬펐다.

먼저 청혼했으니 샬렛 공주는 분명 코샤르 경을 받아들이겠지. 어쩌면 샬렛 공주도 코샤르 경을 좋아할지도 모른다. 아니, 코샤르 경을 좋아하지 않을 수 있는 여자가 이 세상에 존재하긴 할까? 그러니 공주는 분명 코샤르 경을 받아들일 거다. 마스타스는 창을 뽑아 바닥에 꽂아놓고서 눈물을 닦았다.

'샬렛 공주님이 먼저 좋아했는데, 내가 중간에 고백해서 이런 일이 벌어졌는지도 몰라. 너무 과분한 사람이어서, 사랑이 내게 벌을 내리는 걸지도 몰라.'

하지만 마스타스의 생각과 달리, 코샤르에게 청혼을 받은 샬렛 공주의 마음속은 당혹스러움으로 가득 찼다.

"아…… 결혼이요."

청혼을 했을 때에는 언제 대답을 해주려나 기다렸는데. 즐겁게 지내다 보니 그런 기다림은 이미 사라졌다. 섹시하고 이국적인 대공을 만난 후로는 아예 혼담이 깨지길 바랐다. 그녀는 원래도 얼음 미남보다는 섹시한 미남이 좋았다.

그러나 청혼을 할 당시, 그녀가 고를 수 있는 정략결혼 상대 중에는 코샤르가 최선이었다. 그는 정략결혼할 수 있는 상대 중 가장 아름다웠고, 샬렛 공주는 굳이 정략결혼을 해야 한다면 개중 가장 아름다운 코샤르와 결혼하기로 마음먹었다.

하지만 지금은 상황이 달랐다. 코샤르만큼 아름답고, 코샤르보다 더 섹시하며, 코샤르와 달리 자신을 진심으로 사랑하는 남자가 나타났지 않은가. 그녀 역시 그 섹시한 남자가 좋았다. 볼 때마다 눈동자가 흔들리는 것도, 끝까지 꼼꼼하게 채운 단추도, 오만한 듯한 목소리도, 시선을 피해 내리깔 때 드러나는 속눈썹도.

'물론 두 번 만났을 뿐이지만.'

샬렛 공주는 한숨을 내쉬었다. 청혼 대답이 미뤄질수록 카프멘 대공과 이루어질 가능성이 점점 더 높게 보였는데. 이젠 다 끝이구나.

"알겠어요. 결혼해요."

샬렛 공주는 코샤르가 내민 반지를 받아 들며 방긋 웃었다. 청혼을 거절하기엔, 그녀의 나라 상황이 좋지 않았다. 카프멘 대공도 왕족인 데다 대공이니 신분은 뛰어났지만, 아무래도 교류가 적은 나라 사람이란 게 약점이었다. 반면 코샤르는 동대제국 최고 명문가의 후계자였고, 서대제국 황후의 친오빠이자 황제가 신뢰하는 초대 금의기사였다. 신분은 카프멘 대공보다 조금 떨어질지 모르지만, 화이트 몬드를 위해서는 코샤르와 결혼하는 편이 훨씬 나았다.

"잘 부탁해요, 코샤르 경."

샬렛은 미소 아래에 실망을 눌렀다.

같은 시각. 하인리는 에르기의 편지를 다 읽은 참이었다.

'이런 속셈이었군.'

편지에는 월대륙 연합의 꿍꿍이에 대한 에르기의 정보가 들어 있었다. 짐작했던 바이지만 도움이 되는 내용이었다.

'이참에 두 제국을 눌러버리고 싶은 건가.'

연합 수장은 꿍꿍이가 가득한 이로, 제 얼굴을 가리고 드러내지 않았다. 본인 주장에 따르면 '지배자의 위치에 있는 게 아니니 스스로를 드러내지 않고 겸손을 지키겠다'는 의미라지만······.

'그럴 리가.'

행보를 보니 겸손을 지키는 게 아니라 비장의 한 수를 지켰던 모양이다.

혀를 찬 하인리는 편지를 품에 넣고서 저 아래쪽을 내려다보았다. 그가 있는 곳은 지상에서 15미터 정도 떨어진 절벽으로, 앞쪽에 수풀이 우거져 몸을 감추기 좋은 위치였다. 아래쪽에는 평범해보이는 민가가 있었는데, 저 아래쪽 어딘가에 하인리는 마력석을 숨겨두었다. 문제는 그 주위를 빌어먹을 4기사단 기사들이 빙글빙글 돌고 있단 점이었다. 또.

'기사들을 없애는 건 쉽다.'

하지만 이게 반복되면, 아직 마력 감소 현상에 관련된 증거들을 다 회수하지 못했단 걸 4기사단 단장이 알게 된다. 그렇지만 사태가 이렇게 몰렸으니, 그걸 감수하고서라도 흔적을 지워야 했다.

'그 작자가 소식을 듣고 머리를 굴리기 전에. 최대한 빠르게.'

무리를 해서라도 해야 하는 일이다.

'에르기가 의논할 게 있으니 편지를 보낸 후 바로 서대제국에 오겠다고 했지.'

하인리는 에르기가 도착하기 전에 마력석을 다 회수해버릴 생각을 품고서, 얼굴을 가면으로 가린 채 밖으로 뛰어나갔다.

하인리가 아기가 태어난 뒤 처음으로 외박한 다음 날. 나는 평소처럼 잠들지 못하고 아기들을 바라보며 하염없이 그와의 작별을 떠올렸다.

"퀸, 정말로 미안해요. 하지만 당장 마력석을 회수해야 해서 어쩔 수가 없어요."

"난 괜찮으니 조심해서 다녀와요."

하인리는 내게 아가들을 아기새로 변하게 만드는 법, 새로 있어야 할 최소 시간, 새가 되었을 때 먹일 음식 등을 알려준 다음 '퀸'으로 변해 아이들을 한참 동안 끌어안았다.

이후 다시 사람으로 변해 날 끌어안고, 다시 퀸으로 변해 아이들을 끌어안고, 다시 사람으로 변해 날 끌어안기를 스무 번쯤 반복하다가 날아갔다.

날개가 어찌나 무거워 보이던지……. 가슴이 아팠지만 어쩔 수 없었다. 이 일은 내가 도울 수 있는 일이 아닌걸. 게다가 출산 뒤 몸이 다 회복된 게 아니어서, 나는 오랫동안 방을 나가 있기도 힘들었다. 이 근처나 짧게 짧게 산책하는 게 다인걸. 그렇기에, 하인리가 떠난 후 나는 결심했다. 그가 올 때까지 내가 아기새들을 잘 보살피고 있기로.

하지만…….

"라리, 안 돼. 오빠도 먹어야지."

"카이, 그건 맘마 아니야, 라리 발이야."

"라리, 오빠 머리 때리면 안 돼요."

"카이, 둥지 밖으로 나오면 안 된다고 했지?"

"라리, 오빠 깃털 뽑으면 안 돼요."

"카이, 그건 네 발이야 맘마 아니야!"

혼자서 아기새들을 돌보는 건 쉽지 않았다. 새일 때에는 늘 하인리가 혼자 돌보았기에 더욱.

어쩔 수 없다. 하인리야 새의 몸으로 아기새를 돌본다지만, 나는 아기새들과 덩치 차이가 어마어마하게 나는걸. 조금이라도 잘못 건드리면 아기새들이 다칠까 봐 제대로 집을 수조차 없으니, 통제가 될 리가 없었다. 게다가 사람 아기일 땐 다들 순하게 굴면서. 왜 새 모습이 되었다 하면 고래고래 고함을 질러대는 거지?

삐애애애애애애애!

삐애애애애애애애!

"카이, 그거 맘마 아니라니까?"

또다시 제 발을 먹으려 드는 카이의 배와 다리 사이에 손가락을 밀어 넣자, 라리가 얼른 달려와서 내 손가락에 달라붙는다. 카이는 그게 못마땅한지 라리의 머리를 부리로 쪼았지만, 바로 라리에게 응징을 당해 날개에 얻어맞아 철퍼덕 엎어졌다. 서러운지 카이가 삑삑거리면서 울자 라리가 같이 울고, 아기새들을 달래다가 나도 지쳐서 침대에 상체만 엎어졌다.

그러자 머리카락이 침대에 부채처럼 펼쳐졌는데. 아기새들은 그게 또 마음에 들었나 보다. 내가 도로 둥지에 넣기라도 할까 봐 허겁지겁 밖으로 나오더니. 둘 다 내 머리카락 위에 자리를 잡고는 황급히 그루밍하기 시작했다.

짧은 목을 요리조리 움직이는 걸 보고 있자니 지친 마음이 가라 앉으며 웃음이 나온다. 손가락으로 통통하게 나온 라리의 배를 슬쩍 쓸자, 라리가 그루밍을 하다 말고서 눈을 깜빡거렸다.

'귀여워.'

그사이 그루밍을 마친 카이는 내 머리에 자기 머리를 대고는 폭 엎어졌다. 그 자세가 마음에 드는지 라리 역시도 짧은 다리로 다가 와서 내 머리에 자기 머리를 가져다 대고 눈을 감는다.

"이러면 엄마가 일어설 수가 없잖아."

항의해보지만 아기새들이 알아들을 리가 없었다. 그새 잠이 든 건지, 잠이 든 척을 하는 건지 눈을 감고 색색거릴 뿐. 그 모습을 지켜보다가 결국 머리카락을 아기들에게 양보한 채 나도 눈을 감 았다.

"황후 폐하? 목이 아프세요?"

아기새들이 사람 모습으로 돌아오길 기다렸다가 침실로 나가 요 람에 눕혀둔 뒤 시녀들을 부르자, 로라가 "황녀님! 황자님!"하고 부르면서 뛰어 들어오다가 놀라 물었다.

"조금."

조금이 아니라 많이.

밤새 머리카락을 내밀고 침대에 쪼그리고 자서 그렇다. 하지만

이 말을 꺼내면 시녀들은 당장 유모를 구해서 아기들을 유모에게 맡기고 편히 자라 하겠지. 그러면 안 되니까…… 비밀로 하자.

"전문가를 불러서 마사지를 받는 게 낫지 않을까요?"

"아침 식사를 뭘로 하시겠어요?"

"황후 폐하, 제가 아주 예쁜 아기용 겨울옷을 찾았는데요……."

그런데 시녀들과 다 같이 떠들면서 즐겁게 이야기를 하는 도중이었다. 창밖에 이상한 장면이 보였다. 까마귀? 까마귀가 창밖을 휘휘 불안하게 날면서 연신 이쪽을 향해 괴상한 날갯짓을 하고 있었다. 마치 '이쪽 좀 봐주세요'라고 말하는 것 처럼.

'혹시 새대가리 종족인가?'

그럴지도 모르겠다 싶어서, 나는 시녀들에게 아기를 맡기고서 침실로 들어가 창문을 열었다. 그러자 까마귀가 기다렸단 듯이 얼른 방 안으로 들어왔다. 공손하게 인사를 올린 까마귀는 주위를 잠시 둘러보더니, 곧 소파 뒤로 달려갔다. 잠시 후. 소파 뒤쪽에서 사람의 목소리가 들려왔다.

"이 상태로 말씀드려서 죄송합니다, 황후 폐하."

"괜찮아요. 그대는 하인리의 부하인가요? 무슨 일이지요?"

"하인리 폐하께서 밤에 마지막 마력석을 회수하겠다며 가셨는데, 이후 연락이 되지 않고 있습니다."

그게 무슨……!

7권에서 계속

재혼 황후 6

초판 1쇄 발행 2021년 12월 31일
초판 3쇄 발행 2024년 5월 27일

지은이 알파타르트

펴낸이 김문식 최민석

총괄 임승규

기획편집 이혜미 조연수 김지은 김민혜
　　　　　 명지은 신지은 박지원

마케팅 조아라

디자인 배현정

펴낸곳 (주)해피북스투유

출판등록 2016년 12월 12일 제2016-000343호

주소 서울시 성북구 종암로 63, 5층(종암동)

전화 02)336-1203

팩스 02)336-1209

© 알파타르트, 2021

ISBN 979-11-6479-554-3 (04810)
　　　　 979-11-6479-027-2 (세트)

- 이 책은 (주)해피북스투유와 저작권자와의 계약에 따라 발행한 것이므로
  무단전재와 무단복제를 금지하며, 이 책 내용의 전부 또는 일부를 이용하려면
  반드시 저작권자와 (주)해피북스투유의 서면 동의를 받아야 합니다.
- 잘못된 책은 구입하신 곳에서 바꾸어드립니다.